W0356563

T^le^

Spécial BAC

Cours / Méthode / Exos

Maths

SPÉCIALITÉ + option MATHS EXPERTES

Vito Punta
Professeur agrégé de Mathématiques

MAGNARD

Sommaire

OPTION MATHS EXPERTES

Retrouvez ici les corrigés des « Je mémorise ».

Description de l'épreuve

1 L'enseignement de spécialité

1. Les différents parcours

Cas 1

J'ai fait des Mathématiques en spécialité en première et en terminale, et j'ai choisi l'**option Maths expertes** en terminale. Je passe donc l'épreuve finale de spécialité à la rentrée des vacances de printemps, de coefficient 16 (sur 100). Mon option maths expertes est prise en compte, comme toute option.

En terminale, comme en première, **toutes les notes** portées sur vos bulletins scolaires sont prises en compte, y compris celles obtenues dans les options. On en fait une moyenne pour chaque année qui a un coefficient 5 (sur 100) en terminale, comme en première.

Cas 2

J'ai fait des Mathématiques en spécialité en première et en terminale mais je n'ai **pas choisi l'option Maths expertes** en terminale. Je passe donc l'épreuve finale de spécialité à la rentrée des vacances de printemps, de coefficient 16 (sur 100).

2. L'épreuve finale de spécialité

- L'épreuve dure **4 heures**, se déroule à la rentrée des vacances de printemps, et comporte **quatre exercices indépendants** portant sur le **programme de spécialité**, avec les restrictions énoncées ci-dessous. Chaque exercice est noté entre 4 et 8 points.
- L'épreuve de spécialité **ne pourra pas porter sur les thèmes suivants** : fonctions sinus et cosinus, calcul intégral, somme de variables aléatoires, concentration, loi des grands nombres. La combinatoire et le dénombrement ne peuvent constituer le ressort essentiel d'un exercice mais peuvent être sollicités pour la résolution de questions.
- De plus, la section primitives, équations différentielles du programme de spécialité de terminale, est mobilisable à l'exclusion des contenus suivants : l'équation différentielle : $y'= ay$, où a est un nombre réel, l'allure des courbes et l'équation différentielle : $y' = ay + b$.
- Le sujet indique si l'usage de la calculatrice, dans les conditions précisées par les textes en vigueur, est autorisé.

3. L'oral de rattrapage

- **Principe**

Si, après toutes les épreuves écrites, vous avez obtenu une moyenne au moins égale à 8/20 et strictement inférieure à 10/20, vous pouvez demander à passer un **oral de rattrapage**.

• **Choix de la discipline**

Vous choisissez alors **deux disciplines** parmi celles que vous avez passées à l'écrit, y compris les épreuves anticipées. Pour chacune des deux disciplines choisies, seule la **meilleure des deux notes obtenues à l'écrit et à l'oral de rattrapage est prise en compte**.

• **Calcul de la note**

À l'issue de ces oraux, on effectue donc un nouveau calcul de votre moyenne. Si celle-ci est strictement inférieure à 10/20, vous êtes refusé et recevez un certificat de fin d'études secondaires (C.F.E.S.). Si votre nouvelle moyenne est supérieure ou égale à 10/20, vous obtenez votre bac ! Toutefois vous ne pouvez pas obtenir de mention, car celle-ci ne peut être attribuée qu'aux candidats reçus au terme des épreuves écrites.

• **Pour la spécialité Mathématiques**

Si vous avez choisi la spécialité Mathématiques à l'**oral**, l'examinateur vous propose au moins **deux questions** portant sur des parties différentes du programme de spécialité de terminale.

• **Déroulé de l'épreuve**

Vous avez droit à un temps de préparation de **20 minutes**, au cours duquel vous pourrez vous servir de votre calculatrice dans les conditions habituelles de son utilisation. Durant l'entretien (qui dure **20 minutes** également), vous pouvez consulter les notes que vous aurez prises pendant la préparation.

Les conditions matérielles (en particulier la présence d'un tableau) et les énoncés des questions posées doivent être adaptés aux modalités orales de cette épreuve.

2 Mathématiques expertes

• L'option est évaluée dans le cadre du **contrôle continu** avec les autres matières concernées par ce contrôle. Elle ne donne donc pas lieu à une épreuve terminale, comme les maths de spécialité. Sont comptées, les notes des bulletins trimestriels.

• Rappelons que le contrôle continu compte pour **40 %** dans la note finale du bac.

3 Conseils pour réussir

• Avant de vous lancer dans la résolution des quatre exercices composant l'épreuve de spécialité, prenez **connaissance des thèmes développés** dans chacun d'eux. Vous aurez certainement des préférences compte tenu de vos goûts, des domaines que vous avez privilégiés dans vos révisions et des impasses que vous aurez éventuellement faites.

• Choisissez en priorité celui que vous aimerez, saurez faire ou avez déjà fait. Il est en effet **capital d'assurer les points** que vous pouvez marquer, et vous pourrez les obtenir beaucoup mieux en début d'épreuve car vous serez évidemment plus frais qu'au bout de quatre heures. Traitez ensuite les autres exercices dans l'ordre croissant de vos préférences. Si vous séchez sur une question pendant plus de cinq minutes, passez à la suivante en laissant une place suffisante pour pouvoir y revenir ultérieurement. Dans la très grande majorité des cas, l'exercice est ainsi fait que vous pouvez traiter les questions sans recourir aux résultats des précédentes. De plus, à mesure que vous avancerez dans l'énoncé, vous vous apercevrez qu'il n'est pas rare que les réponses aux questions précédentes soient données dans les suivantes. Il suffit d'en **décoder le texte**.

- En général les exercices proposés sont des **exercices types**. Certains d'entre eux pourraient même avoir été traités dans cet ouvrage. Ne cherchez ni pièges ni chausse-trappes. L'objectif de l'épreuve n'est pas de vous confondre mais d'évaluer vos connaissances et votre maîtrise des techniques usuelles de raisonnement.

Exemples : Le raisonnement par récurrence, la construction d'arbres de probabilités, la construction de tableaux de variation ou encore l'écriture d'équations de droites ou de plans de l'espace.

- Apportez un soin particulier à vos réponses, à la fois dans la forme et sur le fond :

– dans la **forme** : respectez scrupuleusement la numérotation des exercices et de leurs questions et reprenez-la à l'identique ; le correcteur ou la correctrice dispose en effet d'un barème pour chaque sous-question d'une question d'un exercice. Il doit donc être à tout moment capable de se repérer dans sa notation. Pour les mêmes raisons de clarté, séparez nettement chacun des exercices, en utilisant par exemple des espaces blancs entre eux. Evitez au maximum les ratures, les surcharges, l'effaceur et le blanco, les renvois à une autre page de votre copie.

– sur le **fond** : soyez rigoureux et sobres. Il faut bien entendu apporter dans vos réponses des arguments solides, issus du cours, et en même temps il faut éviter de noyer votre propos dans des considérations stériles.

Exemple : Évitez de rappeler la formule de dérivation d'un produit, la formule du produit scalaire, la formule du volume d'une pyramide alors qu'elle est rappelée dans l'énoncé.

Chapitre 1

Combinatoire et dénombrement

Principe des bergers : on dispose d'un ensemble à n éléments (le nombre de pattes d'un troupeau) découpé en p parties deux à deux disjointes (le nombre de moutons) contenant chacune q éléments (4 pattes). Alors $n = p \times q$.

J'apprends

I Principes additif et multiplicatif

1. Principe additif

Le cardinal d'un ensemble A est le nombre de ses éléments. On le note Card A (lire : cardinal de A).

Formule des cardinaux

Si A et B sont des ensembles alors on a la formule des cardinaux :

$$\text{Card}\,(A \cup B) = \text{Card}\,A + \text{Card}\,B - \text{Card}\,(A \cap B)$$

Lorsque A et B sont disjoints (c'est-à-dire lorsque $A \cap B = \varnothing$),
alors $\text{Card}\,(A \cap B) = \text{Card}\,(A) + \text{Card}\,(B)$. Cette égalité traduit le principe additif.

2. Principe multiplicatif

a. Produit cartésien

Définition : Le produit cartésien de k ensembles $A_1,\ldots, A_k$ se note $A_1 \times \ldots \times A_k$. Ses éléments s'appellent des *k-uplets* et se notent $(a_1,\ldots, a_k)$ où $a_1 \in A_1, \ldots a_k \in A_k$.

Exemple : Un *2-uplet* est un couple, un *3-uplet* un triplet, un *4-uplet* un quadruplet etc.

b. Cardinal d'un produit cartésien

Théorème

Principe multiplicatif

$\text{Card}\,(A_1 \times \ldots \times A_k) = \text{Card}\,(A_1) \times \ldots \times \text{Card}\,(A_k)$

Lorsque tous les ensembles sont égaux, on note $A^k = A \times \ldots \times A$.
Donc : $\text{Card}\,(A^k) = (\text{Card}\,A)^k$.

Exemple : Lorsque l'on jette trois dés cubiques il y a 216 résultats possibles. En effet, le résultat d'un jet est un triplet (a, b, c) de l'ensemble $\{1, 2, 3, 4, 5, 6\}$. Il y a donc 6^3 résultats possibles.

c. Nombre de parties d'un ensemble

Théorème

Le nombre de parties d'un ensemble à n éléments est égal à $\mathbf{2^n}$.

Démonstration : Notons $E = \{e_1, e_2, \dots, e_n\}$ un ensemble à n éléments. Décrivons une partie de E à l'aide d'un n-uplet composé uniquement de 0 et de 1.
Ainsi (0, 1, … , 1) code la partie qui contient e_1, contient e_2, … , contient e_n.

Par conséquent, il y a autant de parties dans E (y compris la partie vide et E lui-même qui sont considérés comme des parties de E) que de n-plets dans$\{0, 1\}^n$.
C'est pourquoi il y en a 2^n, ce qu'il fallait démontrer.

Illustration : Dans le cas $n = 2$

Code	(0, 0, 0)	(0, 0, 1)	(0, 1, 0)	(1, 0, 0)	(0, 1, 1)	(1, 0, 1)	(1, 1, 0)	(1, 1, 1)
Partie	$\emptyset$	$\{e_3\}$	$\{e_2\}$	$\{e_1\}$	$\{e_2, e_3\}$	$\{e_1, e_3]$	$\{e_1, e_2\}$	$\{e_1, e_2, e_3\}$

II Factorielles et arrangements

1. Factorielles

Définition : La factorielle d'un entier naturel non nul n se note $n!$ et est le produit des entiers naturels non nuls inférieurs ou égaux à n :

$$n! = n(n-1) \times \dots \times 1$$

$1! = 1$, $2! = 2 \times 1 = 2$, $3! = 3 \times 2 \times 1 = 6$… et par convention : $0! = 1$.

$n! = n \times (n-1) \times \dots \times 1 = n \times (n-1)!$

Ne pas confondre : $(2n)!$ et $2 \times n!$

Exemple : Pour $n = 5$, on a $(2n)! = (2 \times 5)! = 10! = 3\ 628\ 800$

et $2 \times n! = 2 \times 5! = 2 \times 120 = 240$.

Voici un programme Python pour calculer $n!$:

```
1. def fac(n):
2.     if n==1:
3.       return(1)
4.     return(fac(n-1)*n)
```

Justification : La fonction (définie par def fac(n)) s'appelle elle-même (ligne 4) et retourne donc à la ligne 1 en demandant le calcul de $(n-1)! \times n$ pour les valeurs successives décroissantes de n jusqu'à $n = 1$; alors, fac(n) renvoie 1 (ligne 3) et arrête le calcul, affichant $n!$.
Si on saisit fac(14) à la console, on obtient 87 178 291 200.

2. Arrangements

Définition : Soit $k \in \mathbb{N}^*$. On appelle k-arrangement de E tout k-uplet d'éléments deux à deux distincts de E. Un n-arrangement de E s'appelle une permutation de E.

Théorème

Le **nombre de k-arrangements** de E se note A_n^k et est égal à :

$$\underbrace{n(n-1)\dots(n-k+1)}_{\text{produits de } k \text{ facteurs consécutifs}}.$$

$$A_n^k = \frac{n!}{(n-k)!}, \quad A_n^n = A_n^{n-1} = n!$$

III Combinaisons et triangle de Pascal

On dispose d'un ensemble E à n éléments.

Définition : On appelle k-combinaison de E toute partie de E contenant k éléments.

Théorème

Pour tout $n \in \mathbb{N}$ et tout entier $k \in [0, n]$, le nombre de k-combinaisons de E se note $\binom{n}{k}$ (lire : k parmi n) et est égal à :

$$\frac{n(n-1)(n-2)\dots(n-k+1)}{k!} = \frac{A_n^k}{k!} = \frac{n!}{k!(n-k)!}$$

Démonstration : Utilisons le principe des bergers. Il y a $\binom{n}{k}$ k-combinaisons de E.

Avec chacune d'elles on peut faire $k!$ k-arrangements en ordonnant de toutes les façons possibles les éléments de chacun de ces k-uplets.

Donc, d'après le principe des bergers, $\binom{n}{k} = k! \times A_n^k$, ce qu'il fallait démontrer.

- $\binom{n}{0} = \binom{n}{n} = 1$, $\binom{n}{1} = \binom{n}{n-1} = n$, $\binom{n}{2} = \frac{n(n+1)}{2}$, $\binom{n}{k} = \binom{n}{n-k}$

Formule de Pascal

$$\binom{n+1}{k+1} = \binom{n}{k+1} + \binom{n}{k}$$

- Construction du triangle de Pascal.

On lit le coefficient $\binom{n}{k}$ à l'intersection de la colonne k et de la ligne n.

- On commence par $\binom{0}{0} = 1$ et $\binom{1}{0} = \binom{1}{1} = 1$, puis on remplit le tableau de proche en proche en utilisant la formule de Pascal.

Exemple : $35 = 15 + 20$ car $\binom{7}{3} = \binom{6}{2} + \binom{6}{3}$.

$k \rightarrow$ / $n \downarrow$	0	1	2	3	4	5	6	7
0	1							
1	1	1						
2	1	2	1					
3	1	3	3	1				
4	1	4	6	4	1			
5	1	5	10	10	5	1		
6	1	6	**15**	**20**	15	6	1	
7	1	7	21	**35**	35	21	7	1

$\binom{n}{k}$ $\binom{n}{k+1}$ $\binom{n+1}{k+1}$

- On utilise le triangle de Pascal pour les développements de $(a + b)^n$.

Ainsi :

$$(a+b)^4 = \binom{4}{0} a^4 b^0 + \binom{4}{1} a^3 b^1 + \binom{4}{2} a^2 b^2 + \binom{4}{3} a^1 b^3 + \binom{4}{4} a^0 b^4$$

$$= a^4 + 4a^3 b + 6a^2 b^2 + 4ab^3 + b^4$$

Remarque : Dans le développement, la somme des exposants de a et b est toujours égale à 4.

Histoire des maths

Le triangle de Pascal doit son nom à **Blaise Pascal** (1623-1662). Cependant, il était déjà connu notamment des Perses, des Chinois et des Arabes vers le xe siècle de notre ère.

Je révise

1 L'association sportive du lycée Dukoin propose aux 100 élèves de terminale deux activités : rugby ou danse. 25 pratiquent le rugby, 14 font les deux et 45 restent chez eux. Alors…

a. ○ 44 élèves pratiquent la danse

b. ○ 11 élèves pratiquent uniquement le rugby

c. ○ 30 élèves pratiquent uniquement de la danse

2 Avec les cinq chiffres 1, 2, 3, 4, 5, combien de nombres à quatre chiffres tous distincts peut-on faire ?

a. ○ 120 b. ○ 20 c. ○ 50

3 Avec les cinq chiffres 1, 2, 3, 4, 5, combien de nombres à quatre chiffres peut-on faire, les chiffres pouvant être utilisés autant de fois que l'on veut ?

a. ○ 1 024 b. ○ 625 c. ○ 500

4 On range 10 sachets de thé tous différemment parfumés dans les 5 tiroirs d'une boîte à thé. Sachant que chaque tiroir peut contenir jusqu'à 10 sachets, quel est le nombre de rangements possibles ?

a. ○ 50 b. ○ 9 765 625 c. ○ 100 000

5 Les anneaux olympiques sont colorés comme sur la figure. En respectant la disposition des anneaux et en utilisant les couleurs olympiques, combien de figures supplémentaires peut-on imaginer ?

a. ○ 24 b. ○ 119 c. ○ 999

6 Si n est un entier naturel ≥ 1, alors …

a. ○ $n! + n! = (2n)!$ b. ○ $\dfrac{n!}{n} = (n-1)!$ c. ○ $0! = 0$

7 Soit n et k deux entiers naturels tels que $1 \leq k \leq n$, alors…

a. ○ $\dbinom{n}{n-k} = \dbinom{n}{k}$

b. ○ $\dbinom{n}{k} = \dbinom{n-1}{k} + \dbinom{n-1}{k-1}$

Réponses :

1 a, b et c – 2 a – 3 b – 4 b – 5 b – 6 b – 7 a et b.

Si je veux dénombrer	J'utilise
La réunion de deux ensembles disjoints	....
La réunion de deux ensembles	....
Un produit cartésien	....

Comment faire s'il n'y a pas de formule à appliquer ?	Je dois organiser les données
Combien y a-t-il de dominos dans un jeu complet ?	....
De combien de façons peut-on totaliser 18 € avec des pièces ou billets de 1, 2, 5 et 10 € ?	....

Si je veux compter	J'utilise
Des *n*-uplets d'éléments tous distincts choisis dans un même ensemble	....
Des *n*-uplets dont les éléments sont distincts ou non choisis dans un même ensemble	....
Des ensembles (donc l'ordre ne compte pas)	....
Le nombre total de parties d'un ensemble de cardinal *n*	....

Si	Alors
$4! = 24$	$5! =$ ....
$A_6^6 = 720$	$A_6^5 =$ ....
J'ai cette ligne du triangle de Pascal: 1 | 4 | 6 | 4 | 1	La ligne suivante est ....
$\binom{10}{4} = 210$ et $\binom{10}{1} = 10$	$\binom{10}{6} =$ .... et $\binom{10}{9} =$ ....

Les anagrammes, le principe des bergers et les combinaisons

Les clés de l'exercice

Une anagramme d'un mot est un mot écrit avec les mêmes lettres, dans un ordre différent, que dans le mot de départ. Les anagrammes formées peuvent avoir un sens ou non.
Exemples : NICHE a pour anagrammes CHIEN et CHINE mais aussi ICHNE et EHCIN.
Le but de l'exercice consiste à examiner deux méthodes pour calculer le nombre d'anagrammes d'un mot donné, étant entendu que ce mot est considéré comme étant une anagramme de lui-même.

I. Première méthode : le principe des bergers (voir la page 9)

1. Combien d'anagrammes pouvez-vous écrire avec les mots suivants ?
a. MATHS **b.** CROUPE **c.** CHARIOT

2. Le mot DIAMANT contient deux lettres identiques. On inscrit sur sept fiches cartonnées les lettres en coloriant les « A » comme indiqué ci-dessous. On considère que les deux mots obtenus sont différents en raison des couleurs des cartons.

D	I	A	M	A	N	T
D	I	A	M	A	N	T

a. Avec cette règle, combien d'anagrammes obtenez-vous ?
b. Imaginez que vous ayez devant vous toutes les anagrammes du mot.

D	I	A	M	A	N	T

Effacez les coloriages. Il y a alors des mots qui sont comptés deux fois.
Montrez qu'il y a 2 520 anagrammes distinctes du mot DIAMANT.

3. En utilisant la technique précédente, montrez que le mot NIDIFIE a 840 anagrammes.

4. On cherche le nombre d'anagrammes du mot à 10 lettres SUISSESSES. On inscrit chaque lettre sur des cartons blancs **sauf** les six « S » qui sont coloriés avec des couleurs différentes.
a. En raisonnant comme à la question 1, montrez qu'il y a 1 814 400 anagrammes.

b. En imaginant que l'on a effacé les couleurs des lettres « S », montrez qu'il y a 2 520 anagrammes du mot SUISSESSES.

5. Dénombrez les anagrammes de MISSISSIPPI et ABRACADABRA.

II. Deuxième méthode : avec des combinaisons

1. On dispose de six fiches cartonnées. Sur chacune d'elles sont écrites les lettres DIAMANT. On dispose également de six emplacements destinés à recevoir chacun une fiche.
a. Montrez qu'il y a 21 façons de placer les deux fiches « A » dans les six emplacements.
b. On suppose que l'on a placé les deux « A ». Combien y a-t-il de façons de placer les cinq autres fiches aux cinq emplacements restants ?
c. Déduisez-en qu'il y a 2 520 anagrammes du mot DIAMANT.

2. Pour trouver le nombre d'anagrammes du mot NIDIFIE, on procède comme à la question précédente de deux façons différentes. Vérifiez que l'on obtient les mêmes résultats.

3. Utilisez les techniques précédentes pour trouver les anagrammes des mots MISSISSIPPI et ABRACADABRA.

I. Première méthode

▶ **Une anagramme d'un mot est une permutation des lettres du mot.**

Comme toutes les lettres sont distinctes, on trouve successivement :

1. a. $5! = 120$ **b.** $6! = 720$ **c.** $7! = 5\,040$

▶ **Les couleurs font qu'il y a sept lettres distinctes.**

2. a. On raisonne comme en 1.a. : $7! = 5\,040$.

▶ **Utilisez le principe des bergers.**

b. On regroupe les anagrammes identiques deux par deux, si bien que leur nombre réel (c'est-à-dire sans tenir compte des couleurs) est égal à $\frac{7!}{2}$, soit 2 520.

▶ **Coloriez les cartons portant un « I » et utilisez le principe des bergers.**

3. Chaque anagramme contenant des lettres colorées fournit en réalité 3! anagrammes **non** colorées. En effet, dans un mot donné il y a 3! façons différentes de mélanger les trois lettres colorées. D'après le principe des bergers le nombre réel d'anagrammes de NIDIFIE est $\frac{7!}{3!} = \frac{5\,040}{6} = 840$.

▶ **Une fois les « S » colorés, le mot contient deux lettres identiques (les « E »).**

4. a. Comme désormais deux lettres (les E) sont identiques, il y a $\frac{10!}{2}$ donc 1 814 400 anagrammes comportant les six « S » colorés, et eux seuls.

▶ **Appliquez le principe des bergers avec 6! lots d'anagrammes identiques issus du non coloriage des « S ».**

b. Si on ne colorie plus les « S », on obtient, pour chaque mot, 6! lots identiques car il y a 6! façons de mélanger les « S » dans chaque lot.

On trouve $\frac{1\,814\,400}{6!}$ donc 2 520 anagrammes.

On peut l'écrire : $\frac{10!}{2! \times 6!}$.

▶ **Utilisez le résultat de 4.b.**

5. Pour MISSISSIPPI, on trouve $\frac{11!}{4! \times 4! \times 2!} = 34\,650$ car il y a 11 lettres : 4 I, 4 S et 2 P ;

et pour ABRACADABRA : $\frac{11!}{5! \times 2! \times 2!} = 83\,160$ car il y a 11 lettres : 5 A, 2 B et 2 R.

II. Deuxième méthode

▶ **Le nombre de façons de choisir *k* emplacements parmi *n* est $\binom{n}{k}$.**

1. a. Il y a $\binom{7}{2}$ façons de placer les « A » donc 21 façons.

▶ **Il s'agit de compter des permutations.**

b. Il y a 5! façons de placer les 5 lettres restantes aux 5 emplacements restants.

c. Au total, il y a $21 \times 5!$ anagrammes, c'est-à-dire 2 520.

Placez d'abord les trois « I » et ensuite les quatre lettres restantes.

2. 1re façon : Il y a $\binom{7}{3}$ façons de placer les trois « I ».
Pour chacune de ces façons, il y a 4! façons de placer les quatre lettres restantes aux quatre places encore libres. Il y a donc $\binom{7}{3} \times 4!$, c'est-à-dire 840 anagrammes de NIDIFIE.

Placez d'abord les quatre lettres N D F E, puis les trois I.

2e façon : Il y a A_7^4, c'est-à-dire 840 façons de placer N D F E aux sept places disponibles. Il reste une seule façon pour disposer les « I ».
Au total, on retrouve 840 anagrammes possibles.

Choisissez les placements successifs des lettres que vous souhaitez.

3. Pour MISSISSIPPI :

$$\underbrace{\binom{11}{4}}_{4\,I \text{ pour 11 places}} \times \underbrace{\binom{7}{4}}_{4\,S \text{ pour 7 places restantes}} \times \underbrace{\binom{3}{2}}_{2\,P \text{ pour 3 places restantes}} \times \underbrace{1}_{\text{reste } M}$$

Pour ABRACADABRA :

$$\underbrace{\binom{11}{5}}_{5\,I \text{ pour 11 places}} \times \underbrace{\binom{6}{2}}_{2\,R \text{ pour 6 places restantes}} \times \underbrace{\binom{3}{2}}_{2\,B \text{ pour 3 places restantes}} \times \underbrace{2!}_{\text{restent } C \text{ et } D}$$

Je m'entraîne

Dans les exercices 1, 2 et 6, on obtient une grille en noircissant certaines cases noires du tableau ci-contre.

▶ Corrigés p. 262

	a	b	c	d
1				
2				
3				
4				

1 * **Combien de grilles différentes peut-on obtenir, sachant que l'on peut noircir un nombre quelconque de cases de 0 à 16 ?**

2 * **Combien de grilles ayant exactement trois cases noires peut-on obtenir ?**

3 * ***n* personnes participent à une réunion. Chacune d'elles échange (amicalement) un coup de coude avec chacune des neuf autres. Combien de coups de coude peut-on observer ?**

4 * **Un représentant de commerce doit visiter 10 villes. Il visite la ville A, en repart et continue sa tournée au hasard et sans aucune rationalité.**

a. Combien de trajets peut-il envisager ?

b. Combien de trajets peut-il envisager sachant qu'il doit obligatoirement passer par D avant de se rendre en E ?

5 * **Dans un lycée de 500 élèves, 390 apprennent l'anglais, 130 l'allemand et 50 n'apprennent aucune de ces deux langues. Calculez le nombre de lycéens qui étudient à la fois l'anglais et l'allemand.**

6 ** **Deux joueurs *A* et *B* disposent l'un et l'autre de la grille précédente. Chaque joueur noircit trois cases noires au hasard. *A* a noirci (*a* ; 2), (*b* ; 4) et (*d* ; 3). Dénombrez le nombre de grilles qu'a pu faire *B* sachant que :**

a. *B* a une et une seule case noire commune avec *A*.

b. *B* n'a aucune case noire commune avec *A*.

c. *B* a au moins une case noire commune avec *A*.

7 ** **Une station de radio diffuse le même spot publicitaire à 14 heures et à 15 heures. On sait qu'il y a 21 000 auditeurs à 14 heures et 25 000 à 15 heures. Déterminez le nombre de personnes ayant entendu le spot dans les deux cas suivants.**

a. On suppose que les auditeurs de 14 heures n'ont pas écouté la radio à 15 heures.

b. On suppose que 5 000 auditeurs écoutent la radio à 14 heures et à 15 heures.

8 ** **Une cible est composée de cinq zones (figure ci-contre). On dispose d'un sac de 8 crayons de couleurs toutes distinctes. La cible doit être coloriée en entier de la façon suivante : chaque zone doit être coloriée en entier à l'aide d'un seul crayon de couleur.**

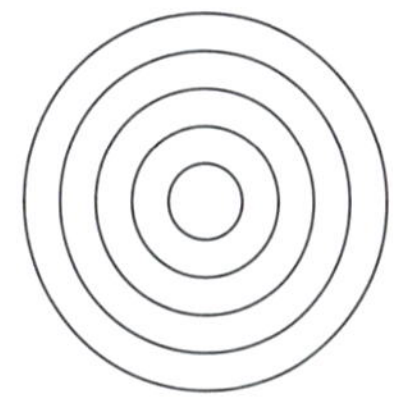

a. De combien de façons peut-on colorier la cible de couleurs toutes différentes ?

b. Même question si on peut employer plusieurs fois une même couleur.

9 ** **On dispose de cinq casiers numérotés 1, 2, 3, 4 et 5 et de trois boules portant les lettres *a*, *b* et *c*.**
On range les trois boules dans les cinq casiers de telle sorte que chaque casier ne contienne aucune boule, ou bien une boule ou bien plusieurs boules.

a. Combien y a-t-il de rangements possibles ?

b. Combien y a-t-il de rangements tels que chaque casier contienne au plus une boule (c'est-à-dire zéro ou une) ?

c. Combien y a-t-il de rangements tels qu'il y ait un casier contenant exactement deux boules ?

d. Combien y a-t-il de rangements tels que les trois boules soient rangées dans le même casier ?

10 ** **Une société fabrique des yaourts avec 10 parfums différents. On décide de vendre les yaourts par lots de 4 avec un seul ou plusieurs parfums.**

a. Combien de lots contenant quatre parfums distincts peut-on envisager ?

b. Combien de types de lots ne contenant ni pot au citron, ni pot à l'abricot peut-on envisager ?

c. Combien de lots répondant au critère : « si le pot contient un pot à la fraise, alors il doit obligatoirement contenir un pot à la vanille », peut-on envisager ?

11 ** **On veut constituer un comité de 6 membres : un président et 5 membres ordinaires. 20 candidats se présentent. Dénombrez tous les comités différents dans chacun des cas suivants.**

a. On choisit d'abord le président et ensuite les 5 membres.

b. On choisit les 5 membres et ensuite le président parmi ceux qui restent.

c. On choisit 6 candidats parmi lesquels on choisit ensuite le président.

d. Commentez les résultats obtenus aux trois questions précédentes.

12 *** **Dans le code Braille (destiné aux mal-voyants) un caractère est représenté par une matrice de 6 points dont certains sont en relief.**

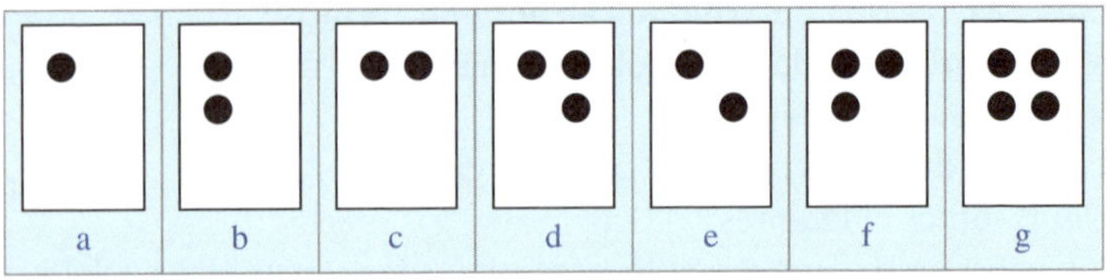

a. Combien de caractères ayant au moins un relief peut-on envisager ?

b. Combien de caractères ayant exactement k reliefs ($1 \leq k \leq 6$) peut-on envisager ?

c. Déduisez-en que $\sum_{k=1}^{6} \binom{6}{k} = 2^6 - 1$.

d. Comment cette formule peut-elle être vérifiée à l'aide du triangle de Pascal ?

13 *** **Un ascenseur dessert les vingt étages d'un immeuble. Huit personnes montent dedans au rez-de-chaussée. De combien de façons ces personnes peuvent-elles :**

a. sortir de l'ascenseur ?

b. sortir de l'ascenseur à huit étages différents ?

c. sortir de l'ascenseur au même étage ?

d. sortir de l'ascenseur sachant qu'une seule personne est sortie au 4e étage ?

14 *** **Soit n et k deux entiers naturels. Exprimez $\binom{n+2}{k+2}$ en fonction de $\binom{n}{k+2}$, $\binom{n}{k+1}$ et $\binom{n}{k}$.**

Exercice Bac

15 **On dispose de trois dés cubiques ordinaires : bleu, blanc et rouge.**

On obtient le total 9 avec cinq égalités :

$6 + 2 + 1 = 5 + 3 + 1 = 5 + 2 + 2 = 4 + 4 + 1 = 4 + 3 + 2 = 3 + 3 + 3$.

On obtient le total 10 aussi avec cinq égalités :

$6 + 3 + 1 = 6 + 2 + 2 = 5 + 4 + 1 = 5 + 3 + 2 = 4 + 4 + 2 = 4 + 3 + 3$.

Pourtant l'expérience prouve que le total 10 sort un peu plus souvent quand on jette les trois dés. Comment pouvez-vous expliquer ce paradoxe ?

Vecteurs et droites de l'espace

Chapitre 2

Le triangle de Penrose (mathématicien britannique né en 1931) est une illusion d'optique. L'objet que l'on voit est impossible à réaliser en 3D sans faire d'encoches (voir la démonstration à l'exercice 10).

J'apprends

I Vecteurs de l'espace

1. Généralités

Histoire des maths

L'un des précurseurs du calcul vectoriel dans le plan a été l'Italien **Giusto Bellavitis** (1803-1880). Dans un mémoire de 1832 (*Sposizione del metodo delle equipollenze*, c'est-à-dire *Exposé sur la méthode d'équipollence*), il a décrit ce qu'il appelait des segments équipollents.

Définition : Un repère de l'espace est un quadruplet constitué d'un point et d'un triplet de vecteurs d'origine O non deux à deux colinéaires.

Exemple : $(O ; \vec{i}, \vec{j}, \vec{k})$.

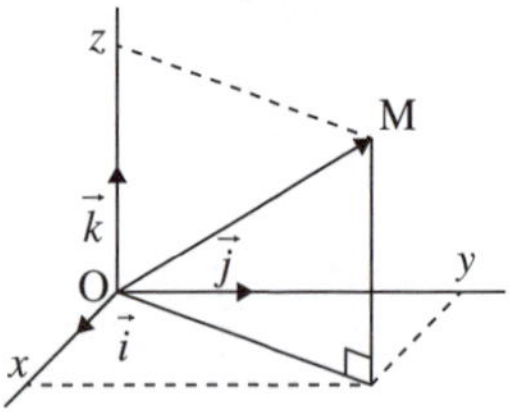

Les pointillés sont parallèles aux axes

Théorème

Pour tout point M de l'espace, il existe trois nombres uniques *x, y et z* tels que :

$$\overrightarrow{OM} = x\vec{i} + y\vec{j} + z\vec{k}$$

x, y et z sont respectivement **l'abscisse**, l'**ordonnée** et la **cote** de M ou du vecteur $\overrightarrow{OM}$.

Remarques :

- Si les trois vecteurs sont deux à deux orthogonaux et de même longueur, on dit que le repère est **orthonormé**.
- Le vecteur dont les coordonnées sont toutes égales à 0 s'appelle le **vecteur nul** et se note $\vec{0}$.

2. Formules

On donne un repère quelconque de l'espace et les points $A(x_A, y_A, z_A)$, $B(x_B, y_B, z_B)$ dont le milieu est I et deux vecteurs $\vec{u}\begin{pmatrix} x \\ y \\ z \end{pmatrix}$ et $\overrightarrow{u'}\begin{pmatrix} x' \\ y' \\ z' \end{pmatrix}$.

Alors : $\overrightarrow{AB}\begin{pmatrix} x_B - x_A \\ y_B - y_A \\ z_B - z_A \end{pmatrix}$ $\quad$ $I\begin{pmatrix} \dfrac{x_B + x_A}{2} \\ \dfrac{y_B + y_A}{2} \\ \dfrac{z_B + z_A}{2} \end{pmatrix}$ $\quad$ $\vec{u} + \vec{u'}\begin{pmatrix} x + x' \\ y + y' \\ z + z' \end{pmatrix}$ et $\alpha\vec{u}\begin{pmatrix} \alpha x \\ \alpha y \\ \alpha z \end{pmatrix}$ avec $\alpha \in \mathbb{R}$.

Théorèmes

- Trois points distincts A, B, C sont **alignés** si, et seulement si, les vecteurs $\overrightarrow{AB}$ et $\overrightarrow{AC}$ sont colinéaires. Autrement dit si, et seulement si, leurs coordonnées sont proportionnelles. Il existe alors un réel k tel que $\overrightarrow{AC} = k\overrightarrow{AB}$.
- Un point M appartient au plan déterminé par trois points non alignés A, B, C si, et seulement si, $\overrightarrow{AM}$ est une combinaison linéaire de $\overrightarrow{AB}$ et $\overrightarrow{AC}$, donc si, et seulement si, il existe deux réels x et y tels que $\overrightarrow{AM} = x\overrightarrow{AB} + y\overrightarrow{AC}$.

II Droites et plans de l'espace

1. Généralités

- Par deux points distincts, il ne passe qu'une seule droite.
- Par trois points distincts et non alignés, il ne passe qu'un seul plan.

2. Deux droites

- Dans l'espace deux droites peuvent être :

– coplanaires et dans ce cas elles peuvent être sécantes ou parallèles ;

– non coplanaires et dans ce cas elles n'ont aucun point en commun.

Exemple : (AE) et (BC).

- Dans l'espace, il est donc possible que deux droites n'aient aucun point en commun et ne soient pas parallèles.

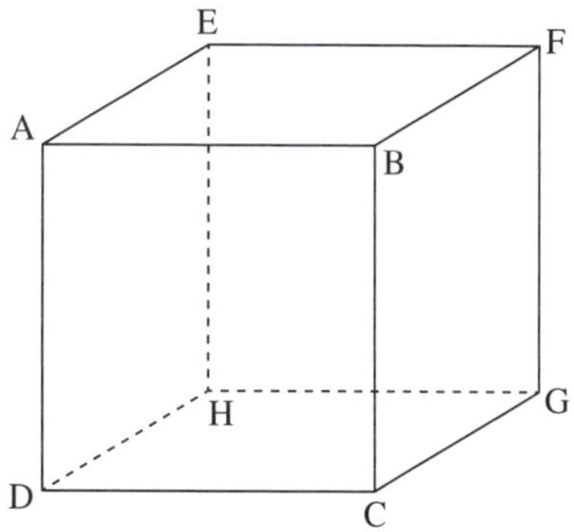

3. Une droite et un plan

Une droite d et un plan $\mathscr{P}$ peuvent :
– n'avoir **aucun point en commun** et dans ce cas la droite est parallèle au plan ;
– avoir **un seul point commun** et dans ce cas la droite perce le plan en ce point A ;
– avoir **une infinité de points en commun** et dans ce cas la droite est incluse dans le plan.

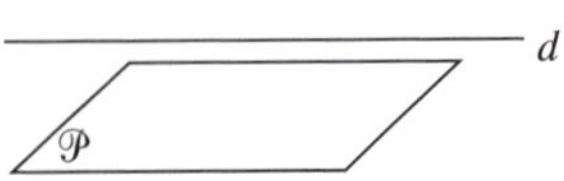

d et $\mathscr{P}$ parallèles

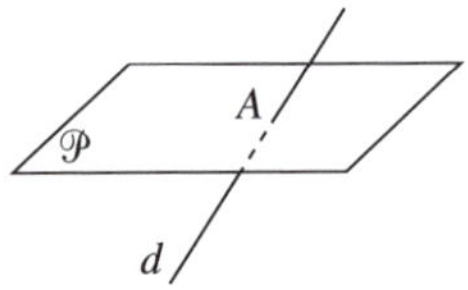

d et $\mathscr{P}$ sécants

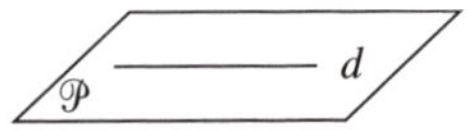

d incluse dans $\mathscr{P}$

Théorème

Une droite est **parallèle** à un plan si, et seulement si, elle est parallèle à une droite de ce plan.

4. Deux plans distincts

Deux plans distincts $\mathscr{P}$ et $\mathscr{P}'$ peuvent :
- n'avoir **aucun point en commun** et dans ce cas ils sont **parallèles** ;
- avoir une **infinité de points en commun**. Ces points sont situés sur une droite d qui est **l'intersection** des deux plans.

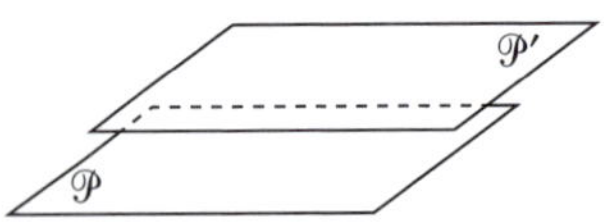

$\mathscr{P}$ et $\mathscr{P}'$ sont parallèles

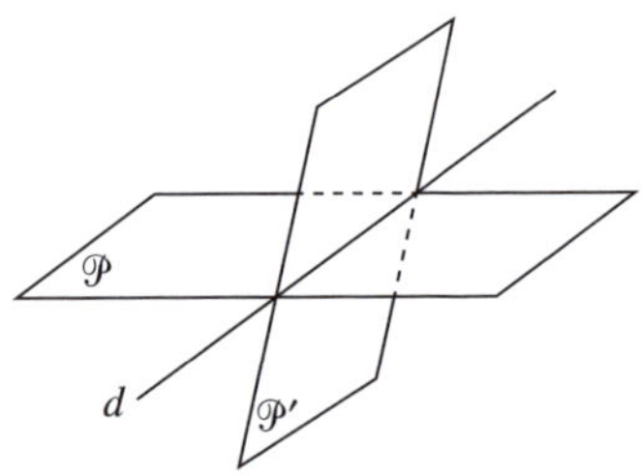

$\mathscr{P}$ et $\mathscr{P}'$ sont sécants selon la droite d

III Orthogonalité

1. Droites orthogonales

Définition : Dire qu'une droite d est orthogonale à une droite d' signifie qu'il existe une droite Δ parallèle à d' et perpendiculaire à d.

Donc, dans un plan, deux droites sont orthogonales si, et seulement si, elles sont perpendiculaires.

Exemple : Sur la figure p. 25, (EF) est orthogonale à (DH) car (AE) est parallèle à (DH) et (AE) $\perp$ (EF).

Théorème

Deux droites sont **perpendiculaires** si, et seulement si, elles forment un angle droit **et** sont sécantes.

2. Droite orthogonale à un plan

Définition : Dire qu'une droite est orthogonale à un plan signifie qu'elle est orthogonale à toutes les droites de ce plan.

Théorème

Une droite est orthogonale à un plan si, et seulement si, elle est orthogonale à deux droites **sécantes** de ce plan.

3. Plans orthogonaux (perpendiculaires)

Définition : Dire que deux plans sont orthogonaux signifie qu'il existe une droite de l'un qui est orthogonale à l'autre.

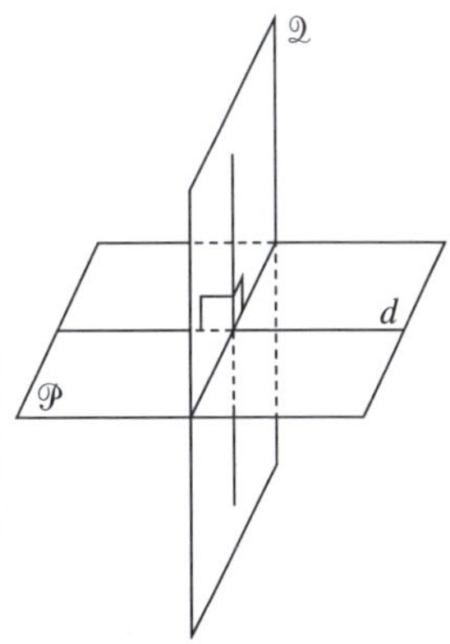

Théorèmes

- Si **deux plans sont orthogonaux**, tout plan parallèle à l'un est orthogonal à l'autre.
- Si **deux plans sont parallèles**, tout plan orthogonal à l'un est orthogonal à l'autre.

Je révise

Pour les questions 1 à 3 on se place dans un repère $(O\,;\vec{i},\vec{j},\vec{k})$ et on dispose des points A(1, –2, 3) et B(–1, 0, 1).

1 Quelles sont les coordonnées de $\overrightarrow{AB}$?

a. ○ (0, –2, 4) b. ○ (2, –2, 2) c. ○ (–2, 2, –2)

2 Quelles sont les coordonnées du milieu de [AB} ?

a. ○ (0, –1, 2) b. ○ (1, –1, 1) c. ○ (–1, 1, –1)

3 Soit C le point de coordonnées (0, –1, 1).

a. ○ Les points A, B, C sont alignés

b. ○ Les vecteurs $\overrightarrow{AB}$ et $\overrightarrow{AC}$ ne sont pas colinéaires

4 Deux droites de l'espace qui n'ont aucun point commun…

a. ○ sont nécessairement parallèles b. ○ peuvent ne pas être coplanaires

5 Deux droites de l'espace non coplanaires…

a. ○ peuvent être parallèles b. ○ n'ont aucun point en commun

6 Si une droite est parallèle à un plan alors elle est parallèle à…

a. ○ toutes les droites de ce plan b. ○ une infinité de droites de ce plan

7 Si une droite est orthogonale à un plan alors elle est…

a. ○ orthogonale à toutes les droites de ce plan

b. ○ perpendiculaire à une infinité de droites de ce plan

8 Deux droites orthogonales à un même plan sont nécessairement parallèles.

a. ○ Vrai b. ○ Faux

9 L'intersection de deux plans distincts…

a. ○ peut être un point b. ○ peut être un segment

c. ○ est nécessairement une droite

10 Si deux plans sont parallèles, alors toute droite de l'un est parallèle à toute droite de l'autre.

a. ○ Vrai b. ○ Faux

11 Si deux plans sont orthogonaux, alors toute droite de l'un est orthogonale à toute droite de l'autre.

a. ○ Vrai b. ○ Faux

Réponses :

1 c - 2 a - 3 b - 4 b - 5 b - 6 b - 7 a et b - 8 a - 9 c - 10 b - 11 b.

Je mémorise

On se place dans l'espace et on dispose d'un repère $(O ; \vec{i}, \vec{j}, \vec{k})$.

Si je sais que	Alors
Les points A, B, C sont alignés	Les vecteurs $\overrightarrow{AB}$ et $\overrightarrow{AC}$ sont .... Les coordonnées de ces vecteurs sont ....
Les points A, B, C ne sont pas alignés	Je peux écrire $\overrightarrow{AC} = x\overrightarrow{AB} +$ ....
Les droites (AB) et (DC) sont parallèles	Les vecteurs $\overrightarrow{AB}$ et $\overrightarrow{AC}$ sont ....
$\vec{u} = \overrightarrow{AB}$	Je calcule ses coordonnées ainsi : ....
I est le milieu de [AB]	Je calcule ses coordonnées ainsi : ....
$\vec{u} = k\overrightarrow{AB}$	Je calcule ses coordonnées ainsi : ....
$\vec{w} = \vec{u} + \vec{v}$	Je calcule ses coordonnées ainsi : ....
Deux plans sont orthogonaux à un même troisième	Ils sont ....
Je dois commenter la figure représentant un cube 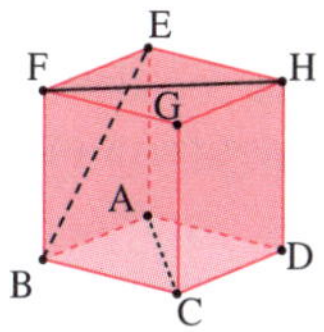	• Je dis que les droites (AC) et (FH) sont .... • La droite (FH) est .... au plan (ABC) • La droite (BE) n'est pas .... au plan (ABC).

Si je sais que	Je ne peux pas affirmer
Deux droites sont perpendiculaires à une même droite	Qu'elles sont ....
Une droite est orthogonale à une droite d'un plan	Qu'elle est ....
Une droite est parallèle à un plan	Qu'elle est parallèle à toute ....
Deux plans sont parallèles	Toute droite de l'un est ....

Méthode

Calculs vectoriels dans l'espace

Les clés de l'exercice

L'objet de l'exercice est d'utiliser les règles du calcul vectoriel pour trouver les positions relatives de points et de vecteurs. Pour les questions 2, 3 et 4, on se place dans un repère $(O ; \vec{i}, \vec{j}, \vec{k})$ de l'espace.

1. On se place dans le repère $(H ; \overrightarrow{HD}, \overrightarrow{HG}, \overrightarrow{HE})$. Déterminez les coordonnées de tous les points visibles sur la figure.

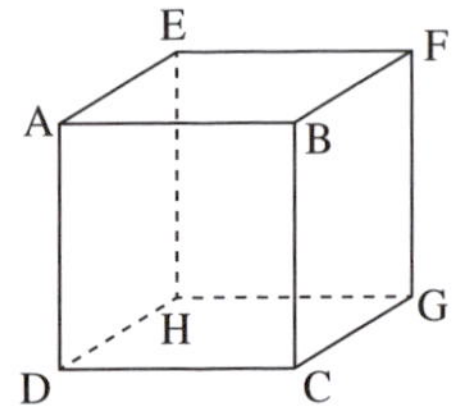

2. Les points A(1, –1, 4), B(0, 2, 5), C(4, –10, 1) sont-ils alignés ?

3. On donne les points A(1, 2, 0), B(2, 4, 0) et C(3, *y*, *z*). Trouvez les nombres *y* et *z* tels que le point C appartienne à la droite (AB).

4. Démontrez qu'il existe un unique point G(*x*, *y*, *z*) tel que $\overrightarrow{GA} + 2\overrightarrow{GB} = \vec{0}$ sachant que l'on a A(0, –1, 3) et B(4, 0, 2).

▶ **Utilisez la figure.**

1. On a A(1, 0, 1), B(1, 1, 1), C(1, 1, 0), D(1, 0, 0), E(0, 0, 1), F(0, 1, 1), G(0, 1, 0), H(0, 0, 0).

▶ **Utilisez la colinéarité.**

2. Avec les formules de calcul, on obtient les coordonnées suivantes : $\overrightarrow{AB}(-1, 3, 1)$ et $\overrightarrow{AC}(3, -9, -3)$. Comme $\overrightarrow{AC} = -3\overrightarrow{AB}$, les vecteurs $\overrightarrow{AB}$ et $\overrightarrow{AC}$ sont colinéaires, ce qui implique que les points A, B, C sont alignés.

▶ **C appartient à la droite (AB), si et seulement si, A, B et C sont alignés.**

3. On calcule : $\overrightarrow{AB}(1, 2, 0)$ et $\overrightarrow{AC}(2, y-2, z)$. On doit donc avoir $\overrightarrow{AC} = 2\overrightarrow{AB}$ ce qui implique $\begin{cases} y-2=2 \\ z=0 \end{cases}$ donc $y = 4$ et $z = 0$.

▶ **On traduit l'égalité vectorielle à l'aide de coordonnées.**

4. Supposons que G existe. Alors $\overrightarrow{GA} + 2\overrightarrow{GB}$ a pour coordonnées $\begin{pmatrix} 0-x \\ -1-y \\ 3-z \end{pmatrix} + 2\begin{pmatrix} 4-x \\ 0-y \\ 2-z \end{pmatrix}$, donc $\begin{pmatrix} 8-3x \\ -1-3y \\ 7-3z \end{pmatrix}$. G existe si, et seulement si, on peut trouver x, y et z tels que

$$\begin{cases} 8-3x=0 \\ -1-3y=0 \\ 7-3z=0 \end{cases} \text{ c'est-à-dire } \begin{cases} x=\dfrac{8}{3} \\ y=-\dfrac{1}{3}. \\ z=\dfrac{7}{3} \end{cases}$$

On vient ainsi de démontrer que G existe et est unique car x, y, z existent et sont uniques.

Orthogonalité dans l'espace

Les clés de l'exercice

L'objet de l'exercice est d'utiliser l'orthogonalité de droites et de plan.
Dans un plan $\mathscr{P}$ on considère un cercle $\mathscr{C}$ de diamètre [AB]. Soit d la droite orthogonale à $\mathscr{P}$ passant par A et N un point de d distinct de A. On considère un point M de $\mathscr{C}$ distinct de A et B.

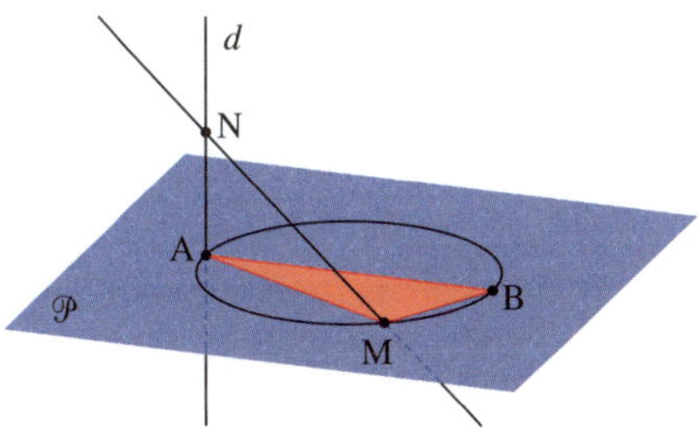

1. Démontrez que la droite d est incluse dans le plan (MAN).

2. Démontrez que (BM) est perpendiculaire à (AM).

3. Démontrez que (BM) est orthogonale à d.

4. Démontrez que les droites (BM) et (NM) sont perpendiculaires.

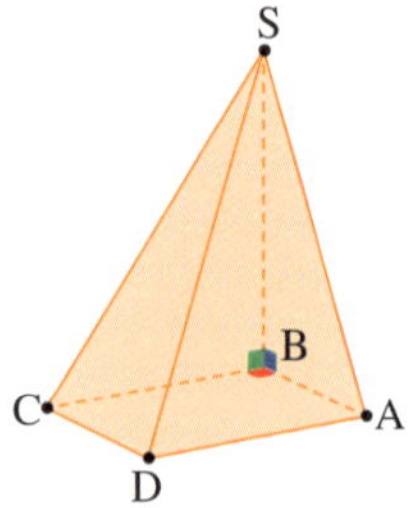

5. On considère la pyramide ci-dessus dont la base est le rectangle ABCD. Sachant que (SB) est orthogonale au plan (ABCD), dites si le triangle SCD est rectangle.

▶ **Trois points non alignés définissent un plan unique.**

1. La droite *d* contient les points A et N. Comme ces deux points appartiennent au plan (MAN), alors la droite *d* est contenue dans le plan (MAN).

▶ **Utilisez une propriété d'un triangle inscrit dans un cercle.**

2. Le triangle BAM est inscrit dans le cercle $\mathscr{C}$ et son côté [AB] est un diamètre de ce cercle. C'est pourquoi il est rectangle en M donc la droite (BM) est perpendiculaire à (AM).

▶ **Utilisez le fait que *d* est orthogonale à $\mathscr{P}$.**

3. La droite *d* étant orthogonale à $\mathscr{P}$, elle est orthogonale à toute droite de $\mathscr{P}$, en particulier à (BM).

▶ **Montrez au préalable que (BM) est orthogonale à (MAN).**

4. (BM) est orthogonale à deux droites **sécantes** du plan (MAN) : (AM) et *d* ; elle est donc orthogonale à ce plan.

Étant orthogonale à (MAN), la droite (BM) est orthogonale à toute droite qui y est contenue, donc en particulier à la droite (MN). Les deux droites (BM) et (MN) sont sécantes en M : elles sont donc perpendiculaires.

▶ **Appliquez la méthode de la question précédente à la droite (CD).**

5. La droite (CD) est parallèle à (BA). Or (BA) est perpendiculaire au plan (SBC). La droite (CD) est donc orthogonale au plan (SBC), donc à toutes les droites de ce plan, en particulier (SC). C'est pourquoi (CD) est perpendiculaire à (SC). Il en résulte que le triangle SCD est rectangle en C.

Sauf mention du contraire, on dispose d'un repère $(O ; \vec{i}, \vec{j}, \vec{k})$ de l'espace.

▶ Corrigés p. 265

1 * On considère les points A(3, –1, 2), B(5, 4, 3) et C(1, 1, 3) et D(–1, –4, 2).

a. Calculez les coordonnées du milieu de [AC] et du milieu de [BD].

b. Que peut-on en déduire sur le quadrilatère ABCD ?

2 * On donne trois points non alignés A, B et C.

a. Démontrez qu'il existe un unique point M tel que $\overrightarrow{MA} + 3\overrightarrow{MB} - \overrightarrow{MC} = \vec{0}$.

b. Démontrez alors, en utilisant la relation de Chasles et le repère $(A ; \overrightarrow{AB}, \overrightarrow{AC})$, que le point M appartient au plan (ABC).

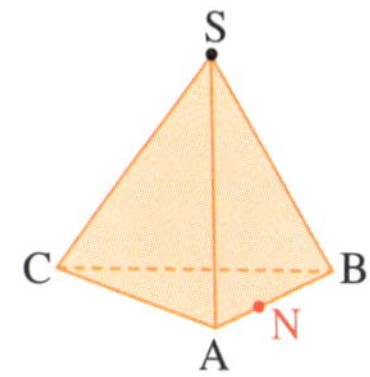

3 * On considère un tétraèdre de sommet S : SABC et un point N sur l'arête [AB]. Étudiez les positions relatives des objets suivants :

a. Les droites (SN) et (BC).

b. Les plans (NSA) et (ABC).

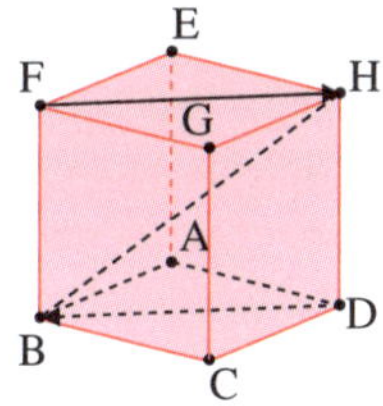

4 * Dans le cube ci-contre, montrez que les trois vecteurs $\overrightarrow{FH}$, $\overrightarrow{HB}$ et $\overrightarrow{DB}$ sont coplanaires.

5 * On considère le cube où I, J, K, L sont les milieux des côtés sur lesquels ils sont placés.

a. En considérant les vecteurs $\overrightarrow{JK}$ et $\overrightarrow{IL}$, démontrez que les points I, J, K, L sont coplanaires.

b. Construisez les intersections du plan (IJK) avec les faces du cube.

c. Déterminez les coordonnées du centre du polygone précédent dans le repère $(A ; \overrightarrow{AB}, \overrightarrow{AD}, \overrightarrow{AF})$.

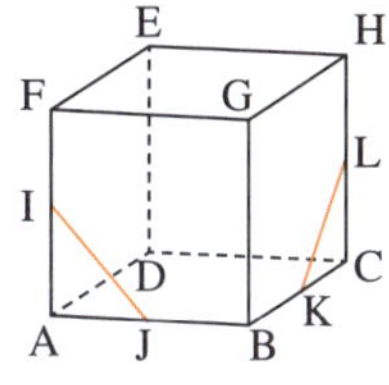

6 ** On considère les points A(1, 2, 3), B(6, 4, 2), C(2, 3, 4) et D(*a*, *b*, 1). Déterminez les nombres *a* et *b* tels que les vecteurs $\overrightarrow{AB}$ et $\overrightarrow{CD}$ soient colinéaires.

7 ** a. Dans le repère $(A ; \overrightarrow{AB}, \overrightarrow{AD}, \overrightarrow{AF})$ de la figure verte, donnez les coordonnées des vecteurs suivants :

$\vec{u}_1 = \overrightarrow{FC} + \overrightarrow{BA}$, $\vec{u}_2 = \overrightarrow{AG} + \overrightarrow{AD}$, $\vec{u}_3 = 2\overrightarrow{AG} + \overrightarrow{HA}$, $\vec{u}_4 = \overrightarrow{FE} + \overrightarrow{DB}$

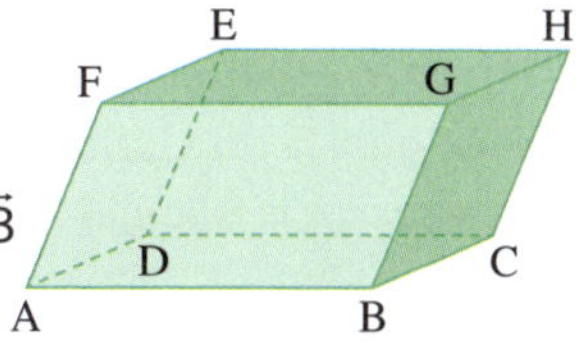

b. À l'aide de deux sommets du parallélépipède, définissez chacun des vecteurs suivants : on pourra utiliser la relation de Chasles.
$\vec{v_1} = \overrightarrow{FD} + \overrightarrow{HB}$, $\vec{v_2} = \overrightarrow{FC} + \overrightarrow{EB}$, $\vec{v_3} = \overrightarrow{BE} + \overrightarrow{BA} + \overrightarrow{EH}$, $\vec{v_4} = \overrightarrow{GD} + \overrightarrow{EB} + \overrightarrow{AH}$

8 ** **Démonstration du théorème du toit : soit deux plans $\mathcal{P}$ et $\mathcal{P}'$ sécants selon une droite Δ. Si les droites d de $\mathcal{P}$ et d' de $\mathcal{P}'$ sont parallèles alors chacune d'elles est parallèle à Δ.**

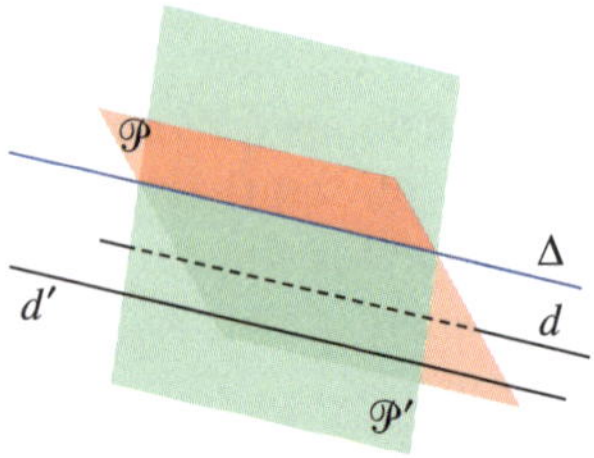

a. Justifiez que si l'une des deux droites est confondue avec Δ, le théorème est démontré.
b. On suppose que les deux droites sont distinctes de Δ. Montrez que si l'on suppose que D et Δ sont sécantes, on aboutit à une contradiction.
c. Concluez.

9 ** **Les points M, N, P appartiennent aux arêtes [BC], [SB] et [SA] du tétraèdre SABC.**

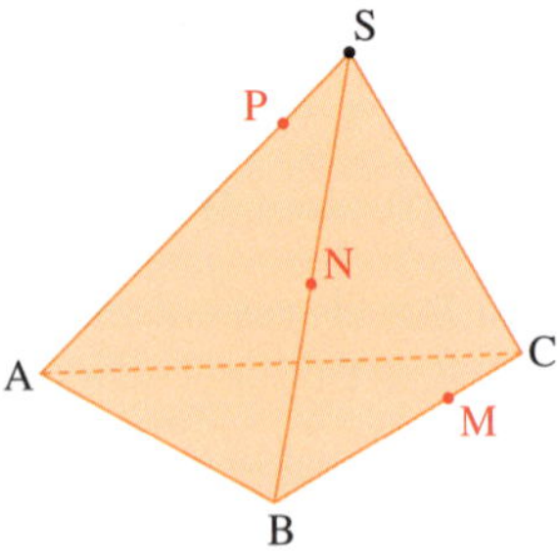

a. Dans le cas où la droite (NP) n'est pas parallèle à (AB), construisez l'intersection du plan (MNP) avec chacune des faces du tétraèdre.
b. Construisez les intersections précédentes dans le cas où la droite (NP) est parallèle à (AB).

10 ** **Le but de l'exercice est de démontrer que le triangle de Penrose est impossible à construire en 3D, sauf en faisant une encoche. On considère les trois plans $\mathcal{P}$, $\mathcal{Q}$, $\mathcal{R}$ supports des trois faces visibles du triangle.**

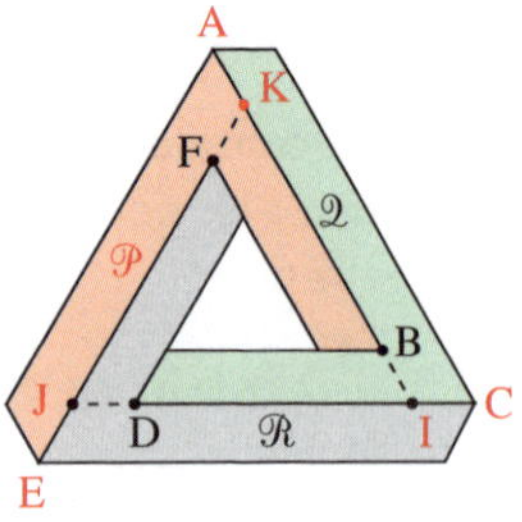

a. Le point I appartient à la fois à $\mathcal{Q}$ et à $\mathcal{R}$. Démontrez qu'il appartient aussi à $\mathcal{P}$. Ainsi $I \in \mathcal{P} \cap \mathcal{Q} \cap \mathcal{R}$.
b. Démontrez de même que $J \in \mathcal{P} \cap \mathcal{Q} \cap \mathcal{R}$ et $K \in \mathcal{P} \cap \mathcal{Q} \cap \mathcal{R}$.
c. Sachant que les points I, J, K ne sont pas alignés, que peut-on en conclure pour les trois plans $\mathcal{P}$, $\mathcal{Q}$, $\mathcal{R}$?
d. En quoi la conclusion précédente permet-elle de dire que le triangle de Penrose est une figure plane ?

11 ** **On donne quatre points A(1, 0, 1), B(2, 0, –1), C(1, 1, 1) et D(–2, –1, 0) de l'espace.**

a. Démontrez que les points I, J, K définis par les relations vectorielles suivantes existent et sont uniques :

$\overrightarrow{IA} - 2\overrightarrow{IB} - 3\overrightarrow{IC} = \vec{0}$

$\overrightarrow{JA} - 3\overrightarrow{JC} + 4\overrightarrow{JD} = \vec{0}$

$\overrightarrow{KA} - 2\overrightarrow{KB} + 4\overrightarrow{KD} = \vec{0}$

b. Démontrez que le vecteur $\overrightarrow{MA} - 2\overrightarrow{MB} - 3\overrightarrow{MC} + 4\overrightarrow{MD}$ est constant, c'est-à-dire indépendant du point M.

Exercices Bac

12 **L'objectif du problème est de trouver une façon de construire l'intersection d'une droite et d'un plan en utilisant les outils de la géométrie plane. Sur la figure, on peut voir trois plans : $\mathscr{P}$, $\mathscr{Q}$, $\mathscr{R}$.**

Données :

- L'intersection de $\mathscr{P}$ et $\mathscr{Q}$ est la droite Δ
- La droite Δ est parallèle au plan $\mathscr{R}$
- A et B sont deux points de $\mathscr{P} \cap \mathscr{R}$, A′ et B′ sont deux points de $\mathscr{Q} \cap \mathscr{R}$
- O est l'intersection des droites (AA′) et (B′B)

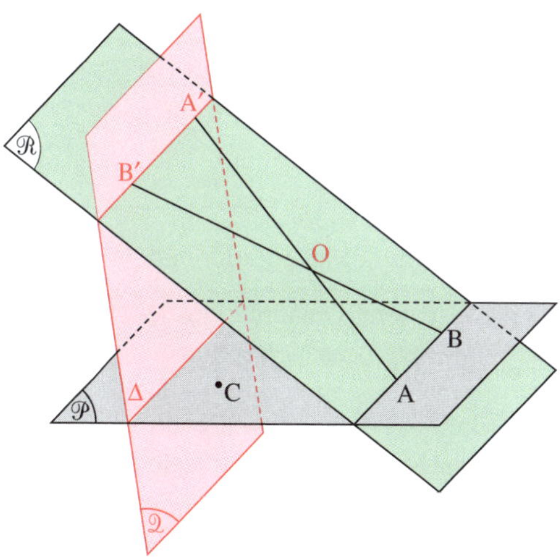

Soit C un point du plan $\mathcal{P}$. Comment construire l'intersection de la droite (OC) avec le plan $\mathcal{Q}$? Les questions suivantes répondent à cette interrogation.

1. a. Démontrez que le plan (AOC) contient le point A′.

b. Démontrez que le plan (BOC) contient le point B′.

On note D = (AC) ∩ Δ et E = (BC) ∩ Δ.

2. a. Démontrez que la droite (DA′) est incluse dans le plan (AOC).

b. Démontrez que la droite (EB′) est incluse dans le plan (BOC).

3. On admet que les droites (DA′) et (EB′) sont sécantes. Soit F leur point d'intersection. Démontrez que le point F appartient à (OC).

4. Concluez.

13 Le sujet suivant est une partie de l'exercice 1 du bac de juin 2021 pour les candidats libres. Nous reproduisons la figure telle qu'elle est donnée dans l'énoncé.

ABCDEFGH est un cube. I est le centre de la face ADHE et J est un point du segment [CG].

Il existe donc a ∈ [0 ; 1] tel que $\overrightarrow{CJ} = a\overrightarrow{CG}$.

On se place dans le repère $(A ; \overrightarrow{AB}, \overrightarrow{AD}, \overrightarrow{AE})$.

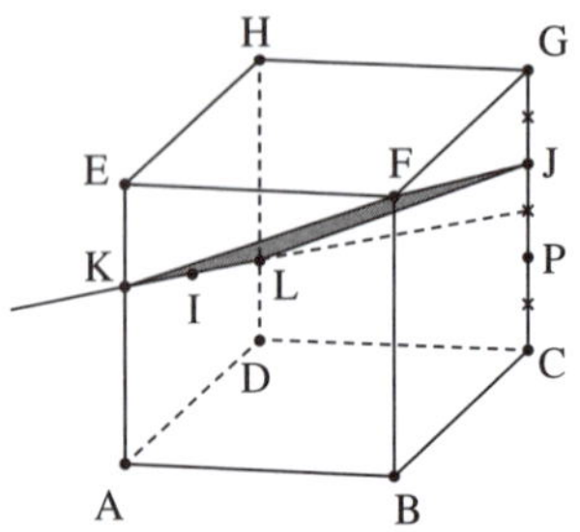

1. Dans le cas où $a = \dfrac{2}{3}$, déterminez les coordonnées des points F, I, J.

2. On se place dans le cas général. On admet que les coordonnées des points K et L sont respectivement : $\left(0, 0, 1 - \dfrac{a}{2}\right)$ et $\left(0, 1, \dfrac{a}{2}\right)$.

a. Déterminez les coordonnées de J en fonction de a.

b. Montrez que le quadrilatère FJLK est un parallélogramme.

Produit scalaire et orthogonalité

Chapitre 3

Dans ce chapitre, on étudie l'orthogonalité dans l'espace usuel. Cette notion peut être généralisée dans le cadre de la géométrie sphérique, où l'on rencontre des triangles avec trois angles droits !

I Définition et propriétés du produit scalaire

Définitions :

- Soit A, B, C trois points deux à deux distincts. H le projeté orthogonal de C sur (AB) et les deux vecteurs $\vec{u} = \overrightarrow{AB}$ et $\vec{v} = \overrightarrow{AC}$. Le produit scalaire $\vec{u} \cdot \vec{v}$ est égal à

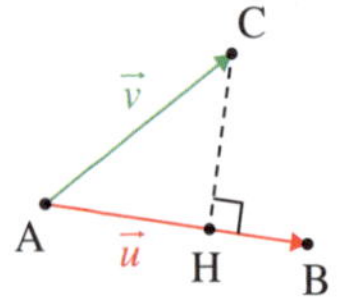

$$\begin{cases} AH \times AB \text{ si } \overrightarrow{AH} \text{ et } \overrightarrow{AB} \text{ sont de même sens} \\ -AH \times AB \text{ si } \overrightarrow{AH} \text{ et } \overrightarrow{AB} \text{ sont de sens contraires} \end{cases}$$

- Quel que soit $\vec{u}$: $\vec{u} \cdot \vec{0} = 0$.
- Le produit scalaire $\vec{u} \cdot \vec{u}$ s'appelle le carré scalaire de $\vec{u}$ et se note $\|\vec{u}\|^2$.
- Ainsi : $\|\vec{u}\| = AB$ (Lire : norme de $\vec{u}$).

Théorème 1

Deux vecteurs non nuls sont **orthogonaux** si, et seulement si, leur produit scalaire est égal à **0.**

- Reprenons les notations précédentes : comme les deux vecteurs sont non nuls, on a en particulier $A \neq B$. Supposons $\overrightarrow{AB} \cdot \overrightarrow{AC} = 0$; alors $AH \times AH = 0 \Leftrightarrow AH = 0$ car $AB \neq 0$. Cela signifie que A = H. Par conséquent $(AC) \perp (AB)$.
Réciproquement si $(AC) \perp (AB)$ alors A = H donc AH = 0 et $AH \times AB = 0$ donc $\overrightarrow{AB} \cdot \overrightarrow{AC} = 0$.

Ce qu'il fallait démontrer.

Remarque : On voit donc que si le produit scalaire de deux vecteurs est égal à 0, cela ne signifie pas nécessairement que l'un des deux vecteurs est nul. Cependant, quel que soit $\vec{u}$, on a : $\vec{u} \cdot \vec{0} = 0$.

Théorème 2

Si les points A, B et C sont deux à deux distincts : $\vec{u} \cdot \vec{v} = AB \times AC \cos \widehat{BAC}$.

- On dispose ainsi d'une façon de calculer un angle défini par trois points et leurs coordonnées :

$$\cos \widehat{BAC} = \frac{\overrightarrow{AB} \cdot \overrightarrow{AC}}{AB \times AC}$$

II Formules et distances

1. Formules de calcul

- $\vec{u} \cdot \vec{v} = \vec{v} \cdot \vec{u}$; $(\lambda\vec{u}) \cdot \vec{v} = \lambda(\vec{u} \cdot \vec{v})$; $\vec{u} \cdot (\vec{v} + \vec{w}) = \vec{u} \cdot \vec{v} + \vec{u} \cdot \vec{w}$ $(\lambda \in \mathbb{R})$
- $\|\vec{u} \pm \vec{v}\|^2 = \|\vec{u}\|^2 \pm 2\vec{u} \cdot \vec{v} + \|\vec{v}\|^2$
- $(\vec{u} + \vec{v}) \cdot (\vec{u} - \vec{v}) = \|\vec{u}\|^2 - \|\vec{v}\|^2$

Remarque : On reconnaît des expressions semblables aux identités remarquables.

- $\vec{u} \cdot \vec{v} = \dfrac{1}{4}(\|\vec{u} + \vec{v}\|^2 - \|\vec{u} - \vec{v}\|^2)$

Le produit scalaire de deux vecteurs peut donc s'interpréter comme le quart de la différence des carrés des diagonales d'un parallélogramme.

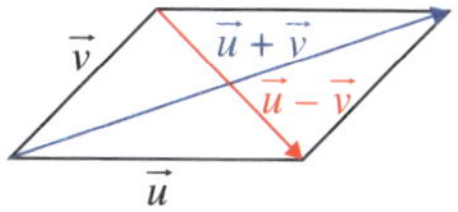

2. Distances

a. Expression du produit scalaire dans un repère orthonormé

Théorème

Soit $\vec{u}(x, y, z)$ et $\vec{u}'(x', y', z')$ deux vecteurs. Alors :

$$\vec{u} \cdot \vec{u}' = xx' + yy' + zz'$$

Et en particulier : $\|\vec{u}\| = \sqrt{x^2 + y^2 + z^2}$.

b. Calcul de distances

Dans le cas où $\vec{u} = \overrightarrow{AB}$ et $\vec{v} = \overrightarrow{AC}$, on trouve la formule qui généralise celle qui a été vue dans le plan : $\|\overrightarrow{AB}\| = AB = \sqrt{(x_B - x_A)^2 + (y_B - y_A)^2 + (z_B - z_A)^2}$.

c. Application à la sphère

La sphère S de centre $A(x_A ; y_A ; z_A)$ et de rayon r étant l'ensemble des points $M(x, y, z)$ du plan tels que $AM^2 = r^2$,

$$M \in S \Leftrightarrow (x - x_A)^2 + (y - y_A)^2 + (z - z_A)^2 = r^2$$

On obtient ainsi une équation cartésienne de S.

Elle est de la forme $x^2 + y^2 + y^2 - 2ax - 2by - 2cz + d = 0$ où $a = x_A$, $b = y_A$, $c = z_A$ et $d = a^2 + b^2 + c^2 - r^2$. Il en résulte que $r^2 = a^2 + b^2 + c^2 - d$.

Ainsi, étant donné quatre nombres a, b, c, d, l'ensemble des points $M(x, y, z)$ de l'espace tels que $x^2 + y^2 + z^2 - 2ax - 2by - 2cz + d = 0$ est :

- la sphère de centre $I(a, b, c)$ et de rayon $r = \sqrt{a^2 + b^2 + c^2 - d}$ si $a^2 + b^2 + c^2 - d \geq 0$;
- l'ensemble vide si $a^2 + b^2 + c^2 - d < 0$.

L'algorithme suivant traduit cela : l'utilisateur saisit a, b, c, d et en réponse il sait si l'ensemble précédent représente une sphère de rayon r ou l'ensemble vide.

```
from math import * # importation des fonctions maths
a=float(input("a= "));b=float(input("b= "))
c=float(input("c= "));d=float(input("d= ")) #variables réelles (float)
r2=a**2+b**2+c**2-d
if r2>=0:
    r=sqrt(r2)
    print("r = ",r)
else:
    print("ensemble vide")
```

III Orthogonalité

a. Droites orthogonales

Deux droites d et d' de l'espace de vecteurs directeurs $\vec{u}$ et $\vec{v}$ sont orthogonales si, et seulement si, $\vec{u} \cdot \vec{v} = 0$.

b. Droites et plans orthogonaux

Une droite d de vecteur directeur $\vec{u}$ et un plan $\mathcal{P}$ sont orthogonaux si, et seulement si, il existe deux vecteurs $\vec{i}$ et $\vec{j}$ non colinéaires du plan $\mathcal{P}$ tels que $\vec{i} \cdot \vec{u} = 0$ et $\vec{j} \cdot \vec{u} = 0$.

Définition : On dit alors que $\vec{u}$ est un vecteur normal au plan $\mathcal{P}$.

c. Plans orthogonaux

Théorème

Deux plans sont **orthogonaux** si, et seulement si, un vecteur normal à l'un est orthogonal à l'autre.

d. Application de l'orthogonalité à la sphère

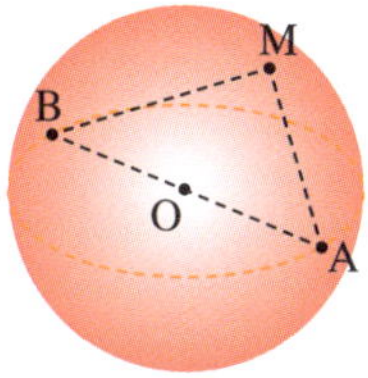

Si l'on connaît un diamètre [AB] d'une sphère S, on peut dire, comme pour un cercle dans le plan, que $M \in S \Leftrightarrow \overrightarrow{MA} \cdot \overrightarrow{MB} = 0$, c'est-à-dire :

$$(x - x_A)(x - x_B) + (y - y_A)(y - y_B) + (z - z_A)(z - z_B) = 0$$

On obtient encore une équation cartésienne de la sphère S dont un diamètre est [AB]. On retrouve l'équation vue à la page 39 au paragraphe 2c.

Histoire des maths

J.-W. Gibbs

Dans sa théorie des forces et des marées de 1839, le mathématicien prussien **Hermann G. Grassmann** (1809-1877) étend à l'espace la notion de vecteur. Il lui associe des règles de calcul algébrique, notamment un « produit linéaire », utilisant la projection orthogonale et qui deviendra notre produit scalaire. Il utilisait la croix (×) pour l'écrire tandis que l'américain **Josiah W. Gibbs** (1839-1903), qui l'appelait le *dot product*, le notait avec un point.

H.-G. Grassmann

Je révise

Dans les exercices 1 à 10, on dispose d'un repère orthonormé $(O\,;\vec{i},\vec{j},\vec{k})$.

1 Quel est le produit scalaire des deux vecteurs $\vec{u}(1\,;0\,;-1)$ et $\vec{u}'(2\,;3\,;2)$?

a. ◯ 0 b. ◯ 1 c. ◯ – 3

**2 Soit A(1, –1, 2) et B(0, 1, 4) deux points de l'espace.
Quelle est la distance AB ?**

a. ◯ 10 b. ◯ 3 c. ◯ 9

**3 Soit A, B, C trois points de l'espace tels que : AB = 2, AC = 3 et $\widehat{CAB} = 120°$.
Alors $\overrightarrow{AB}\,.\,\overrightarrow{AC} = \ldots$**

a. ◯ 3 b. ◯ –3 c. ◯ 6

4 Pour tous vecteurs $\vec{u}$ et $\vec{v}$ de l'espace : $\vec{u}\cdot\vec{v} = \vec{v}\cdot\vec{u}$.

a. ◯ Vrai b. ◯ Faux

5 Pour tous vecteurs $\vec{u}$ et $\vec{v}$: $\|\vec{u}+\vec{v}\| = \|\vec{u}-\vec{v}\| \Leftrightarrow \vec{u}\perp\vec{v}$.

a. ◯ Vrai b. ◯ Faux

6 Pour tous points A et B : $\overrightarrow{AB}\cdot\overrightarrow{AC} = \overrightarrow{CA}\cdot\overrightarrow{AB}$.

a. ◯ Vrai b. ◯ Faux

7 On ne peut pas trouver de nombre réel *a* tel que les vecteurs $\vec{u}(1, 2, 3)$ et $\vec{v}(a^2, a, 1)$ soient orthogonaux.

a. ◯ Vrai b. ◯ Faux

8 Deux droites D et D′ ont pour vecteurs directeurs respectifs $\vec{u}(1, -2, 0)$ et $\vec{u}'(6, 3, 0)$. Ces deux droites sont-elles orthogonales ?

a. ◯ Oui b. ◯ Non

9 Deux plans $\mathcal{P}$ et $\mathcal{P}'$ ont pour vecteurs normaux respectifs $\vec{n}(1, 3, -2)$ et $\vec{n}'(2, -2, -2)$. Les deux plans sont …

a. ◯ parallèles b. ◯ perpendiculaires c. ◯ ni parallèles, ni perpendiculaires

10 Un plan $\mathcal{P}$ contient les vecteurs $\vec{u}(3, -3, 0)$ et $\vec{v}(2, 3, -5)$. Le vecteur $\vec{n}(1, 1, 1)$ est-il normal à $\mathcal{P}$?

a. ◯ Oui b. ◯ Non

Réponses :

1 a - 2 b - 3 b - 4 a - 5 a - 6 b - 7 a - 8 a - 9 b - 10 a.

En l'absence de repère orthonormé

Pour calculer un produit scalaire dans un solide dont je connais les dimensions

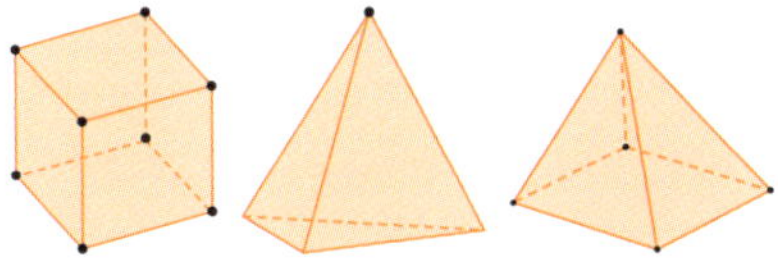

→

- J'utilise la relation de.......................
- La formule avec l'orthogonalité caractérisée par............................
- Je peux choisir un repère..................

Pour calculer des dimensions → Dans un triangle rectangle, j'utilise le théorème de...............................

Pour calculer un angle → J'utilise la formule.........................

Avec un repère orthonormé

Pour calculer le produit scalaire $\vec{u} \cdot \vec{u'}$ → J'utilise la formule.........................

Pour calculer la norme $\|\vec{u}\|$ → J'utilise la formule.........................

Pour calculer $\|\overrightarrow{AB}\|$ → J'utilise la formule.........................

Pour savoir si les droites (AB) et (CD) sont orthogonales → Je calcule.................................. et je conclus ainsi : ....

Pour savoir si le vecteur $\vec{n}$ est normal au plan (ABC) → Je calcule les produits scalaires......... .... et je conclus ainsi : ....

Produit scalaire et distance

Les clés de l'exercice

On considère les centres I et J de deux faces non opposées d'un cube d'arête 1. On se propose de calculer une mesure des angles du triangle AIJ à un degré près.
Ce problème mobilise des connaissances sur :

- le calcul de coordonnées du milieu d'un segment et des coordonnées d'un vecteur ;
- les formules de la distance et du produit scalaire calculées à l'aide de coordonnées ;
- la formule du produit scalaire utilisant le cosinus.

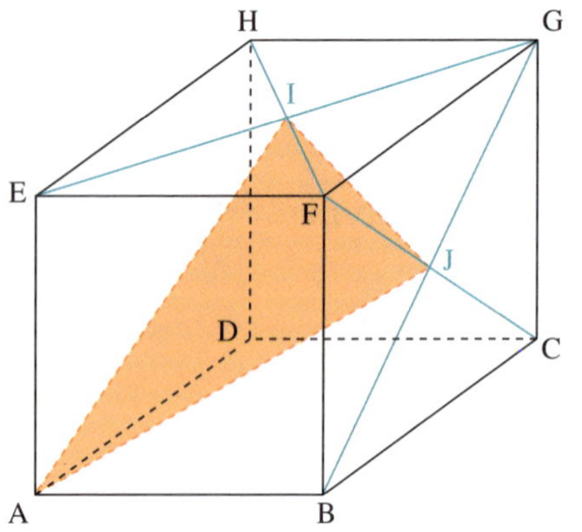

1. Justifiez que le repère $(A\,;\overrightarrow{AB}, \overrightarrow{AD}, \overrightarrow{AE})$ est orthonormé.

Dans la suite, on se place dans ce repère.

2. Calculez les coordonnées de A, B, E, G, puis celles de I et J.

3. a. Calculez AI et AJ.

b. Exprimez le produit scalaire $\overrightarrow{AI} \cdot \overrightarrow{AJ}$ à l'aide de $\cos\widehat{IAJ}$.

4. Calculez $\overrightarrow{AI} \cdot \overrightarrow{AJ}$ à l'aide des coordonnées de ces vecteurs.

5. Calculez $\cos\widehat{IAJ}$ puis $\widehat{IAJ}$.

6. a. Quelle est la nature du triangle AIJ ?

b. Déduisez-en les mesures des deux autres angles.

▶ Dans un repère orthonormé de l'espace, les trois vecteurs sont de norme 1 et deux à deux orthogonaux.

1. Les longueurs des arêtes du cube étant égales à 1, les trois vecteurs du repère sont de norme 1.

De plus, les trois vecteurs sont deux à deux orthogonaux car leurs supports le sont.

▶ I et J sont les centres de carrés, donc les milieux de leurs diagonales.

2. Dans le repère donné, on obtient les coordonnées suivantes :

$$A\begin{pmatrix}0\\0\\0\end{pmatrix}, B\begin{pmatrix}1\\0\\0\end{pmatrix}, E\begin{pmatrix}0\\0\\1\end{pmatrix}, G\begin{pmatrix}1\\1\\1\end{pmatrix}.$$

Celles de I, milieu de [EG], s'obtiennent ainsi :

$$\begin{pmatrix} x_I = \dfrac{x_E + x_G}{2} = \dfrac{1}{2} \\ y_I = \dfrac{y_E + y_G}{2} = \dfrac{1}{2} \\ z_I = \dfrac{z_E + z_G}{2} = 1 \end{pmatrix}$$ et celles de J de façon analogue. $J\begin{pmatrix}1\\ \dfrac{1}{2}\\ \dfrac{1}{2}\end{pmatrix}$.

▶ Utilisez la formule de la distance.

3. a. Les coordonnées de $\overrightarrow{AI}$ sont $\begin{pmatrix} x_I - x_A = \dfrac{1}{2} \\ y_I - y_A = \dfrac{1}{2} \\ z_I - z_A = 1 \end{pmatrix}$ et de même celles de $\overrightarrow{AJ}$ sont $\begin{pmatrix}1\\ \dfrac{1}{2}\\ \dfrac{1}{2}\end{pmatrix}$.

Donc $AI = \sqrt{\left(\dfrac{1}{2}\right)^2 + \left(\dfrac{1}{2}\right)^2 + 1^2} = \sqrt{\dfrac{1}{4} + \dfrac{1}{4} + 1} = \sqrt{\dfrac{3}{2}}$.

De même, $AJ = \sqrt{\dfrac{3}{2}}$.

Méthode

▶ Utilisez la formule adéquate du produit scalaire.

b. $\overrightarrow{AI} \cdot \overrightarrow{AJ} = AI \times AJ \times \cos\widehat{IAJ} = AI^2 \times \cos\widehat{IAJ} = \frac{3}{2}\cos\widehat{IAJ}$.

▶ Utilisez la formule adéquate dans un repère orthonormé.

4. D'après la formule $\vec{u} \cdot \vec{u}' = xx' + yy' + zz'$, on obtient

$$\overrightarrow{AI} \cdot \overrightarrow{AJ} = \frac{1}{2} \times 1 + \frac{1}{2} \times \frac{1}{2} + 1 \times \frac{1}{2} \Rightarrow \overrightarrow{AI} \cdot \overrightarrow{AJ} = \frac{5}{4}$$

▶ Utilisez les deux expressions calculées aux questions 3 et 4.

5. $\overrightarrow{AI} \cdot \overrightarrow{AJ} = \frac{5}{4}$ et $\overrightarrow{AI} \cdot \overrightarrow{AJ} = \frac{3}{2}\cos\widehat{IAJ} \Rightarrow \frac{5}{4} = \frac{3}{2}\cos\widehat{IAJ} \Rightarrow \cos\widehat{IAJ} = \frac{5}{6}$

D'où : $\widehat{IAJ} \approx 34°$.

▶ Observez les longueurs de deux côtés.

6. a. Le triangle AIJ est isocèle en A car AI = AJ.

▶ La somme des angles d'un triangle est égale à 180°.

b. Les angles de base $\widehat{AIJ}$ et $\widehat{AJI}$ du triangle isocèle ont la même mesure, donc $\widehat{AIJ} = \widehat{AJI}$.

Par conséquent :

$$\widehat{IAJ} + 2\widehat{AIJ} = 180° \Rightarrow \widehat{AIJ} = \frac{180° - \widehat{IAJ}}{2} \Rightarrow \widehat{AIJ} \approx 73° = \widehat{AJI}.$$

On dispose d'un repère orthonormé $(O, \vec{i}, \vec{j}, \vec{k})$.

▶ Corrigés p. 267

1 * **Soit A(1, 2, 3), B(2, 2, 5) et C(−1, 5, 4) trois points. Démontrez que le triangle ABC est rectangle en A.**

2 * **Sachant que dans un parallélogramme ABCD, AC = 10 et BD = 6, calculez $\overrightarrow{AB} \cdot \overrightarrow{AD}$.**

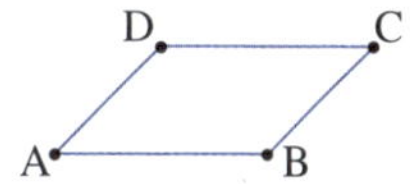

3 * **On donne les vecteurs $\vec{u}(1, -2, 5)$, $\vec{v}(0, 1, 2)$ et $\vec{w}(4, -3, -2)$.**

a. Calculez $\vec{u} \cdot \vec{v}$ et $\vec{v} \cdot \vec{w}$.

b. Calculez $\|\vec{u}\|$; puis $\|\vec{v}\|$.

c. Les vecteurs $\vec{u}$ et $\vec{w}$ sont-ils orthogonaux ?

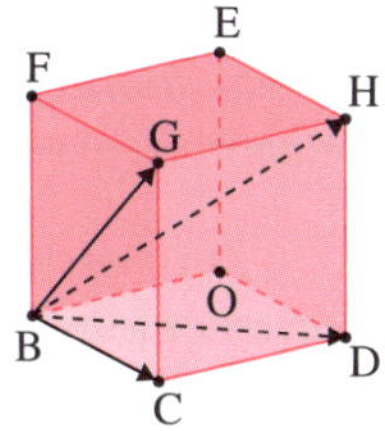

4 * **a.** Dans le cube d'arête 1 ci-contre, calculez BD.

b. Calculez alors simplement $\overrightarrow{BC} \cdot \overrightarrow{BG}$ et $\overrightarrow{BH} \cdot \overrightarrow{BD}$.

5 * **Pour tous vecteurs $\vec{u}$ et $\vec{v}$, démontrez que $\|\vec{u} + \vec{v}\|^2 = \|\vec{u}\|^2 + 2\vec{u} \cdot \vec{v} + \|\vec{v}\|^2$.**

6 ** **On utilise le cube de l'exercice 4.**

a. En utilisant la relation de Chasles, calculez $\overrightarrow{FD} \cdot \overrightarrow{GE}$ et $\overrightarrow{FD} \cdot \overrightarrow{GB}$.

b. Déduisez-en que la droite (FD) est orthogonale au plan (GEB).

c. On se place dans le repère orthonormé $(B ; \overrightarrow{BF}, \overrightarrow{BC}, \overrightarrow{BO})$; déterminez les coordonnées de chacun des points du repère.

d. Calculez alors les produits scalaires précédents et concluez de la même façon.

7 ** **Soit A(3, 3, 5), B(4, − 1, 3) et C(5, 2, − 3) trois points. Calculez une valeur approchée à 1° près de la mesure de l'angle $\widehat{BAC}$.**

8 ** **Soit A(1, − 2, 3), B(0, 1, 1) et C(2, 1, 0) trois points.**

a. Vérifiez que ces trois points définissent un plan.

b. Déterminez un vecteur normal à ce plan.

Données :

- Trois points non alignés déterminent un plan
- Un vecteur normal à un plan est un vecteur orthogonal à deux vecteurs non colinéaires de ce plan

Je m'entraîne

9 ** Soit $\mathcal{P}$ le plan parallèle à l'axe des abscisses (donc de vecteur directeur $\vec{i}$) passant par les points A(0, 4, 0) et B(0, 0, − 2).
Démontrez que le vecteur $\vec{n}(0, 1, -2)$ est un vecteur normal à $\mathcal{P}$.

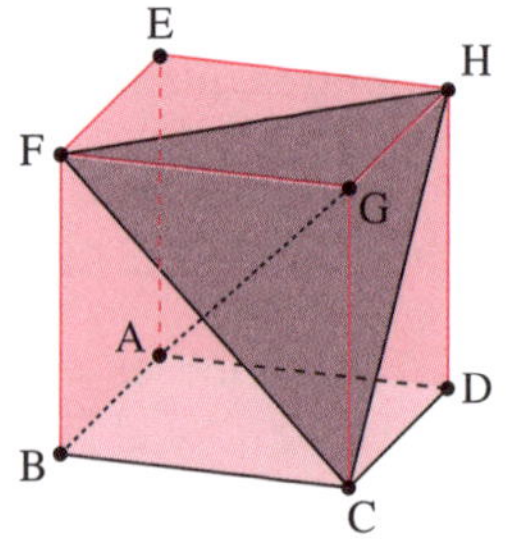

10 ** En utilisant les vecteurs $\overrightarrow{FH}$ et $\overrightarrow{HC}$ et en utilisant la relation de Chasles, démontrez que la diagonale du cube (AG) est orthogonale au plan (FHC).

11 ** On considère un tétraèdre ABCD dont les deux faces (ABC) et (ABD) sont superposables (on dit aussi *isométriques*) et on suppose que BC = BD.
Démontrez que les droites (AB) et (CD) sont orthogonales.

12 ** On cherche à calculer la distance d'un point à une droite, c'est-à-dire la distance AH sur la figure ci-contre sachant que la droite d passe par A(1, − 1, 2) et a pour vecteur directeur $\vec{u}(2, 2, 1)$ normal à $\mathcal{P}$, contenant M(2, − 5, 3) et H.
Pour cela, on pourra notamment calculer $\overrightarrow{AM} \cdot \vec{u}$ de deux façons.

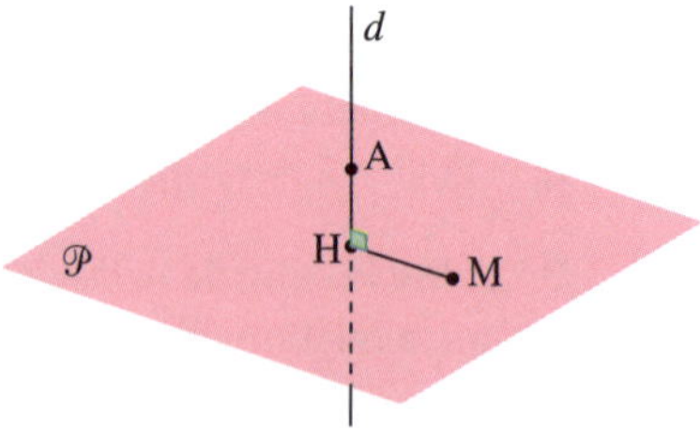

13 ** On considère les points A(1, 0, 0), B(1, 1, 0), C(0, 1, 0) et S$\left(\frac{1}{2}, \frac{1}{2}, \frac{1}{2}\right)$.
On obtient la pyramide à base carrée et de sommet S représentée ci-contre.
Calculez son aire ainsi que son volume.

Rappel : Le volume d'une pyramide de base B et de hauteur h est égal à $\frac{1}{3}Bh$.

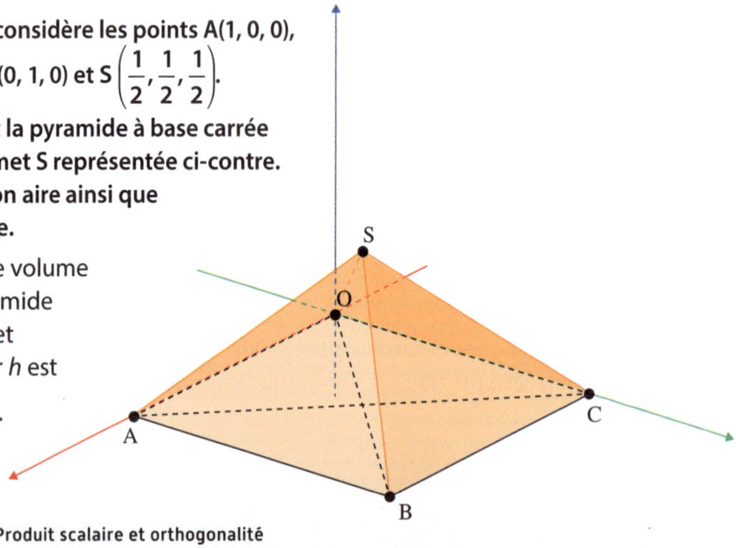

14 ** **On considère quatre points de l'espace A, B, C et D.**
Calculez $\overrightarrow{AB} \cdot \overrightarrow{CD} + \overrightarrow{BC} \cdot \overrightarrow{AD} + \overrightarrow{CA} \cdot \overrightarrow{BD}$.

15 ** **Soit SABC un tétraèdre régulier, I le milieu de [SC] et J le milieu de [AB].**

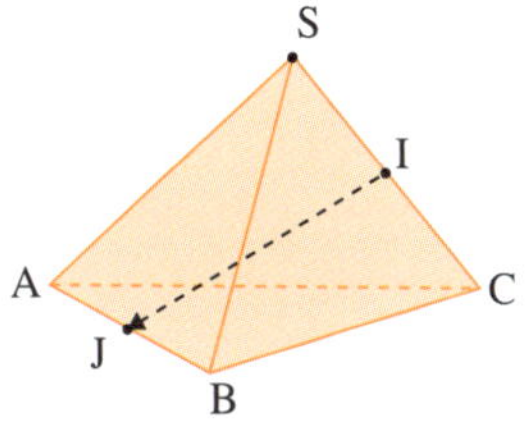

a. Exprimez $\overrightarrow{SA} + \overrightarrow{CB}$ en fonction de $\overrightarrow{IJ}$.
b. Déduisez-en la valeur de $\overrightarrow{SC} \cdot \overrightarrow{IJ}$.
c. Démontrez que la droite qui joint les milieux de deux arêtes opposées d'un tétraèdre régulier est perpendiculaire à ces deux arêtes.

Rappel : Un tétraèdre régulier est un tétraèdre dont les quatre faces sont des triangles équilatéraux.

Exercices Bac

16 **Dans l'espace muni d'un repère orthonormal $(O ; \vec{i}, \vec{j}, \vec{k})$, on considère les points A, B, C et D de coordonnées respectives :**
$A(0, 0, 3)$, $B(2\sqrt{2}, 0, -1)$, $C(-\sqrt{2}, -\sqrt{6}, -1)$, $D(-\sqrt{2}, \sqrt{6}, -1)$.

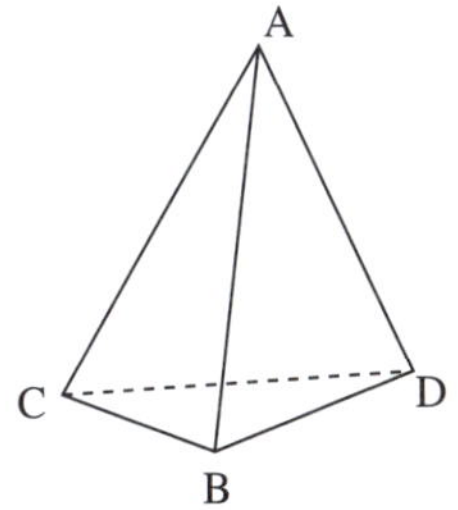

a. Démontrez que ABCD est un tétraèdre régulier, c'est-à-dire un tétraèdre dont toutes les arêtes ont la même longueur.

b. On note R, S, T, U les milieux respectifs des arêtes [AC], [AD], [BD], [BC] ; démontrez que RSTU est un parallélogramme.
c. Ce parallélogramme a-t-il des propriétés supplémentaires ?

17 Dans un repère orthonormé de l'espace, on considère les points suivants : A(2, – 1, 0), B(3, – 1, 2), C(0, 4, 1) et S(0, 1, 4).
a. Montrez que le triangle ABC est rectangle en A.

b. Montrez que le vecteur $\vec{n}\begin{pmatrix}2\\1\\-1\end{pmatrix}$ est orthogonal au plan (ABC).

c. Calculez le volume du tétraèdre SABC sachant que sa hauteur est [SH], avec H(2, 2, 3).

Rappel : Le volume $\mathcal{V}$ d'un tétraèdre est $\mathcal{V} = \frac{1}{3} \times$ Aire de la base $\times$ hauteur.

d. Calculez la longueur SA. Puis sachant que SB = $\sqrt{17}$, calculez une mesure de l'angle $\widehat{ASB}$ au dixième de degré près.

18 Les questions sont indépendantes.
On considère un cube ABCDEFGH. Le point I est le milieu du segment [EF], le point J est le milieu du segment [BC] et le point K est le milieu du segment [AE].

a. Les droites (AI) et (KH) sont-elles parallèles ? Justifiez votre réponse.
Dans la suite, on se place dans le repère orthonormé $(A\,;\,\overrightarrow{AB}, \overrightarrow{AD}, \overrightarrow{AE})$.
b. Donnez les coordonnées des points I et J. Puis démontrez que les vecteurs $\overrightarrow{IJ}$, $\overrightarrow{AE}$, $\overrightarrow{AC}$ sont coplanaires.

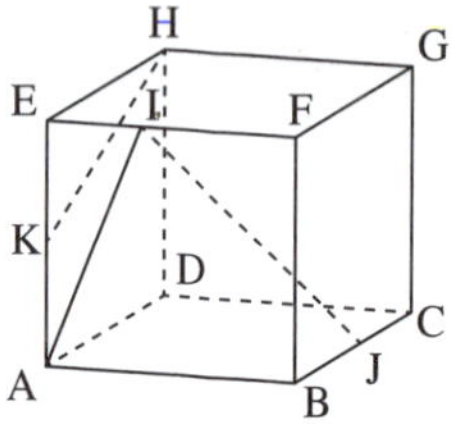

Soit d_1 une droite dont un vecteur directeur est $\vec{u}_1\begin{pmatrix}1\\-2\\3\end{pmatrix}$, d_2 une droite dont un vecteur directeur est $\vec{u}_2\begin{pmatrix}1\\1\\2\end{pmatrix}$ et $\mathcal{P}$ un plan dont un vecteur normal est $\vec{n}\begin{pmatrix}1\\3\\-2\end{pmatrix}$.

c. Les deux droites sont-elles parallèles ? Justifiez votre réponse.
Puis démontrez que d_2 est parallèle au plan $\mathcal{P}$.

Équations cartésiennes et paramétriques - projections

Chapitre 4

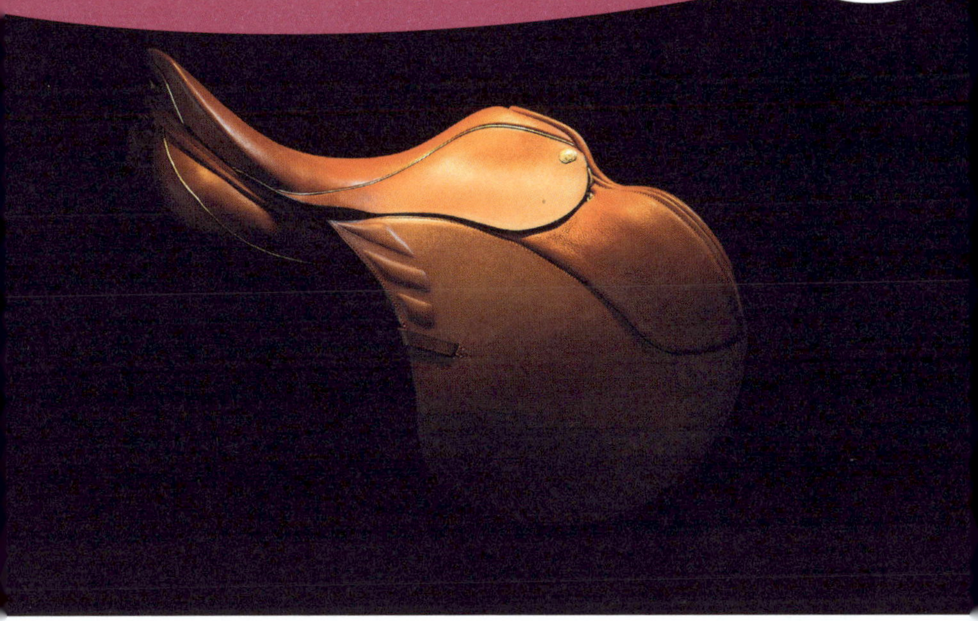

Lorsqu'on complique les coordonnées paramétriques (*x*, *y*, *z*) d'un point M de l'espace, on obtient des figures beaucoup plus complexes que des droites, comme un paraboloïde hyperbolique que l'on nomme aussi « selle de cheval ».

On se place dans un repère orthonormé $(O ; \vec{i}, \vec{j}, \vec{k})$ de l'espace.

I Équations cartésiennes de plans

1. Forme générale

Théorèmes

- Tout plan $\mathscr{P}$ dont un vecteur normal a pour coordonnées $(a ; b ; c)$ a une équation cartésienne de la forme :

$$ax + by + cz + d = 0.$$

- **Réciproquement** si a, b, c sont trois nombres tels que $(a, b, c) \neq (0, 0, 0)$, toute équation de la forme $ax + by + cz + d = 0$ est celle d'un plan dont $\vec{n}(a, b, c)$ est un vecteur normal.

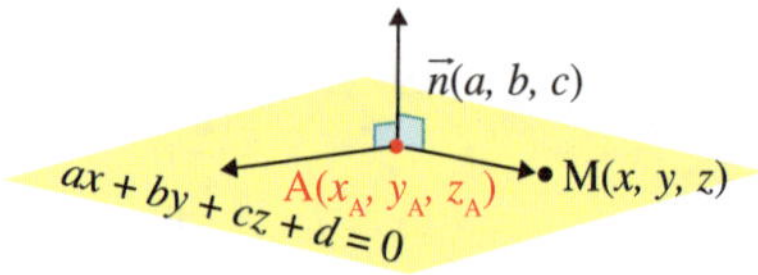

En effet : $M \in \mathscr{P} \Leftrightarrow \overrightarrow{AM} \cdot \vec{n} = 0$.

Un plan a une infinité d'équations cartésiennes. Si $ax + by + cz + d = 0$ est l'une d'elle alors $k(ax + by + cz + d) = 0$ en est une autre pour tout réel $k \neq 0$.

Deux plans d'équations respectives $ax + by + cz + d = 0$ et $a'x + b'y + c'z + d' = 0$ sont perpendiculaires si, et seulement si, leurs vecteurs normaux le sont, c'est-à-dire si, et seulement si, $aa' + bb' + cc' = 0$.

Équations particulières : Sur la figure on peut voir les plans d'équations respectives $x = 0$ (rouge), $y = 0$ (vert) et $z = 0$ (bleu) dont des vecteurs normaux sont respectivement $\vec{i}$, $\vec{j}$ et $\vec{k}$.

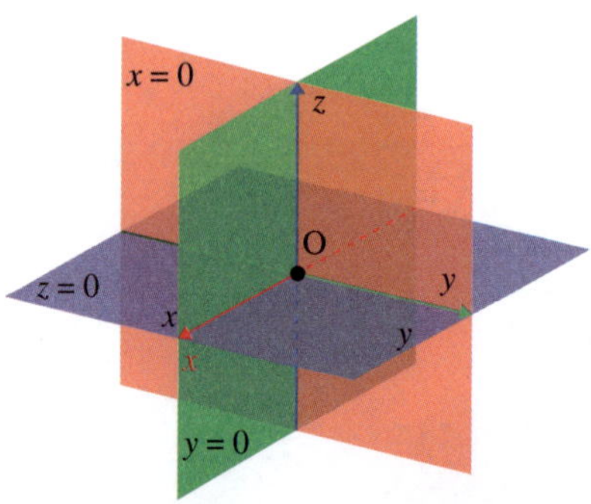

2. Droite définie par deux plans

Théorème

Tout système de la forme $\begin{cases} ax + by + c + d = 0 \\ a'x + b'y + c'z + d' = 0 \end{cases}$

où les deux équations sont celles de deux plans *distincts* $\mathcal{P}$ et $\mathcal{P}'$ admet une infinité de solutions si, et seulement si, $\mathcal{P}$ et $\mathcal{P}'$ ont des vecteurs normaux $\vec{n}$ et $\overrightarrow{n'}$ **non** colinéaires. Ces **solutions** sont les coordonnées des points de la droite d'intersection d des deux plans.

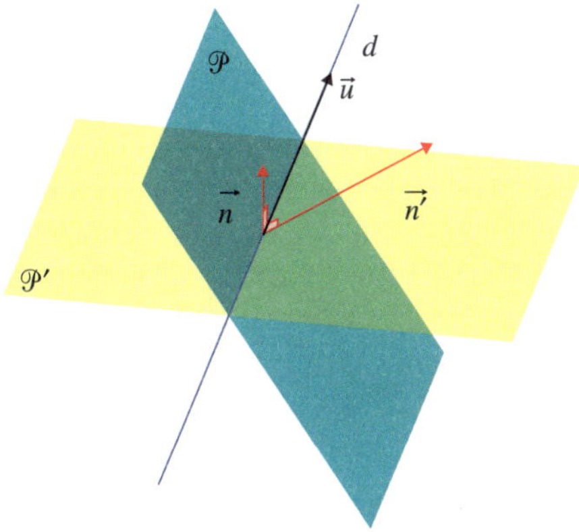

Un vecteur directeur $\vec{u}$ de d est orthogonal à chaque vecteur normal de $\mathcal{P}$ et $\mathcal{P}'$.

3. Équations paramétriques

On considère un point $A(x_A, y_A, z_A)$, un vecteur non nul $\vec{u}(\alpha, \beta, \gamma)$ et la droite d passant par A et de vecteur directeur est $\vec{u}$.

Un point $M(x\,;y\,;z)$ appartient à la droite d si, et seulement si, les vecteurs $\overrightarrow{AM}$ et $\vec{u}$ sont colinéaires, donc si et seulement s'il existe un réel t tel que $\overrightarrow{AM} = t\vec{u} \Leftrightarrow \begin{cases} x - x_A = t\alpha \\ y - y_A = t\beta \\ z - z_A = t\gamma \end{cases}$.

Définition : Ces équations s'appellent des équations paramétriques de la droite d.

Le paramètre est t, un nombre qui varie en fonction de M.

- Dans le cas de deux droites d et d', on utilise deux paramètres t et t'.

J'apprends

- Une droite admet une infinité d'équations paramétriques dont l'expression varie en fonction du point et du vecteur directeur choisis.
- Lorsqu'aucune des coordonnées des vecteurs directeurs n'est nulle, on obtient les équations suivantes : $\dfrac{x - x_A}{\alpha} = \dfrac{y - y_A}{\beta} = \dfrac{z - z_A}{\gamma}$.

Exemple : On donne les points A(–1, 0, 2) et B(3, –1, 4). Quelles sont les équations paramétriques de la droite (AB) ?

Le vecteur $\overrightarrow{AB}$ a pour coordonnées (4, –1, 2) et c'est un vecteur directeur de (AB).

Des équations paramétriques de (AB) sont donc $\begin{cases} x + 1 = 4t \\ y = -t \\ z - 2 = 2t \end{cases}$, équivalentes à $\begin{cases} x = -1 + 4t \\ y = -t \\ z = 2 + 2t \end{cases}$

En choisissant le point B comme référence, on obtiendrait $\begin{cases} x = 3 + 4t \\ y = -1 - t \\ z = 4 + 2t \end{cases}$.

Histoire des maths

René Descartes (1596-1650) publie en 1637 le *Discours de la méthode* avec trois annexes, dont l'une intitulée *La géométrie*. Il y développe sa découverte sur la géométrie analytique, fondée sur le repérage des points par des nombres, les coordonnées, appelées de nos jours coordonnées cartésiennes dans un repère cartésien.

II Projection orthogonale sur une droite

1. Théorie

Définition : Le projeté orthogonal d'un point M sur une droite d est l'intersection du plan $\mathcal{P}$ passant par M et orthogonal à d.

Pour trouver les coordonnées de H, on procède par étapes :

- Étape 1

On écrit des équations paramétriques de d et on traduit le fait que $H \in d$.

Équations paramétriques de d : $\begin{cases} x = x_A + ta \\ y = y_A + tb. \\ z = z_A + tc \end{cases}$

$H(x_H, y_H, z_H) \in D$ donc : $\begin{cases} x_H = x_A + ta \\ y_H = y_A + tb. \\ z_H = z_A + tc \end{cases}$

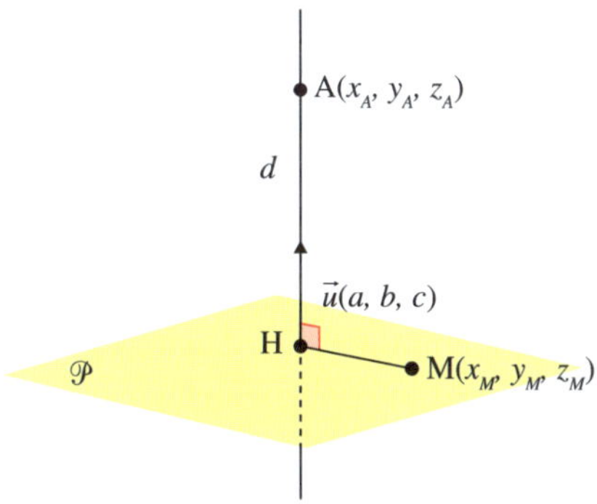

- Étape 2

On détermine l'équation du plan $\mathcal{P}$, sachant que $M \in \mathcal{P}$ et que $\vec{u}$ est normal à $\mathcal{P}$.
On trouve : $ax + by + cz + d = 0$.

- Étape 3

On traduit l'appartenance de H à $\mathcal{P}$: $ax_H + by_H\, cz_H + d = 0$ pour trouver t, donc H.

2. Pratique

On donne la droite d passant par A(5, –3, 0) et dont un vecteur directeur est $\vec{u}\begin{pmatrix} -3 \\ 2 \\ 1 \end{pmatrix}$.
Déterminez les coordonnées du projeté orthogonal H de M(1, 0, 1) sur d.

- Étape 1

Des équations paramétriques de d étant $\begin{cases} x = 5 - 3t \\ y = -3 + 2t, \\ z = 0 + t \end{cases}$

on trouve : $\begin{cases} x_H = 5 - 3t \\ y_H = -3 + 2t. \\ z_H = t \end{cases}$

- Étape 2

Une équation du plan $\mathcal{P}$ est $-3x + 2y + z + d = 0$.
Or $M(1, 0, 1) \in \mathcal{P}$, donc : $-3 + 0 + 1 + d = 0 \Rightarrow d = 2$.
Une équation cartésienne de $\mathcal{P}$ est donc $-3x + 2y + z + 2 = 0$.

- Étape 3

$H \in \mathcal{P}$, donc : $-3\,(5 - 3t) + 2\,(-3 + 2t) + t + 2 = 0$

$$\Leftrightarrow -15 + 9t - 6 + 4t + t + 2 = 0 \Leftrightarrow t = \frac{19}{14}$$

Les coordonnées de H sont donc : $\left(\frac{13}{14}, -\frac{2}{7}, \frac{19}{14}\right)$.

III Projection orthogonale sur un plan

1. Théorie

Définition : Le projeté orthogonal d'un point M sur un plan $\mathcal{P}$ est l'intersection de $\mathcal{P}$ avec la droite orthogonale à $\mathcal{P}$ passant par M.

La distance MH s'appelle la **distance de M au plan $\mathcal{P}$**.

Sachant qu'une équation cartésienne de $\mathcal{P}$ est $ax + by + cz = 0$, on trouve les coordonnées de H en procédant ainsi :

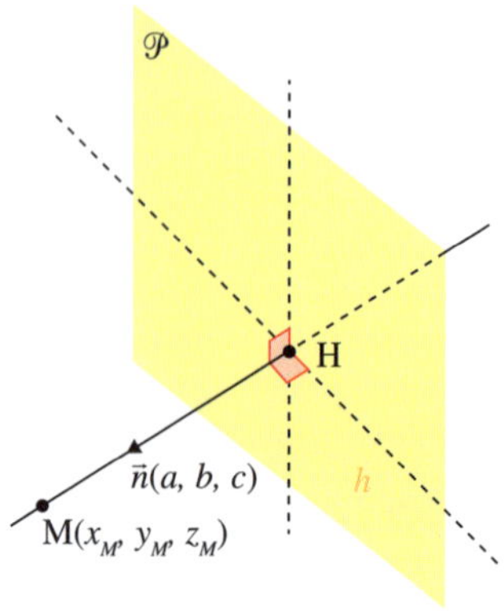

- Étape 1

On cherche des équations paramétriques de la droite (MH) sachant qu'un vecteur directeur de d est un vecteur normal à $\mathcal{P}$: $\vec{n}\begin{pmatrix} a \\ b \\ c \end{pmatrix}$.

Donc des équations paramétriques de la droite (MH) sont : $\begin{cases} x = x_M + ta \\ y = y_M + tb. \\ z = z_M + tc \end{cases}$

- Étape 2

$\text{H} \in d \cap \mathcal{P}$ donc $\begin{cases} x_H = x_M + ta \\ y_H = y_M + tb \\ z_H = z_M + tc \end{cases}$ et $a(x_M + ta) + b(y_M + tb) + c(z_M + tc) + d = 0.$

- Étape 3

On trouve alors t, donc H.

2. Pratique

Soit $\mathcal{P}$ le plan d'équation $x + 2y - z + 1 = 0$.
Déterminez les coordonnées (x_H, y_H, z_H) du projeté orthogonal H de M(–1, 0, 1) sur $\mathcal{P}$.

- Étape 1

Un vecteur normal à $\mathcal{P}$ a pour coordonnées $\begin{pmatrix} 1 \\ 2 \\ -1 \end{pmatrix}$. Des équations paramétriques de la droite (MH) sont donc : $\begin{cases} x = -1 + t \\ y = 0 + 2t \\ z = 1 - t \end{cases}$ équivalent à $\begin{cases} x_H = -1 + t \\ y_H = 2t \\ z_H = 1 - t \end{cases}$.

- Étape 2

Comme H appartient à la fois à d et $\mathcal{P}$, on a $(-1 + t) + 2(2t) - (1 - t) + 1 = 0$.

- Étape 3

On trouve alors $-1 + t + 4t - 1 + t + 1 = 0 \Leftrightarrow t = \frac{1}{6}$.

Par conséquent, les coordonnées de H sont $\left(-\frac{5}{6}, \frac{1}{3}, \frac{5}{6}\right)$.

Je révise

Dans la suite, on se place dans un repère orthonormé $(O\,;\vec{i}, \vec{j}, \vec{k})$.

1 Quelles sont les coordonnées d'un vecteur normal au plan d'équation $x - y + 2z + 3 = 0$?

a. ◯ (1, 2, 3) b. ◯ (2, –2, 9) c. ◯ (2, –2, 4)

2 L'équation $2x + y = 0$ est l'équation…

a. ◯ d'une droite b. ◯ d'un plan c. ◯ aucune des deux propositions

3 Une équation d'un plan dont un vecteur normal est $\vec{n}(-2,\ -1,\ 4)$ peut être…

a. ◯ $2x + y - 4z = 0$ b. ◯ $-2x + y - 4z + 1 = 0$ c. ◯ aucune des deux propositions

4 Les plans d'équations respectives $x - y + 4z = 0$ et $x + y - 3 = 0$ sont…

a. ◯ parallèles b. ◯ perpendiculaires c. ◯ ni l'un ni l'autre

Pour les questions 5 à 8 on considère la droite *d* dont une représentation paramétrique est $\begin{cases} x = t \\ y = -2t \\ z = 3 + 2t \end{cases}$.

5 Un vecteur directeur de *d* est…

a. ◯ $\vec{u}\begin{pmatrix} 0 \\ 0 \\ 3 \end{pmatrix}$ b. ◯ $\vec{v}\begin{pmatrix} 2 \\ -4 \\ 2 \end{pmatrix}$ c. ◯ $\vec{w}\begin{pmatrix} 2 \\ -4 \\ 4 \end{pmatrix}$

6 *d* est parallèle au plan $\mathcal{P}$ d'équation $x + y + z - 5 = 0$.

a. ◯ Vrai b. ◯ Faux

7 *d* est orthogonale au plan d'équation $x - 2y + 2z + 1 = 0$.

a. ◯ Vrai b. ◯ Faux

8 Un seul des points M(0, 0, 3), N(–1, 2, 1), $P(\frac{1}{2}, -1, 4)$, Q(1, –2, 4) n'appartient pas à *d*. Lequel ?

a. ◯ M b. ◯ N c. ◯ P d. ◯ Q

Réponses :

1 c - 2 b - 3 a - 4 b - 5 c - 6 b - 7 a - 8 d.

Déterminer des équations paramétriques de droites

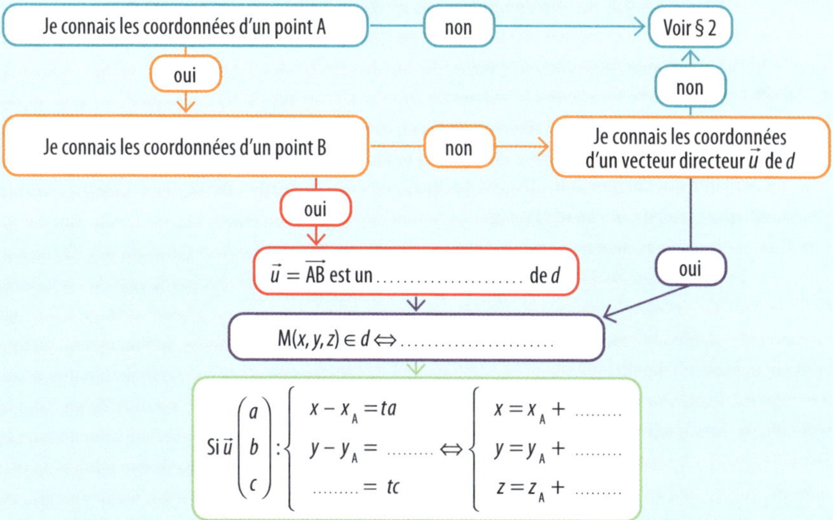

Équations de droites et plans

SI	Alors
Un plan $\mathcal{P}$ a pour équation cartésienne $2x - z + 1 = 0$	Un vecteur normal à $\mathcal{P}$ a pour coordonnées......................................
$\vec{n}\begin{pmatrix} -1 \\ 3 \\ -2 \end{pmatrix}$ est un vecteur normal à un plan $\mathcal{P}$	Une équation cartésienne de $\mathcal{P}$ est de la forme..
A, B, C sont trois points non alignés.	$\mathcal{P}$ a pour vecteur normal......................
Des équations paramétriques d'une droite d sont $\begin{cases} x = 1 - t \\ y = 2 + t \\ z = t \end{cases}$	• Elle passe par le point .... • Un vecteur directeur est.....................
Une droite d est orthogonale au plan d'équation $2x + y - z = 0$	Un de ses vecteurs directeurs est..........
Un point H est le projeté orthogonal d'un point A sur un plan $\mathcal{P}$	• Un vecteur normal à $\mathcal{P}$ est................. • La distance de A à $\mathcal{P}$ est.....................
Une droite (AB) perce orthogonalement un plan $\mathcal{P}$ en H	H est...
Une droite d est orthogonale à deux vecteurs non colinéaires d'un plan $\mathcal{P}$	d est..

Positions relatives de deux droites

Les clés de l'exercice

Le but de l'exercice est d'examiner la position relative de deux droites de l'espace dont on connaît des équations paramétriques, de déterminer les coordonnées de leur point d'intersection éventuel ainsi que les coordonnées de la projection orthogonale d'un point sur l'une d'elles.

On considère les droites d et d' d'équations paramétriques respectives :

$$\begin{cases} x = 2+t \\ y = 1-t \\ z = 1+t \end{cases} \quad \text{et} \quad \begin{cases} x = -t' \\ y = -2-\dfrac{3}{2}t' \\ z = 3+t' \end{cases}$$

1. Déterminez un vecteur directeur de chaque droite.

2. a. Démontrez que d et d' ne sont pas parallèles.
b. Démontrez qu'elles sont sécantes puis déterminez les coordonnées de leur point commun.

3. a. Démontrez que d est orthogonale au plan $\mathcal{P}$ d'équation $x-y+z-2=0$.
b. Vérifiez que le point H(2, 1, 1) est l'intersection de d et $\mathcal{P}$, puis déduisez-en la projection orthogonale d'un point quelconque de $\mathcal{P}$ sur d.

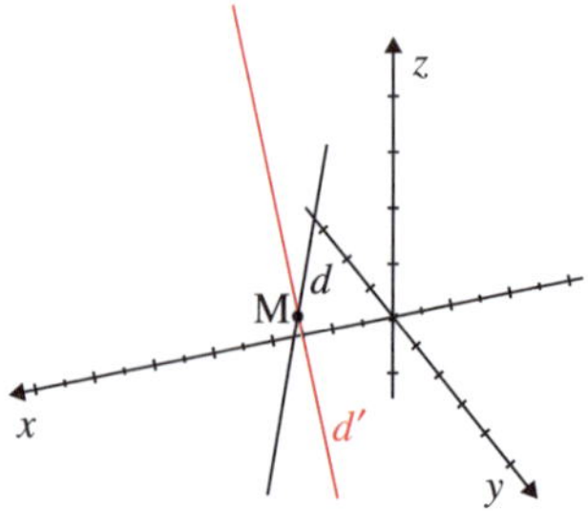

▶ **Il suffit de lire les coefficients de chaque paramètre.**

1. d a pour vecteur directeur $\vec{u}\begin{pmatrix} 1 \\ -1 \\ 1 \end{pmatrix}$ et d' a pour vecteur directeur $\vec{u'}\begin{pmatrix} -1 \\ -\dfrac{3}{2} \\ 1 \end{pmatrix}$.

▶ Deux vecteurs sont colinéaires, si et seulement si, leurs coordonnées sont proportionnelles.

2. a. Les coordonnées de $\vec{u}$ et $\vec{u'}$ ne sont pas proportionnelles car il n'existe pas de réel k tel que $\vec{u'} = k\vec{u}$. C'est pourquoi les deux droites ne sont pas parallèles.

▶ Cherchez s'il est possible de trouver un triplet (x, y, z) solution des deux systèmes.

2. b. Supposons qu'il existe un point M(x, y, z) appartenant à la fois à d et d'. C'est le cas si, et seulement si, ses coordonnées satisfont simultanément les deux équations.

On doit alors pouvoir trouver t et t' vérifiant le système :

$$\begin{cases} 2+t=-t' \\ 1-t=-2-\dfrac{3}{2}t' \\ 1+t=3+t' \end{cases} \Leftrightarrow \begin{cases} t+t'=-2 \\ t-\dfrac{3}{2}t'=3. \\ t-t'=2 \end{cases}$$

Par addition des équations 1 et 3, on obtient $2t = 0 \Rightarrow t = 0$.

On en déduit $t' = -2$ en remplaçant t par 0 dans l'équation 3. On vérifie que ces deux valeurs satisfont l'équation 2.

On peut donc dire que M existe et que d et d' sont sécantes. Le point d'intersection de d et d' a pour coordonnées (2, 1, 1), obtenues en remplaçant t par 0 ou t' par –2.

▶ Considérez un vecteur normal à $\mathcal{P}$.

3. a. Le vecteur directeur $\vec{u}$ de d est normal à $\mathcal{P}$: c'est pourquoi d est orthogonale à $\mathcal{P}$.

▶ Les coordonnées de H doivent vérifier l'équation de $\mathcal{P}$.

3. b. On a $2 - 1 + 1 - 2 = 0$ donc H $\in \mathcal{P}$.

D'autre part, si $t = 0$, les équations paramétriques de d donnent $\begin{cases} x=2 \\ y=1 \\ z=1 \end{cases}$ donc H $\in d$, ce qu'il fallait démontrer.

Par définition, H est donc la projection orthogonale de tout point de $\mathcal{P}$ sur d.

Équations cartésiennes et équations paramétriques

Les clés de l'exercice

Lorsque l'on dispose des équations cartésiennes de deux plans sécants, on trouve des équations paramétriques de leur droite d'intersection.

1. Montrez que les plans $\mathcal{P}$ et $\mathcal{P}'$ d'équations respectives $x + y - 4 = 0$ et $2x - y + 3z + 1 = 0$ sont sécants. Soit d leur droite d'intersection.

2. a. Écrivez le système que doivent vérifier les points communs $\mathcal{P}$ et $\mathcal{P}'$.

b. Exprimez x et y en fonction de z.

c. Déterminez des équations paramétriques de d.

▶ **Deux plans sont sécants si, et seulement si, leurs vecteurs normaux ne sont pas colinéaires.**

1. Des vecteurs normaux aux deux plans sont respectivement $\vec{n}\begin{pmatrix}1\\1\\0\end{pmatrix}$ et $\vec{n'}\begin{pmatrix}2\\-1\\3\end{pmatrix}$.

Comme leurs coordonnées ne sont pas proportionnelles, ils ne sont pas colinéaires. Par conséquent $\mathcal{P}$ et $\mathcal{P}'$ sont sécants.

2. a. On trouve le système $\begin{cases} x + y = 4 \\ 2x - y = -3z - 1 \end{cases}$.

▶ **Additionnez d'abord les deux équations membre à membre.**

b. Par addition on trouve $3x = -3z + 3 \Rightarrow x = -z + 1$.

Donc $y = 4 - x \Rightarrow y = 3 + z$.

▶ **On peut poser $z = t$.**

c. On obtient finalement $\begin{cases} x = 1 - t \\ y = 3 + t. \\ z = t \end{cases}$

Ce sont les équations paramétriques cherchées.

On aurait pu choisir comme paramètre x ou y.

Dans toute la suite, on dispose d'un repère orthonormé $(O ; \vec{i}, \vec{j}, \vec{k})$.

▶ Corrigés p. 271

1 * **Déterminez deux représentations paramétriques de la droite (AB) passant par les points A(1, –2, 1) et B(–1, 1, 3).**

2 * **Soit d la droite dont les équations paramétriques sont** $\begin{cases} x = 1 - 2t \\ y = -2 + 3t \\ z = 1 + 2t \end{cases}$.

Les points M(5, –8, –3), et N(0, –1, 1) appartiennent-ils à d ?

3 * **Soit $\mathscr{P}$ le plan dont une équation cartésienne est $x + 2y + z - 1 = 0$ et la droite d dont des équations paramétriques sont** $\begin{cases} x = 2 + t \\ y = 1 + t \\ z = 5 + t \end{cases}$.

Déterminez, si elles existent, les coordonnées du point d'intersection de d et $\mathscr{P}$.

4 * **Les plans d'équations respectives $2x - z + 3 = 0$ et $x + 10y + 2z - 8 = 0$ sont-ils perpendiculaires ?**

5 * **Soit $\mathscr{P}$ le plan dont une équation cartésienne est $mx + y + 2z - 3 = 0$ où m est un réel.**

a. Est-il possible de choisir le nombre m pour que $\mathscr{P}$ soit perpendiculaire au plan d'équation $x - y + z + 2 = 0$?

b. Est-il possible de choisir le nombre m pour que $\mathscr{P}$ soit parallèle au plan $\mathscr{P}'$ d'équation $x - 2y - 4z - 3 = 0$?

6 ** **Montrez que les droites d et d' d'équations paramétriques respectives** $\begin{cases} x = 1 \\ y = 1 + 2t \\ z = 1 - t \end{cases}$ **et** $\begin{cases} x = 3 - 2t' \\ y = 2 - 4t' \\ z = 2 - t' \end{cases}$ **sont non coplanaires.**

7 *** **On considère les trois points A(–1, 2, 0), B(2, 3, –1) et C(0, –4, 2).**

a. Écrivez une équation cartésienne du plan $\mathscr{P}$ passant par A et dont un vecteur normal est $\overrightarrow{BC}$.

b. Déterminez les cordonnées de l'intersection du plan $\mathscr{P}$ avec les axes $(O ; \vec{i})$, $(O ; \vec{j})$, $(O ; \vec{k})$.

c. On considère la plan $\mathcal{Q}$ dont une équation cartésienne est $2x + 7y - 3z - 5 = 0$. Examinez la nature de l'intersection de $\mathcal{P}$ et $\mathcal{Q}$.

On veut désormais trouver une équation cartésienne du plan contenant A, B et C. On admet que l'on peut choisir une équation de ce plan sous la forme $ax + by + cz + 4 = 0$.

d. Démontrez que la résolution du système $\begin{cases} -a + 2b + 4 = 0 \\ 2a + 3b - c + 4 = 0 \\ -4b + 2c + 4 = 0 \end{cases}$ permet de résoudre la question.

e. À l'aide de la première et la troisième équation exprimez a et c en fonction de b.

f. À l'aide de la deuxième équation trouvez b, puis a et c.

g. Concluez.

8 ** **On dispose d'un cube d'arête 1 et on se place dans le repère orthonormé $(A\,;\overrightarrow{AB}, \overrightarrow{AD}, \overrightarrow{AE})$.**

Soit I le point tel que $\overrightarrow{AI} = \frac{1}{3}\overrightarrow{AG}$.

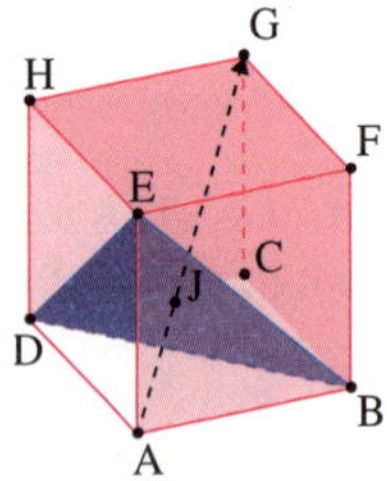

a. Déterminez les coordonnées de I.

b. Démontrez que $\overrightarrow{AI}$ est un vecteur normal au plan (BDE).

c. Déduisez-en le projeté orthogonal de G sur le plan (BDE).

Exercices Bac

9 **On considère un pavé droit ABCDEFGH tel que AB = AD = 1 et AE = 2, représenté ci-contre.**

Le point I est le milieu du segment [AE]. Le point K est le milieu du segment [DC]. Le point L est défini par $\overrightarrow{DL} = \frac{3}{2}\overrightarrow{AI}$.

On se place dans le repère orthonormé $(A\,;\overrightarrow{AB}, \overrightarrow{AD}, \overrightarrow{AI})$.

On admet que le point L a pour coordonnées $\left(0, 1, \frac{3}{2}\right)$.

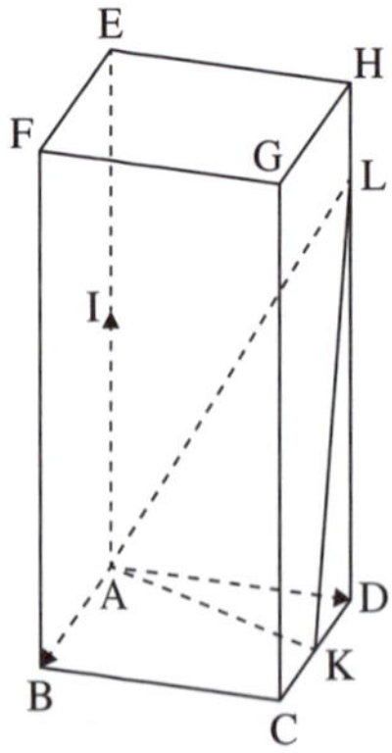

1. Déterminez les coordonnées des vecteurs $\overrightarrow{AK}$ et $\overrightarrow{AL}$.

2. a. Démontrez que le vecteur $\vec{u}$ de coordonnées (6, –3, 2) est un vecteur normal au plan (AKL).

b. Déduisez-en une équation cartésienne du plan (AKL).

c. Déterminez un système d'équations paramétriques de la droite Δ passant par D et perpendiculaire au plan (AKL).

d. Déduisez-en que le point N de coordonnées $\left(\frac{18}{49}, \frac{40}{49}, \frac{6}{49}\right)$ est le projeté orthogonal du point D sur le plan (AKL).

Rappel : Le volume V d'un tétraèdre est $V = \frac{1}{3} \times (\text{aire de la base}) \times \text{hauteur}$

3. a. Calculez le volume du tétraèdre ADKL en utilisant le triangle ADK comme base.

b. Calculez la distance du point D au plan (AKL).

c. Déduisez des questions précédentes l'aire du triangle AKL.

10 On considère le cube ABCDEFGH de côté 1, le milieu I de [EF] et J le symétrique de E par rapport à F.
Dans tout l'exercice, l'espace est rapporté au repère orthonormé $(A\ ;\ \overrightarrow{AB}, \overrightarrow{AD}, \overrightarrow{AE})$.

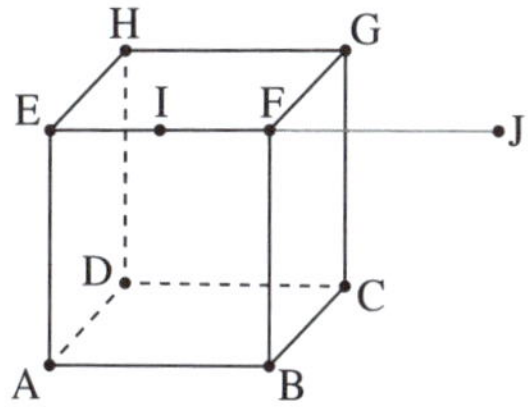

1. a. Par lecture graphique, donnez les coordonnées des points I et J.

b. Déduisez-en les coordonnées des vecteurs $\overrightarrow{DJ}$, $\overrightarrow{BI}$, $\overrightarrow{BG}$.

c. Montrez que $\overrightarrow{DJ}$ est un vecteur normal au plan (BGI).

d. Montrez qu'une équation cartésienne du plan (BGI) est $2x - y + z - 2 = 0$.

2. On note d la droite passant par F et orthogonale au plan (BGI).

a. Déterminez une représentation paramétrique de la droite d.

b. On considère le point L de coordonnées $\left(\frac{2}{3}, \frac{1}{6}, \frac{5}{6}\right)$.

Montrez que L est le point d'intersection de la droite d et du plan (BGI).

Rappel : Le volume V d'une pyramide est donné $V = \frac{1}{3} B \times h$.

(B est l'aire d'une base et h la hauteur associée à cette base.)

3. a. Calculez le volume de la pyramide FBGI.

b. Déduisez-en l'aire du triangle BGI.

Je m'entraîne

11 **Cet exercice est un questionnaire à choix multiples. Pour chacune des questions suivantes, une seule des quatre réponses proposées est exacte.**

Données :

- L'espace est rapporté à un repère orthonormé $(O ; \vec{i}, \vec{j}, \vec{k})$
- La droite d passant par les points A(1 ; 1 ; –2) et B(–1 ; 3 ; 2)
- La droite d' de représentation paramétrique : $\begin{cases} x = -4 + 3t \\ y = 6 - 3t \\ z = 8 - 6t \end{cases}$
- Le plan $\mathcal{P}$ d'équation cartésienne $x + my - 2z + 8 = 0$ où m est un nombre réel

1. Parmi les points suivants, lequel appartient à la droite d' ?

a. $M_1(-1, 3, -2)$ **b.** $M_2(11, -9, -22)$ **c.** $M_3(-7, 9, 2)$ **d.** $M_4(-2, 3, 4)$

2. Un vecteur directeur de la droite d' est :

a. $\vec{u_1}\begin{pmatrix}-4\\6\\8\end{pmatrix}$ **b.** $\vec{u_2}\begin{pmatrix}3\\3\\6\end{pmatrix}$ **c.** $\vec{u_3}\begin{pmatrix}3\\-3\\-6\end{pmatrix}$ **d.** $\vec{u_4}\begin{pmatrix}-1\\3\\2\end{pmatrix}$

3. Les droites d et d' sont :

a. sécantes **b.** strictement parallèles **c.** non coplanaires **d.** confondues

4. La valeur du réel m pour laquelle la droite d est parallèle au plan $\mathcal{P}$ est :

a. $m = -1$ **b.** $m = 1$ **c.** $m = 5$ **d.** $m = -2$

12 **Dans l'espace, on considère le cube ABCDEFGH d'arête de longueur égale à 1. On munit l'espace du repère orthonormé $(A ; \overrightarrow{AB}, \overrightarrow{AD}, \overrightarrow{AE})$.**

On considère le point M tel que $\overrightarrow{BM} = \frac{1}{3}\overrightarrow{BH}$.

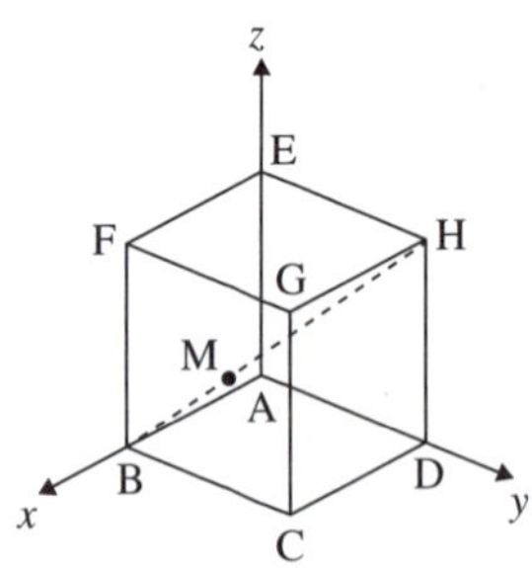

1. Par lecture graphique, donnez les coordonnées des points B, D, E, G et H.

2. a. Quelle est la nature du triangle EGD ? Justifiez la réponse.

b. On admet que l'aire d'un triangle équilatéral de côté c est égale à $c^2\frac{\sqrt{3}}{4}$.

Montrez que l'aire du triangle EGD est égale à $\frac{\sqrt{3}}{2}$.

3. Démontrez que les coordonnées de M sont $\left(\frac{2}{3}, \frac{1}{3}, \frac{1}{3}\right)$.

4. a. Justifiez que le vecteur $\vec{n}(-1\,;1\,;1)$ est normal au plan (EGD).

b. Déduisez-en qu'une équation cartésienne du plan (EGD) est : $-x+y+z-1=0$.

c. Soit Δ la droite orthogonale au plan (EGD) qui passe par le point M.
Montrez qu'une représentation paramétrique de cette droite est :

$$\begin{cases} x = \frac{2}{3} - t \\ y = \frac{1}{3} + t, \quad t \in \mathbb{R}. \\ z = \frac{1}{3} + t \end{cases}$$

5. Le cube ABCDEFGH est représenté selon une vue qui permet de mieux percevoir la pyramide GEDM, en gris sur la figure.
Le but de cette question est de calculer le volume de la pyramide GEDM.

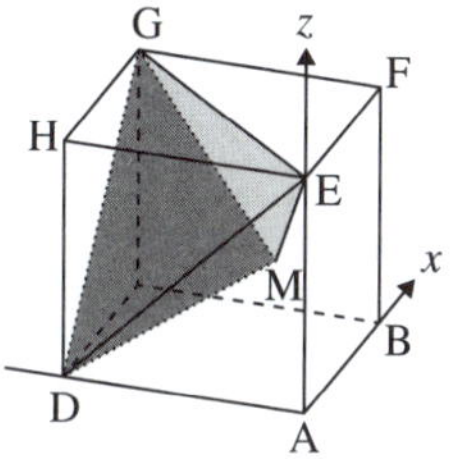

a. Soit K, le pied de la hauteur de la pyramide GEDM issue du point M.
Démontrez que les coordonnées du point K sont $\left(\frac{1}{3}, \frac{2}{3}, \frac{2}{3}\right)$.

b. Déduisez-en le volume de la pyramide GEDM.

Rappel : Le volume V d'une pyramide est $V = \frac{B \times h}{3}$
(B désigne l'aire d'une base et h la hauteur associée).

13 **Cet exercice est un questionnaire à choix multiples. Pour chacune des questions suivantes, une seule des trois réponses proposées est exacte.**

1. Quelle est la droite (dont on connaît les équations paramétriques) qui ne contient pas le point M(0, 1, –2) ?

a. $\begin{cases} x = 0 \\ y = t \\ z = -2t \end{cases}$ **b.** $\begin{cases} x = -t \\ y = -1 + t \\ z = 2 - 2t \end{cases}$ **c.** $\begin{cases} x = 2 - t \\ y = -1 + t \\ z = 8 - 5t \end{cases}$

2. Quelle est la droite (dont on connaît les équations paramétriques) qui contient le point M(1, 0, 2) ?

a. $\begin{cases} x = 1 + 2t \\ y = t \\ z = 1 - 2t \end{cases}$ **b.** $\begin{cases} x = -t \\ y = 3 + 3t \\ z = -2t \end{cases}$ **c.** $\begin{cases} x = 1 + 4t \\ y = 0 \\ z = 3 + 4t \end{cases}$

3. Soit *d* la droite qui admet pour équations paramétriques $\begin{cases} x = 3 - t \\ y = 2 - t \\ z = -3 \end{cases}$

et les points A(3, 2, −3), B(2, 1, −3), C(4, 1, −3). A-t-on ?

a. $d = (AB)$ **b.** $d = (BC)$ **c.** $d = (AC)$

4. Parmi les droites représentées par les systèmes suivants, trouvez la droite (*d*) qui a pour vecteur directeur (1, −1, 0) et justifiez qu'elle est la seule.

a. $\begin{cases} x - y = 0 \\ y + 5z = 3 \end{cases}$ **b.** $\begin{cases} 3x + z = -1 \\ z = 4 \end{cases}$ **c.** $\begin{cases} 4x + 4y = 1 \\ z = -1 \end{cases}$

Indication : Un vecteur directeur de *d* est orthogonal aux deux plans.

5. Parmi les droites représentées par les systèmes suivants, trouvez celle qui n'a pas pour vecteur directeur $\vec{u}(-2, -1, -3)$ et justifiez qu'elle est la seule.

a. $\begin{cases} x = 2t \\ y = -1 + t \\ z = 2 + 3t \end{cases}$ **b.** $\begin{cases} 3x - 2z = 1 \\ -2x + y + z = -4 \end{cases}$ **c.** $\begin{cases} x = -2 + t \\ y = -1 + t \\ z = -3 + t \end{cases}$

6. Parmi les droites représentées par les systèmes suivants, trouvez celle qui n'est parallèle à aucune des deux autres.

a. $\begin{cases} x = 1 + t \\ y = 2 - 3t \\ z = -1 + 2t \end{cases}$ **b.** $\begin{cases} x = -t \\ y = 2 + 3t \\ z = 3 + 2t \end{cases}$ **c.** $\begin{cases} 2y + 3z = 6 \\ 2x - z = 1 \end{cases}$

Raisonnement par récurrence et suites

Chapitre 5

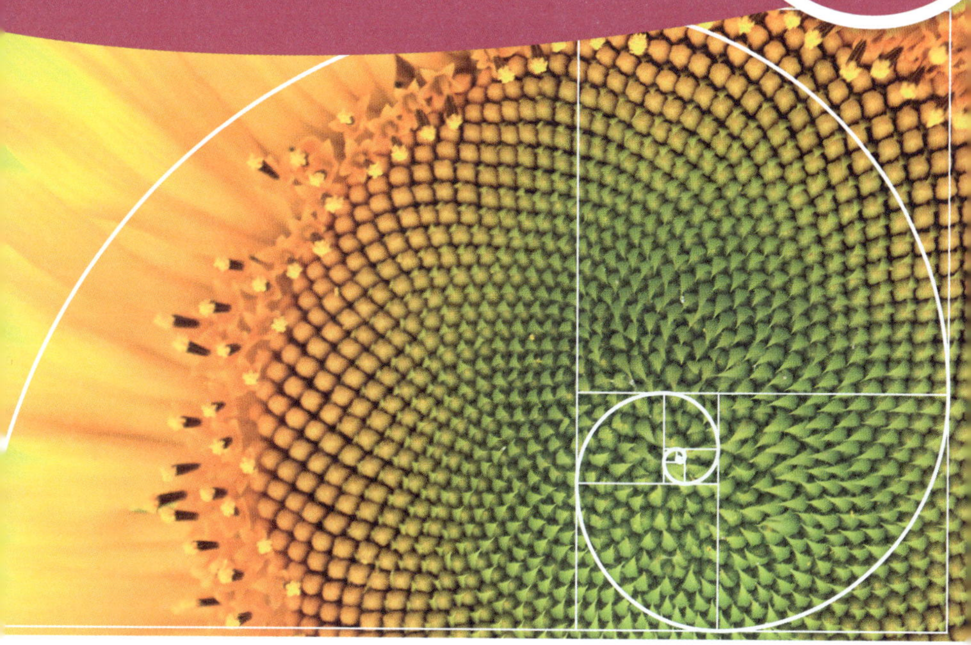

La suite de Fibonacci (1175-1260), définie par $u_0 = 1$, $u_1 = 1$ et la relation de récurrence $u_{n+2} = u_{n+1} + u_n$, permet de comprendre la structure de certains minéraux et végétaux par la construction de la spirale qui lui est associée.

J'apprends

I Raisonnement par récurrence

1. Le principe

Considérons une propriété P_n dépendante d'un entier naturel n.

Cette propriété peut être :

- une égalité,

Exemple : $\sum_{k=0}^{k=n} k = \frac{n(n+1)}{2}$.

- une inégalité,

Exemple : $(1+a)^n \geq 1 + na$ (a étant un nombre positif fixé).

- une phrase.

Exemple : « 2^n est pair ».

L'objectif est de prouver que la proposition P_n est vraie pour tout entier naturel n.

2. Formalisation

Pour prouver que la propriété P_n est vraie pour tout entier naturel n, on procède en deux étapes :

- Initialisation. Il s'agit de prouver que P_0 est vraie, c'est-à-dire que la propriété obtenue en remplaçant n par 0 est vraie.
- Hérédité. Il s'agit de démontrer que, si l'on suppose que P_n est vraie pour un entier naturel n donné, alors P_{n+1} est vraie aussi.

Remarque : P_{n+1} est la proposition obtenue en remplaçant n par $n + 1$.

3. Mises en garde

- Il est possible que l'on demande de démontrer que P_n est vraie pour tout entier naturel $n \geq 1$. Seule l'initialisation change. Il faudra prouver que P_1 est vraie.
- S'il faut montrer que P_n est vraie pour tout entier $n \geq 2$, etc., montrer que P_2 est vraie etc.
- Il est possible que P_n soit héréditaire à partir de n'importe quel rang et qu'elle ne soit vraie pour aucun entier naturel.

Exemple : si P_n est la phrase « 3^n est pair », on sait qu'elle est fausse pour tout n. Cependant P_n est héréditaire. En effet, supposons que P_n soit vraie pour un entier naturel n donné et montrons qu'alors P_{n+1} est vraie.

P_{n+1} est la phrase « 3^{n+1} est pair ». Or $3^{n+1} = 3^n \times 3$. Donc, puisqu'on a supposé que 3^n est pair, $3^n \times 3$ est pair, ce qui prouve que 3^{n+1} est pair. Il en résulte que P_{n+1} est vraie, ce qu'il fallait démontrer.

- Dans l'hérédité on suppose que P_n est vraie pour un entier naturel n donné (on dit aussi quelconque).

II Le point sur les suites arithmétiques et géométriques

	Suite arithmétique	Suite géométrique
Définition	$u_{n+1} = u_n + r$, r constante	$u_{n+1} = qu_n$, q constante
Expression de u_n en fonction de n	$u_n = u_0 + nr$	$u_n = u_0 \times q^n$
Caractérisation : il existe deux constantes a et b	$u_n = an + b$	$u_n = a^n \times b$
Monotonie	• Croissante si, et seulement si, $r \geq 0$ • Décroissante si, et seulement si, $r \leq 0$	Dépend de u_0 et q

III Généralités sur les limites des suites

On considère un nombre réel ℓ et une suite (u_n).

1. Définitions

a. Suites convergentes, suites divergentes

- Dire que u_n tend vers ℓ quand n tend vers $+\infty$ signifie que : tout intervalle, aussi étroit soit-il, contenant ℓ, contient toutes les valeurs u_n à partir d'un certain rang. On écrit alors $\lim\limits_{n \to +\infty} u_n = \ell$.

- Une suite qui a une limite finie ℓ s'appelle une suite convergente.

Il faut penser les intervalles de la définition comme étant de largeur aussi petite que l'on veut.

- Pour tout intervalle I contenant ℓ, il existe un entier naturel n_0 tel que, pour tout entier $n \geq n_0$, $u_n \in I$. La limite d'une suite convergente est donc unique.
- Une suite non convergente s'appelle une suite divergente.

b. Suites tendant vers l'infini

- Dire que (u_n) tend vers $+\infty$ quand n tend vers $+\infty$ signifie que tout intervalle de la forme $]A\,;+\infty[$ contient toutes les valeurs u_n à partir d'un certain rang.

On écrit alors $\lim\limits_{n \to +\infty} u_n = +\infty$.

- Si $\lim\limits_{n \to +\infty} u_n = +\infty$ alors, pour tout réel A il existe un entier naturel n_0 tel que, pour tout entier $n \geq n_0$ $u_n \in]A\,;+\infty[$ (donc $u_n \geq A$).
- Dire qu'une suite (u_n) tend vers $-\infty$ signifie que la suite $(-u_n)$ tend vers $+\infty$.

c. Remarques

- Lorsqu'on parle de limite d'une suite, sans plus de précision, il s'agit toujours de la limite quand n tend vers $+\infty$.
- Si une suite (u_n) est divergente alors (u_n) n'a pas nécessairement pour limite $+\infty$ ou $-\infty$.

Exemple : La suite définie par $(-1)^n$ est divergente et ne tend pas vers l'infini.

- Toute suite constante converge ; ainsi si pour tout $n \in \mathbb{N}$, $u_n = 3$ alors $\lim\limits_{n \to +\infty} u_n = 3$.
- Toute suite arithmétique non constante tend vers l'infini, donc diverge.

2. Limites et ordre

a. Suites convergentes

Théorème

Si une suite est **croissante** et a pour **limite un nombre ℓ** alors tous les termes de la suite sont **inférieurs ou égaux à ℓ**.

Preuve : Faisons un raisonnement par l'absurde. Supposons qu'il existe un terme u_p qui soit strictement supérieur à ℓ.

Soit m la moitié de la longueur du segment $[\ell\,;u_p]$.

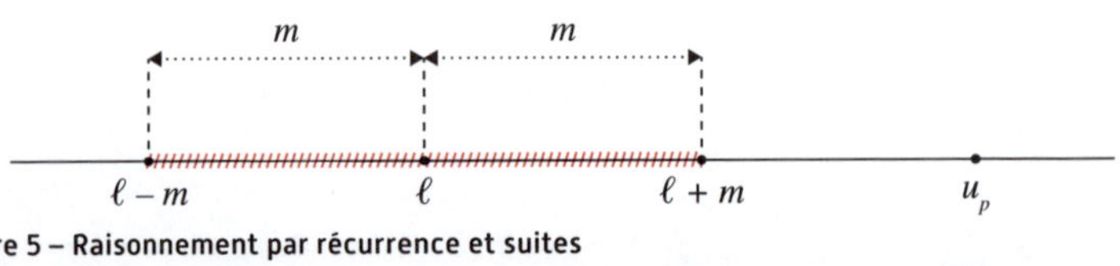

Puique $\lim_{n \to +\infty} u_n = \ell$, l'intervalle $]\ell - m ; \ell + m[$ contient tous les termes u_n à partir d'un certain rang, par exemple n_0. Soit n_1 le plus grand des deux entiers p et n_0. Pour tout entier $n \geq n_1$, on a à la fois $n \geq p$ et $n \geq n_0$. Par conséquent : pour tout $n \geq n_1$ on aurait $u_n \geq u_p$ car u_n est croissante et $u_n < \ell + m$, ce qui constitue une contradiction.

Par conséquent, il n'existe aucun terme qui soit strictement supérieur à ℓ, ce qu'il fallait démontrer.

De même, si (u_n) est une suite décroissante convergeant vers ℓ, alors pour tout n, $u_n \geq \ell$.

On démontre de la même façon que si deux suites (u_n) et (v_n) convergent respectivement vers ℓ et ℓ' et si $u_n \leq v_n$ à partir d'un certain rang alors $\ell \leq \ell'$.

b. Suites divergentes

Théorème

Toute suite croissante et non majorée a pour limite $+\infty$.

Preuve : Soit A un nombre réel. Puisque (u_n) n'est pas majorée (voir § IV 1), il existe un entier naturel p tel que $u_p > A$. Puisque (u_n) est croissante, alors pour tout $n \geq p$ on a $u_n > A$. Cela prouve qu'à partir du rang p tous les termes u_n sont dans l'intervalle $]A ; +\infty[$. Ce qu'il fallait démontrer.

3. Théorème des gendarmes

Théorème

Soit (u_n), (v_n) et (w_n) trois suites telles que, à partir d'un certain rang :

$$u_n \leq v_n \leq w_n$$

On a :

- Si u_n et w_n tendent vers la même limite ℓ, alors v_n tend vers ℓ
- Si $\lim_{n \to +\infty} u_n = +\infty$, alors $\lim_{n \to +\infty} v_n = +\infty$
- Si $\lim_{n \to +\infty} w_n = -\infty$, alors $\lim_{n \to +\infty} v_n = -\infty$

Le corollaire suivant est d'usage courant : soit (u_n) et (v_n) deux suites telles que $\lim_{n \to +\infty} v_n = 0$ et soit ℓ un nombre réel.

Si pour tout entier n $|u_n - \ell| \leq v_n$, alors (u_n) converge vers ℓ.

4. Opérations sur les limites

Pour connaître l'existence éventuelle et les valeurs éventuelles des limites d'une somme, produit ou quotient de suites, on utilise les mêmes théorèmes que ceux concernant les fonctions (Voir le chapitre 6).

IV Théorèmes de convergence

1. Préliminaires

Définitions :

- Dire qu'une suite (u_n) est minorée signifie qu'il existe un nombre m tel que pour tout $n \in \mathbb{N}$, $u_n \geq m$.
- Dire qu'une suite (u_n) est majorée signifie qu'il existe un nombre M tel que pour tout $n \in \mathbb{N}$, $u_n \leq M$.
- Dire qu'une suite (u_n) est bornée signifie qu'elle est à la fois minorée et majorée.
- Dire qu'une suite (u_n) est croissante signifie que pour tout entier naturel n, $u_n \leq u_{n+1}$.
- Dire qu'une suite (u_n) est décroissante signifie que pour tout entier naturel n, $u_n \geq u_{n+1}$.
- Dire qu'une suite (u_n) est constante signifie que pour tout entier naturel n, $u_n = u_{n+1}$.

Remarque : Une suite (u_n) est bornée si, et seulement s'il existe un nombre k tel que pour tout $n \in \mathbb{N}$, $|u_n| \leq k$.

2. Théorèmes de convergence monotone

Théorèmes

- Toute suite **croissante majorée** converge.
- Toute suite **décroissante minorée** converge.
- Toute suite **monotone bornée** converge.

Les théorèmes précédents assurent l'existence d'une limite mais ne fournissent pas le moyen de la calculer. On utilise pour cela la calculatrice ou un algorithme.

3. Cas particuliers

a. q^n

Théorème

Soit q un nombre différent de 1. On a :
- Si $q \leq -1$ alors q^n n'a **pas de limite**.
- Si $-1 < q < 1$ alors q^n a pour limite **0**.
- Si $q > 1$ alors q^n a pour limite $+\infty$.

b. $u_{n+1} = f(u_n)$

Théorème

Si la fonction f est **continue** et si la suite (u_n) **converge** vers ℓ, alors $\ell = f(\ell)$.

En cas d'existence, ℓ est un point fixe de la fonction f. La figure ci-dessous illustre la construction des termes d'une suite récurrente dans le cas où f est décroissante et la suite est convergente.

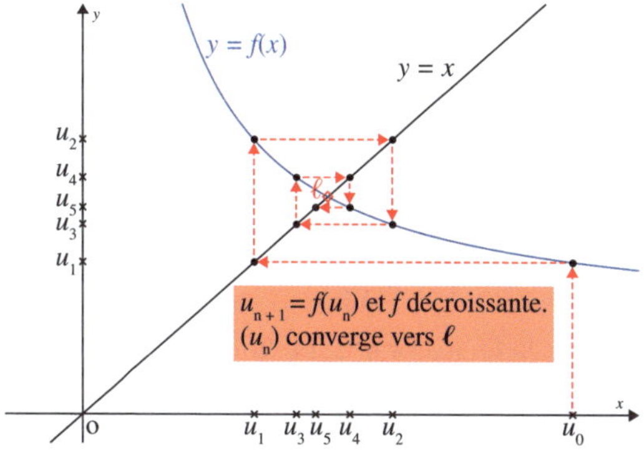

Remarque : Les suites des termes de rangs pairs (u_0, u_2, u_4, …) et de rangs impairs (u_1, u_3, u_5, …) sont monotones et de monotonies inverses.

Je révise

1 $2^0 \geq 0^2$, $2^1 \geq 1^2$, $2^2 \geq 2^2$ … donc pour tout $n \in \mathbb{N}$, $2^n \geq n^2$.

a. ○ Vrai　　b. ○ Faux

2 Dans un raisonnement par récurrence la phase d'initialisation est facultative.

a. ○ Vrai　　b. ○ Faux

3 Une suite bornée est nécessairement convergente.

a. ○ Vrai　　b. ○ Faux

4 Une suite convergente est nécessairement bornée.

a. ○ Vrai　　b. ○ Faux

5 Une suite divergente tend nécessairement vers l'infini.

a. ○ Vrai　　b. ○ Faux

6 Si une suite converge vers 3, alors tous ses termes sont dans l'intervalle]2,999 ; 3,001[à partir d'un certain rang.

a. ○ Vrai　　b. ○ Faux

7 Si une suite tend vers $+\infty$, alors elle est nécessairement croissante à partir d'un certain rang.

a. ○ Vrai　　b. ○ Faux

8 La somme de deux suites convergentes est une suite convergente.

a. ○ Vrai　　b. ○ Faux

9 La somme de deux suites divergentes est une suite divergente.

a. ○ Vrai　　b. ○ Faux

10 Si $q \notin [-1 , 1]$, alors la limite de q^n est infinie.

a. ○ Vrai　　b. ○ Faux

11 Si $q > 1$, alors la suite (q^n) est strictement croissante.

a. ○ Vrai　　b. ○ Faux

Réponses :

1 b - 2 b - 3 b - 4 a - 5 b - 6 a - 7 b - 8 a - 9 b - 10 b - 11 a.

Calculer la limite d'une suite u_n ($n \to +\infty$)

$u_n = f(n)$

Appliquer les théorèmes sur ....

$u_{n+1} = f(u_n)$

Pour savoir si la suite converge, utiliser les théorèmes .... ou de convergence monotone

Si la suite converge vers .... alors $f(\ell) = \ell$

$u_n = q^n$ ($q \neq 1$)

Si $|q| < 1$, alors (u_n) tend vers ......

Si $|q| > 1$, alors (u_n) ....

- Si $q > 1$, $\lim\limits_{n \to +\infty} u_n =$ ....
- Si $q <$ ......, (u_n) n'a pas de limite

Représentation graphique d'une suite récurrente

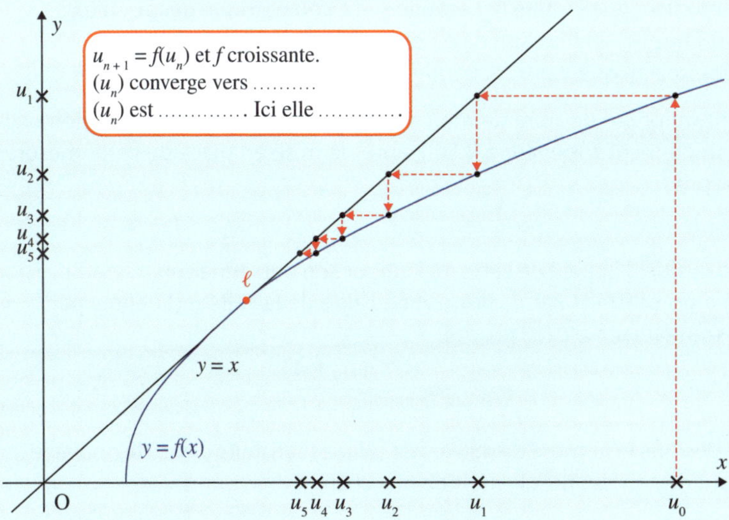

Méthode

Une modélisation de la mise en œuvre du télétravail

Les clés de l'exercice

En mai 2020, le télétravail a été proposé aux 5 000 salariés d'une entreprise. À cette date seuls 200 d'entre eux avaient choisi cette option. Depuis lors, chaque mois, on constate que 85 % de ceux qui avaient choisi le télétravail le mois précédent choisissent de continuer, et que, chaque mois, 450 salariés supplémentaires choisissent le télétravail.
On modélise le nombre de salariés de cette entreprise en télétravail par une suite (a_n). Le terme a_n désigne ainsi une estimation du nombre de salariés en télétravail le n-ième mois après le mois de mai 2020. Ainsi $a_0 = 200$.

Partie A

1. Calculez a_1.

2. Justifiez que pour tout entier naturel n, $a_{n+1} = 0,85a_n + 450$.

3. On considère la suite (v_n) définie pour tout entier naturel n par : $v_n = a_n - 3\,000$.
a. Démontrez que la suite (v_n) est une suite géométrique de raison 0,85.
b. Exprimez (v_n) en fonction de n pour tout entier naturel n.
c. Déduisez-en que, pour tout entier naturel n, $a_n = -2\,800 \times 0,85^n + 3\,000$.

4. Déterminez le nombre de mois au bout duquel le nombre de télétravailleurs sera strictement supérieur à 2 500, après la mise en place de cette mesure dans l'entreprise.

Partie B

Afin d'évaluer l'impact de cette mesure sur son personnel, on modélise le nombre de salariés satisfaits par ce dispositif à l'aide de la suite (u_n) définie par $u_0 = 1$ et, pour tout entier $n \geq 0$:

$$u_{n+1} = \frac{5u_n + 4}{u_n + 2}$$

où u_n désigne le nombre de milliers de salariés satisfaits par cette nouvelle mesure au bout de n mois après le mois de mai 2020.

1. Démontrez que la fonction f définie pour tout $x \in [0\,;+\infty[$ par $f(x)=\dfrac{5x+4}{x+2}$ est strictement croissante sur $[0\,;+\infty[$.

2. a. Démontrez par récurrence que pour tout entier naturel n, $0 \leq u_n \leq u_{n+1} \leq 4$.
b. Justifiez que la suite (u_n) est convergente.
c. On admet que pour tout entier naturel n, $0 \leq 4-u_n \leq 4\left(\dfrac{1}{2}\right)^n$.

Déduisez-en la limite de la suite (u_n) et interprétez-la dans le contexte de la modélisation.

Partie A

▶ **Demandez-vous ce que représente a_1 dans le contexte.**

1. $a_1 = 85\,\% a_0 + 450 = 620$.

▶ **Interprétez le nombre de salariés télétravaillant le mois suivant un mois donné.**

2. $85\,\% = \dfrac{85}{100} = 0{,}85$

85 % des salariés télétravaillant le n-ème mois après mai 2020 sont au nombre de $0{,}85a_n$.

À eux s'ajoutent 450 nouveaux télétravailleurs.

▶ **Calculez v_{n+1}.**

3. a. Pour tout entier naturel n :

$v_{n+1} = a_{n+1} - 3\,000 = 0{,}85a_n + 450 - 3\,000$
$= 0{,}85(v_n + 3\,000) - 2\,550$
$= 0{,}85v_n + 2\,550 - 2\,550$
$= 0{,}85v_n$, ce qu'il fallait démontrer.

▶ **Retrouvez la formule du cours.**

b. Puisque $v_0 = a_0 - 3\,000$, $v_0 = -2\,800$.
Ainsi, $v_n = v_0 \times 0{,}85^n = -2\,800 \times 0{,}85^n$.

▶ **Cette question synthétise les deux précédentes.**

c. Pour tout entier naturel n : $a_n = v_n + 3\,000 \Rightarrow a_n = -2\,800 \times 0{,}85^n + 3\,000$.

▶ **On peut procéder par tâtonnement avec la calculatrice ou utiliser la fonction *ln*.**

4. On cherche l'entier naturel n tel que $a_n > 2\,500$.

• Avec calculatrice : la programmation de la fonction $f1$ définie par $-2\,800 \times 0{,}85^x + 3\,000$ et l'utilisation de la table des valeurs conduit à $n = 11$.

En effet $f1(10) \approx 2\,449$ et $f1(11) \approx 2\,531$.

• Avec la fonction ln :

$$-2\,800 \times 0{,}85^n + 3\,000 > 2\,500 \Leftrightarrow 2\,800 \times 0{,}85^n < 500 \Leftrightarrow 0{,}85^n < \frac{500}{2\,800}$$

$$\Leftrightarrow n\ln(0{,}85) < \ln\left(\frac{5}{28}\right) \Leftrightarrow n > \frac{\ln\left(\frac{5}{28}\right)}{\ln(0{,}85)}$$

On retrouve $n = 11$ car $\dfrac{\ln\left(\frac{5}{28}\right)}{\ln(0{,}85)} \approx 10{,}6$.

Remarquez le changement de sens de l'inégalité car $\ln(0{,}85) < 0$.

Partie B

▶ **Utilisez la dérivée d'un quotient.**

1. Pour tout $x \geq 0$: $f'(x) = \dfrac{5 \times (x+2) - (5x+4) \times 1}{(x+2)^2} = \dfrac{6}{(x+2)^2}$.

Puisque $f'(x) > 0$ la fonction f est strictement croissante sur $[0\,;+\infty[$.

▶ **Il est judicieux d'utiliser la croissance de la fonction *f*.**

2. a. Initialisation $u_1 = f(u_0) = f(1) = \dfrac{9}{3} = 3$.

Donc $0 \leq u_0 \leq u_1 \leq 3$. La triple inégalité proposée est donc vraie si $n = 0$.

Hérédité : Supposons que la triple inégalité soit vraie pour un entier naturel $n \geq 0$ et démontrons qu'elle reste vraie pour son successeur $n + 1$.

Comme $f(0) = 2$ et $f(4) = 4$ et du fait de la croissance de f sur $[0\,, +\infty[$, on a :

$$0 \leq u_n \leq u_{n+1} \leq 4 \Rightarrow f(0) \leq f(u_n) \leq f(u_{n+1}) \leq f(4) \Rightarrow 2 \leq u_{n+1} \leq u_{n+2} \leq 4$$

$$\Rightarrow 0 \leq u_{n+1} \leq u_{n+2} \leq 4$$

ce qu'il fallait démontrer.

Conclusion : D'après le principe de récurrence, pour tout entier $n \geq 0$:

$$0 \leq u_n \leq u_{n+1} \leq 4$$

Utilisez un théorème de convergence.

b. La suite (u_n) est croissante car pour tout entier naturel n $u_n \leq u_{n+1}$.

Elle est majorée par 4, c'est pourquoi elle est convergente.

Pensez au théorème des gendarmes.

c. On sait que $\lim\limits_{n \to +\infty} \left(\dfrac{1}{2}\right)^n = 0$.

Le théorème des gendarmes permet d'affirmer que $\lim\limits_{n \to +\infty} (4 - u_n) = 0$ car la suite $(4 - u_n)$ est encadrée par deux suites tendant vers 0.

Il en résulte que $\lim\limits_{n \to +\infty} u_n = 4$.

On en conclut qu'au bout d'un certain temps, il y aura près de 4 000 télétravailleurs satisfaits.

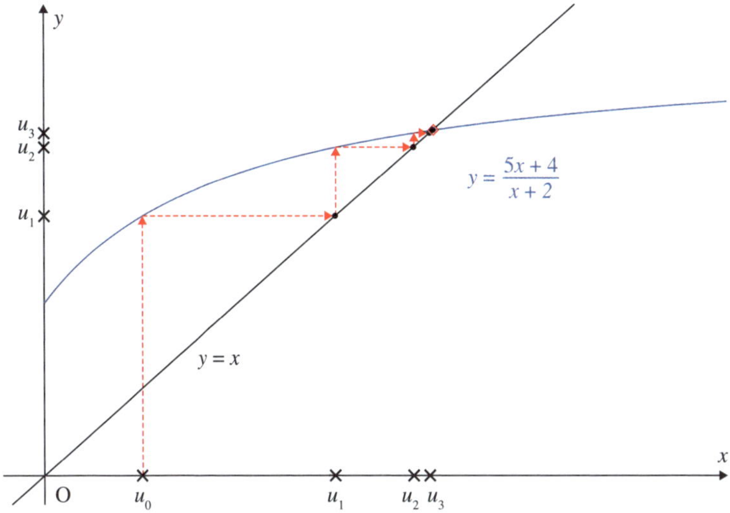

Illustration de la convergence de la suite (u_n)

Je m'entraîne

▶ Corrigés p. 277

1 * **On considère la suite formée de la manière suivante : $u_0 = 0{,}2$, puis $u_1 = 0{,}23$ et on poursuit en adjoignant les nombres premiers consécutifs un à un : $u_3 = 0{,}235$, puis $u_5 = 0{,}2357$ etc.**
Démontrez que la suite (u_n) converge.

2 * **Pour tout entier naturel n, on pose $u_n = \dfrac{n^2+1}{n+1}$.**

a. Calculez $\lim\limits_{n \to +\infty} u_n$

b. Quelle est la mission du programme suivant écrit en Python ?

```
n,u=0,1
while u<=10**6:
    u=(n**2+1)/(n+1)
    n=n+1
print(n)
```

3 * **Démontrez par récurrence que pour tout entier naturel $n \geq 1$:**

$$1 + 2 + \ldots + n = \frac{n(n+1)}{2}.$$

4 * **Soit (u_n) la suite définie par $u_0 = 0$ et, pour tout entier naturel n, $u_{n+1} = 2(u_n + 2^n)$.**

a. Démontrez que pour tout entier naturel n : $u_n = n \times 2^n$.

b. Quelle est la limite de (u_n) ?

5 * **a.** Soit a un nombre positif. Démontrez par récurrence que pour tout entier naturel n : $(1 + a)^n \geq 1 + na$.

b. Déduisez-en que pour tout nombre $q > 1$: $\lim\limits_{n \to +\infty} q^n = +\infty$.
Pour cela, on pourra poser $q = 1 + a$.

6 * **On considère la suite (u_n) définie pour tout entier naturel n par $u_n = n + (-1)^n$.**

a. Démontrez que la suite (u_n) n'est pas monotone.

b. Démontrez que, pour tout entier naturel n, $u_n \geq n - 1$ et en déduire que (u_n) diverge.

c. En utilisant les questions précédentes, dire si une suite tendant vers $+\infty$ doit nécessairement être croissante à partir d'un certain rang.

7 * **En posant $u_n = (-1)^n$, démontrez qu'une suite bornée n'est pas nécessairement convergente.**

8 ** **On considère la suite (u_n) définie par $u_0 = 10\,000$ et pour tout entier naturel n : $u_{n+1} = 0{,}95u_n + 200$.**

1. Calculez u_1 et vérifiez que $u_2 = 9\,415$.

2. a. Démontrez, à l'aide d'un raisonnement par récurrence, que pour tout entier naturel n : $u_n > 4\,000$.

b. Montrez que la suite (u_n) est décroissante.

c. Justifiez qu'elle converge.

3. Pour tout entier naturel n, on considère la suite (v_n) définie par : $v_n = u_n - 4\,000$.

a. Calculez v_0.

b. Démontrez que la suite (v_n) est géométrique de raison 0,95.

c. Déduisez-en que pour tout entier naturel n : $u_n = 4\,000 + 6\,000 \times 0{,}95^n$.

d. Quelle est la limite de la suite (u_n) ? Justifiez votre réponse.

9 ** **Démontrez par récurrence que pour tout entier naturel $n \geq 5$: $2^n > n^2$. Pour l'hérédité, on pourra utiliser : $2^{n+1} = 2^n \times 2$.**

10 ** **Soit (u_n) une suite définie par $u_0 = 2$ et, pour tout entier naturel n, $0 \leq u_{n+1} - 2 \leq \frac{1}{3}(u_n - 2)$.**

a. Démontrez par récurrence que pour tout entier naturel n : $0 \leq u_n - 2 \leq \left(\frac{1}{3}\right)^n$.

b. Examinez alors la convergence de (u_n).

11 ** **On donne le programme suivant, écrit en Python. À la fin de son exécution il renvoie la valeur 3025. Quelle est sa mission ?**

```
k,s=1,0
while k<=10:
    s=s+k**3
    k=k+1
print(s)
```

Donnée : La somme de cubes consécutifs à partir de 1 ($1^3 + 2^3 + \ldots + n^3$) est le carré d'un nombre triangulaire, c'est-à-dire un nombre de la forme $\left(\frac{n(n+1)}{2}\right)^2$. Ainsi : $1^3 + 2^3 + 3^3 + 4^3 = 10^2$.

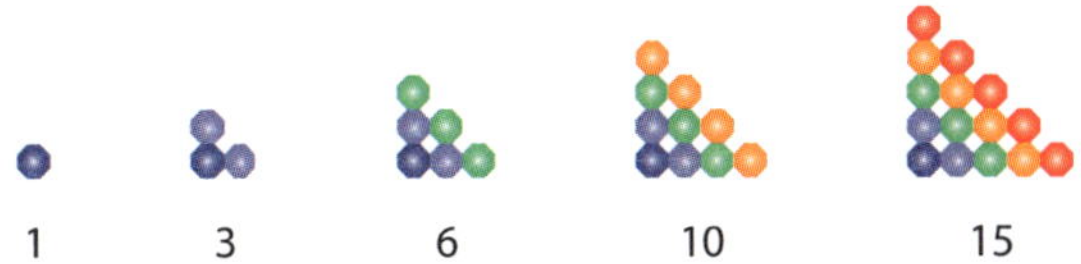

Exercice Bac

12 En 2020, une influenceuse sur les réseaux sociaux compte 1 000 abonnés à son profil. On modélise le nombre d'abonnés ainsi : chaque année, elle perd 10 % de ses abonnés auxquels s'ajoutent 250 nouveaux abonnés.
Pour tout entier naturel n, on note u_n le nombre d'abonnés à son profil en l'année 2020 + n.
En suivant cette modélisation, on a $u_0 = 1\,000$.

1. Calculez u_1.

2. Justifiez que pour tout entier naturel n, $u_{n+1} = 0{,}9u_n + 250$.

3. La fonction Python nommée « `suite` » est définie ci-dessous.
Dans le contexte de l'exercice, interprétez la valeur renvoyée par `suite(10)`.

```
Def suite(n):
    u=1000
    for i in range(n):
      u=0,9*u+250
    return u
```

4. a. Montrez, à l'aide d'un raisonnement par récurrence, que pour tout entier naturel n, $u_n \leq 2\,500$.

b. Démontrez que la suite (u_n) est croissante.

c. Déduisez-en des questions précédentes que la suite (u_n) est convergente.

5. Soit (v_n) la suite définie par $v_n = u_n - 2\,500$ pour tout entier naturel n.

a. Montrez que la suite (v_n) est une suite géométrique de raison 0,9 et de terme initial $v_0 = -1\,500$.

b. Pour tout entier naturel n, exprimez v_n en fonction de n et montrez que :
$u_n = -1\,500 \times 0{,}9^n + 2\,500$.

c. Déterminez la limite de la suite (u_n) et interprétez-la dans le contexte de l'exercice.

6. a. Écrivez un programme qui permet de déterminer en quelle année le nombre d'abonnés dépassera 2 200.

b. Déterminez cette année.

Limites de fonctions et asymptotes

Chapitre 6

« Le silence éternel de ces espaces infinis m'effraie » écrivait Blaise Pascal. L'infini dont il est question dans ce chapitre n'a rien d'effrayant pourvu qu'on en comprenne le sens !

I Limite d'une fonction à l'infini

On considère des fonctions définies sur une réunion d'intervalles de la forme $]-\infty\,;a]$ ou $[a\,;+\infty[$. La courbe représentant une fonction f se note C_f.

1. Limite finie d'une fonction à l'infini : définitions

Soit ℓ un nombre réel.

- Dire que ℓ est la limite de f quand x tend vers $+\infty$ signifie que tout intervalle contenant ℓ contient tous les nombres $f(x)$ pourvu que x soit suffisamment grand.

Autrement dit, soit I un intervalle contenant ℓ, alors il existe un réel $B > 0$ tel que :

$$x > B \Rightarrow f(x) \in I$$

On écrit :

$$\lim_{x \to +\infty} f(x) = \ell$$

- Dire que ℓ est la limite de f quand x tend vers $-\infty$ signifie que tout intervalle contenant ℓ contient tous les nombres $f(x)$ pourvu que x soit négatif et suffisamment grand en valeur absolue.

Autrement dit, soit I un intervalle contenant ℓ, alors il existe un réel $B < 0$ tel que :

$$x < B \Rightarrow f(x) \in I$$

On écrit :

$$\lim_{x \to -\infty} f(x) = \ell$$

L'intervalle I peut être choisi aussi étroit que l'on veut.

Dans les deux cas, on dit aussi que la limite de f ou de $f(x)$ est égale à ℓ.

- Soit ℓ un nombre réel. Dire que la droite d'équation $y = \ell$ est asymptote à la courbe C_f en $+\infty$ (respectivement en $-\infty$) signifie que $\lim\limits_{x \to +\infty} f(x) = \ell$ (respectivement : $\lim\limits_{x \to -\infty} f(x) = \ell$).

Dans les conditions de la définition, on a : $\lim\limits_{x \to +\infty} (f(x) - \ell) = 0$. Cela implique que la distance entre la courbe C_f et son asymptote, mesurée par $|f(x) - \ell|$, se rétrécit de plus en plus lorsque x tend vers l'infini. Lorsque x tend vers l'infini, la courbe et son asymptote sont donc pratiquement confondues.

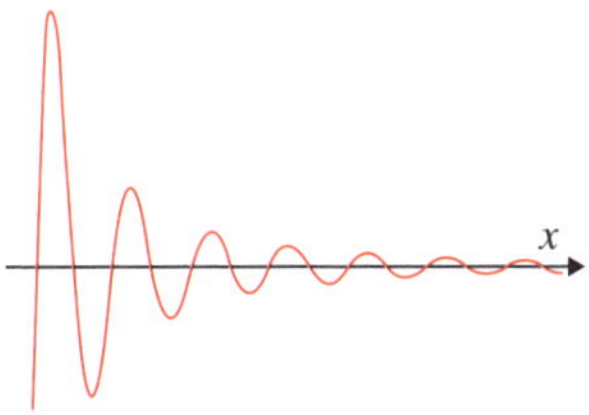

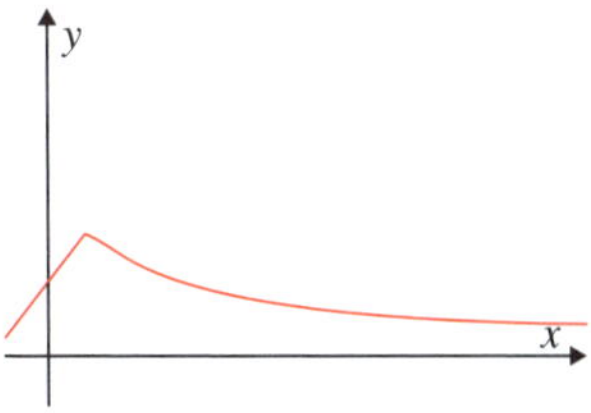

Sur les deux figures, on voit deux courbes qui ont la même asymptote horizontale d'équation $y = 0$. Leurs façons de s'en approcher sont bien distinctes. Une courbe et son asymptote horizontale peuvent ainsi se couper.

2. Limite infinie d'une fonction à l'infini : définitions

a. Quand *x* tend vers +∞

- Dire qu'une fonction f tend vers $+\infty$ quand x tend vers $+\infty$ signifie que tout intervalle de la forme $]A\ ;+\infty[$ contient tous les nombres $f(x)$ pourvu que x soit suffisamment grand.

Autrement dit, soit A un nombre réel, alors il existe un nombre $B > 0$ tel que :

$$x > B \Rightarrow f(x) > A$$

On écrit :

$$\lim_{x \to +\infty} f(x) = +\infty$$

Exemple : $\lim\limits_{x \to +\infty} x^2 = +\infty$.

- Dire qu'une fonction f tend vers $-\infty$ quand x tend vers $+\infty$ signifie que tout intervalle de la forme $]-\infty\ ; A[$ contient tous les nombres $f(x)$ pourvu que x soit suffisamment grand.

Autrement dit, soit A un nombre réel, alors il existe un nombre $B > 0$ tel que :

$$x > B \Rightarrow f(x) < A$$

On écrit :

$$\lim_{x \to +\infty} f(x) = -\infty$$

Exemple : $\lim\limits_{x \to +\infty} (-x^2) = -\infty$.

b. Quand *x* tend vers −∞

- Dire qu'une fonction f tend vers $+\infty$ quand x tend vers $-\infty$ signifie que tout intervalle de la forme $]A\ ;+\infty[$ contient tous les nombres $f(x)$ pourvu que x soit négatif et suffisamment grand en valeur absolue.

Autrement dit, soit A un nombre réel, alors il existe un nombre $B < 0$ tel que :

$$x < B \Rightarrow f(x) > A$$

On écrit :

$$\lim_{x \to -\infty} f(x) = +\infty$$

Exemple : $\lim_{x \to -\infty} x^2 = +\infty$.

- Dire qu'une fonction f tend vers $-\infty$ quand x tend vers $-\infty$ signifie que tout intervalle de la forme $]-\infty\,;\,A[$ contient tous les nombres $f(x)$ pourvu que x soit négatif et suffisamment grand en valeur absolue.

Autrement dit, soit A un nombre réel, alors il existe un nombre $B < 0$ tel que :

$$x < B \Rightarrow f(x) < A$$

On écrit :

$$\lim_{x \to -\infty} f(x) = -\infty$$

Exemple : $\lim_{x \to -\infty} x^3 = -\infty$.

II Limite infinie en un nombre x_0

On considère une fonction f définie sur un ensemble contenant $]\ldots\,;\,x_0[\,\cup\,]x_0\,;\,\ldots[$.
Il faut noter que f n'est pas définie en x_0.

1. Définitions

- Dire que f a pour limite $+\infty$ en x_0 signifie que tout intervalle du type $]A\,;\,+\infty[$ contient tous les nombres $f(x)$ pourvu que x soit suffisamment proche de x_0. On écrit :

$$\lim_{x \to x_0} f(x) = +\infty$$

- Dire que f a pour limite $-\infty$ en x_0 signifie que tout intervalle du type $]-\infty\,;\,A[$ contient tous les nombres $f(x)$ pourvu que x soit suffisamment proche de x_0. On écrit :

$$\lim_{x \to x_0} f(x) = -\infty$$

- On parle, de la même façon, de limite à gauche (respectivement à droite) de x_0 lorsque $f(x)$ n'est définie que sur un intervalle du type $]\ldots\,;\,x_0[$, (respectivement $]x_0\,;\,\ldots[$). On écrit :

$$\lim_{x \to x_0^-} f(x) = \pm\infty \text{ (respectivement } \lim_{x \to x_0^+} f(x) = \pm\infty\text{).}$$

- Dire que x tend vers 2^- ne signifie pas que x tend vers -2 mais que x tend vers 2 et est en même temps inférieur à 2.
- Si f a une limite à droite et à gauche en x_0 et si elles sont égales alors f a une limite en x_0 et la valeur de cette limite est la valeur commune des deux précédentes.

2. Asymptote verticale

Définition : Dire que la droite d'équation $x = x_0$ est asymptote verticale à C_f signifie que $f(x)$ tend vers l'infini quand x tend vers x_0.

Cette définition s'applique aussi aux limites à gauche et à droite.

Exemples de courbes avec leurs asymptotes verticales :

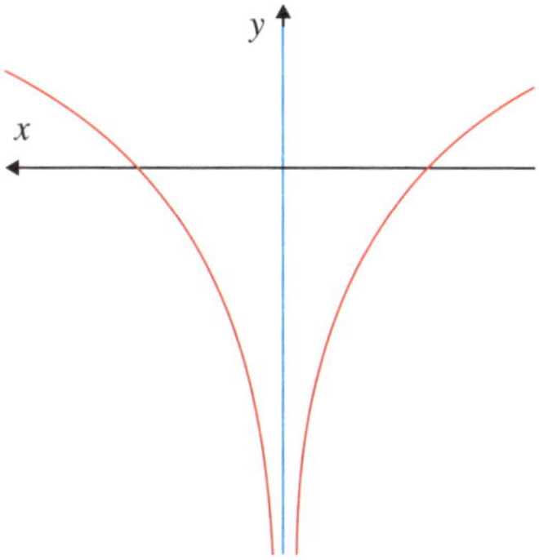

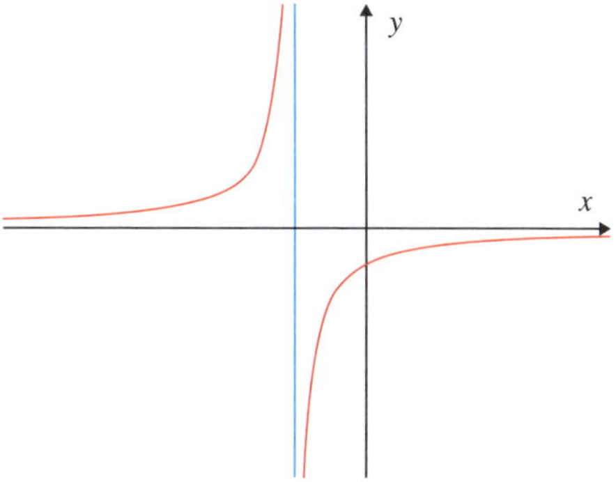

La première courbe a pour asymptote verticale la droite d'équation $x = 0$ et la seconde $x = -1$.

Histoire des maths

La justification des méthodes de calcul infinitésimal développées à la fin du XVIIe siècle et au début du XVIIIe nécessitait une mise au point de la notion de limite. Des fondations solides sont proposées dans le *Cours d'Analyse* (1821-1823) de **Augustin-Louis Cauchy** (1789-1857), qui définit précisément la notion de limite et en fait le point de départ de l'analyse.

III Opérations sur les limites

Dans la suite, on considère les limites lorsque x tend vers x_0, x_0 étant un nombre ou $+\infty$ ou $-\infty$. Les limites ℓ et ℓ' sont des nombres.

1. Limite d'une somme

Valeur de la limite de		Limite éventuelle de $f+g$
f	g	
ℓ	ℓ'	$\ell+\ell'$
ℓ ou $+\infty$	$+\infty$	$+\infty$
ℓ ou $-\infty$	$-\infty$	$-\infty$
$+\infty$	$-\infty$	Il n'y a pas de résultat général. On étudie chaque cas particulier.*

*On dit qu'on a affaire à une forme indéterminée.

2. Limite d'un produit

Valeur de la limite de		Limite éventuelle de $f \times g$
f	g	
ℓ	ℓ'	$\ell \times \ell'$
$\ell \neq 0$	$+\infty$ ou $-\infty$	$+\infty$ ou $-\infty$ avec la règle des signes*
0	$+\infty$ ou $-\infty$	Il n'y a pas de résultat général. On étudie chaque cas particulier.**
$+\infty$ ou $-\infty$	$+\infty$ ou $-\infty$	∞ avec la règle des signes*

*Pour choisir entre $+\infty$ et $-\infty$, il suffit d'appliquer la règle des signes habituelle : $3 \times (-\infty) = -\infty$, etc.
**On dit qu'on a affaire à une forme indéterminée.

En particulier, si $n \in \mathbb{N}^*$:

$$\lim_{x \to +\infty} x^n = \lim_{x \to +\infty} \sqrt{x} = +\infty \text{ et } \lim_{x \to -\infty} x^n = \begin{cases} +\infty \text{ si } n \text{ est pair} \\ -\infty \text{ si } n \text{ est impair} \end{cases}.$$

3. Limite d'un quotient

Valeur de la limite de		Limite éventuelle de $\frac{f}{g}$
f	g	
ℓ	$\ell' \neq 0$	$\frac{\ell}{\ell'}$
$\ell \neq 0$	0	∞ avec règle des signes *
ℓ	∞	0
0	0	Il n'y a pas de résultat général. On étudie chaque cas particulier.**
∞	∞	
∞ ou $\ell \neq 0$	0	∞ avec règle des signes*

*Pour choisir entre $+\infty$ et $-\infty$, il suffit d'appliquer la règle des signes habituelle : $-\frac{2}{(+\infty)} = -\infty$, etc.
**On dit qu'on a affaire à une forme indéterminée.

En particulier, si $n \in \mathbb{N}^*$: $\lim\limits_{x \to +\infty} \frac{1}{x^n} = 0 = \lim\limits_{x \to -\infty} \frac{1}{x^n}$ et $\lim\limits_{x \to +\infty} \frac{1}{\sqrt{x}} = 0$.

4. Composition des limites

Théorème

On considère deux fonctions f et g telles que le calcul de $f(g(x))$ soit possible ; x_0 représente un nombre ou $-\infty$ ou $+\infty$. On a :

- $\lim\limits_{x \to x_0} g(x) = \ell \Rightarrow \lim\limits_{x \to x_0} f(g(x)) = f(\ell)$.
- $\lim\limits_{x \to x_0} g(x) = +\infty \Rightarrow \lim\limits_{x \to x_0} f(g(x)) = \lim\limits_{x \to +\infty} f(x)$.
- $\lim\limits_{x \to x_0} g(x) = -\infty \Rightarrow \lim\limits_{x \to x_0} f(g(x)) = \lim\limits_{x \to -\infty} f(x)$.

Exemple : Puisque $\lim\limits_{x \to -\infty} x^2 + 3 = +\infty$ et $\lim\limits_{x \to +\infty} \sqrt{x} = +\infty$, alors $\lim\limits_{x \to -\infty} \sqrt{x^2 + 31} = +\infty$.

En effet, si on pose $f(x) = \sqrt{x}$ et $g(x) = x^2 + 3$, on trouve $\sqrt{x^2 + 3} = f(g(x))$ et on utilise le théorème avec $x_0 = +\infty$.

IV Limites et comparaison

Le symbole x_0 désigne ici un nombre ou $-\infty$ ou $+\infty$, ℓ et ℓ' sont deux nombres et on considère trois fonctions f, g et h telles que pour tout x convenablement choisi $f(x) \leq g(x) \leq h(x)$.

1. Limites et encadrement

Théorème

Si $\lim\limits_{x \to x_0} f(x) = \ell$ et $\lim\limits_{x \to x_0} h(x) = \ell'$ alors, si $\lim\limits_{x \to x_0} g(x)$ existe, $\ell \leq \lim\limits_{x \to x_0} g(x) \leq \ell'$.

En particulier, si une fonction est positive alors sa limite, si elle existe, est positive.

2. Théorème des gendarmes

Théorème

Soit ℓ un nombre réel.

- Si $\lim\limits_{x \to x_0} f(x) = \lim\limits_{x \to x_0} h(x) = \ell$, alors $\lim\limits_{x \to x_0} g(x) = \ell$.
- Si $\lim\limits_{x \to x_0} f(x) = +\infty$, alors $\lim\limits_{x \to x_0} g(x) = +\infty$.
- Si $\lim\limits_{x \to x_0} g(x) = -\infty$, alors $\lim\limits_{x \to x_0} f(x) = -\infty$.

Remarque : Bien observer les fonctions dans les deux derniers points du théorème.

3. Interprétation graphique

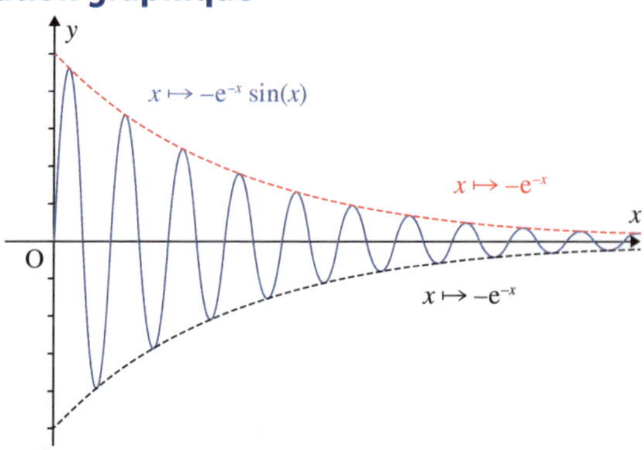

- La figure page précédente illustre la double inégalité, valable pour tout réel $x \geq 0$:

$$-\mathrm{e}^{-x} \leq \mathrm{e}^{-x}\sin x \leq \mathrm{e}^{-x}$$

Comme $\lim\limits_{x \to +\infty} \mathrm{e}^{-x} = 0$, on a $\lim\limits_{x \to +\infty} \mathrm{e}^{-x}\sin x = 0$, d'après le théorème des gendarmes.

- De plus, ce graphique (le repère n'est pas orthonormé) illustre que la droite d'équation $y = 0$ est asymptote à la courbe représentant $\mathrm{e}^{-x}\sin x$ en $+\infty$. La courbe de cette dernière coupe son asymptote une infinité de fois.

V Le point sur les asymptotes

La fonction f est définie sur l'ensemble $\mathcal{D}_f$.

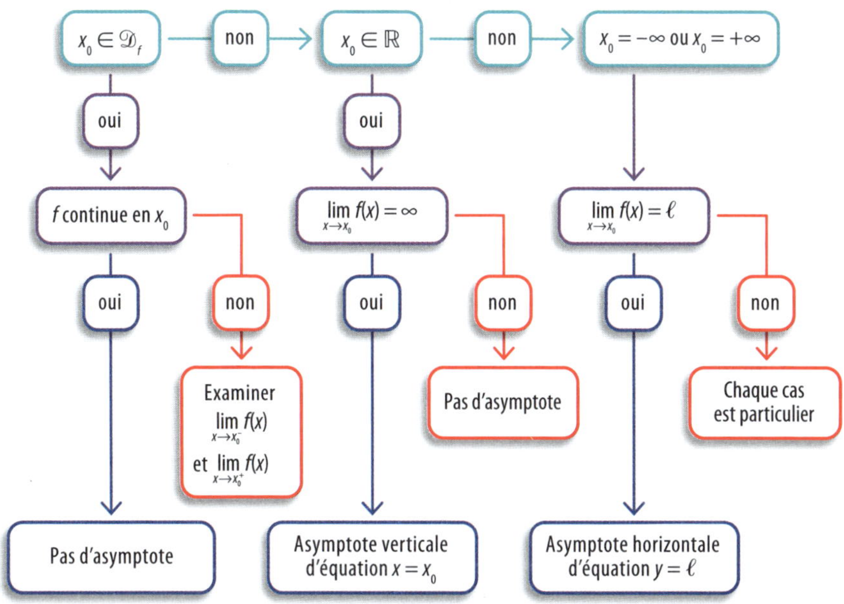

Je révise

1 Si $f(x)$ est positif pour tout x, f peut-elle avoir une limite strictement négative ?

a. ◯ Oui b. ◯ Non

2 Une fonction peut avoir plusieurs limites quand x tend vers $+\infty$.

a. ◯ Vrai b. ◯ Faux

3 Une fonction définie sur $\mathbb{R}$ peut-elle avoir une limite en $+\infty$ différente de celle en $-\infty$?

a. ◯ Oui b. ◯ Non

4 La courbe représentative d'une fonction peut avoir…

a. ◯ au maximum deux asymptotes horizontales

b. ◯ autant d'asymptotes horizontales que l'on veut

c. ◯ aucune des deux réponses

5 La courbe représentative d'une fonction peut avoir…

a. ◯ au maximum deux asymptotes verticales

b. ◯ autant d'asymptotes verticales que l'on veut

c. ◯ aucune des deux réponses

6 Parmi les formes suivantes quelle est la seule qui ne soit pas une forme indéterminée ?

a. ◯ $0 \times \infty$ b. ◯ $+\infty + (+\infty)$ c. ◯ $\frac{\infty}{\infty}$

7 Si aucune des deux fonctions f et g n'a de limite quand x tend vers $+\infty$, est-il possible que $f + g$ en ait une ?

a. ◯ Oui b. ◯ Non

8 Si une fonction définie sur $\mathbb{R}$ est croissante, alors elle a nécessairement pour limite $+\infty$ quand x tend vers $+\infty$.

a. ◯ Vrai b. ◯ Faux

9 Si $n \in \mathbb{N}^*$, alors nécessairement $\lim\limits_{x \to -\infty} x^n = -\infty$.

a. ◯ Vrai b. ◯ Faux

10 En cas d'existence des limites indiquées, si $f(x) \leq g(x)$, pour tout $x \in \mathbb{R}$, alors…

a. ◯ nécessairement $\lim\limits_{x \to x_0} f(x) \leq \lim\limits_{x \to x_0} g(x)$ b. ◯ on peut avoir $\lim\limits_{x \to x\text{ à }0} f(x) > \lim\limits_{x \to x_0} g(x)$

Réponses :

1 b - 2 b - 3 a - 4 a - 5 b - 6 b - 7 a - 8 b - 9 b - 10 a.

Je mémorise

Je mémorise les limites usuelles	$\lim\limits_{x \to \ldots} \frac{1}{x^5} = 0$; $\lim\limits_{x \to -\infty} x^3 = \ldots$; $\lim\limits_{x \to \ldots} \frac{1}{x^2} = +\infty$
Si $n \in \mathbb{N}^*$, je sais distinguer les limites selon la parité de n	$\lim\limits_{x \to -\infty} x^n = +\infty$ si n est .... $\lim\limits_{x \to -\infty} x^n = -\infty$ si n est ....
Pour calculer la limite d'un polynôme quand x tend vers 2	Je remplace ....
Pour calculer la limite en $+\infty$ d'un polynôme	Je dois le factoriser par ....
Une forme indéterminée liée à la somme est	....
La forme indéterminée liée au produit est	....
Les deux formes indéterminées liées au quotient sont	....
Il est possible que la limite d'une fonction soit infinie quand x tend vers -2	Pour cela -2 doit ....
Pour savoir si la courbe C_f d'une fonction f a une asymptote horizontale	Je calcule ....
Pour savoir si la courbe C_f d'une fonction f a une asymptote verticale d'équation $x = -3$	Je calcule ....

Application du théorème d'encadrement

Les clés de l'exercice

Le but de l'exercice est d'appliquer le théorème d'encadrement pour déterminer la limite d'une fonction en $+\infty$.

1. Pourquoi la fonction sinus, dont la courbe est dessinée ci-dessous, n'a-t-elle pas de limite en $+\infty$?

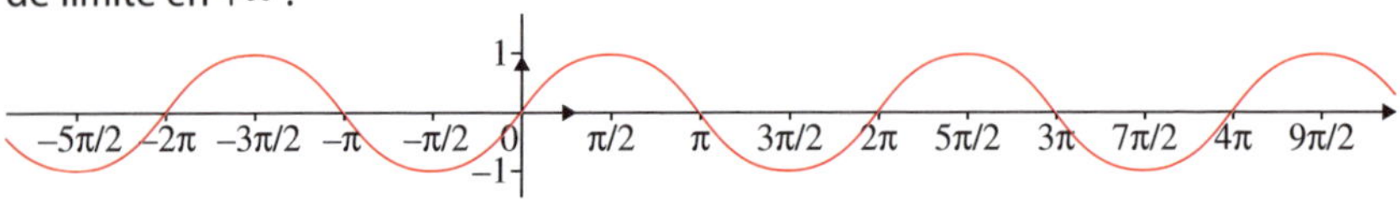

2. Soit f la fonction définie sur $\mathbb{R}$ par $f(x) = x + \sin x$. Sa courbe est représentée ci-dessous.

Sachant que le repère du graphique est orthonormé, déterminez les équations des droites encadrant la courbe.

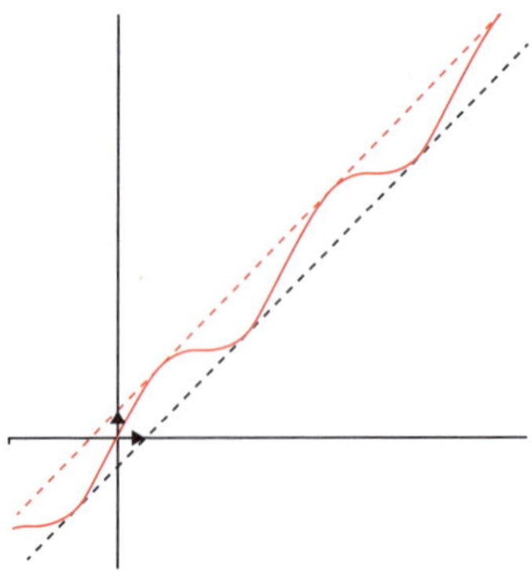

3. Prouvez que pour tout $x \in \mathbb{R}$: $f(x) \geq x - 1$.

4. Déduisez-en $\lim\limits_{x \to +\infty} f(x)$.

▶ Revenez à la définition de la limite finie en l'infini.

1. Puisque pour tout nombre x, $1 \leq \sin x \leq 1$, la fonction sinus est bornée. Elle ne peut donc pas avoir pour limite $+\infty$.

D'autre part $\sin\left(\dfrac{\pi}{2} + 2\,n\pi\right) = 1$ et $\sin\left(-\dfrac{\pi}{2} + 2\,n\pi\right) = -1$. Il existe donc des nombres aussi grands que l'on veut dont les images par f sont distantes de 2.

C'est pourquoi $f(x)$ ne peut être proche d'aucun nombre unique quand $x \to +\infty$. Par conséquent f n'a pas de limite en $+\infty$.

▶ **Il suffit de trouver la pente et un point de chaque droite.**

2. Chaque droite a pour pente 1. La droite supérieure a pour équation $y = x + 1$ et l'autre a pour équation $y = x - 1$.

▶ **On peut utiliser une méthode graphique ou algébrique.**

3. La courbe étant au-dessus de la droite inférieure, on a bien $f(x) \geq x - 1$.
Algébriquement : $\sin x \geq -1 \Rightarrow x + \sin x \geq x - 1$.

▶ **Pensez au théorème d'encadrement (ou des gendarmes).**

4. Par le théorème d'encadrement : $\lim\limits_{x \to +\infty} (x - 1) = +\infty \Rightarrow \lim\limits_{x \to +\infty} f(x) = +\infty$.
L'exercice montre qu'il est possible que la somme de deux fonctions, dont l'une a une limite et l'autre n'a pas de limite, peut elle-même avoir une limite.

Limites à l'infini de polynômes et fractions rationnelles

Les clés de l'exercice

Le but de l'exercice est de décrire une méthode permettant de calculer les limites à l'infini de polynômes et de quotients de polynômes.

1. On pose $P(x) = 3x^2 - x + 2$.

a. Pour calculer $\lim\limits_{x \to +\infty} P(x)$, démontrez que si on utilise les formules sur la somme de limites on aboutit à une forme indéterminée.

b. Factorisez x^2 dans $P(x)$.

c. Déduisez-en $\lim\limits_{x \to +\infty} P(x)$, puis $\lim\limits_{x \to -\infty} P(x)$.

2. On considère la fonction f définie pour tout $x \in \mathbb{R}$ par $f(x) = \dfrac{3x^2 - x + 2}{2x^2 + 1}$.

a. Lorsqu'on veut calculer la limite à l'infini de $f(x)$, constatez que l'on a abouti à une forme indéterminée si on utilise les résultats sur le quotient de limites.

b. Utilisez la technique de la question 1 pour trouver la limite.

Méthode

▶ Considérez les deux premiers termes de $P(x)$.

1. a. Comme $\lim\limits_{x \to +\infty} 3x^2 = \lim\limits_{x \to +\infty} x = +\infty$, on constate que la somme $+\infty + (-\infty)$ est une forme indéterminée.

▶ Le facteur de x^2 de la factorisation n'est pas un polynôme.

b. $P(x) = x^2\left(3 - \dfrac{x}{x^2} + \dfrac{2}{x^2}\right) = x^2\left(3 - \dfrac{1}{x} + \dfrac{2}{x^2}\right)$

▶ Utilisez les limites des fonctions x^n et $\dfrac{1}{x^n}$ à l'infini.

c. $\lim\limits_{x \to \pm\infty}\left(3 - \dfrac{1}{x} + \dfrac{2}{x^2}\right) = 3$ car $\lim\limits_{x \to \pm\infty} \dfrac{1}{x^n} = 0$ lorsque $n \in \mathbb{N}^*$.

Comme $\lim\limits_{x \to \pm\infty} x^2 = +\infty$, on en déduit, par produit,

que $\lim\limits_{x \to \pm\infty} x^2\left(3 - \dfrac{x}{x^2} + \dfrac{2}{x^2}\right) = +\infty = \lim\limits_{x \to \pm\infty} P(x)$.

▶ Utilisez la question précédente.

2. a. On a $\lim\limits_{x \to \pm\infty} 3x^2 - x + 2 = \lim\limits_{x \to \pm\infty} 2x^2 + 1 = +\infty$.

La règle sur le quotient conduit à la forme indéterminée $\dfrac{+\infty}{+\infty}$.

▶ Factorisez le dénominateur.

b. Pour tout $x \neq 0 : 2x^2 + 1 = x^2\left(2 + \dfrac{1}{x^2}\right)$, donc

$$f(x) = \frac{x^2\left(3 - \dfrac{x}{x^2} + \dfrac{2}{x^2}\right)}{x^2\left(2 + \dfrac{1}{x^2}\right)} = \frac{3 - \dfrac{x}{x^2} + \dfrac{2}{x^2}}{2 + \dfrac{1}{x^2}}.$$

Alors : $\left.\begin{array}{l} \lim\limits_{x \to \pm\infty} 3 - \dfrac{x}{x^2} + \dfrac{2}{x^2} = 3 \\ \lim\limits_{x \to \pm\infty} 2 + \dfrac{1}{x^2} = 2 \end{array}\right\} \Rightarrow \lim\limits_{x \to \pm\infty} f(x) = \dfrac{3}{2}$

▶ Corrigés p. 279

1 * **a.** Donnez la forme algébrique de la fonction f générée par le programme suivant écrit en Python.

```
def f(x):
    if x<0:
        y=x/(x+1)
    else:
        y=1/(x-1)
    return y
```

b. Calculez alors $\lim_{x \to -\infty} f(x)$ et $\lim_{x \to +\infty} f(x)$.

c. Déduisez-en les asymptotes à la courbe $\mathscr{C}_f$ représentant f.

2 * **Déterminez graphiquement les asymptotes de chaque courbe en rouge.**

a.

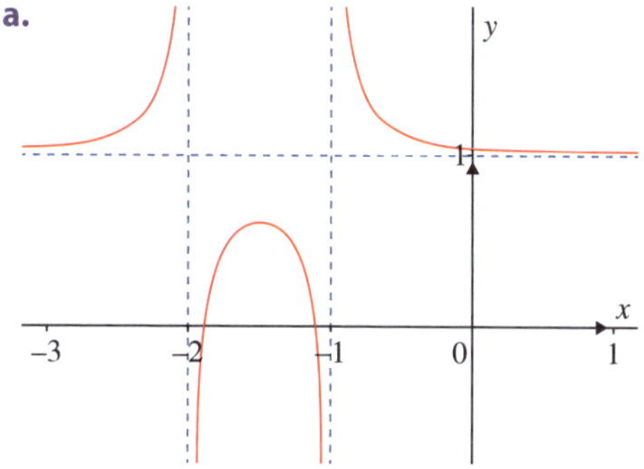

b.

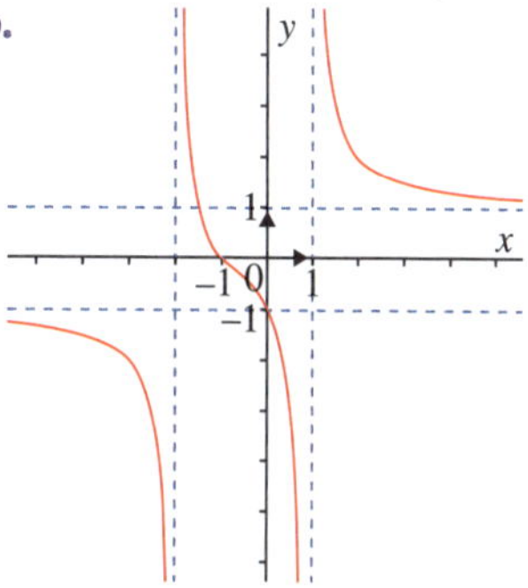

3 * **Trouvez une fonction ayant une limite à gauche en 3 et une limite à droite en 3 mais n'ayant pas de limite quand x tend vers 3.**

4 * **Démontrez que** $\lim_{x \to 2^-} \frac{x-3}{x-2} = +\infty$ **et** $\lim_{x \to 2^+} \frac{x-3}{x-2} = -\infty$.

5 ** **Calculez** $\lim_{x \to +\infty} f(x)$ **et** $\lim_{x \to 1} f(x)$ **dans les cas suivants :**

a. $f(x) = \frac{x^2}{(x-1)^2}$ **b.** $f(x) = \frac{1}{(x-1)^2}$ **c.** $f(x) = \frac{2x+1}{x-1}$

6 ** **a.** Soit f la fonction définie par $f(x) = \frac{1}{x} + \frac{1}{x-1} + \frac{1}{x-2}$.

Combien sa courbe représentative a-t-elle d'asymptotes verticales ?

b. Imaginez une fonction dont la courbe a 1 000 asymptotes verticales.

Je m'entraîne

7 ** **Déterminez les limites en $-\infty$ et $+\infty$ des fonctions suivantes :**

a. $f(x) = \dfrac{5x+9}{3-x}$ **b.** $f(x) = \dfrac{2x^3 - 5x - 1}{-x^2+1}$ **c.** $f(x) = \dfrac{-4x^2}{x^2+1}$

8 ** **On considère la fonction f définie sur $\mathbb{R}^*$ par** $f(x) = \begin{cases} 1 - \dfrac{1}{x} \text{ si } x < 0 \\ 1 + \dfrac{1}{x} \text{ si } x > 0 \end{cases}$.

La fonction f a-t-elle une limite quand $x \to 0$?

9 ** **Soit f la fonction définie sur $\mathbb{R}^*$ par $f(x) = x \sin\left(\dfrac{1}{x}\right)$. On cherche à déterminer, si elle existe, $\lim\limits_{x \to 0} f(x)$.**

a. En utilisant la courbe représentative de f, conjecturez la valeur de $\lim\limits_{x \to 0} f(x)$.

b. Démontrez la conjecture en utilisant un encadrement.

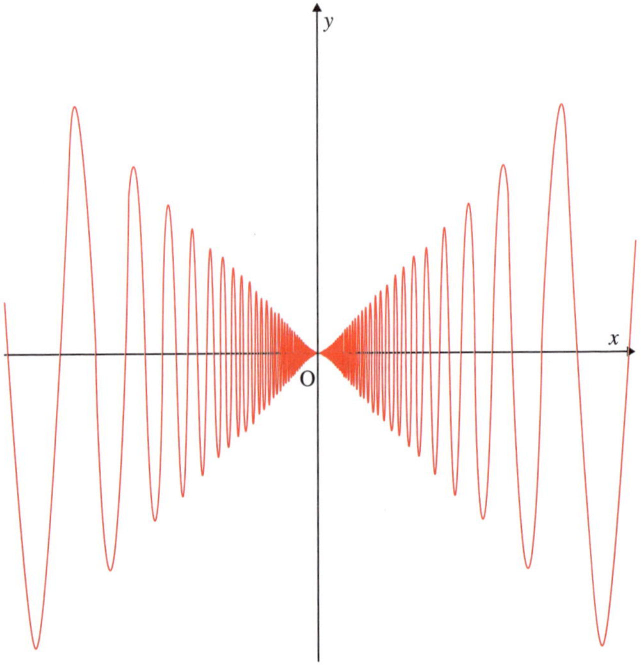

10 *** **On considère deux nombres a et b. Le but de l'exercice est d'examiner les allures de la fonction f définie par $f(x) = \dfrac{a^2x^2 + ax + 1}{x^2 + b}$ selon les valeurs de a et de b. On appelle la courbe $\mathscr{C}$ représentant f.**

a. Pour quelle valeur de a, la courbe $\mathscr{C}_f$ admet-elle pour asymptote l'axe des abscisses en $+\infty$?

On suppose dans la suite que $a \neq 0$.

b. Pour quelles valeurs de a, $\mathscr{C}$ admet-elle une asymptote horizontale en $+\infty$? Quelle est l'équation de cette asymptote ?

c. Pour quelles valeurs de b, $\mathscr{C}$ admet-elle deux asymptotes verticales ?

d. Parmi les trois courbes représentées sur les figures, quelle est la seule qui ne peut représenter une fonction f décrite ci-dessus ?

1

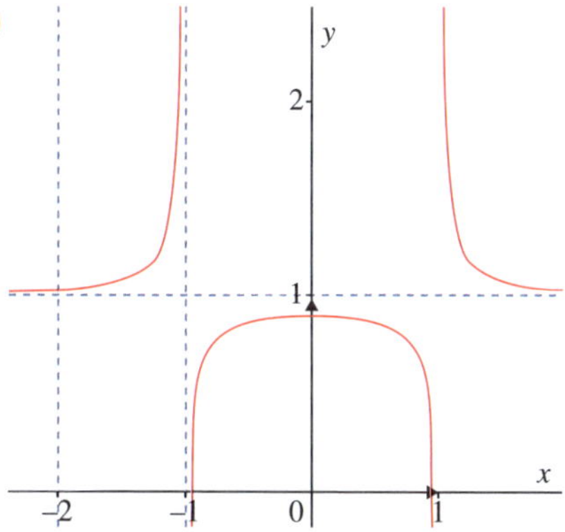

2

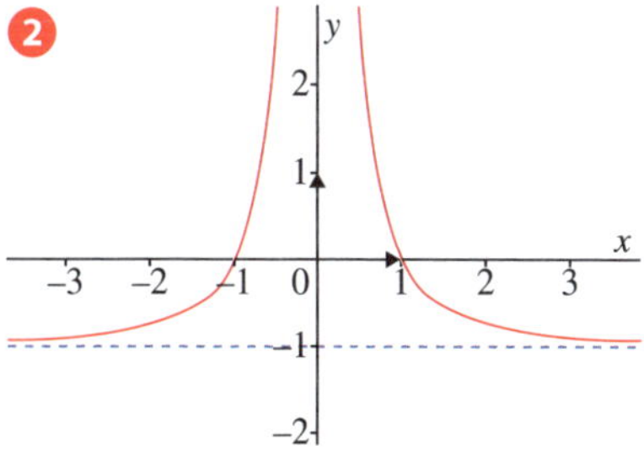

3

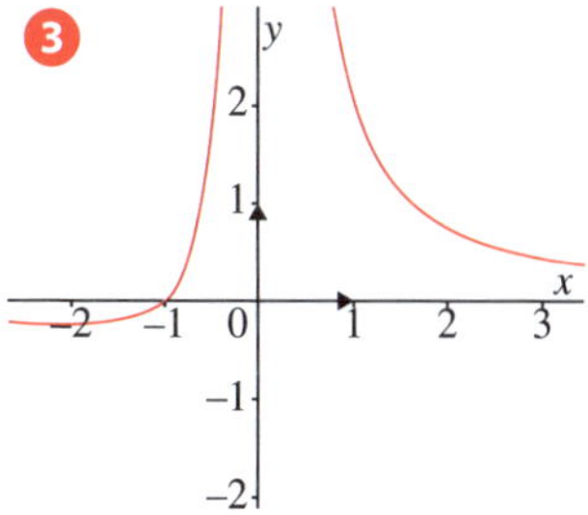

Je m'entraîne

Exercice Bac

11 On considère la fonction f définie sur $\mathbb{R}$ par $f(x) = x - e^{-x}$. Sa courbe $\mathscr{C}$ est représentée en rouge dans un repère orthonormé.

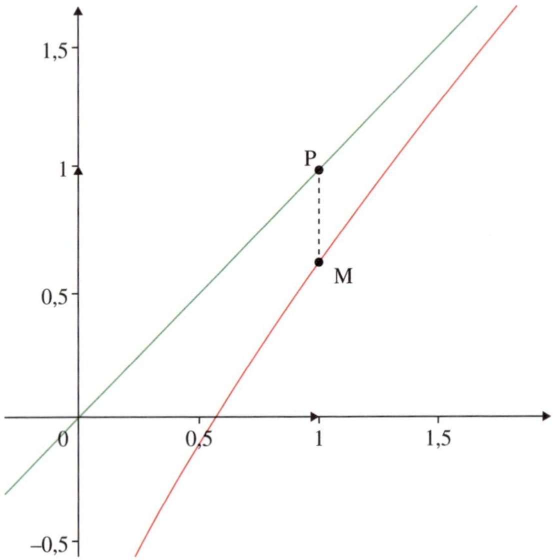

1. Donnez l'équation de la droite représentée en vert sur le graphique.

2. Calculez $\lim_{x \to +\infty} f(x)$.

3. a. Soit M le point de $\mathscr{C}$ d'abscisse x et le point P de la droite ayant la même abscisse. Déterminez les coordonnées de P.

b. Calculez la distance MP.

4. a. Quelle est la limite de cette distance lorsque x tend vers $+\infty$?

b. Quelle conclusion géométrique peut-on tirer du résultat précédent ?

Chapitre 7

Dérivée, convexité et continuité

Isaac Newton (1642-1727) et Gottfried Leibniz (1646-1716) sont à l'origine du calcul différentiel. On doit également à Newton la théorie de la gravitation universelle dont l'idée lui serait venue en observant des pommes tombant de leur arbre.

J'apprends

I Dérivée de fonctions composées

1. Cas général

Définition : Soit u et v deux fonctions. On définit la fonction composée $u \circ v$ (lire : « *u rond v* »), ainsi : $(u \circ v)(x) = u(v(x))$.

Cette définition vaut pour tout x appartenant à l'ensemble de définition de v de telle sorte que $v(x)$ appartienne à l'ensemble de définition de u.

Exemple : Si u est la fonction *exp* et v est la fonction carré, on a :

$(u \circ v)(x) = \exp(v(x)) = e^{x^2}$ et $(v \circ u)(x) = v(u(x)) = (e^x)^2 = e^{2x}$

On voit donc que $u \circ v \neq v \circ u$.

2. Applications

Soit f et v deux fonctions dérivables, a et b deux nombres.

Sous réserve d'existence, $v(x) > 0$ pour $\sqrt{v(x)}$, on a :

Fonction	Dérivée	Exemple
$x \mapsto f(ax+b)$	$af'(ax+b)$	$x \overset{g}{\mapsto} \sin(2x) \Rightarrow g'(x) = 2\cos(2x)$
$x \mapsto \sqrt{v(x)}$	$\dfrac{v'}{2\sqrt{v}}$	$x \overset{g}{\mapsto} \sqrt{x^3+1} \Rightarrow g'(x) = \dfrac{3x^2}{2\sqrt{x^3+1}}$
$x \mapsto (v(x))^n$	$nv'v^{n-1}$	$x \overset{g}{\mapsto} \cos^2 x \Rightarrow g'(x) = -2\sin x\cos x$
$x \mapsto e^{v(x)}$	$v'(x)e^{v(x)}$	$x \overset{g}{\mapsto} e^{x^2+1} \Rightarrow g'(x) = 2xe^{x^2+1}$

II Convexité et concavité

1. Graphiquement

- Une fonction concave est une fonction dont la courbe rappelle la forme de la voûte d'une cave. La courbe d'une fonction convexe a la forme d'un vase.
- Les deux figures ci-contre sont représentées dans un système d'axes orthogonaux usuels.

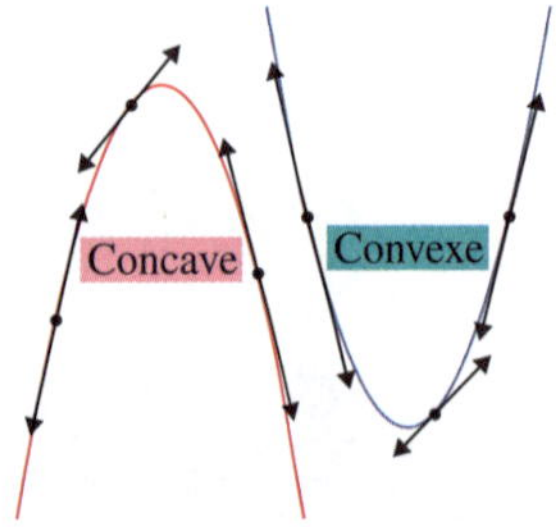

• On admet qu'une courbe concave est en dessous de ses tangentes et qu'une courbe convexe est au-dessus de ses tangentes.

2. Algébriquement

Définition : On appelle dérivée seconde d'une fonction f la dérivée de la dérivée de f. On la note f''. Ainsi $f''(x) = (f')'(x)$.

Exemples :

• $\sin''(x) = -\sin(x)$ car $\sin'(x) = \cos(x)$ et $\cos'(x) = -\sin(x)$

• $\exp''(x) = \exp(x)$ car $\exp'(x) = \exp(x)$

Théorèmes

• Une fonction f est convexe sur un intervalle I si, et seulement si, $f''(x)$ est positive sur I.
• Une fonction f est concave sur un intervalle I si, et seulement si, $f''(x)$ est négative sur I.

Cela implique que, si f est convexe (respectivement concave) sur I alors sa dérivée est croissante (respectivement décroissante) sur I.

x	a	c	b
$f''(x)$	+	0	–
$f'(x)$	↗		↘
f est ...	convexe sur $[a ; c]$		concave sur $[c ; b]$

3. Inflexion

a. Graphiquement

• Certaines courbes sont convexes sur un intervalle et concaves sur un autre. C'est le cas de la courbe ci-contre qui est concave sur l'intervalle $]-\infty ; a]$ et convexe sur l'intervalle $[a ; +\infty[$.

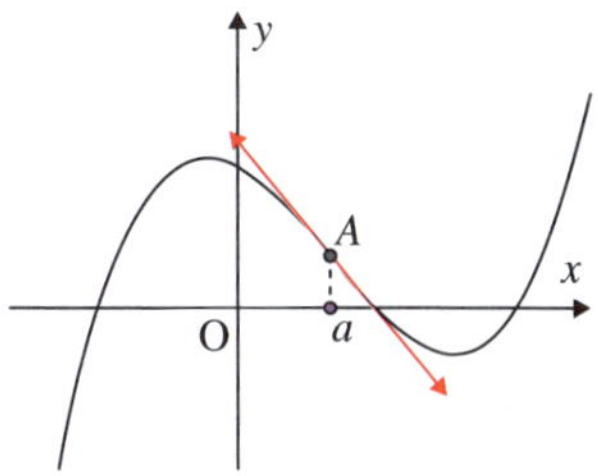

• On nomme point d'inflexion, le point où la courbe, de concave devient convexe. On le note A sur la figure.

• En ce point, la courbe est en dessous de sa tangente à gauche de A et au-dessus à droite de A. On dit qu'elle traverse sa tangente. Elle s'appelle la tangente d'inflexion de la courbe.

b. Algébriquement

Théorème

L'abscisse du point d'inflexion d'une courbe est un nombre a où la dérivée seconde s'annule **en changeant de signe**.

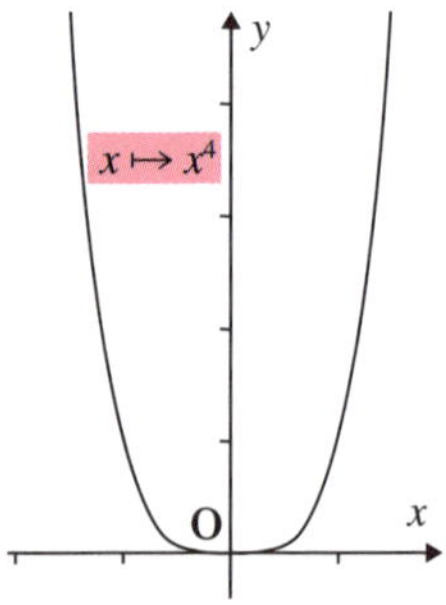

Dire que la dérivée seconde s'annule en a est insuffisant pour pouvoir affirmer que la courbe a un point d'inflexion d'abscisse a. Il faut en plus un changement de signe. Ainsi, si $f(x) = x^4$, $f'(x) = 4x^3$ et $f''(x) = 12x^2$. On voit donc que $f''(x)$ s'annule en 0 et reste positive. La courbe représentant x^4 est convexe sur $\mathbb{R}$ et n'a pas de point d'inflexion.

III Continuité

1. Approche intuitive

- Intuitivement, une fonction continue sur un intervalle est une fonction dont on peut tracer la courbe sans lever le crayon.
- À l'inverse une fonction discontinue sur un intervalle est une fonction dont la courbe présente des cassures.
- Toutes les fonctions polynômes et rationnelles (quotients de polynômes), ainsi que les fonctions logarithmes, exponentielles et trigonométriques et leurs composées sont continues sur les intervalles de leurs ensembles de définition.

Exemple : Posons $f(x) = \begin{cases} x + 1 \text{ si } x \leq 0 \\ x \text{ si } x > 0 \end{cases}$. La fonction f est discontinue sur $\mathbb{R}$ et 0 est sont point de discontinuité (figure ci-contre).

Elle est continue sur tout intervalle ne contenant pas 0.

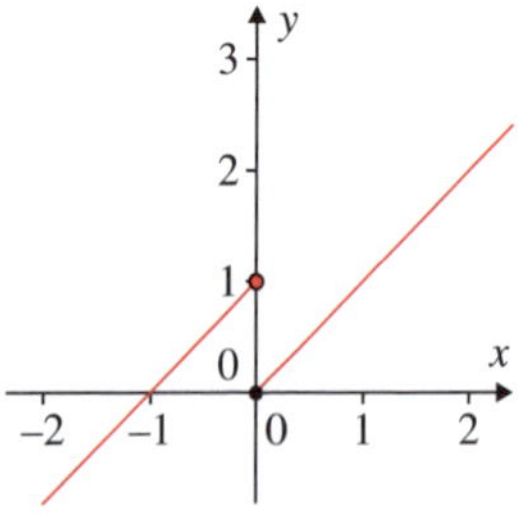

2. Résolution d'équations et d'inéquations

a. De quoi s'agit-il ?

On sait résoudre des équations et des inéquations mettant en jeu des polynômes de degré inférieur ou égal à 2. Pour les degrés supérieurs, c'est plus compliqué et pour les (in)équations mettant en jeu des fonctions transcendantes (logarithme, exponentielle, trigonométriques) la résolution exacte est impossible en général.

Il faut trouver une méthode qui permette d'affirmer que telle (in)équation a des solutions ou non et de trouver une approximation de ces solutions.

b. Le théorème des valeurs intermédiaires (tvi)

Le tvi répond au premier point.

Théorème

Soit f une fonction continue sur un intervalle I, a et b deux points de I.
Alors, pour tout nombre k compris entre $f(a)$ et $f(b)$, il existe au moins un nombre c tel que $f(c) = k$.

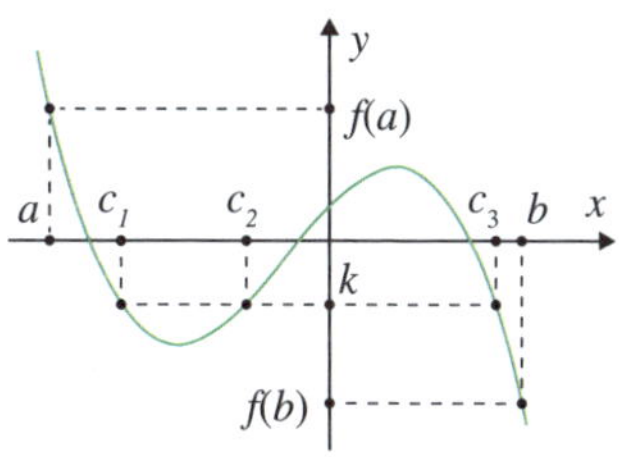

Figure 1

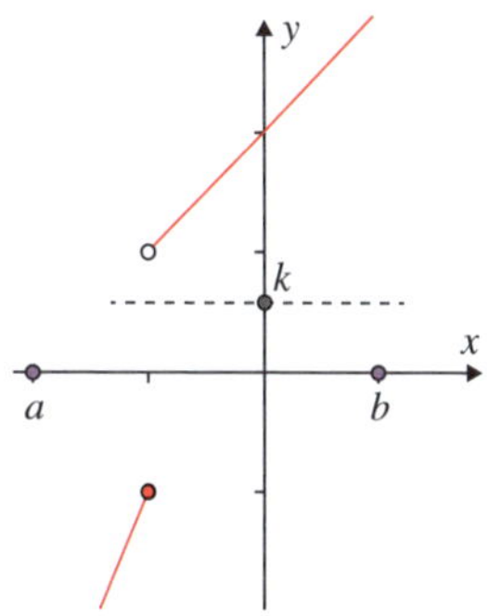

Figure 2

Remarques :

- Sur la figure 1 on voit que l'équation $f(x) = k$ a trois solutions : c_1, c_2, c_3.
- L'hypothèse de continuité est capitale. Sur la figure 2, k est compris entre $f(a)$ et $f(b)$; cependant l'équation $f(x) = k$ n'a pas de solution car f est discontinue sur l'intervalle $[a ; b]$.

Corollaire 1 : Dans les conditions du tvi, et si de plus f est strictement monotone alors l'équation $f(x) = k$ a une solution unique dans $[a ; b]$.

Corollaire 2 : Dans les conditions du tvi, et si de plus $f(a)$ et $f(b)$ sont de signes contraires alors l'équation $f(x) = 0$ a au moins une solution dans $[a ; b]$ et cette solution est unique si f est strictement monotone.

- Ces deux corollaires sont connus sous le nom théorème de la bijection.

En posant $g(x) = f(x) - k$, on peut toujours ramener la résolution de $f(x) = k$ à celle de $g(x) = 0$.

- Le tvi et ses corollaires montre l'existence (ou non) de solutions à des équations. En cas d'existence, les exercices proposent des méthodes d'approximation des solutions, fondées sur l'étude de suites ou d'algorithmes. La calculatrice (menu SOLVE) est aussi très utile ici.

3. Algorithmes de calculs de valeurs approchées

a. Algorithme de dichotomie

L'algorithme suivant permet de calculer une valeur approchée à 10^{-12} près de la solution α de l'équation $f(x) = 0$.

Principe : Enfermez α dans un intervalle $[a, b]$ de plus en plus étroit.

On suppose ici que $f(a) < 0$ et $f(b) > 0$.

Algorithme	Langage Python

Initialisation : définir f, a, b
Tant que $\|b - a\| > 10^{-12}$
    milieu $\leftarrow \frac{a+b}{2}$
    Si $f(milieu) \leq 0$
        $a \leftarrow milieu$
    Sinon
        $b \leftarrow milieu$
    Fin Si
Fin Tant que
Afficher *milieu*.
	`#Initialisation`
	`while abs(a-b)>10**-12:#tant que la distance de a à b est supérieure à 10`$^{-12}$
	    `milieu=(a+b)/2`
	    `if f(milieu)<=0:`
	        `a=milieu`
	    `else:`
	        `b=milieu`
	`print(milieu)`

Illustrations :

Au prochain passage dans la boucle "while", b prendra la valeur milieu car $f(b)$ doit rester positif et a conservera sa valeur car $f(a)$ doit rester négatif.

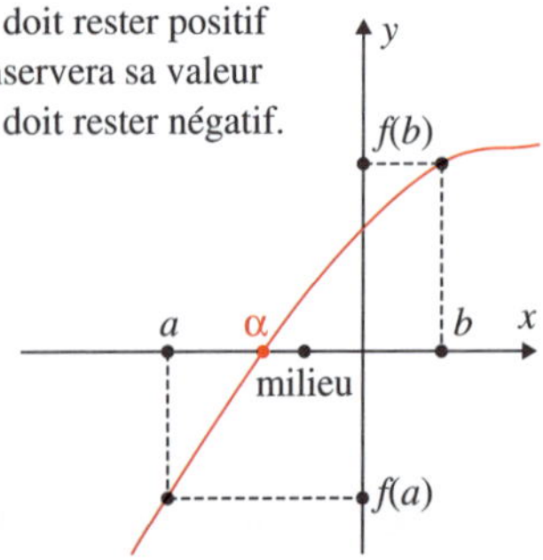

Au prochain passage dans la boucle "while", a prendra la valeur milieu car $f(a)$ doit rester négatif et b conservera sa valeur car $f(b)$ doit rester positif.

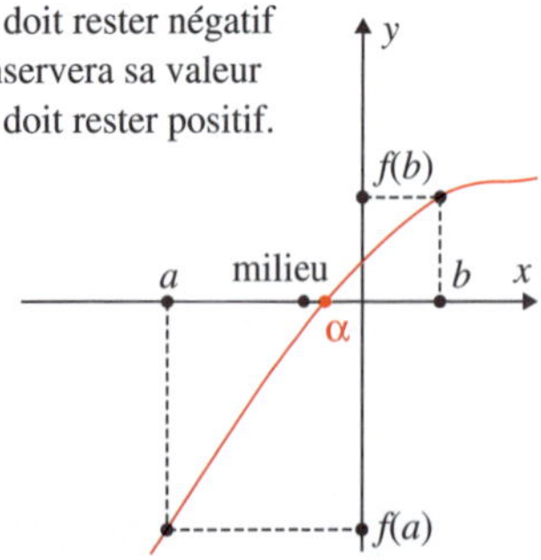

b. Algorithme de Newton

L'algorithme suivant permet de calculer une valeur approchée à 10^{-14} près de la solution α de l'équation $f(x) = 0$ à l'aide de tangentes successives.

Principe : On choisit un point A_0 de la courbe dont l'abscisse est proche de l'intersection de la courbe représentant f avec l'axe des abscisses. On se rapproche de la solution en remplaçant A_0 par A_1 obtenu *via* l'intersection de la tangente avec l'axe des abscisses. On réitère le processus jusqu'à ce que l'on obtienne la précision désirée.

Algorithme	Python

Initialisation : définir f, f', u_0
Tant que $f(u) > 10^{-14}$
$u \leftarrow u - \dfrac{f(u)}{f'(u)}$
Fin Tant que
Afficher u
	<pre>def f(x):
	    return e**x-3
	def fp(x):
	    return e**u
	u=2
	while f(u)>10**(-14):
	    u=u-f(u)/fp(u)
	print(u)</pre>

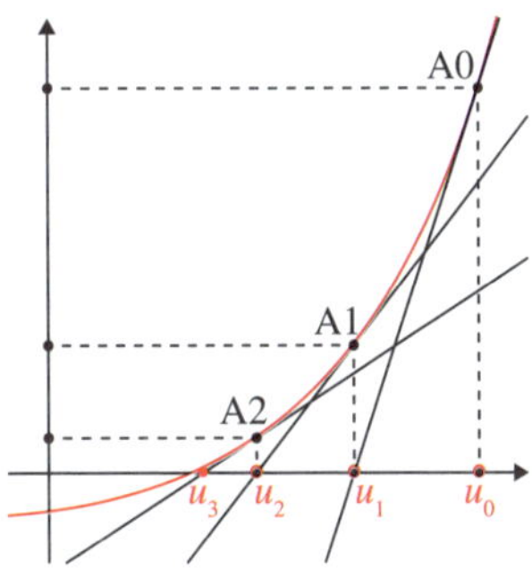

Une équation de la tangente au point d'abscisse u_n étant $y = f'(u_n)(x - u_n) + f(u_n)$, le point d'intersection de cette droite avec l'axe des abscisses a pour coordonnées $(u_{n+1},0)$.

Donc :

$$0 = f'(u_n)(u_{n+1} - u_n) + f(u_n) \Leftrightarrow f'(u_n)u_{n+1} - f'(u_n)u_n = -f(u_n) \Leftrightarrow u_{n+1} = -\frac{f(u_n)}{f'(u_n)} + u_n.$$

L'algorithme utilise cette suite avec $f(x) = e^x - 3$, donc $f'(x) = e^x$ (notée fp dans l'algorithme).

1 **Quelle est la dérivée de $x \overset{f}{\longmapsto} \sqrt{x^2 + 1}$?**

a. ○ $2x$

b. ○ $\dfrac{1}{\sqrt{x^2 + 1}}$

c. ○ $\dfrac{x}{\sqrt{x^2 + 1}}$

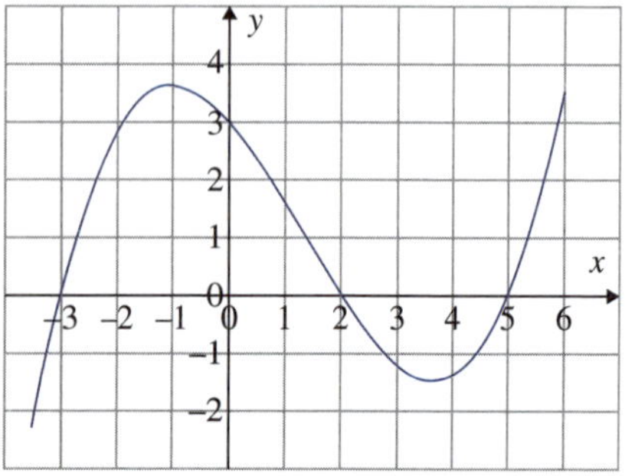

Figure 1

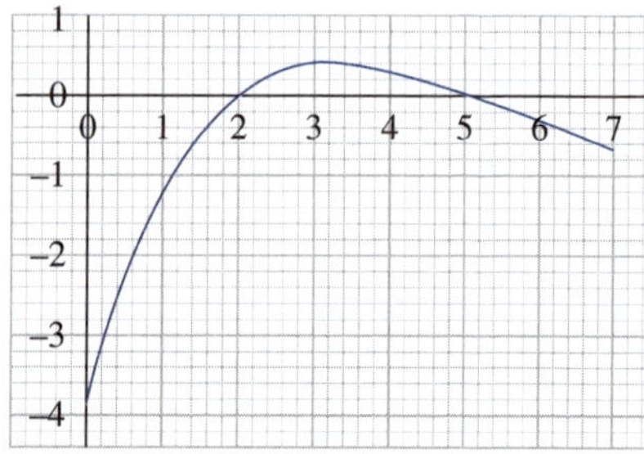

Figure 2

2 **La question porte sur la figure 1. La fonction *f* est définie sur [–3,5 ; 6]. Quelle proposition est juste ?**

a. ○ La fonction *f* est convexe sur l'intervalle [–3 ; 3]

b. ○ La fonction *f* admet trois points *y* d'inflexion

c. ○ La fonction dérivée *f'* de *f* est décroissante sur l'intervalle [0 ; 2]

3 **La figure 2 représente la courbe de *f'*, dérivée de *f*, sur [0 ; 7]. Quel est le tableau de variation de *f* ?**

a. ○

x	0	3,25	7
$f(x)$	↗	↘	

b. ○

x	0	2	5	7
$f(x)$	↘	↗	↘	

c. ○

x	0	2	5	7
$f(x)$	↗	↘	↗	

d. ○

x	0	2	7
$f(x)$	↗	↘	

4 **On considère la fonction définie sur $\mathbb{R}$ par $f(x) = xe^{-2x}$. On note f'' la dérivée seconde de *f*. Quel que soit le réel x, $f''(x)$ est égal à :**

a. ○ $(1 - 2x)e^{-2x} - 2x$

b. ○ $4(x - 1)e^{-2x}$

c. ○ $4e^{-2x}$

5 **La dérivée d'une fonction concave est négative.**

a. ○ Vrai

b. ○ Faux

Réponses :

1 c - 2 c - 3 b - 4 b - 5 b.

On considère des fonctions f, u, v,… dérivables. On s'intéresse aux formules et non à leur validité dans des cas extrêmes.

La dérivée de	Est
e^{x^2+1}	....
$\sqrt{u}$	....
u^n	....

Si	Alors
$f''(a) = 0$ et f'' change de signe en a	....
La fonction dérivée f' est croissante sur un intervalle	f est ....
f est concave sur un intervalle	f' est..
$f''(x)$ est positive sur un intervalle	.... est c....................

L'algorithme de dichotomie	
Pour une fonction f sur un intervalle $[a, b]$…	Met en jeu le .... de $[a, b]$
Met en jeu	Une boucle .... concernant ....
Comprend une boucle	Concernant ....

Méthode

Résolution approchée d'une équation par un algorithme

Les clés de l'exercice

L'objectif de l'exercice est à la fois de prouver que l'équation $\cos x = x$ a une unique solution dans l'intervalle $\left[0, \frac{\pi}{2}\right]$ et d'en trouver une valeur approchée par un algorithme. La méthode utilisée se généralise à toute équation du type $f(x) = x$ sur un intervalle donné.

On considère l'équation $\cos(x) = x$ sur $\left[0, \frac{\pi}{2}\right]$.

1. Approche graphique

Interprétez le graphique ci-dessous pour justifier l'existence d'une solution unique à l'équation.

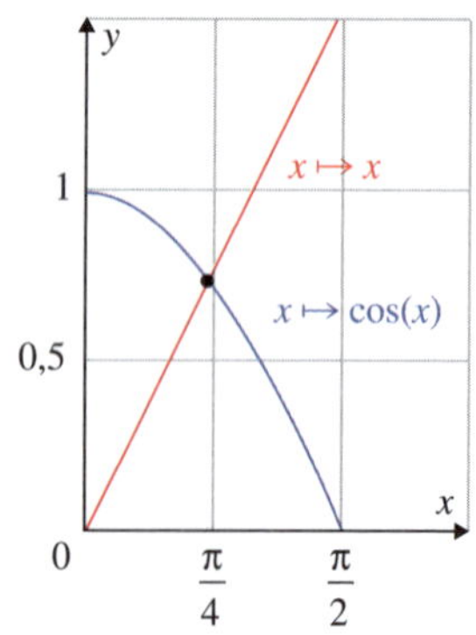

2. Approche analytique

a. Posons $g(x) = \cos(x) - x$ pour tout $x \in \left[0, \frac{\pi}{2}\right]$.

Écrivez une équation faisant intervenir $g(x)$ équivalente à $\cos(x) = x$.

b. Dressez le tableau de variation de g.

c. Déduisez-en l'existence et l'unicité d'une solution α à l'équation $g(x) = 0$ sur $\left[0, \frac{\pi}{2}\right]$.

d. Montrez alors que l'équation $\cos(x) = x$ admet une unique solution dans l'intervalle $\left[0, \frac{\pi}{2}\right]$.

3. Le programme Python suivant décrit la méthode d'approximation de la solution de l'équation précédente par la méthode de dichotomie.

```
1.  from math import *#importation des fonctions mathématiques
2.  def g(x):
3.          return(cos(x)-x)
4.  a,b=0,1
5.  while abs(a-b)>10**-14:
6.          milieu=(a+b)/2
7.          if g(milieu)>0:
8.                  a=milieu
9.          else:
10.                 b=milieu
11. print(milieu)
```

a. Quelle est la fonction définie aux lignes 2 et 3 ?
b. À partir de quand le programme sort-il de la boucle `while` (lignes 5 à 10) ?
c. Comment sont caractérisés les contenus des variables *a* et *b* ?

4. L'exécution renvoie `0.7390851332151627`.
Comment interprétez-vous ce résultat ?

▶ L'équation traduit l'intersection de deux représentations graphiques.

1. Les courbes des fonctions $x \mapsto \cos(x)$ et $x \mapsto x$ ont un unique point d'intersection dans l'intervalle $\left[0, \dfrac{\pi}{2}\right]$.
L'abscisse de ce point unique est l'unique solution de l'équation $\cos(x) = x$.

2. a. $\cos(x) = x \Leftrightarrow \cos(x) - x = 0 \Leftrightarrow g(x) = 0$.

▶ Pour obtenir le tableau de variation d'une fonction, il suffit de calculer sa dérivée et son signe.

b. Pour tout $x \in \left[0, \dfrac{\pi}{2}\right]$, $g'(x) = -\sin(x) - 1$.

Or $\sin(x) \geq 0$ si $x \in \left[0, \dfrac{\pi}{2}\right]$, donc $g'(x) \leq 0$ sur $\left[0, \dfrac{\pi}{2}\right]$.

On en déduit le tableau de variation ci-contre.

x	0	α	$\dfrac{\pi}{2}$
$g'(x)$		$-$	
$g(x)$	1 ↘	0 ↘	$-\dfrac{\pi}{2}$

Utilisez un des corollaires du tvi.

c. La fonction g est continue car elle est la différence de deux fonctions continues. Elle est strictement décroissante sur $\left[0, \frac{\pi}{2}\right]$. De plus $f(0)$ et $f\left(\frac{\pi}{2}\right)$ sont de signes contraires. C'est pourquoi l'équation $g(x) = 0$ a une unique solution sur l'intervalle $\left[0, \frac{\pi}{2}\right]$.

Utilisez les questions 2a et 2c.

d. L'équation $\cos(x) = x$ est équivalent à $g(x) = 0$; elles ont donc la même solution sur $\left[0, \frac{\pi}{2}\right]$ qui est unique.

L'instruction `return` donne la valeur de $g(x)$.

3. a. La fonction g est celle de la question 2.

La fonction `abs` est la fonction valeur absolue et `10**-14` signifie 10^{-14}.

b. Le programme sort de la boucle `while` lorsque $|b - a| \leq 10^{-14}$, c'est-à-dire quand l'écart entre a et b, qui diminue lors de l'exécution, est suffisamment petit pour avoir une approximation de la solution α qui est précisément comprise entre a et b.

Aidez-vous du paragraphe 3 du cours.

c. Au début `a` contient 0, l'extrémité gauche de l'intervalle d'étude de g et `b` contient $\frac{\pi}{2}$, l'extrémité droite. On a donc $g(a) > 0$ et $g(b) < 0$. Au cours de l'exécution les variables `a` et `b` contiennent des valeurs qui font que $g(a) > 0$ et $g(b) < 0$. L'une des deux contient le milieu de $[a, b]$ de l'étape précédente. C'est pourquoi sa longueur diminue de moitié à chaque étape et enferme α de plus en plus précisément.

Quel est le but du programme ?

4. Une valeur approchée de α à 10^{-14} près est 0.7390851332151627.

Je m'entraîne

1 * **On suppose que les fonctions données sont dérivables sur leur ensemble de définition. Calculez leur dérivée puis déterminez leur signe.**

▶ Corrigés p. 282

a. $x \overset{f}{\mapsto} x + 2 - \dfrac{5}{x+1}$ **b.** $x \overset{g}{\mapsto} 2x + \dfrac{1}{1-x}$ **c.** $x \overset{h}{\mapsto} x^3 - \dfrac{1}{x^3}$

2 * **On donne le tableau de variation d'une fonction continue *f* :**

x	$-\infty$		-5		2		$+\infty$
$f(x)$			4				$+\infty$
		↗		↘		↗	
	0				3		

Combien l'équation $f(x) = 1$ a-t-elle de solutions sur $\mathbb{R}$?

3 * **a.** Tracez les courbes représentatives des deux fonctions suivantes :

$$f(x) = \begin{cases} x + 1 \text{ si } x < 0 \\ x^2 \text{ si } x \geq 0 \end{cases} \qquad g(x) = \begin{cases} x^2 + 3x + 2 \text{ si } x \leq 0 \\ x + 2 \text{ si } x > 0 \end{cases}$$

b. Ces deux fonctions sont-elles continues ?

4 ** **Soit *a*, *b*, *c*, *d* quatre nombres. On pose $f(x) = \dfrac{ax+b}{cx+d}$.**

a. Calculez $f'(x)$ pour tout x de son ensemble de définition.

b. Déduisez les dérivées des fonctions suivantes : $x \overset{g}{\mapsto} \dfrac{3x}{2x+1}$ et $x \overset{h}{\mapsto} \dfrac{2x-1}{3-x}$.

c. En utilisant la dérivée d'une fonction composée, calculez la dérivée des fonctions suivantes :

- $x \overset{g}{\mapsto} \dfrac{x^2-4}{3x^2+1}$
- $x \overset{h}{\mapsto} \dfrac{\sqrt{x}-2}{3\sqrt{x}+4}$
- $x \overset{k}{\mapsto} \dfrac{e^{2x}+1}{e^{2x}-1}$

5 ** **On cherche à résoudre l'équation $-x^3 + x^2 - x + 2 = 0$ sur l'intervalle [1, 2] et à trouver une valeur approchée de la solution éventuelle par un algorithme.**

Partie I

a. Calculez la dérivée $f'(x)$ de f.

b. Déterminez le signe de $f'(x)$ sur [1, 2].

c. Déduisez-en les variations de f sur [1, 2].

d. Déterminez le nombre de solutions de l'équation sur [1, 2].

Partie II

a. L'algorithme ci-dessous doit fournir une valeur approchée de la solution avec une certaine précision. Laquelle ?

b. Complétez-le pour qu'il accomplisse sa mission.

```
def f(x):
        return(-x**3+x**2-x+2)
a,b=1,2
while abs(a-b)>10**-14:
        milieu=(a+b)/2
        if f(milieu)>0:
                ...=milieu
        else:
                ...=milieu
print(...)
```

6 ** **On considère la fonction *f* définie sur $\mathbb{R}$ par $f(x) = 1 - \frac{1}{4}(e^x + e^{-x})$.**

1. a. Déterminez la limite de la fonction *f* en $+\infty$.

b. Montrez que la fonction *f* est strictement décroissante sur l'intervalle $[0 ; +\infty[$.

c. Montrez que l'équation $f(x) = 0$ admet, sur l'intervalle $[0 ; +\infty[$, une unique solution, qu'on note a.

2. En remarquant que, pour tout réel x, $f(-x) = f(x)$ justifiez que l'équation $f(x) = 0$ admet exactement deux solutions dans $\mathbb{R}$ et qu'elles sont opposées.

Exercices Bac

7 **Soit *f* la fonction définie par $f(x) = \sqrt{\frac{1-x}{1+x}}$.**

1. a. Pour quelle valeur de x le quotient $\frac{1-x}{1+x}$ n'est-il pas défini ?

b. Résolvez l'inéquation $\frac{1-x}{1+x} \geq 0$.

c. Déduisez-en l'ensemble de définition D_f de *f*.

2. a. Pour tout $x \neq 1$, calculez la dérivée de la fonction $x \overset{g}{\mapsto} \frac{1-x}{1+x}$.

b. On pose $u(x) = \sqrt{x}$. Exprimez *f* à l'aide de *u* et de *g*.

c. Déduisez-en une expression de $f'(x)$ pour tout $x \in]-1, 1[$.

3. Parmi les courbes suivantes, identifiez celles de f, f' et f''.

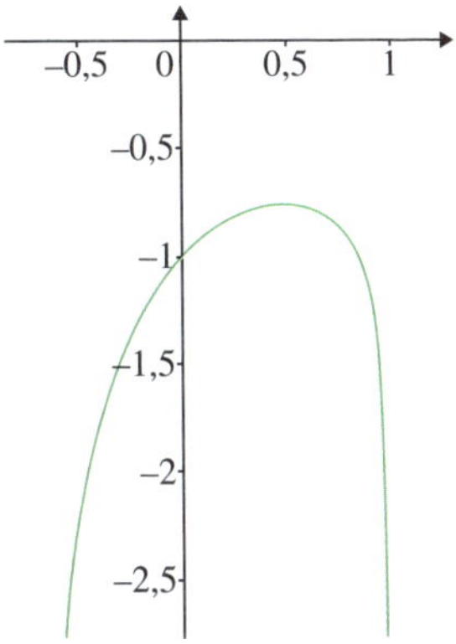

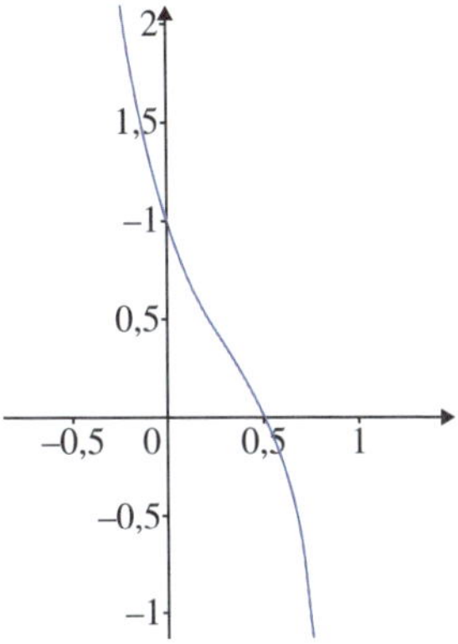

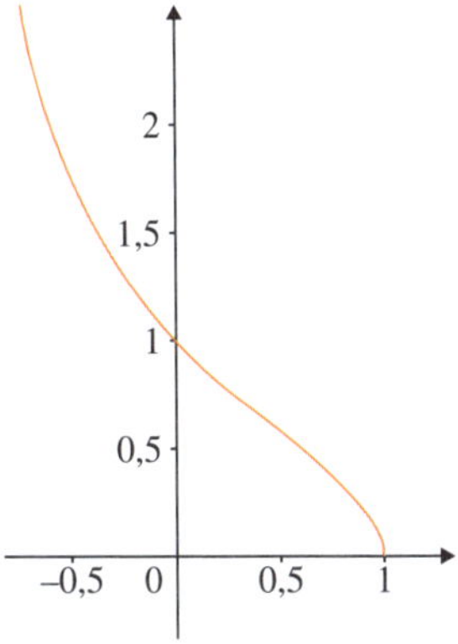

8 **Partie I**

On donne ci-contre, dans le plan rapporté à un repère orthonormé, la courbe représentant la fonction dérivée f' d'une fonction f dérivable sur $\mathbb{R}$.
À l'aide de cette courbe, conjecturez, en justifiant les réponses :

1. Le sens de variation de la fonction f sur $\mathbb{R}$.

2. La convexité de la fonction f sur $\mathbb{R}$.

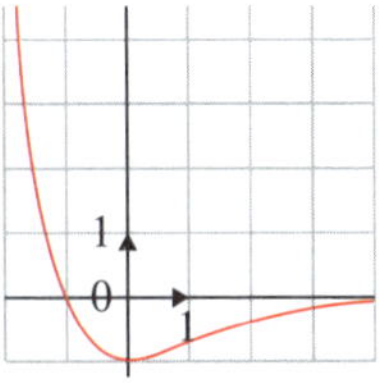

Courbe représentant la dérivée f' de la fonction f.

Partie II

On admet que la fonction f mentionnée dans la Partie 1 est définie sur $\mathbb{R}$ par $f(x) = (x + 2)e^{-x}$.
On note C la courbe représentative de f dans un repère orthonormé $(O ; \vec{i}, \vec{j})$.
On admet que la fonction f est deux fois dérivable sur $\mathbb{R}$, et on note f' et f'' les fonctions dérivées première et seconde de f respectivement.

1. a. Montrez que, pour tout nombre réel x, $f(x) = \dfrac{x}{e^x} + 2e^{-x}$.

b. Déduisez-en $\lim\limits_{x \to +\infty} f(x)$.

c. Justifiez que C admet une asymptote que l'on précisera.

On admet dans la suite que $\lim\limits_{x \to -\infty} f(x) = -\infty$.

2. a. Montrez que pour tout nombre réel x, $f'(x) = (-x - 1)e^{-x}$.

b. Étudiez les variations de f et dressez son tableau de variation.

c. Montrez que l'équation $f(x) = 2$ admet une unique solution α sur l'intervalle $[-2 ; -1]$ dont on donnera une valeur approchée à 10^{-1} près.

3. a. Déterminez, pour tout nombre réel x, l'expression de $f''(x)$ et étudiez la convexité de la fonction f.

b. Que représente pour la courbe $\mathscr{C}$ son point A d'abscisse 0 ?

9 **Partie I**

On considère la fonction f définie sur $\mathbb{R}$ par $f(x) = x - e^{-2x}$.
On appelle Γ la courbe représentative de la fonction f dans un repère orthonormé $(O\,;\vec{i}, \vec{j})$.

1. Déterminez les limites de la fonction f en $-\infty$ et en $+\infty$.

2. Étudiez le sens de variation de la fonction f sur $\mathbb{R}$.

3. Montrez que l'équation $f(x) = 0$ admet une unique solution α sur $\mathbb{R}$, dont on donnera une valeur approchée à 10^{-2} près.

4. Déduisez-en des questions précédentes le signe de $f(x)$ suivant les valeurs de x.

Partie II

Dans le repère orthonormé $(O\,;\vec{i}, \vec{j})$, on appelle $\mathscr{C}$ la courbe représentative de la fonction g définie sur $\mathbb{R}$ par : $g(x) = e^{-x}$.
La courbe $\mathscr{C}$ et la courbe Γ (qui représente la fonction f de la partie I) sont tracées sur le graphique ci-dessous.
Le but de cette partie est de déterminer le point de la courbe $\mathscr{C}$ le plus proche de l'origine O du repère et d'étudier la tangente à $\mathscr{C}$ en ce point.

1. Pour tout nombre réel t, on note M le point de coordonnées (t, e^{-t}) de la courbe $\mathscr{C}$.
On considère la fonction h qui, au nombre réel t, associe la distance OM. On a donc :

$$h(t) = \sqrt{t^2 + e^{-2t}}$$

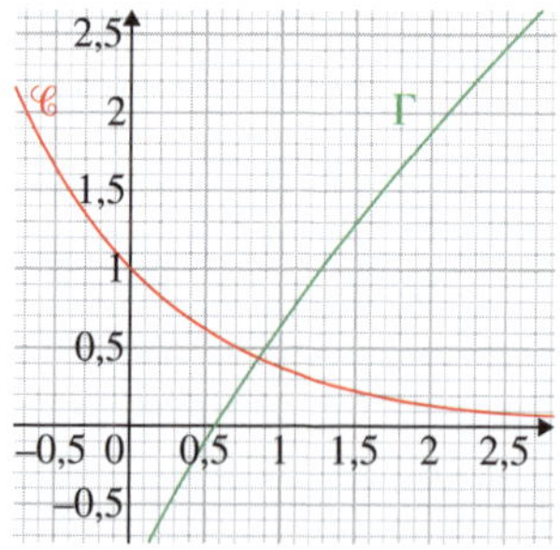

a. Montrez que pour tout nombre réel t

$$h'(t) = \frac{f(t)}{\sqrt{t^2 + e^{-2t}}}.$$

b. Démontrez que le point A de coordonnées (a, e^{-a}) est le point de la courbe $\mathscr{C}$ pour lequel la longueur OM est minimale.

2. On appelle T la tangente en A à la courbe $\mathscr{C}$.

a. Exprimez en fonction de α le coefficient directeur de la tangente T.

Donnée : Le coefficient directeur de la droite (OA) est égal à $\dfrac{e^{-a}}{a}$.

b. Démontrez que la droite (OA) et la tangente T sont perpendiculaires.

Exponentielle et logarithme

Chapitre 8

Le psychologue allemand Gustav Fechner (1801-1897) a énoncé une loi qui porte son nom et que l'on peut formuler ainsi : l'intensité d'une sensation est proportionnelle au logarithme de l'intensité du stimulus qui la produit. Celui-ci peut être un son, une image, une odeur…

J'apprends

I Rappels sur la fonction exponentielle

Propriétés : Soit a et b deux nombres réels, n une fraction.

1. Exponentielle d'une somme	$\exp(a+b)=\exp(a)\exp(b)$	$e^{a+b}=e^a e^b$
2. Exponentielle de l'opposé	$\exp(-b)=\dfrac{1}{\exp(b)}$	$e^{-b}=\dfrac{1}{e^b}$
3. Exponentielle d'une différence	$\exp(a-b)=\dfrac{\exp(a)}{\exp(b)}$	$e^{a-b}=\dfrac{e^a}{e^b}$
4. Puissance d'une exponentielle	$\exp(na)=(\exp(a))^n$	$e^{na}=(e^a)^n$

Dans le cas où $n=\frac{1}{2}$, la propriété 4 s'applique et : $e^{\frac{1}{2}a}=(e^a)^{\frac{1}{2}} \Rightarrow e^{\frac{1}{2}a}=\sqrt{e^a}$.

La fonction exponentielle est définie sur $\mathbb{R}$.

$\exp'(x)=\exp(x)$; $\exp''(x)=\exp(x)$.

Elle est donc convexe.

$\lim\limits_{x\to-\infty} e^x=0$; $\lim\limits_{x\to+\infty} e^x=+\infty$.

x	$-\infty$	0	1	$+\infty$
$\exp(x)$	0 ↗	1 ↗	e ↗	$+\infty$

II Définition et propriétés algébriques du logarithme

Définition : Soit x un réel strictement positif. On appelle logarithme népérien de x l'antécédent unique de x par la fonction exponentielle. On le note $\ln(x)$ ou simplement $\ln x$.

Autrement dit, le logarithme népérien de x est la solution unique de l'équation $e^y=x$ dont l'inconnue est y. On dit que les fonctions exponentielle et logarithme népérien sont réciproques l'une de l'autre.

Ainsi, pour tout réel $x>0$: $e^{\ln x}=x$.

Comme $e^{\ln(e^x)}=e^x$, on en déduit que $\ln(e^x)=x$.

En particulier : $\ln(e^1)=1 \Rightarrow \ln(e)=1$.

Et $\left.\begin{array}{l}\ln(e^0)=\ln(1)\\ \ln(e^0)=0\end{array}\right\} \Rightarrow \ln(1)=0$.

Donc $0<x\leq 1 \Rightarrow e^{\ln x}\leq e^0 \Rightarrow \ln x\leq 0$ et $x\geq 1 \Rightarrow e^{\ln x}\geq e^0 \Rightarrow \ln x\geq 0$.

D'où : $\ln x\geq 0 \Leftrightarrow x\geq 1$

Propriétés algébriques :

- Pour tous réels a et b strictement positifs :

$$\left.\begin{array}{l} e^{\ln a}e^{\ln b} = ab = e^{\ln(ab)} \\ e^{\ln a}e^{\ln b} = e^{\ln a+\ln b} \end{array}\right\} \Rightarrow e^{\ln(ab)} = e^{\ln a+\ln b} \Rightarrow \ln(ab) = \ln a + \ln b$$

$$\left.\begin{array}{l} \ln\left(a \times \frac{1}{a}\right) = \ln 1 = 0 \\ \ln\left(a \times \frac{1}{a}\right) = \ln a + \ln\left(\frac{1}{a}\right) \end{array}\right\} \Rightarrow \ln a + \ln\left(\frac{1}{a}\right) = 0 \Rightarrow \ln\left(\frac{1}{a}\right) = -\ln a$$

$$\ln\left(\frac{a}{b}\right) = \ln\left(a \times \frac{1}{b}\right) = \ln a + \ln\left(\frac{1}{b}\right) \Rightarrow \ln\left(\frac{a}{b}\right) = \ln a - \ln b$$

On en déduit par récurrence que, pour tout nombre relatif n, $\ln(a^n) = n \ln a$.

On peut étendre cette propriété au cas des exposants fractionnaires, en particulier $n = \frac{1}{2}$.

$$\ln\left(a^{\frac{1}{2}}\right) = \ln\sqrt{a} = \frac{1}{2}\ln a$$

- Pour tous réels strictement positifs x et y et tout réel a :

– $\ln(x) = \ln(y) \Leftrightarrow x = y$ car $\ln(x) = \ln(y) \Leftrightarrow e^{\ln(x)} = e^{\ln(y)} \Leftrightarrow x = y$.

– $\ln(x) > \ln(y) \Leftrightarrow x > y$ car $\ln(x) > \ln(y) \Leftrightarrow e^{\ln(x)} > e^{\ln(y)} \Leftrightarrow x > y$.

– $\ln(x) = a \Leftrightarrow x = e^a$ car $a = e^{\ln(a)}$.

- Sur la figure, on a tracé la courbe de la fonction exponentielle en rouge et la droite Δ d'équation $y = x$ dans un repère orthonormé.

- En examinant les constructions, on voit que le quadrilatère ABCD est un carré. Ses diagonales sont perpendiculaires, donc les points B et D sont symétriques par rapport à la droite Δ.

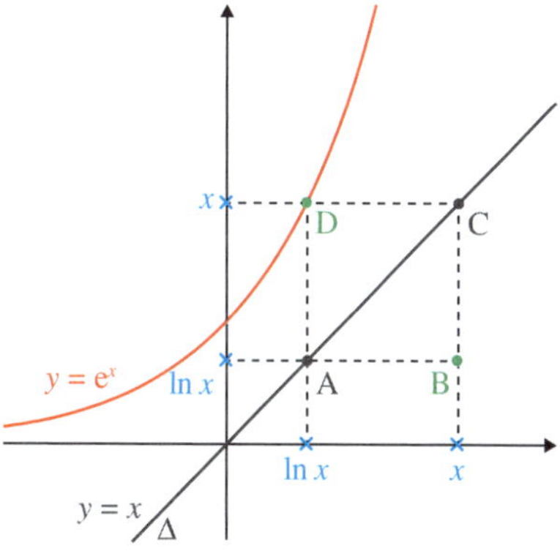

Théorème

Les courbes représentant les fonctions exponentielle et logarithme népérien sont **symétriques par rapport à la droite d'équation $y = x$** dans un repère orthonormé.

Je révise

Dans la suite, les réels donnés sont strictement positifs.

1 **$\ln 1 = 0$.**

a. ○ Vrai b. ○ Faux

2 **Un logarithme est toujours positif.**

a. ○ Vrai b. ○ Faux

3 **$\ln(a + b) = \ln a \times \ln b$.**

a. ○ Vrai b. ○ Faux

4 **$\dfrac{\ln a}{\ln b} = \ln a - \ln b$.**

a. ○ Vrai b. ○ Faux

5 **Si $\ln x = -1$, alors …**

a. ○ x n'existe pas b. ○ $x = \dfrac{1}{\mathrm{e}}$ c. ○ $x = -\mathrm{e}$

6 **Si $\dfrac{1}{\ln x} = 1$, alors …**

a. ○ $x = \mathrm{e}$ b. ○ $x = \dfrac{1}{\mathrm{e}}$ c. ○ $x = -\mathrm{e}$

7 **Si $\ln x = 2 \ln x$, alors …**

a. ○ $x = \mathrm{e}^2$ b. ○ $x = 1$ c. ○ $x = \dfrac{1}{\mathrm{e}}$

8 **$\mathrm{e}^{-\ln x}$ …**

a. $= \dfrac{1}{x}$ b. $= -x$ c. est impossible à calculer

9 **$\ln(\mathrm{e}^x)$ …**

a. ○ n'existe que si $x > 0$

b. ○ $= x$

c. ○ $= \dfrac{1}{x}$

10 **$\ln(\mathrm{e}^x + \mathrm{e}^y)$ …**

a. ○ $= x + y$ b. ○ $= xy$ c. ○ Aucune des deux propositions

Réponses :

1 a - 2 b - 3 b - 4 b - 5 b - 6 a - 7 b - 8 a - 9 b - 10 c.

Pour résoudre des équations et inéquations avec logarithmes et exponentielles

On suppose que *a* et *b* sont deux réels strictement positifs.

Propriétés algébriques

Utilisez ☺

- $\ln(ab) = \ldots\ldots\ldots\ldots$
- $\ldots\ldots\left(\frac{\ldots}{\ldots}\right) = \ln(a) - \ln(b)$
- $\ln\left(\frac{1}{b}\right) = \ldots\ldots$
- $\ldots\ldots = 2\ln(a)$
- $\ln(1) = \ldots\ldots$
- $\ln(e^x) = \ldots\ldots$
- $e^{\ldots\ldots} = x$

Attention ☹

- $\ln(a+b)\ \ldots\ldots\ \ln a + \ln b$
- $\frac{\ln a}{\ln b}\ \ldots\ldots\ \ln(a) - \ln(b)$
- $\frac{1}{\ln b}\ \ldots\ldots\ -\ln(b)$
- $(\ln(a))^2\ \ldots\ldots\ 2\ln(a)$
- $\ln(0)\ \ldots\ldots\ldots\ldots$
- Égalité vraie pour ……………
- Égalité vraie si, et seulement si, …………

Inéquations

Utilisez ☺

- $\ln x \geq m \Leftrightarrow \ldots\ldots \geq \ldots\ldots$
- $\ldots\ldots \geq \ldots\ldots \Leftrightarrow x \geq \ln(m)$

Attention ☹

- Valable ………………………………
- Valable si et seulement si *m* ……

Résoudre des (in)équations avec ln et exponentielle

Les clés de l'exercice

Le but de l'exercice est de décrire une méthode générale de résolution d'équations et d'inéquations comportant la fonction logarithme népérien.

1. a. Pour quelles valeurs de x, l'équation suivante a-t-elle un sens ?

$$\ln(2 - x) = 2\ln 3$$

b. Transformez l'équation en une équation entre deux logarithmes.

c. Résolvez l'équation initiale.

2. a. Pour quelles valeurs de x, l'équation suivante a-t-elle un sens ?

$$\ln x + \ln(x - 3) = 2\ln 2$$

b. Transformez l'équation en une équation entre deux logarithmes puis résolvez-la.

c. Résolvez l'équation initiale.

3. a. Pour quelles valeurs de x, l'inéquation $(\ln x)^2 - 4\ln x + 3 \geq 0$ est-elle définie ?

b. Déterminez le signe du polynôme $t^2 - 4t + 3$.

c. Déduisez-en les intervalles auxquels doit appartenir $\ln x$.

d. Résolvez l'inéquation de départ.

4. a. Pour quelles valeurs de x l'inéquation $\ln(5 - x) > 2\ln(x + 1)$ a-t-elle un sens ?

b. Transformez l'inéquation en une inéquation entre deux logarithmes.

c. Résolvez l'inéquation initiale.

d. Interprétez le graphique ci-dessous à la lumière des questions précédentes.

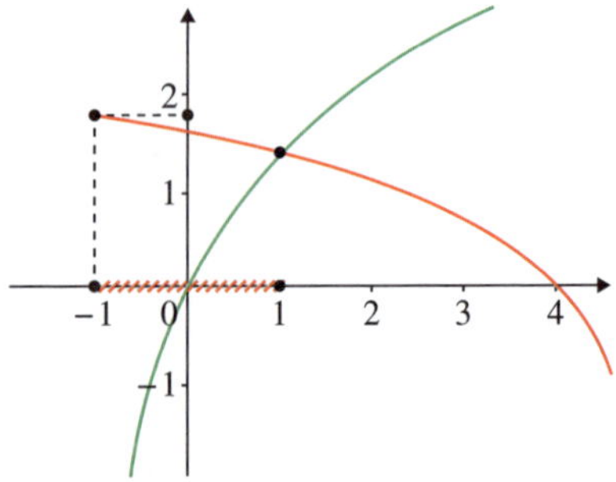

▶ On ne peut calculer le logarithme d'un nombre qu'à la condition que ce nombre soit strictement positif.

1. a. L'équation a un sens si, et seulement si, $2 - x < 0$, c'est-à-dire $x < 2$.

▶ Utilisez une propriété algébrique.

b. $\ln(2 - x) = 2\ln 3 \Leftrightarrow \ln(2 - x) = \ln 3^2 = \ln 9$

▶ N'oubliez pas de vérifier la validité de la solution trouvée.

c. $\ln(2 - x) = \ln 9 \Leftrightarrow 2 - x = 9 \Leftrightarrow x = -7$

Comme $-7 < 2$ l'équation a une solution unique qui est -7.

▶ Il y a deux conditions de positivité à envisager simultanément.

2. a. On doit avoir à la fois $x > 0$ et $x - 3 > 0$, c'est-à-dire $x > 3$.

▶ Utilisez deux propriétés algébriques et vérifiez la validité des solutions trouvées.

b. $\ln x + \ln(x - 3) = 2\ln 2 \Leftrightarrow \ln(x(x - 3)) = \ln(2^2) \Leftrightarrow \ln(x^2 - 3x) = \ln(4)$

$$\Leftrightarrow x^2 - 3x = 4 \Leftrightarrow x^2 - 3x - 4 = 0.$$

Comme le discriminant est égal à $(-3)^2 - 4 \times (-4) \times 1 = 25$, cette équation du second degré admet deux solutions qui, après calcul, sont : -1 et 4.

Seule la solution 4 convient car $4 > 3$ mais $-1 < 3$.

c. L'équation proposée a une seule solution qui est 4.

▶ Il suffit que ln*x* soit défini.

3. a. Pour que l'inéquation ait un sens, il faut et il suffit que $\ln x$ existe, autrement dit que $x \in]0, +\infty[$.

▶ On peut chercher les racines éventuelles.

b. Le discriminant est égal à $(-4)^2 - 4 \times 1 \times 3 = 4$. Les racines du polynôme sont donc 1 et 3.

Le signe du polynôme est résumé dans le tableau :

t	$-\infty$		1		3		$+\infty$
$t^2 - 4t + 3$		+	0	−	0	+	

▶ On peut poser $t = \ln x$.

c. D'après le tableau de signes, $t^2 - 4t + 3 > 0 \Leftrightarrow t \in]-\infty, 1] \cup [3, +\infty[$.

Donc les nombres x solutions de l'inéquation de départ sont tels que :

$\ln x \in]-\infty, 1] \cup [3, +\infty[$.

▶ Pensez à l'exponentielle.

d. $\ln x \in]-\infty, 1] \cup [3, +\infty[\Rightarrow \ln x \leq 1$ ou $\ln x \geq 3 \Rightarrow x \leq e^1$ ou $x \geq e^3$

Les solutions sont donc les nombres strictement positifs de $]-\infty, e] \cup [e^3, +\infty[$ c'est-à-dire $]0, e] \cup [e^3, +\infty[$.

▶ Les deux logarithmes doivent être définis.

4. a. On doit avoir $\begin{cases} 5 - x > 0 \\ x + 1 > 0 \end{cases} \Rightarrow \begin{cases} x < 5 \\ x > -1 \end{cases}$. L'inéquation a un sens si, et seulement si, $x \in]-1, 5[$.

▶ Transformez le second membre puis vérifiez que les solutions trouvées sont valides.

b. $\ln(5 - x) > 2\ln(x + 1) \Leftrightarrow \ln(5 - x) > \ln(x - 1)^2 \Leftrightarrow 5 - x > (x + 1)^2$

$$\Leftrightarrow 5 - x > x^3 + 2x + 1 \Leftrightarrow x^2 + 3x - 4 < 0$$

Le discriminant de $x^2 + x - 4$ est égal à $3^2 - 4 \times 1 \times (-4) = 25$. On trouve deux racines qui sont 1 et – 4. Comme le coefficient de x^2 est positif, les solutions de l'inéquation sont les réels de l'intervalle $]-4, 1[$.

c. L'ensemble des solutions de l'inéquation de départ est donc $]-1, 5[\cap]-4, 1[$, c'est-à-dire $]-1, 1[$.

d. La courbe rouge représente la fonction $x \overset{f}{\mapsto} \ln(5 - x)$ et la courbe verte représente $x \overset{g}{\mapsto} 2\ln(x + 1)$. Le segment hachuré est constitué des abscisses des points tels que $f(x) \geq g(x)$.

▶ Corrigés p. 286

1 * **Pour quelles valeurs de x peut-on calculer les expressions suivantes ?**

a. $\dfrac{1}{\ln x}$ **b.** $\sqrt{\ln x}$ **c.** $\ln(\ln x))$

2 * **Pour quelles valeurs de x peut-on calculer les expressions suivantes ?**

a. $\sqrt{2-e^x}$ **b.** $\ln(e^x-3)$ **c.** $\dfrac{e^x-4}{e^x+1}$

3 * **Simplifiez les écritures suivantes.**

a. $\ln(e^3)+\ln(e^{-1})$ **b.** $\ln\sqrt{e}+\ln(e^2)$ **c.** $\ln\left(\dfrac{e^4}{\sqrt{e}}\right)$

4 * **Simplifiez les écritures suivantes.**

a. $e^{\ln 2+\ln 3}$ **b.** $e^{\ln 2}+e^{\ln 3}$ **c.** $\sqrt{e^{\ln 4}}$ **d.** $e^{2\ln 3}+\dfrac{1}{2}\ln(36)$

5 * **Résolvez les équations suivantes.**

a. $\ln x=\ln 5+3\ln 2$ **b.** $\ln x=-5$ **c.** $\ln\left(\dfrac{1}{x}\right)=3$

6 * **Résolvez les équations suivantes.**

a. $\ln(x-2)+\ln(x+2)=\ln(4+2x)$ **b.** $\ln(x-2)+\ln(x-32)=5\ln 2$

7 * **Résolvez les équations suivantes.**

a. $\ln^2 x+5\ln x-6=0$ **b.** $\ln[(x-2)(x-32)]=6\ln 2$

8 * **Résolvez les équations suivantes.**

a. $\dfrac{3e^x}{1+e^x}=2$ **b.** $\ln(e^{2x}-2e^x+1)=1$

9 ** **Résolvez les inéquations suivantes.**

a. $\ln x<1$ **b.** $\ln(2x)\leq-\dfrac{1}{2}\ln 4$ **c.** $\ln\dfrac{x-1}{x+2}\geq 0$

10 ** **Résolvez les inéquations suivantes.**

a. $16-\ln^2 x\geq 0$ **b.** $-2\ln^2 x-2\ln\left(\dfrac{1}{x}\right)-1<0$

11 ** **Résolvez les systèmes suivants.**

a. $\begin{cases} x + y = 30 \\ \ln x + \ln y = 3\ln 5 \end{cases}$

b. $\begin{cases} e^x e^y = e^7 \\ xy = 12 \end{cases}$

12 ** **Résolvez les systèmes suivants.**

a. $\begin{cases} e^x e^y = 10 \\ e^{x-y} = \dfrac{2}{5} \end{cases}$

b. $\begin{cases} e^x - 2e^y = -5 \\ 3e^x + e^y = 13 \end{cases}$

Exercice Bac

13 **Soit m un nombre réel. On considère les fonctions f_m définies sur $\mathbb{R}$ par $f_m(x) = -x + 2 + me^{-x}$.**
Les courbes $\mathscr{C}_m$ ci-dessous représentent certaines de ces fonctions.

1. a. Calculez $f_m(0)$.

b. Identifiez alors chacune des courbes en fonction de m.

2. Démontrez que, pour toutes les valeurs de m, les courbes $\mathscr{C}_m$ se rapprochent de la droite D d'équation $y = -x + 2$ (représentée en pointillés sur la figure) lorsque x tend vers $+\infty$.

3. On suppose dans cette question $m \neq 0$, en distinguant les cas $m < 0$ et $m > 0$.

a. Étudiez les variations des fonctions f_m.

b. Étudiez la concavité et la convexité des fonctions f_m.

4. a. Lorsque $m < 0$, déterminez les coordonnées du point maximum A_m de la courbe.

b. Montrez que tous les points A_m sont situés sur une droite fixe indépendante de m.

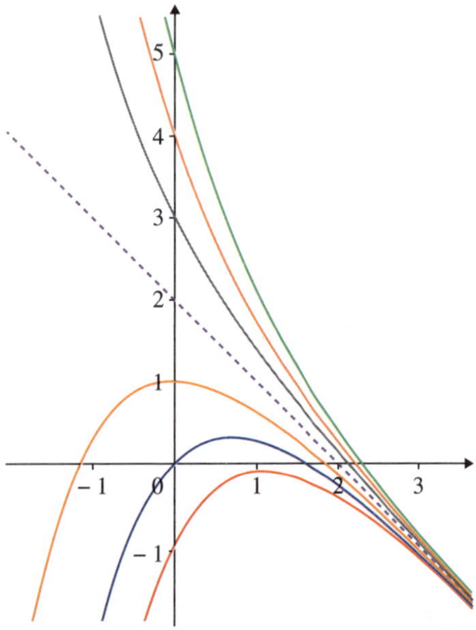

Propriétés analytiques du logarithme

Chapitre 9

L'usage de tables de logarithmes a simplifié considérablement les calculs des astronomes en transformant des multiplications en additions et des divisions en soustractions. L'astronome allemand Johannes Kepler (1571-1630) les utilisera pour mener à bien ses travaux.

J'apprends

I Variations et courbe

1. Variations

Théorème

La fonction logarithme népérien est dérivable sur $]0, +\infty[$ et pour tout réel strictement positif x :

$$\ln'(x) = \frac{1}{x}$$

Il en résulte que la fonction logarithme népérien est strictement croissante. Le tableau suivant résume son parcours. Comme $\ln''(x) = -\frac{1}{x^2}$ sa dérivée seconde est négative.

La fonction ln est donc concave.

x	0		1		e		$+\infty$
$\frac{1}{x}$	‖			+			
$\ln(x)$	‖	$-\infty$ ↗	0	↗	1	↗	$+\infty$

2. Courbe

a. Le tracé

On a vu au chapitre 8 que la courbe de ln est la symétrique de la courbe de l'exponentielle par rapport à la première bissectrice dans un repère orthonormé.

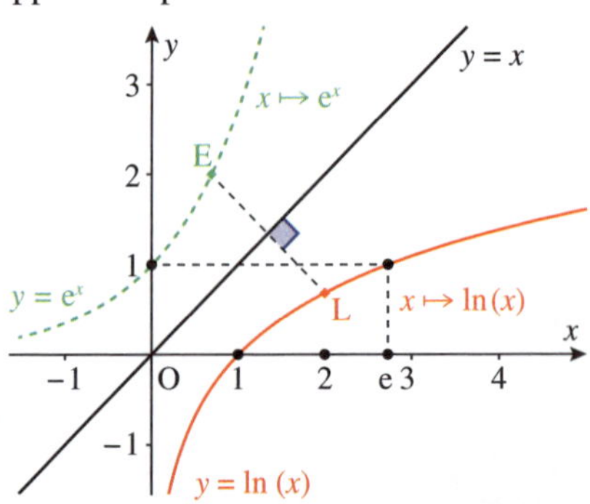

On a tracé en pointillés la courbe de l'exponentielle pour mémoire. La courbe du logarithme népérien passe par les points de coordonnées (1, 0) et (e, 1).

b. Équations de tangentes

- Au point d'abscisse 1 : $y = \ln'(1)(x-1) + \ln(1) \Leftrightarrow y = x - 1$.
- Au point d'abscisse e : $y = \ln'(\mathrm{e})(x - \mathrm{e}) + \ln(\mathrm{e}) \Leftrightarrow y = \frac{1}{\mathrm{e}}(x - \mathrm{e}) + 1 \Leftrightarrow y = \frac{1}{\mathrm{e}}x$.
- Cette tangente passe par l'origine du repère. On obtient la courbe suivante :

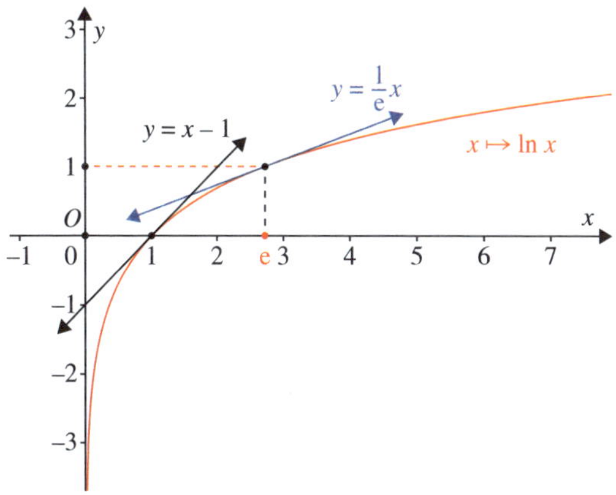

II Dérivées des fonctions composées avec ln

Théorème

Soit u une fonction dérivable sur un intervalle I et strictement positive sur I.
Alors la fonction $x \overset{f}{\mapsto} \ln(u(x))$ est dérivable sur I et :

$$f'(x) = \frac{u'(x)}{u(x)} = (\ln \circ u)'(x)$$

En particulier, dans les conditions du théorème :

- $f(x) = \ln(ax+b) \Rightarrow f'(x) = \frac{a}{ax+b}$.
- $f(x) = \ln(ax) \Rightarrow f'(x) = \frac{a}{ax} = \frac{1}{x}$. On remarque que f et ln ont la même dérivée.

III Limites et asymptote

1. Limites aux bornes de]0, +∞[et asymptote

L'examen de la courbe du logarithme suggère les résultats suivants que l'on peut démontrer en utilisant la fonction exponentielle.

$$\lim_{x \to -0^+} \ln(x) = -\infty \text{ et } \lim_{x \to +\infty} \ln(x) = +\infty$$

Par conséquent, la courbe de la fonction logarithme a une asymptote verticale d'équation $x = 0$: c'est l'axe des ordonnées.

2. Croissances comparées en +∞ et 0^+

Intuitivement : Lorsqu'on est en présence d'une forme indéterminée mettant en jeu un logarithme à une puissance positive et des puissances positives de x, on considère le logarithme comme une constante.

Exemple : 1 lorsque $x \to +\infty$ et lorsque $x \to 0^+$.

Formellement : Pour tous entiers strictement positifs p et n :

$$\lim_{x \to +\infty} \frac{(\ln(x))^p}{x^n} = 0 \text{ et } \lim_{x \to 0^+} x^n \ln x = 0$$

On reconnaît des formes indéterminées uniquement dans le cas où $n \in \mathbb{N}^*$: $\frac{+\infty}{+\infty}$ pour la première et $0 \times (-\infty)$ pour la seconde.

Si $n < 0$, on utilise les théorèmes sur les opérations de limites pour conclure.

On voit donc que $\lim\limits_{x \to +\infty} \dfrac{(\ln(x))^p}{x^n} = \lim\limits_{x \to +\infty} \dfrac{1}{x^n} = 0$ et $\lim\limits_{x \to 0^+} x^n \ln x = \lim\limits_{x \to 0^+} x^n = 0$.

On démontre aussi que $\lim\limits_{x \to +\infty} \dfrac{(\ln(x))^p}{\sqrt{x}} = 0$ et $\lim\limits_{x \to 0^+} \sqrt{x} \ln x = 0$.

3. Formes indéterminées liées à la dérivée

Lorsqu'on est en présence d'une forme indéterminée $\frac{0}{0}$, quand x tend vers un nombre réel, on peut penser à employer le nombre dérivé d'une fonction bien choisie.

Ainsi, si on pose $f(x) = \ln(1 + x)$, on sait que :

$$\lim_{h \to 0} \frac{\ln(1+h)}{h} = \lim_{h \to 0} \frac{f(h) - f(0)}{h} = f'(0) = \frac{1}{1+0} = 1$$

Exemple : $\lim\limits_{x \to \frac{1}{2}} \dfrac{\ln(2x)}{2x-1} = \lim\limits_{h \to 1} \dfrac{\ln(h)}{h-1} = \lim\limits_{h \to 1} \dfrac{\ln h - \ln 1}{h-1} = \ln'(1) = 1.$

En effet, lorsque l'on pose $h = 2x$, alors $x \to \dfrac{1}{2} \Leftrightarrow h \to 1$ et $\ln 1 = 0$.

IV Autres logarithmes

- On peut définir des logarithmes différents du logarithme népérien et qui ont les mêmes propriétés algébriques que lui. Ce sont les logarithmes de base a ($a > 0$ et $a \neq 1$) et on les écrit $\log_a x$.

Pour tout $x > 0$: $\log_a x = \dfrac{\ln x}{\ln a}$ et pour tout $m \in \mathbb{R}$, $\log_a x = m \Leftrightarrow x = a^m$.

- On utilise le logarithme de base 10, appelé aussi logarithme décimal, en chimie pour mesurer le pH d'une solution.

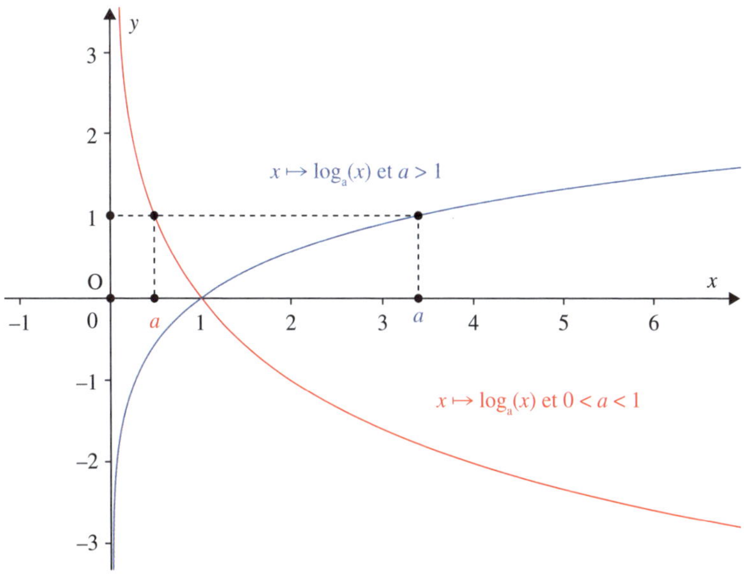

Je révise

1 La représentation graphique de la fonction logarithme népérien admet …

a. ○ une asymptote verticale
b. ○ une asymptote horizontale
c. ○ une tangente horizontale

2 La courbe représentant le logarithme népérien est …

a. ○ concave　　　b. ○ convexe

3 L'ensemble de définition de $x \overset{f}{\mapsto} \ln(x^2)$ est …

a. ○ $\mathbb{R}$　　　b. ○ $]0, +\infty[$　　　c. ○ $\mathbb{R}^*$

4 La courbe représentant la fonction $x \mapsto \dfrac{\ln x}{x}$ …

a. ○ a une asymptote
b. ○ a deux asymptotes
c. ○ n'a pas d'asymptote

5 $\lim\limits_{x \to -\infty} \ln x = 0$.

a. ○ Vrai　　　b. ○ Faux

6 $\lim\limits_{x \to +\infty} \dfrac{\ln x}{x} = +\infty$.

a. ○ Vrai　　　b. ○ Faux

7 $\lim\limits_{x \to 1} \dfrac{\ln x}{x-1} = \ldots$

a. ○ 0　　　b. ○ 1　　　c. ○ $+\infty$

8 Si $f(x) = \ln x$, alors $f''(x) = \ldots$

a. ○ $-\dfrac{1}{x}$　　　b. ○ $\dfrac{1}{x^2}$　　　c. ○ $-\dfrac{1}{x^2}$

9 La dérivée de la fonction $x \overset{f}{\mapsto} \ln(x^3)$ définie sur $]0, +\infty[$ est …

a. ○ $x \mapsto \dfrac{3}{x}$　　　b. ○ $x \mapsto \dfrac{3}{x^2}$　　　c. ○ $\dfrac{3}{x^4}$

10 Si $f(x) = x \ln x$ alors …

a. ○ $f'(x) = 1$　　　b. ○ $f'(x) = 1 + \dfrac{1}{x}$　　　c. ○ $x \mapsto 1 + \ln x$

Réponses :
1 a - 2 a - 3 c - 4 b - 5 b - 6 b - 7 b - 8 c - 9 a - 10 c.

Outils pour l'étude de fonctions avec logarithme

Utilisez ☺

- $\ln(x)$ peut être négatif : ....
- La dérivée de $\ln x$ est ....
- $\ln'(2) =$ .... car $\ln'(x) = \frac{1}{x}$
- $\lim\limits_{\cdots\cdots} \ln x = -\infty$
- $\lim\limits_{x \to +\infty} \frac{\ln x}{x} =$ ....
- $\lim\limits_{\cdots\cdots} x \ln x = 0$
- $\lim\limits_{h \to 0} \frac{\ln(1+h)}{h} =$ ....
- Le nombre dérivé pour lever des formes indéterminées du type ....
- Le signe de la .... pour examiner la concavité de la fonction ln.

Attention ☹

- Il est faux de dire que $\ln x$ est toujours ....
- La dérivée de $\ln(u)$ n'est pas $\frac{1}{u}$ mais ....
- $(\ln 2)' =$ .... car il s'agit ici de dériver la constante ln2.
- $\lim\limits_{x \to -\infty} \ln x$ ....
- $\lim\limits_{x \to 0^{+\infty}} \frac{\ln x}{x}$ n'est pas une forme indéterminée. Elle vaut .... par division.
- $\lim\limits_{x \to +\infty} x \ln x$ n'est pas une forme indéterminée. Elle vaut .... par multiplication.
- S'il ne s'agit pas de croissances comparées, pensez au ....
- C'est la monotonie de la .... qui permet de savoir si la fonction est concave ou convexe.

La calculatrice illusionniste

La clé de l'exercice

Le but de l'exercice est de montrer qu'il faut être prudent lorsqu'on interprète les données de l'écran d'une calculatrice.

Soit f la fonction définie sur $]0\,;+\infty[$ par $f(x)=(\ln x)^2-\sqrt{x}$. Sa représentation graphique sur l'écran d'une calculatrice figure ci-dessous.

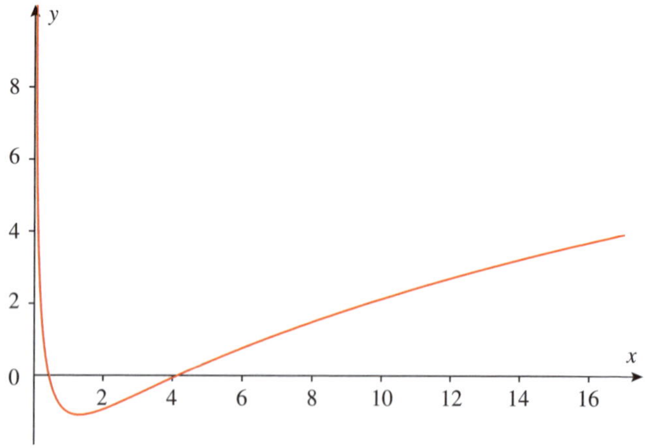

1. A priori, que penser de la limite de $f(x)$ lorsque x tend vers $+\infty$?

2. a. Constatez que le calcul de la limite en utilisant le théorème sur la somme conduit à une forme indéterminée.
b. Pour tout $x>0$, quelle est l'expression de $f(x)$ lorsque l'on factorise $\sqrt{x}$?
c. Calculez alors la limite de $f(x)$ lorsque x tend vers $+\infty$.

3. Trouvez une bonne échelle sur l'écran de la calculatrice pour visualiser ce résultat.

▶ **Observez le comportement de $f(x)$ lorsque x devient de plus en plus grand.**

1. A priori, on peut penser que $\lim_{x \to +\infty} f(x) = +\infty$ car f semble croître sans devoir s'arrêter.

▶ **Calculez la limite de chaque terme de la différence.**

2. a. $\lim_{x \to +\infty} (\ln x)^2 = +\infty$ et $\lim_{x \to +\infty} \sqrt{x} = +\infty$. La différence conduit à la forme indéterminée $+\infty - (+\infty)$.

▶ $1 = \dfrac{\sqrt{x}}{\sqrt{x}}$

b. Pour tout $x > 0$: $f(x) = \sqrt{x}\left(\dfrac{(\ln(x))^2}{\sqrt{x}} - 1\right)$.

▶ **Utilisez la question b et le théorème des croissances comparées.**

c. $\lim_{x \to +\infty} \dfrac{(\ln(x))^2}{\sqrt{x}} = 0 \Rightarrow \lim_{x \to +\infty}\left(\dfrac{(\ln(x))^2}{\sqrt{x}} - 1\right) = -1$

Par produit, on trouve donc $\lim_{x \to +\infty} \sqrt{x}\left(\dfrac{(\ln(x))^2}{\sqrt{x}} - 1\right) = -\infty$ car $\lim_{x \to +\infty} \sqrt{x} = +\infty$, d'où $\lim_{x \to +\infty} f(x) = -\infty$.

▶ **Agissez sur le zoom du graphique de la calculatrice.**

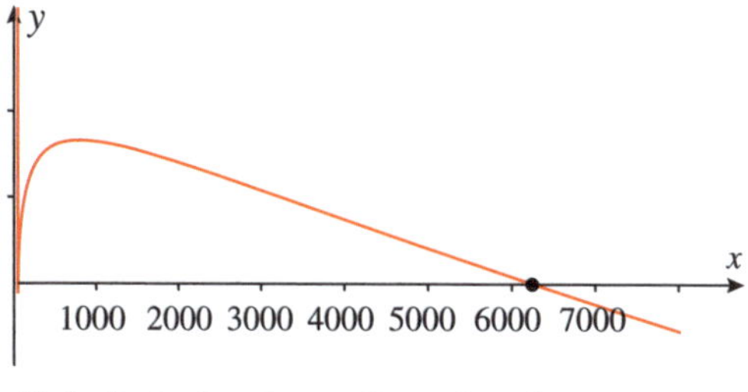

3. En choisissant l'échelle indiquée sur l'axe des abscisses on constate que f est décroissante sur l'intervalle $[a\,;+\infty[$ avec $a \approx 681$. Le calcul (complexe) de la dérivée et de son signe confirme cette image.

Il est donc indispensable de prouver ses intuitions par un raisonnement mathématique, même si on est confronté à une prétendue évidence.

Une belle allure justifiée

La clé de l'exercice

Le but de l'exercice est de justifier par le calcul l'allure de la courbe représentant une fonction.

Pour tout réel x, on pose $f(x) = \ln(1 + e^{-x})$. Sa courbe est représentée dans un repère orthogonal non orthonormé, figure ci-dessous.

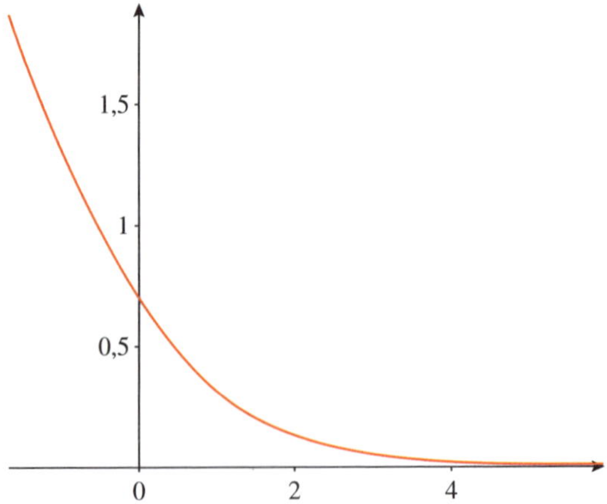

1. Justifiez que la fonction est définie pour tout réel x et que la courbe se situe au-dessus de l'axe des abscisses.

2. Déterminez les limites de $f(x)$ en $-\infty$ et en $+\infty$.

3. Déduisez-en l'existence d'une asymptote à la courbe.

4. Calculez la dérivée de f.

5. Étudiez les variations de f.

6. Prouvez par le calcul que la fonction f est convexe.

Étudiez le signe de la fonction.

1. Pour tout réel x : $e^{-x} > 0 \Rightarrow 1 + e^{-x} > 1 \Rightarrow 1 + e^{-x} > 0$. On peut donc calculer $f(x)$ pour tout réel x.

De plus, $1 + e^{-x} > 1 \Rightarrow \ln(1 + e^{-x}) > 0$. La courbe est donc au-dessus de l'axe des abscisses.

Examinez les limites de $1 + e^{-x}$.

2. $\lim\limits_{x \to -\infty} e^{-x} = \lim\limits_{x \to +\infty} e^{x} = +\infty \Rightarrow \lim\limits_{x \to -\infty} 1 + e^{-x} = +\infty \Rightarrow \lim\limits_{x \to -\infty} \ln(1 + e^{-x}) = +\infty$;

$\lim\limits_{c \to +\infty} e^{-x} = \lim\limits_{x \to -\infty} e^{x} = 0 \Rightarrow \lim\limits_{x \to +\infty} (1 + e^{-x}) = 1 \Rightarrow \lim\limits_{x \to +\infty} \ln(1 + e^{-x}) = 0$.

Le calcul des limites a fourni les éléments nécessaires à la conclusion.

3. Puisque $\lim\limits_{x \to +\infty} f(x) = 0$, la courbe a une asymptote horizontale d'équation $y = 0$ en $+\infty$. Il s'agit de l'axe des abscisses, comme le suggère l'allure de la courbe.

f est la composée de deux fonctions.

4. Pour tout x : $f'(x) = -\dfrac{e^{-x}}{1 + e^{-x}}$ par application de la formule $(\ln u)' = \dfrac{u'}{u}$ et car la dérivée de e^{-x} est $-e^{-x}$.

Examinez le signe de la dérivée.

5. Puisque pour tout réel x, $e^{-x} > 0$, alors $-\dfrac{e^{-x}}{1 + e^{-x}} < 0$, soit $f'(x) < 0$.

Il en résulte que f est décroissante sur $\mathbb{R}$.

Examinez la dérivée seconde de *f*.

6. Par application de la formule de dérivation d'un quotient :

$$f''(x) = -\frac{-e^{-x}(1 + e^{-x}) - e^{-x}(-e^{-x})}{(1 + e^{-x})^2} = -\frac{-e^{-x} - e^{-2x} + e^{-2x}}{(1 + e^{-x})^2} = \frac{2}{(1 + e^{-x})^2}$$

On en déduit que pour tout x, $f''(x) > 0$ donc f est convexe, ce qu'il fallait démontrer.

Je m'entraîne

► Corrigés p. 289

1 * **En identifiant les trois courbes, déterminez l'ensemble de définition des fonctions données.**

a. $x \overset{f}{\mapsto} \dfrac{1}{x - \ln x}$ **b.** $x \overset{g}{\mapsto} \ln(e^x - x)$

c. $x \overset{h}{\mapsto} \dfrac{1}{x - e^x}$

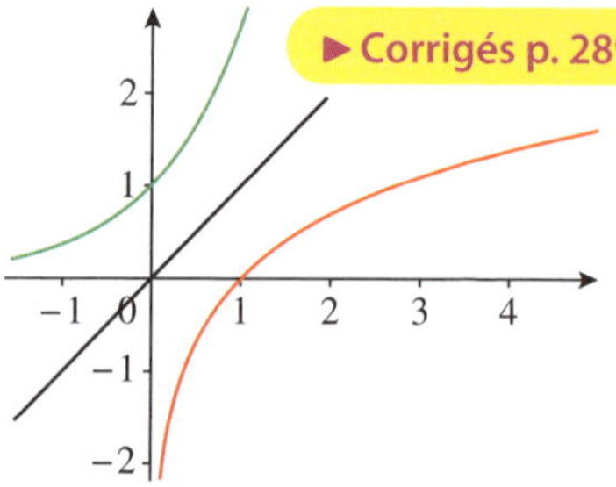

2 * **Lorsque c'est possible, calculez la dérivée des fonctions suivantes définies.**

a. $f(x) = x\ln x$ **b.** $f(x) = \dfrac{\ln x}{x}$ **c.** $f(x) = \ln(x^2 + 1)$

3 * **Même question avec :**

a. $f(x) = \ln(e^x + 1)$ **b.** $f(x) = \ln(e^x + e^{-x})$ **c.** $f(x) = \ln(e^{2x} + x)$

4 * **Déterminez les limites suivantes où $\ln^2 x = (\ln x)^2$.**

a. $\lim\limits_{x \to 0^+} \dfrac{x}{\ln^2 x}$ **b.** $\lim\limits_{x \to 1} \dfrac{x}{\ln^2 x}$ **c.** $\lim\limits_{x \to +\infty} \dfrac{x}{\ln^2 x}$

5 ** **Lorsque c'est possible, calculez la dérivée des fonctions suivantes définies.**

a. $f(x) = \dfrac{1}{\ln x}$ **b.** $f(x) = \ln\left(\dfrac{3 + x}{3 - x}\right)$ **c.** $f(x) = \ln(\ln x)$

6 ** **Déterminez les limites suivantes.**

a. $\lim\limits_{x \to 0^+} \dfrac{1}{x - \ln x}$ **b.** $\lim\limits_{x \to +\infty} \dfrac{1}{x - \ln x}$

7 ** **En utilisant le nombre dérivé, déterminez les limites suivantes :**

a. $\lim\limits_{x \to 1} \dfrac{x\ln x}{x - 1}$ **b.** $\lim\limits_{x \to 0} \dfrac{\ln(1 - x)}{x}$

8 ** **En utilisant les résultats des exercices 4, 6 et 7, associez chaque courbe ci-contre à chacune des fonctions suivantes tracées sur]0 ; +∞[:**

$x \overset{f_1}{\mapsto} \dfrac{x}{\ln^2 x}$ $x \overset{f_2}{\mapsto} \dfrac{1}{x - \ln x}$ $x \overset{f_3}{\mapsto} \dfrac{x\ln x}{x - 1}$ $x \overset{f_4}{\mapsto} \dfrac{\ln(1 - x)}{x}$

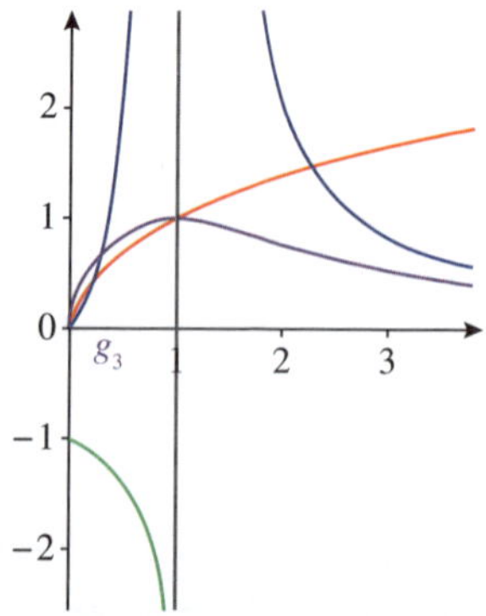

9 ** **Pour tout $x > -1$, on pose $f(x) = \ln(1 + x)$. Soit $\mathscr{C}_f$ sa courbe dans un repère.**

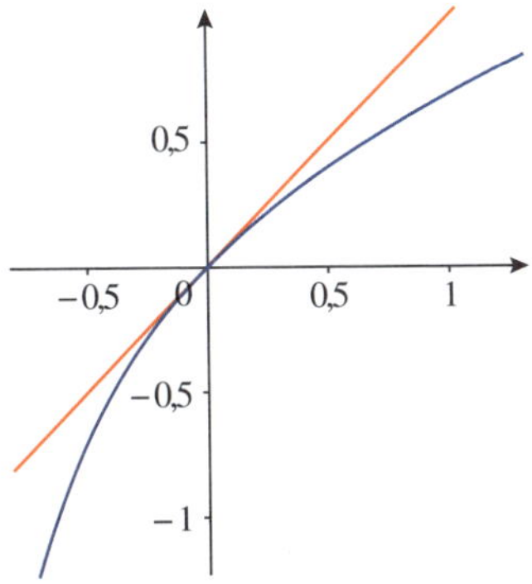

a. Calculez $f'(x)$, puis $f''(x)$.
b. Écrivez une équation de la tangente à la courbe de f au point d'abscisse 0.
c. Étudiez la convexité et la concavité f.
d. Démontrez alors que pour tout $x > -1$:
$\ln(1 + x) \leq x$.
e. Interprétez la représentation graphique en fonction des questions précédentes.

10 ** **Pour tout $x > 0$,**
on pose $f(x) = x + \dfrac{1}{x} + \dfrac{\ln x}{x^2}$.

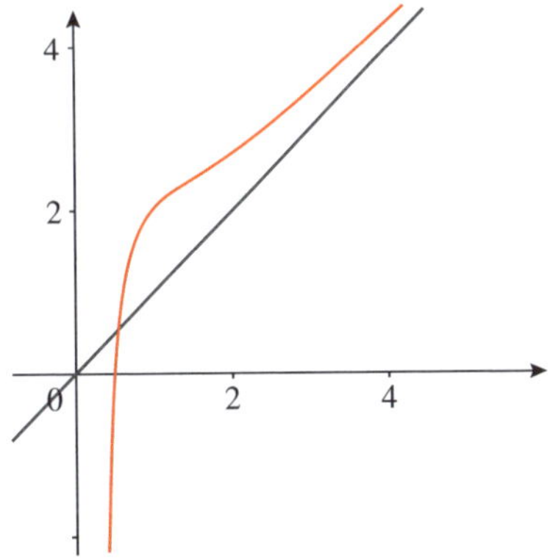

a. Montrez que $f'(x) = \dfrac{x^3 - x - 2\ln x + 1}{x^3}$.
b. Calculez $\lim\limits_{x \to +\infty} f(x) - x$. Interprétez le résultat en considérant la courbe de f, et la droite d'équation $y = x$.
c. En examinant la courbe de f, quelle conjecture peut-on faire sur la concavité et la convexité de f ?

11 *** **Pour tout $x > 0$, on pose $g(x) = x^3 - x - 2\ln x + 1$.**
a. Vérifiez que $g'(x) = \dfrac{(x-1)(3x^2 + 3x + 2)}{x}$.
b. Calculez $\lim\limits_{x \to 0^+} g(x)$ et $\lim\limits_{x \to +\infty} g(x)$.
c. Dressez le tableau de variation de g et déduisez-en son signe.

Exercices Bac

12 **Soit la fonction f définie sur $]0\,;+\infty[$ par $f(x) = \dfrac{x^2 - 2x - 2 - 3\ln(x)}{x}$ et dont la représentation graphique est donnée ci-dessous.**

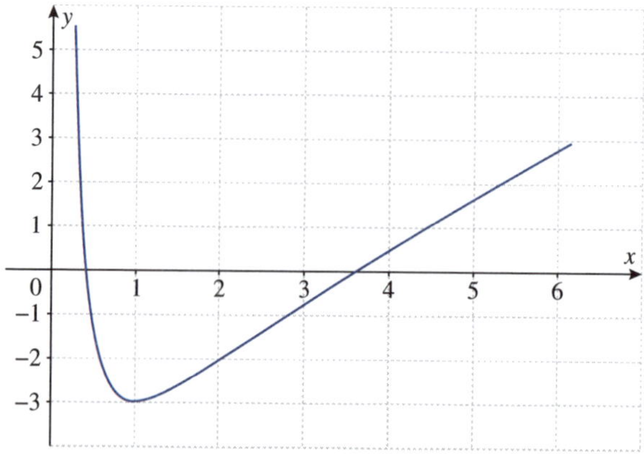

1. Soit φ la fonction définie sur $]0\,;+\infty[$ par : $\varphi(x) = x^2 - 1 + 3\ln(x)$.

a. Calculez $\varphi(1)$ et la limite de φ en 0.

b. Étudiez les variations de φ sur $]0\,;+\infty[$.

c. Déduisez-en le signe de $\varphi(x)$ selon les valeurs de x.

2. a. Calculez les limites de f en 0^+ et $+\infty$.

b. Démontrez que sur $]0\,;+\infty[$: $f'(x) = \dfrac{\varphi(x)}{x^2}$.

c. Déduisez-en le tableau de variation de f.

d. Prouvez que l'équation $f(x) = 0$ admet une unique solution α sur $]0\,;1]$.

3. Écrivez un programme en Python affichant une valeur de α à 10^{-14} par la méthode de dichotomie.

4. a. En écrivant $f'(x) = \varphi''(x)\,x^{-2}$, calculez $\varphi''(x)$.

b. Déduisez-en $f''(x)$ et les intervalles où f est concave et convexe.

13 **Partie I – Étude d'une fonction auxiliaire**

Soit la fonction f définie sur l'intervalle $[1\,;4]$ par : $f(x) = -30x + 50 + 35\ln x$.

1. On rappelle que f désigne la fonction dérivée de la fonction f.

a. Pour tout nombre réel x de l'intervalle $[1\,;4]$, montrez que :

$$f'(x) = \frac{35 - 30x}{x}.$$

b. Examinez le signe de $f'(x)$ sur l'intervalle [1 ; 4].
c. Déduisez-en le tableau de variation de f sur ce même intervalle.
2. Justifiez que l'équation $f(x) = 0$ admet une unique solution, notée α, sur l'intervalle [1 ; 4], puis donnez une valeur approchée de α à 10^{-3} près.
3. Donnez le signe de $f(x)$ pour $x \in [1 ; 4]$.

Partie II – Optimisation

Une entreprise vend du jus de fruits. Pour x milliers de litres vendus, avec x nombre réel de l'intervalle [1 ; 4], l'analyse des ventes conduit à modéliser le bénéfice $B(x)$ par l'expression donnée en milliers d'euros par :

$$B(x) = -15x^2 + 15x + 35x \ln x.$$

1. D'après le modèle, calculez le bénéfice réalisé par l'entreprise lorsqu'elle vend 2 500 litres de jus de fruits. Donnez une valeur approchée à l'euro près de ce bénéfice.
2. Pour tout x de l'intervalle [1 ; 4], montrez que $B'(x) = f(x)$ où B' désigne la fonction dérivée de B.
3. a. À l'aide des résultats de la partie 1, donnez les variations de la fonction B sur l'intervalle [1 ; 4].
b. Déduisez-en la quantité de jus de fruits, au litre près, que l'entreprise doit vendre afin de réaliser un bénéfice maximal.

14 Partie I

On considère la fonction h définie sur l'intervalle $]0 ; +\infty[$ par : $h(x) = 1 + \dfrac{\ln x}{x}$.

1. Déterminez la limite de la fonction h en 0.
2. Déterminez la limite de la fonction h en $+\infty$.
3. On note h' la fonction dérivée de h. Démontrez que, pour tout nombre réel x de $]0 ; +\infty[$, on a :

$$h'(x) = \frac{1 - \ln x}{x^2}.$$

4. Dressez le tableau de variations de la fonction h sur l'intervalle $]0 ; +\infty[$.
5. Démontrez que l'équation $h(x) = 0$ admet une unique solution α dans $]0 ; +\infty[$. Justifiez que l'on a : $0{,}5 < \alpha < 0{,}6$.

Partie II

Dans cette partie, on considère les fonctions f et g définies sur $]0 ; +\infty[$ par :

$$f(x) = x\ln(x) - x \; ; \; g(x) = \ln(x).$$

On note $\mathscr{C}_f$ et $\mathscr{C}_g$ les courbes représentant respectivement les fonctions f et g dans un repère orthonormé $(O ; \vec{i}, \vec{j})$.

Je m'entraîne

Pout tout nombre réel a strictement positif, on appelle :

- **T_a la tangente à $\mathscr{C}_f$ en son point d'abscisse a ;**
- **D_a la tangente à $\mathscr{C}_g$ en son point d'abscisse a.**

Les courbes $\mathscr{C}_f$ et $\mathscr{C}_g$ ainsi que deux tangentes T_a et D_a sont représentées ci-contre.
On recherche d'éventuelles valeurs de a pour lesquelles les droites T_a et D_a sont perpendiculaires. Soit a un nombre réel appartenant à l'intervalle $]0\,;+\infty[$.

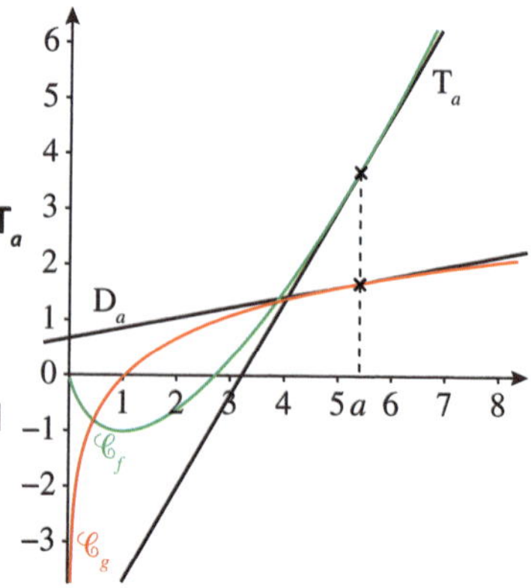

1. Justifiez que la droite D_a a pour coefficient directeur $\dfrac{1}{a}$.

2. Justifiez que la droite T_a a pour coefficient directeur $\ln(a)$.

3. Démontrez qu'il existe une unique valeur de a, que l'on identifiera, pour laquelle les droites T_a et D_a sont perpendiculaires.

15 **Dans le plan muni d'un repère orthonormé, on considère ci-contre la courbe $\mathscr{C}_f$ représentative d'une fonction f, deux fois dérivable sur l'intervalle $]0\,;+\infty[$. La courbe $\mathscr{C}_f$ admet une tangente horizontale T au point A(1 ; 4).**

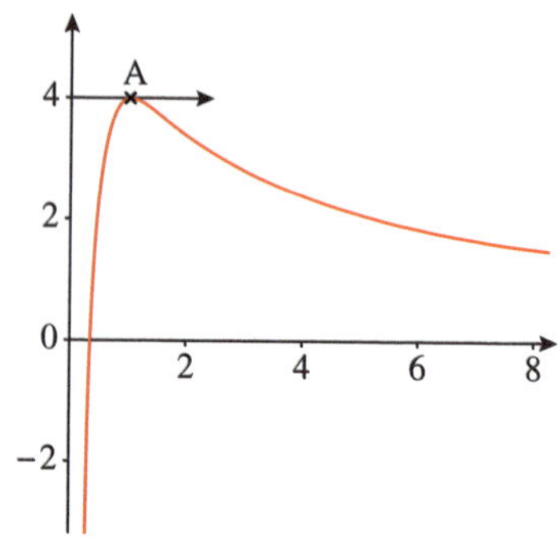

1. Précisez les valeurs $f(1)$ et $f'(1)$. On admet que la fonction f est définie pour tout réel x de l'intervalle $]0\,;+\infty[$ par : $f(x) = \dfrac{a + b\ln x}{x}$, où a et b sont deux nombres réels.

2. Démontrez que, pour tout réel x strictement positif, on a : $f'(x) = \dfrac{b - a - b\ln x}{x}$.

3. Déduisez-en les valeurs des réels a et b. Dans la suite de l'exercice, on admet que la fonction f est définie pour tout réel x de l'intervalle $]0\,;+\infty[$ par : $f(x) = \dfrac{4 + 4\ln x}{x}$.

4. Déterminez les limites de f en 0 et en $+\infty$.

5. Dressez le tableau de variation de f sur l'intervalle $]0\,;+\infty[$.

6. Démontrez que, pour tout réel x strictement positif, on a : $f''(x) = \dfrac{-4 + 8\ln x}{x^3}$.

7. Montrez que la courbe $\mathscr{C}_f$ possède un unique point d'inflexion B dont on précisera les coordonnées.

Fonctions sinus et cosinus

Chapitre 10

Les vibrations de l'air produites par un son se modélisent mathématiquement sous la forme de séries de Fourier, sommes infinies de fonctions sinus et cosinus. Joseph Fourier (1768-1830) est un mathématicien et physicien français.

J'apprends

I Définitions et formules

1. Définitions

a. Cercle trigonométrique

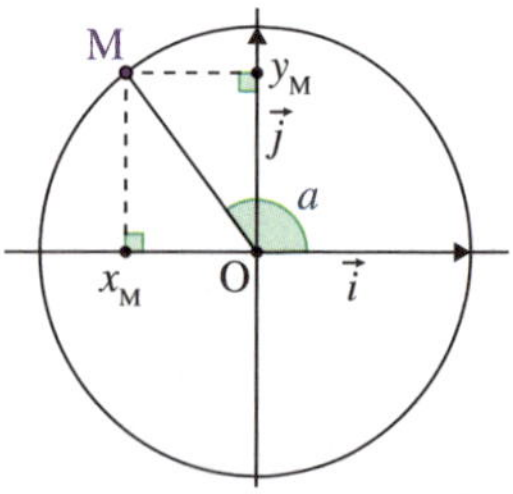

Dans un repère orthonormé (O ; $\vec{i}, \vec{j}$), le cercle trigonométrique est le cercle de centre O et de rayon 1.

b. Sinus et cosinus d'un nombre réel

Soit M(x_M, y_M) un point du cercle trigonométrique et a la mesure en radian de l'angle orienté ($\vec{i}$, $\overrightarrow{OM}$). Alors :

$$\cos a = x_M \text{ et } \sin a = y_M.$$

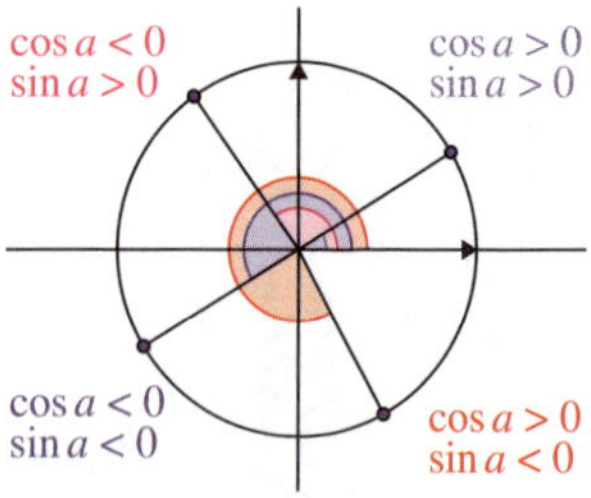

Sur la figure ci-contre, on peut voir le signe de $\cos a$ et $\sin a$ en fonction de la place de M dans les différents quadrants.

Remarque : On a toujours $\cos^2 a + \sin^2 a = 1$.

2. Formules

a. Avec l'opposé

Formules	Illustration
$\cos(-a) = \cos(a)$ $\sin(-a) = -\sin(a)$ La **fonction cosinus** est donc **paire** et la **fonction sinus** est **impaire**.	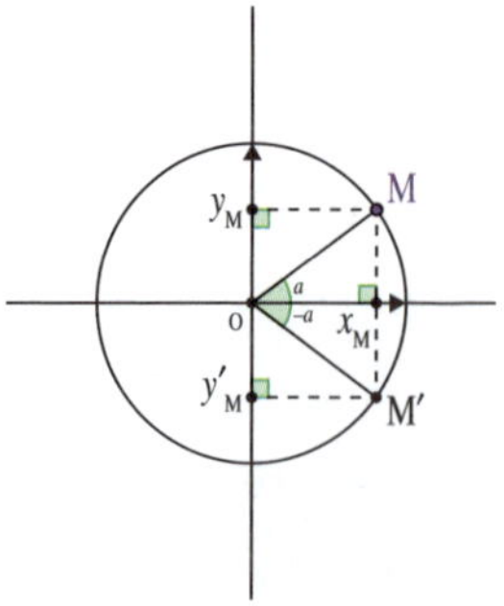

b. Avec π

Formules	Illustrations
$\cos(\pi + a) = -\cos(a)$ $\sin(\pi + a) = -\sin(a)$	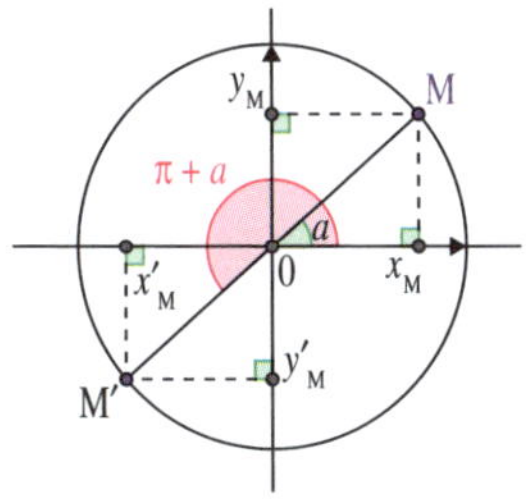
$\cos(\pi - a) = -\cos a$ $\sin(\pi - a) = \sin(a)$	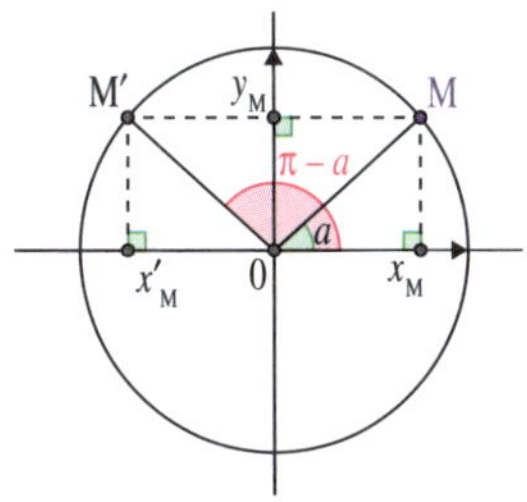

c. Avec $\frac{\pi}{2}$

Formules	Illustration
$\cos\left(\frac{\pi}{2} + a\right) = -\sin(a)$ $\sin\left(\frac{\pi}{2} + a\right) = \cos(a)$	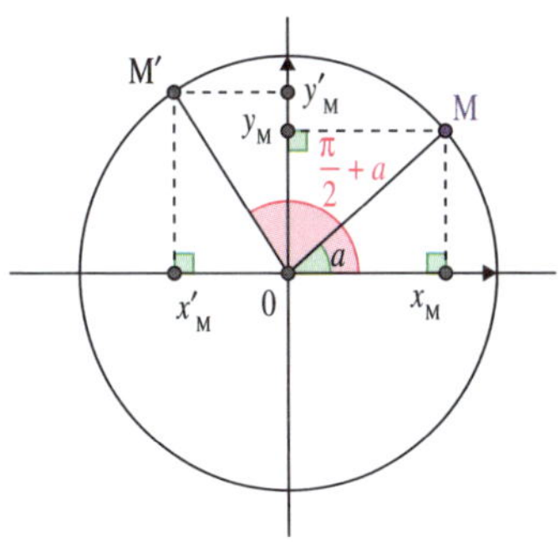

Formules	Illustration
$\cos\left(\frac{\pi}{2} - a\right) = \sin(a)$ $\sin\left(\frac{\pi}{2} - a\right) = \cos(a)$	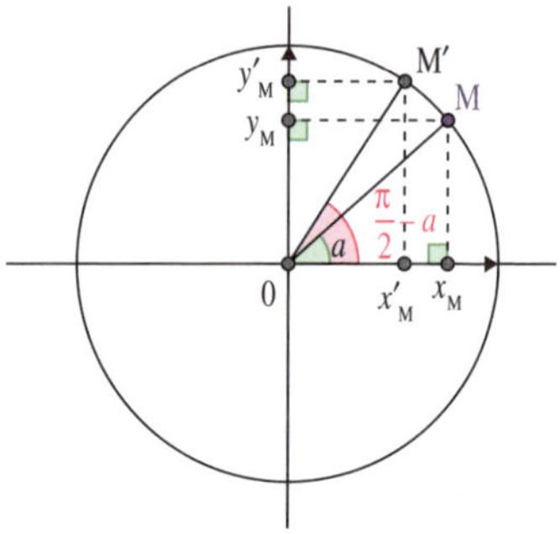

- Les angles dont les mesures en radian sont a et $\left(\frac{\pi}{2} - a\right)$ sont complémentaires car leur somme est égale à $\frac{\pi}{2}$. On sait que le cosinus de l'un est égal au sinus de l'autre.
- Les deux dernières égalités sont une traduction de cette propriété.

3. Dérivées et valeurs particulières

a. Dérivées

Soit a et b deux nombres et u une fonction. D'après la dérivée d'une fonction composée :

$$f(x) = \sin(ax + b) \Rightarrow f'(x) = a\cos(ax + b)$$
$$f(x) = \cos(ax + b) \Rightarrow f'(x) = -a\sin(ax + b)$$
$$f(x) = \sin(u(x)) \Rightarrow f'(x) = u'(x)\cos(u(x))$$
$$f(x) = \cos(u(x)) \Rightarrow f'(x) = -u'(x)\sin(u(x))$$

b. Valeurs remarquables

$\hat{A}$	0	$\frac{\pi}{6}$	$\frac{\pi}{4}$	$\frac{\pi}{3}$	$\frac{\pi}{2}$
$\sin \hat{A}$	0	$\frac{1}{2}$	$\frac{\sqrt{2}}{2}$	$\frac{\sqrt{3}}{2}$	1
$\cos \hat{A}$	1	$\frac{\sqrt{3}}{2}$	$\frac{\sqrt{2}}{2}$	$\frac{1}{2}$	0

On convertit les mesures en degré en mesures en radian en utilisant le tableau de proportionnalité suivant :

Mesure en radian	r	π
Mesure en degré	d	180

Ainsi, $180r = \pi d$.

II Variations et courbes de sinus et cosinus

1. Variations

a. Propriétés des fonctions sinus et cosinus

- Les deux fonctions sont périodiques de période 2π car pour tout réel x :

$$\cos(2\pi + x) = \cos(x) \text{ et } \sin(2\pi + x) = \sin(x).$$

- La fonction sinus est impaire et cosinus est paire car pour tout réel x :

$$\sin(-x) = -\sin(x) \text{ et } \cos(-x) = \cos(x).$$

Par ces considérations, on peut étudier chaque fonction sur un intervalle de longueur 2π et reproduire la courbe obtenue par translations de vecteur $2\pi\vec{i}$. On peut même choisir un intervalle centré en 0 et construire les courbes sur la partie positive uniquement.

C'est pourquoi on les étudie sur $[0, \pi]$.

b. Tableau de variation

Pour tout réel x :

$$\sin'(x) = \cos(x) \text{ et } \cos'(x) = -\sin(x).$$

On trouve donc les tableaux de variation :

x	0		$\frac{\pi}{2}$		π
$\sin(x)$	0	$\nearrow$	1	$\searrow$	0

x	0		$\frac{\pi}{2}$		π
$\cos(x)$	1	$\searrow$	0	$\searrow$	-1

On a donc, pour tout réel x, $-1 \leq \sin x \leq 1$ et $-1 \leq \cos x \leq 1$.

2. Courbes

a. Sinus

Comme la fonction sinus est impaire, on construit d'abord la partie formée par les points rouges, que l'on complète par symétrie par rapport à l'origine (points verts) puis par translations de vecteurs $2\pi\vec{i}$ et $-2\pi\vec{i}$ puisque la fonction est périodique.

Histoire des maths

Joseph Fourier (1768-1830) est un mathématicien français. Il modélise la diffusion de la chaleur à l'aide de fonctions trigonométriques. Son modèle s'applique à toute fonction suffisamment régulière, ce qui en fait un outil puissant d'étude de fonctions.

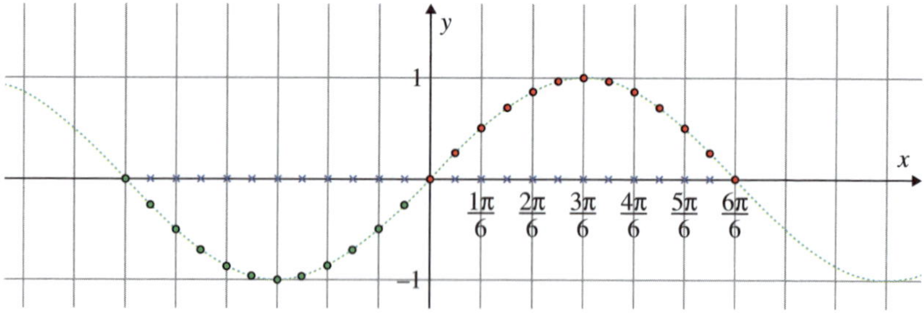

b. Cosinus

Comme la fonction cosinus est paire, on construit d'abord la partie formée par les points rouges, que l'on complète par symétrie par rapport à l'axe des ordonnées (points verts) puis par translations de vecteurs $2\pi\vec{i}$ et $-2\pi\vec{i}$ puisque la fonction est périodique.

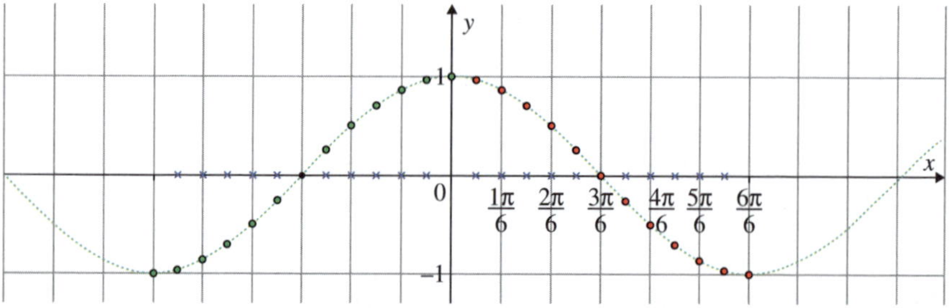

III Application à l'étude d'une fonction trigonométrique

Pour étudier une fonction trigonométrique, on examine d'abord sa périodicité et ses symétries afin de réduire la taille de l'ensemble sur lequel on l'étudie.

On pose $f(x) = \sin(2x)$.

a. Réduction de l'ensemble d'étude

La fonction f est définie sur $\mathbb{R}$. De plus, $f(-x) = \sin(-2x) = \sin(-2x) = -f(x)$. Il en résulte que f est impaire. On peut déjà réduire son étude à $[0, +\infty[$.

Pour tout x : $f(x + \pi) = \sin(2(x + \pi)) = \sin(2x + 2\pi) = \sin(2x) = f(x)$. La fonction f est donc périodique de période π. On peut restreindre son ensemble à étude à $\left[0, \frac{\pi}{2}\right]$.

b. Variations

La fonction f est la composée de la fonction sinus et de $x \overset{h}{\mapsto} 2x$, donc $f'(x) = 2\cos(2x)$.

De plus, $x \in \left[0, \frac{\pi}{4}\right] \Rightarrow 2x \in \left[0, \frac{\pi}{2}\right]$

$\Rightarrow \cos(2x) \geq 0$ et $x \in \left[\frac{\pi}{4}, \frac{\pi}{2}\right] \Rightarrow \cos(2x) \leq 0$.

On en déduit le tableau de variation ci-contre.

x	0		$\frac{\pi}{4}$		$\frac{\pi}{2}$
$f'(x)$		+	0	−	
$f(x)$	0	↗	1	↘	0

c. Courbe

On commence par construire le morceau en rouge en accord avec le tableau puis par symétrie celui en bleu et enfin la totalité, en vert par translations de vecteurs $\pi\vec{i}$.

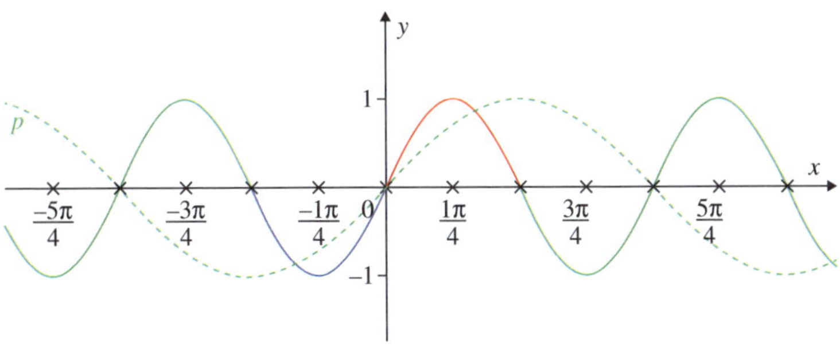

La courbe de sinus est tracée en pointillés pour comparer les deux.

Je révise

1 Quelle est la bonne proposition ?

a. ○ $\sin(\pi - x) = -\sin x$ b. ○ $\sin(\pi - x) = \sin x$ c. ○ $\sin(\pi - x) = \cos x$

2 Quelle est la bonne proposition ?

a. ○ $\cos(\pi + x) = -\cos x$ b. ○ $\cos(\pi + x) = \cos x$ c. ○ $\cos(\pi + x) = \sin x$

3 Quelle est la bonne proposition ?

a. ○ $\cos\left(\frac{\pi}{2} + x\right) = \sin x$ b. ○ $\cos\left(\frac{\pi}{2} + x\right) = -\sin x$ c. ○ $\cos\left(\frac{\pi}{2} + x\right) = \cos x$

4 La fonction sinus est paire.

a. ○ Vrai b. ○ Faux

5 Sur $[0, \pi]$, la fonction cosinus est…

a. ○ convexe b. ○ concave c. ○ ni l'un ni l'autre

6 Sur $\left[-\frac{\pi}{2} ; \frac{\pi}{2}\right]$, la fonction sinus est…

a. ○ convexe b. ○ concave c. ○ ni l'un ni l'autre

7 Sur $[0, \pi]$, la fonction cosinus est…

a. ○ croissante b. ○ décroissante c. ○ n'est pas monotone

8 Sur $\left[-\frac{\pi}{2} ; \frac{\pi}{2}\right]$, la fonction cosinus est…

a. ○ croissante b. ○ décroissante c. ○ n'est pas monotone

9 Si $f(x) = \sin x$, alors $f''(x) = \ldots$

a. ○ $\sin x$ b. ○ $\cos x$ c. ○ $-\sin x$

10 Si $f(x) = \cos x$, alors $f''(x) = \ldots$

a. ○ $-\cos x$ b. ○ $-\sin x$ c. ○ $\cos x$

11 $f(x) = \sin(3x - 1)$, donc $f'(x) = \ldots$

a. ○ $\cos(3x - 1)$ b. ○ $-\cos(3x - 1)$ c. ○ $3\cos(3x - 1)$

12 $f(x) = \cos(x^2)$, donc $f'(x) = \ldots$

a. ○ $-\sin(x^2)$ b. ○ $-2x\sin(x^2)$ c. ○ $\sin(x^2)$

Réponses :

1 b - 2 a - 3 b - 4 b - 5 c - 6 c - 7 b - 8 c - 9 c - 10 a - 11 c - 12 b.

Je mémorise

Si	Alors
Une fonction est périodique de période 2π	Je peux l'étudier sur un intervalle de longueur ....
Une fonction est paire et périodique de période 2π	Je peux l'étudier sur l'intervalle ....
$f(x) = \sin(ax + b)$	$f'(x) =$ ....
$f(x) = \cos(ax + b)$	$f'(x) =$ ....
$\cos x = \cos a$	$x =$ ....
$\sin x = \sin a$	$x =$ ....
$x = \frac{\pi}{2} + k\pi$	Selon les valeurs de k, x a .... images sur le cercle trigonométrique
$x = \frac{\pi}{6} + \frac{2k\pi}{3}$	Selon les valeurs de k, x a .... images sur le cercle trigonométrique

Résolution de l'équation $\cos(4x) = -\frac{1}{2}$

Les clés de l'exercice

Le but de l'exercice est de décrire une méthode de résolution d'une équation trigonométrique, puis de placer les solutions sur le cercle trigonométrique.

On considère l'équation $\cos(4x) = -\frac{1}{2}$.

1. Trouvez un réel a dont le cosinus est égal à $-\frac{1}{2}$.

2. Trouvez des relations liant x et a lorsque $\cos(4x) = \cos(a)$.

3. Déduisez-en deux groupes de solutions de l'équation.

4. Placez les images des solutions sur le cercle trigonométrique.

▶ Construisez le cercle trigonométrique et placez le nombre $-\frac{1}{2}$ sur l'axe des abscisses.

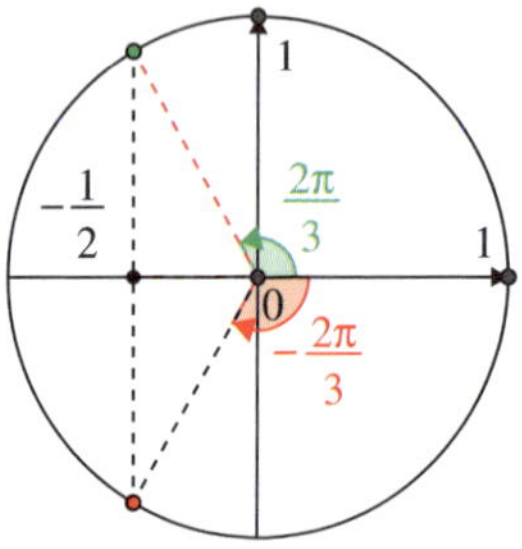

1. On voit sur le cercle trigonométrique que l'on peut choisir $a = \frac{2\pi}{3}$ ou $a = -\frac{2\pi}{3}$.

Remarque : $\frac{2\pi}{3} rd = 120°$.

▶ Utilisez la figure précédente.

2. Choisissons $a = \frac{2\pi}{3}$. On a alors :

$$\cos(4x) = \cos\left(\frac{2\pi}{3}\right) \Rightarrow 4x = \frac{2\pi}{3} + k2\pi \text{ ou } 4x = -\frac{2\pi}{3} + k2\pi$$

N'oubliez pas que la fonction cosinus est périodique de période 2π !

▶ Utilisez la question précédente.

3. $4x = \frac{2\pi}{3} + k2\pi \Leftrightarrow x = \frac{\pi}{6} + \frac{k\pi}{2}$ ou $4x = -\frac{2\pi}{3} + k2\pi \Leftrightarrow x = -\frac{\pi}{6} + \frac{k\pi}{2}$.

On obtient bien deux groupes de solutions dépendant de l'entier relatif k.

Placez les images en partant de $k = 0$.

4. Le premier groupe de solutions est codé en rouge. On commence par placer $\frac{\pi}{6}$ (30°) et on continue dans le sens direct, c'est-à-dire antihoraire, par rotation de centre O et d'angle $\frac{\pi}{2}$. Le second est codé en bleu en commençant par $-\frac{\pi}{6}$.

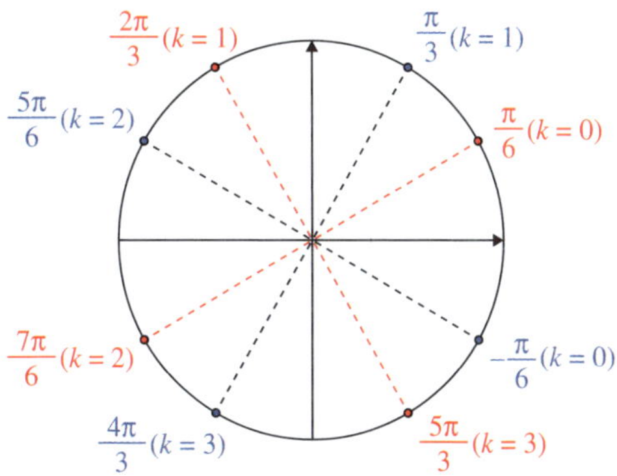

Résolution de l'inéquation $\sin(2x) \geq \frac{\sqrt{2}}{2}$

Les clés de l'exercice

Le but de l'exercice est de décrire une méthode de résolution d'une inéquation trigonométrique puis de placer les solutions sur le cercle trigonométrique.

On considère l'inéquation $\sin(2x) \geq \frac{\sqrt{2}}{2}$.

1. Trouvez deux réels a dont le sinus est égal à $\frac{\sqrt{3}}{2}$ et dont les images soient sur le cercle.

2. Donnez un encadrement de x dans le cas général.

3. Déduisez-en deux groupes de solutions de l'inéquation.

4. Illustrez les inégalités précédentes sur le cercle.

Méthode

▶ La valeur $\frac{\sqrt{2}}{2}$ est une valeur classique du sinus.

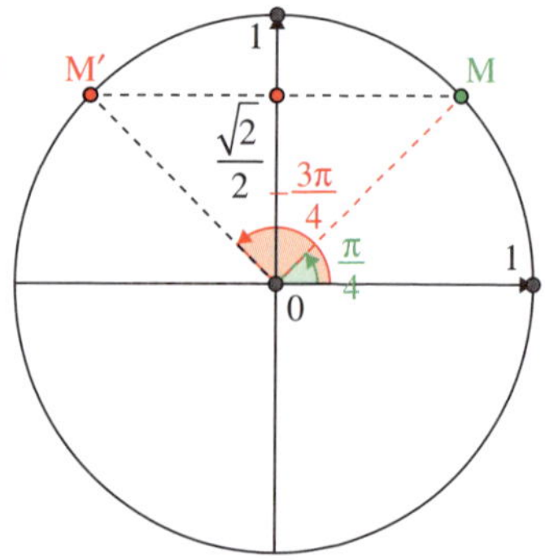

1. On sait que $\sin\left(\frac{\pi}{4}\right) = \frac{\sqrt{2}}{2}$. On place le point M tel que $(\vec{i}, \overrightarrow{OM}) = \frac{\pi}{4}$ et M′ tel que $(\vec{i}, \overrightarrow{OM'}) = \frac{3\pi}{4}$.

Par conséquent $a = \frac{\pi}{4}$ ou $a = \frac{3\pi}{4}$.

▶ N'oubliez pas que la fonction sinus est périodique de période 2π.

2. On a $\sin(2x) \geq \frac{\sqrt{2}}{2} \Leftrightarrow \frac{\pi}{4} + 2k\pi \leq 2x \leq \frac{3\pi}{4} + 2k\pi \Leftrightarrow \frac{\pi}{8} + k\pi \leq x \leq \frac{3\pi}{8} + k\pi$.

▶ Discutez selon les valeurs de l'entier relatif *k*.

3. Si $k = 0$, on obtient l'encadrement $\frac{\pi}{8} \leq x \leq \frac{3\pi}{8}$ et si $k = 1$: $\frac{9\pi}{8} \leq x \leq \frac{11\pi}{8}$.

Si *k* est pair, on obtient l'arc rouge et si *k* est impair, on obtient l'arc bleu.

▶ Il s'agit de faire apparaître des arcs de cercle.

4. Plaçons les points M_0 et M'_0 correspondant à $k = 0$, puis M_1 et M'_1 correspondant à $k = 1$.

Les images des solutions de l'inéquation sont les points de l'arc de cercle rouge $\overset{\frown}{M_0M'_0}$ et ceux de l'arc bleu $\overset{\frown}{M_1M'_1}$.

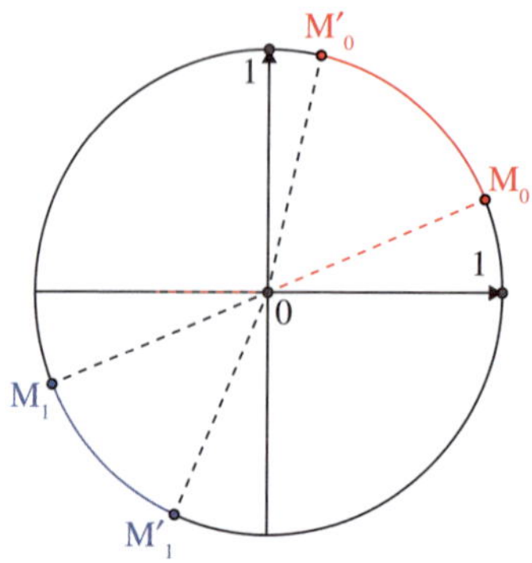

1 * **Démontrez que pour tout réel x : $(\cos x + \sin x)^2 + (\cos x - \sin x)^2 = 2$.**

▶ Corrigés p. 295

Dans les exercices 2 à 5, écrivez les expressions données en fonction de $\sin x$ et $\cos x$.

2 * **a.** $\sin(5\pi + x)$ **b.** $\sin(8\pi - x)$ **c.** $\cos(3\pi - x)$ **d.** $\cos(x - 6\pi)$

3 * **a.** $\cos\left(\frac{3\pi}{2} + x\right)$ **b.** $\sin\left(\frac{5\pi}{2} - x\right)$ **c.** $\cos\left(x - \frac{7\pi}{2}\right)$ **d.** $\sin\left(x + \frac{3\pi}{2}\right)$

4 * $\sin(x + \pi) + \sin(x + 2\pi) + \sin(x - \pi) + \sin(x - 3\pi)$

5 * $\cos(x + \pi) + \cos(x + 2\pi) + \cos(x - \pi) + \cos(x - 3\pi)$

6 * **En étudiant les variations de la fonction $x \overset{f}{\mapsto} x - \sin x$, démontrez que pour tout $x \geq 0$ $\sin(x) \leq x$.**

7 ** **Résolvez les équations suivantes, puis associez chacune des figures aux images des solutions de chaque équation.**

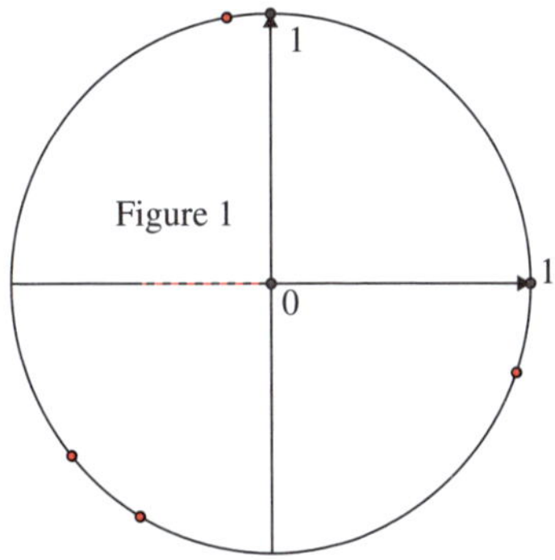

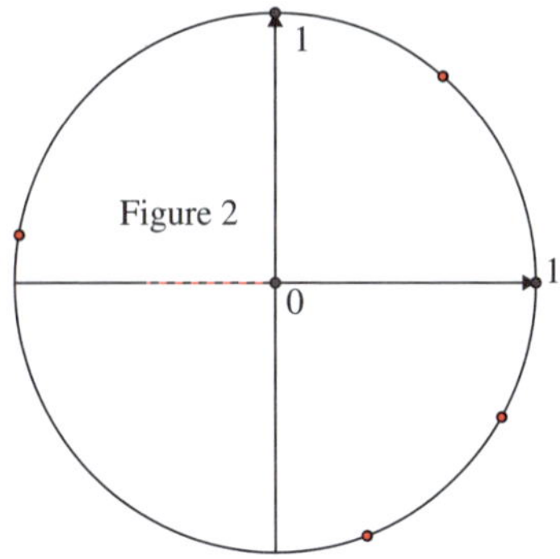

a. $\sin(2x) = \sin\left(x - \frac{2\pi}{3}\right)$.

b. $\sin x = \cos\left(2x - \frac{\pi}{3}\right)$.

8 ** **On considère l'équation (E) $2\cos^2 x - 3\cos x + 1 = 0$.**

a. Résolvez l'équation $2t^2 - 3t + 1 = 0$.

b. Déduisez-en les valeurs de $\cos x$ qui sont solutions de l'équation (E).

9 ** **On considère la fonction appelée tangente (en abrégé tan) définie par $\tan(x) = \dfrac{\sin(x)}{\cos(x)}$. L'objectif est de justifier l'allure de la courbe donnée.**

a. Pour quelles valeurs de *x* la fonction n'est-elle pas définie ?

b. Montrez qu'elle est impaire et périodique de période π.

c. Déduisez-en qu'on peut l'étudier sur l'intervalle $\left[0 ; \dfrac{\pi}{2}\right[$.

d. Calculez $\tan'(x)$, puis étudiez les variations de la fonction sur $\left[0, \dfrac{\pi}{2}\right[$.

e. Calculez $\lim\limits_{x \to \left(\frac{\pi}{2}\right)^-} \tan(x)$ et déduisez-en l'existence d'une asymptote à la courbe.

f. Observez les parties concaves et convexes de la courbe et justifiez les observations par le calcul.

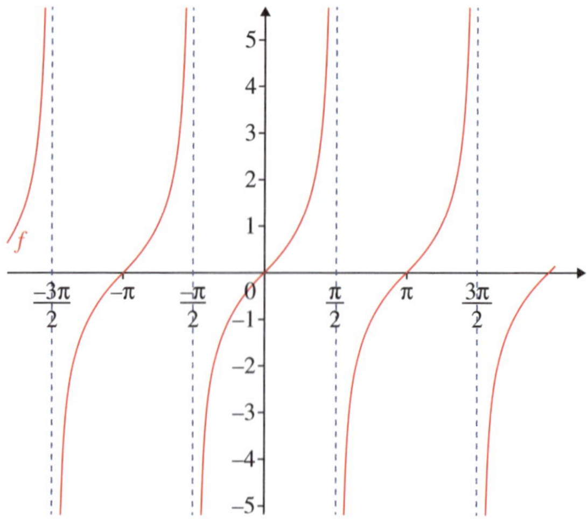

Primitives et équations différentielles

Chapitre 11

Pierre-François Verhulst (1804-1849) est un mathématicien belge. Il a notamment modélisé l'accroissement d'une population en milieu fermé (par exemple des perroquets dans une forêt) par une équation différentielle, appelée équation logistique.

I Primitives

1. Définition et théorèmes

Définition : Soit f une fonction continue sur un intervalle I.

Dire qu'une fonction F est une primitive de f sur I signifie que F est dérivable sur I et que, pour tout $x \in \mathrm{I}$, $F'(x) = f(x)$.

Exemple : $\dfrac{x^3}{3} - 10$ est une primitive de x^2 sur $\mathbb{R}$ car la dérivée de $\dfrac{x^3}{3} - 10 = x^2$.

Si F est une primitive de f sur I alors toute fonction $x \overset{G}{\mapsto} F(x) + k$, où k est une constante arbitraire, est aussi une primitive de f car $G'(x) = F'(x) + 0 = f(x)$.

On parle d'une primitive de f alors qu'on parle de la dérivée de f, parce que toute fonction continue et dérivable sur I admet une infinité de primitives (et une seule dérivée).

Théorèmes

- Toute fonction continue sur un intervalle I a des primitives sur I.
- Soit f une fonction continue sur un intervalle I, x_0 un nombre de I et λ une constante. Il existe une et une seule primitive F de f sur I prenant la valeur λ en x_0.
Donc : il existe une et une seule primitive de f sur I telle que $F(x_0) = \lambda$.
On écrit alors $F(x) = \displaystyle\int_{x_0}^{x} f(t)\mathrm{d}t + \lambda$. (Lire : intégrale de x_0 à x de $f(t)\,dt$).
Ex. : pour tout $x \in]0\,;+\infty[$, $\ln x = \displaystyle\int_1^x \frac{1}{t}\mathrm{d}t$ et pour tout $x \in \mathbb{R}$: $\mathrm{e}^x = \displaystyle\int_0^x \mathrm{e}^t\mathrm{d}t + 1$.
- Soit f et g deux fonctions définies sur le même intervalle I, a et b deux réels donnés ; une primitive de $af + bg$ est $aF + bG$.

Remarques :

- Le troisième théorème ne se généralise ni à la multiplication ni à la division. Autrement dit : en général une primitive de fg n'est pas FG, et une primitive de $\dfrac{f}{g}$ n'est pas $\dfrac{F}{G}$.
- Bien distinguer la borne x de l'intégrale de la variable d'intégration t.

2. En pratique

- Pour trouver une primitive d'une fonction donnée, on utilise la lecture inverse du tableau des dérivées ou on se sert directement du tableau des primitives ci-dessous.
- Quand on demande de vérifier qu'une fonction F donnée est une primitive d'une fonction f sur un intervalle I, on vérifie que pour tout $x \in \mathrm{I}$: $F'(x) = f(x)$.
- u est une fonction dérivable, a, b des constantes, n un nombre rationnel.

$f(x)$	$F(x)$	Remarques
x^n	$\dfrac{x^{n+1}}{n+1}$	$n \neq -1$ et $x \neq 0$ éventuellement
$\dfrac{1}{x}$	$\ln(x)$	$x > 0$
$(ax+b)^n$	$\dfrac{1}{a}\dfrac{(ax+b)^{n+1}}{n+1}$	$a \neq 0, n \neq -1$ et $ax+b \neq 0$ ou $ax+b > 0$
$\dfrac{1}{ax+b}$	$\dfrac{1}{a}\ln(ax+b)$	$a \neq 0$ et $ax+b > 0$
$u'(x)u(x)^n$	$\dfrac{u(x)^{n+1}}{n+1}$	$n \neq -1$ et $u(x) \neq 0$ ou $u(x) > 0$
$\dfrac{u'(x)}{\sqrt{u(x)}}$	$2\sqrt{u(x)}$	Cas particulier de $u'u^n$ avec $n = -\dfrac{1}{2}$; $u(x) > 0$
$\dfrac{u'(x)}{u(x)}$	$\ln(u(x))$	$u(x) > 0$
e^{ax+b}	$\dfrac{1}{a}e^{ax+b}$	$a \neq 0$
$u'(x)e^{u(x)}$	$e^{u(x)}$	
$\sin(ax+b)$	$-\dfrac{1}{a}\cos(ax+b)$	$a \neq 0$
$\cos(ax+b)$	$\dfrac{1}{a}\sin(ax+b)$	$a \neq 0$

II Équations différentielles

Dans une équation différentielle, l'inconnue est une fonction que l'on note y.

1. Résolution de $y' = ay + b$, $a \in \mathbb{R}^*$ et $b \in \mathbb{R}$

a. Résolution dans le cas particulier $b = 0$

Il s'agit de trouver toutes les fonctions f définies et dérivables sur $\mathbb{R}$ telles que : $\forall x \in \mathbb{R}, f'(x) = af(x)$.

Théorème

Les solutions de l'équation différentielle $y' = ay$ sont les fonctions de la forme $x \mapsto ke^{ax}$ où k est une constante réelle arbitraire.

Preuve : Soit f une solution de l'équation différentielle (E) : $y' = ay$.
Posons $g(x) = e^{-ax}f(x)$. Alors $g'(x) = e^{-ax}f'(x) - ae^{-ax}f(x) = e^{-ax}(f'(x) - af(x)) = 0$ car f est une solution de (E).

Comme $g'(x) = 0$, g est constante. Il existe donc $k \in \mathbb{R}$ tel que pour tout x de $\mathbb{R}$: $g(x) = k \Leftrightarrow e^{-ax}f(x) = k$, ce qui implique $f(x) = ke^{ax}$.
Réciproquement, toute fonction de ce type est solution de l'équation différentielle, ce qu'il fallait démontrer.

b. Résolution du cas général

Théorème

L'équation différentielle $y' = ay + b$ admet une **infinité** de solutions.

Elles sont de la forme $x \mapsto ke^{ax} - \dfrac{b}{a}$ où k est une constante réelle arbitraire.

Démonstration :

Soit φ la fonction constante : $x \mapsto -\dfrac{b}{a}$ et h une solution de l'équation $y' = ay + b$.

Alors $h - \varphi$ est solution de l'équation $y' = ay$ car

$$(h-\varphi)'(x) = h'(x) - \varphi'(x) = \underbrace{ah(x) + b}_{h'(x)} - \underbrace{0}_{\varphi'(x)} = a\left(h(x) + \frac{b}{a}\right) \Leftrightarrow (h-\varphi)'(x) = a(h(x) - \varphi(x)).$$

Il existe donc une constante $k \in \mathbb{R}$ telle que $(h - \varphi)(x) = ke^{ax} \Leftrightarrow h(x) + \frac{b}{a} = ke^{ax}$ $\Leftrightarrow h(x) = ke^{ax} - \frac{b}{a}$.

Réciproquement, toute fonction de la forme $x \mapsto ke^{ax} - \frac{b}{a}$ est solution de l'équation différentielle $y' = ay + b$. Ce qu'il fallait démontrer.

2. Autres équations différentielles

a. Équations $y' = ay + g$ où g est une fonction simple

Dans les exercices, la méthode de résolution doit être indiquée et est en général composée de trois étapes :

1. On note f la forme de la solution générale et on cherche une solution particulière, notée f_0.

2. On a alors $\begin{cases} f'(x) = af(x) + g(x) \\ f'_0(x) = af_0(x) + g(x) \end{cases}$ et par soustraction : $(f - f_0)'(x) = a(f(x) - f_0(x))$.
Donc $f - f_0$ est solution de l'équation $y' = ay$, donc de la forme ke^{ax}.

3. Comme on a $f(x) - f_0(x) = ke^{ax}$, on trouve $f(x) = f_0(x) + ke^{ax}$. Toute solution est donc de cette forme et on vérifie qu'elles satisfont l'équation différentielle de départ.

b. Cas particulier où g est un polynôme

Résolvons l'équation différentielle $y' = 2y + x^2 - 2x + 5$.

$y' = 2y + x^2 - 2x + 5 \Leftrightarrow y' - 2y = x^2 - 2x + 5$ sachant qu'une solution particulière est un polynôme de degré 2.

1. Une solution particulière f_0 est de la forme $ax^2 + bx + c$, donc $f_0'(x) = 2ax + b$. Pour tout $x \in \mathbb{R}$, on a donc :

$$\underbrace{2ax + b}_{f_0'(x)} - 2\underbrace{(ax^2 + bx + c)}_{f_0(x)} = x^2 - 2x + 5$$

$$\Leftrightarrow -2ax^2 + (2a - 2b)x + b - 2c = \underbrace{1}_{-2a}x^2 + \underbrace{(-2)}_{2a-2b}x + \underbrace{5}_{b-2c}$$

Par identification : $a = -\frac{1}{2}$, $b = \frac{1}{2}$, $c = -\frac{9}{4}$. Donc $f_0(x) = -\frac{1}{2}x^2 + \frac{1}{2}x - \frac{9}{4}$.

2. Soit f la forme de la solution générale. Alors $f - f_0$ est solution de l'équation $y' = 2y$ donc il existe une constante k telle que pour tout $x \in \mathbb{R}$, $f(x) - f_0(x) = ke^{2x}$.

3. Les solutions de l'équation différentielle sont donc de la forme $x \mapsto f_0(x) + ke^{2x}$, c'est-à-dire $x \mapsto -\frac{1}{2}x^2 + \frac{1}{2}x - \frac{9}{4} + ke^{2x}$.

Je révise

1 L'inconnue d'une équation différentielle est une fonction.

a. ○ Vrai b. ○ Faux

2 Combien de solutions une équation différentielle du type $y' = ay$ admet-elle, si $a \neq 0$?

a. ○ Une seule b. ○ Une infinité

3 Combien de solutions l'équation différentielle $y' = y$ prenant la valeur 0 en 0 admet-elle ?

a. ○ Une seule b. ○ Une infinité

4 Si f est une solution de l'équation différentielle $y' = 2y$, alors…

a. ○ $\lim\limits_{x \to +\infty} f(x) = +\infty$ b. ○ $\lim\limits_{x \to +\infty} f(x) = 0$ c. ○ on ne peut pas savoir

5 Toute courbe représentant une solution de l'équation différentielle $y' = y + 1$ admet un point d'inflexion.

a. ○ Vrai b. ○ Faux

6 Une fonction continue sur un intervalle a nécessairement une infinité de primitives.

a. ○ Vrai b. ○ Faux

7 La différence entre deux primitives d'une fonction continue est constante.

a. ○ Vrai b. ○ Faux

8 Si la dérivée f' de f est positive sur un intervalle I, alors toute primitive F de f est…

a. ○ convexe b. ○ concave

9 Si une fonction continue f est positive sur un intervalle I, alors toute primitive de f est...

a. ○ croissante b. ○ décroissante c. ○ monotone

10 $\displaystyle\int_0^x \cos t \, dt = \ldots$

a. ○ $-\cos x$ b. ○ $\sin x$ c. ○ $-\sin x$

Réponses :

1 a - 2 b - 3 a - 4 c - 5 b - 6 a - 7 a - 8 a - 9 a - 10 b.

Résoudre une équation différentielle $y' = ay + g$

a est une constante non nulle et g une fonction simple

Chercher une solution particulière (méthode donnée dans l'énoncé) notée ....

↓

Suivre la méthode indiquée par l'énoncé

↓

Les solutions sont de la forme $x \mapsto$ .... où k est une constante

Trouver les primitives d'une fonction continue

Utiliser le tableau du paragraphe I.2

↓ ou

Lire de droite à gauche le tableau des ....

↓ ou

L'énoncé demande de prouver que F est une primitive de f : prouver que l'on a ....

Méthode

Primitive et courbe

Les clés de l'exercice

Le but de l'exercice est de déterminer une primitive particulière d'une fonction et d'interpréter une tangente à sa courbe représentative.

Soit f la fonction définie sur $\mathbb{R}$ par $f(x) = x^2e^x$.

1. Démontrez qu'une primitive F de f peut s'écrire sous la forme $x \longmapsto (ax^2 + bx + c)e^x + k$, où a, b, c sont trois constantes à déterminer et k une constante arbitraire.

2. Trouvez alors la primitive G de f qui prend la valeur 1 en –2.

3. Donnez une équation de la tangente T à la courbe représentant G au point A de la courbe de G d'abscisse –1.

4. a. À l'aide de la représentation graphique de G et T ci-dessous, interprétez le point A.

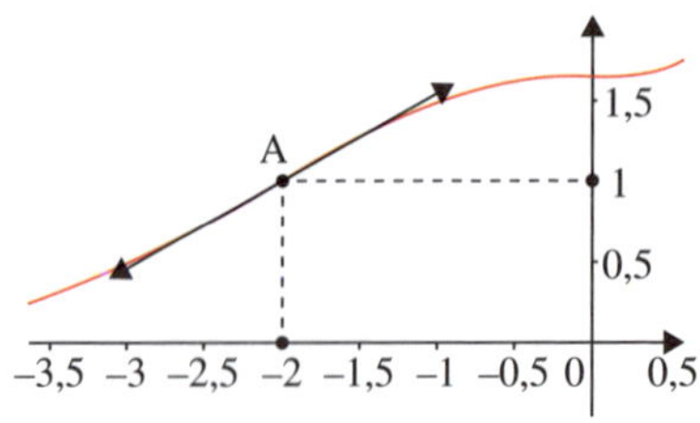

b. Confirmez l'interprétation par le calcul.

▶ **Utilisez la formule de dérivation d'un produit.**

1. Pour tout $x \in \mathbb{R}$, $F'(x) = (2ax+b)e^x + (ax^2+bx+c)e^x$

$$= (ax^2 + (b+2a)x + c + b)e^x$$

Par identification des deux polynômes $ax^2 + (b + 2a)x + c + b$ et $x^2 = 1x^2 + 0x + 0$,

on est conduit au système $\begin{cases} a = 1 \\ b + 2a = 0 \\ c + b = 0 \end{cases} \Leftrightarrow \begin{cases} a = 1 \\ b = -2. \\ c = 2 \end{cases}$

Donc une primitive de f est de la forme $x \overset{F}{\longmapsto} (x^2 - 2x + 2)e^x + k$.

▶ **Il s'agit de trouver une valeur de k.**

2. On doit retrouver la valeur de k telle que $G(-2) = 1$.

$$G(-2) = 1 \Leftrightarrow (4 + 4 + 2)e^{-2} + k = 1 \Leftrightarrow 10e^{-2} + k = 1 \Leftrightarrow k = 1 - 10e^{-2} = 1 - \frac{10}{e^2}.$$

La primitive cherchée est donc $x \mapsto (x^2 - 2x + 2)e^x + 1 - \frac{10}{e^2}$.

▶ **N'oubliez pas que $G'(x) = f(x)$.**

3. Une équation de la tangente cherchée est :

$$y = G'(-2)(x + 2) + G(-2) \Leftrightarrow y = f(-2)(x + 2) + 1$$

$$\Leftrightarrow y = 4e^{-2}(x + 2) + 1$$

$$\Leftrightarrow y = \frac{4}{e^2}x + \frac{8}{e^2} + 1$$

▶ **Observez la position de la tangente.**

4. a. La courbe traverse sa tangente en A. Elle est au-dessus de sa tangente à gauche de A et en dessous à droite. Par conséquent, A semble être un point d'inflexion de la courbe.

▶ **La dérivée seconde permet de caractériser la concavité et la convexité d'une fonction.**

b. Pour tout $x \in \mathbb{R}$: $G''(x) = f'(x) = 2xe^x + x^2e^x = x(2 + x)e^x$.

$G(x)$ est du signe de $x(2 + x) = x^2 + 2x$.
Ce polynôme du second degré a deux racines qui sont –2 et 0. Comme le coefficient de son terme de plus haut degré est 1, il est positif à gauche de –2 et négatif sur [–2, 0].

x	$-\infty$		-2		0		$+\infty$
$x^2 + 2x$		+	0	–	0	+	

Puisque G'' s'annule en changeant de signe en –2, le point A d'abscisse –2 est bien un point d'inflexion de la courbe de G.

Je m'entraîne

1 * **Résolvez les équations différentielles suivantes :** ▶ Corrigés p. 296

a. $y' = 3y$ **b.** $y' + y = 0$ **c.** $3y' = \frac{1}{2}y$ **d.** $2y + 3y' = 0$

2 * **Trouvez la solution, notée $f(x)$, de l'équation différentielle proposée qui prend la valeur y_0 en x_0. On l'écrira sous la forme $x \mapsto e^{ax+b}$ où a et b sont des constantes à déterminer.**

a. $y' = -2y, y_0 = -1, x_0 = 1$ **b.** $-y' + 4y = 0, y_0 = \frac{1}{3}, x_0 = 0$

3 ** **Résolvez les équations différentielles suivantes :**

a. $y = y' + 1$ **b.** $y' - 6y = -7$ **c.** $2y - y' = -1$

4 * **Trouvez la solution, notée $f(x)$, de l'équation différentielle proposée qui prend la valeur y_0 en x_0.**

a. $y' = -y - 2, y_0 = 2, x_0 = 0$ **b.** $2y' + 3y = 2, y_0 = 1, x_0 = \frac{1}{3}$

5 * **Trouvez les primitives F des fonctions suivantes sur l'intervalle $]0, +\infty[$.**

a. $x \mapsto x^2 - x + \frac{1}{x} - \frac{1}{x^2}$ **b.** $x \mapsto \frac{2}{\sqrt{x}} + \frac{3}{x}$ **c.** $x \mapsto \sqrt{e^x}$

6 * **Trouvez les primitives F des fonctions suivantes sur $\mathbb{R}$.**

a. $x \mapsto \frac{x}{x^2 + 3}$ **b.** $x \mapsto \frac{e^x}{e^x + 2}$ **c.** $x \mapsto \frac{xe^{x^2}}{e^{x^2} + 1}$

7 ** **Calculez les expressions suivantes :**

a. $\int_0^x \frac{t^2}{(t^3 + 4)^4} dt$ **b.** $\int_0^x \frac{t}{\sqrt{t^2 + 1}} dt$ **c.** $\int_2^x \frac{\ln t}{t} dt$ pour tout $x \geq 2$

8 ** **Calculez les expressions suivantes :**

a. $\int_0^x \frac{\cos t}{2 + \sin t} dt$ **b.** $\int_e^x \frac{1}{t \ln t} dt$ pour tout $x \geq e$

9 ** **a.** Calculez la dérivée de la fonction $f : t \mapsto t\ln t - t$.

b. Déduisez-en $\int_3^x \frac{\ln t}{t \ln t - t} dt$ pour tout $x \geq 3$.

10 ** **a.** Calculez la dérivée de la fonction F définie par :

$$F(x) = (-x^2 + 4x + 1)e^{-2x+1}$$

b. Déduisez-en $\int_0^x (t^2 - 5t + 1)e^{-2t+1}dt$.

11 ** **On modélise l'évolution de la hauteur, en mètres, d'un plant de maïs par une fonction h définie sur $[0, +\infty[$, solution de l'équation différentielle (E_1) :**

$$y' = 0{,}02y(2 - y).$$

1. On suppose que h est strictement positive sur $[0, +\infty[$ et on pose $u = \frac{1}{h}$.

a. Montrez que u est solution de l'équation différentielle (E_2) $y' = -0{,}04y + 0{,}02$.

b. Résolvez l'équation différentielle (E_2).

2. a. Sachant que le plant mesure initialement 10 cm, déterminez l'expression de $h(t)$ en fonction de t, exprimé en jours.

b. Au bout de combien de temps le plant dépassera-t-il 1,50 m ?

c. Quelle est la hauteur limite du plant de maïs ?

3. La vitesse de croissance du plant est modélisée par h', dérivée de h.
On cherche à savoir au bout de combien de temps la vitesse de croissance du plant est maximale.

a. Montrez que pour tout $t \geq 0$, $h'(t) = \frac{1{,}52\ e^{-0{,}05t}}{(1 + 19\ e^{-0{,}04t})^2}$.

b. Montrez que le problème revient à trouver le maximum de la fonction g :
$x \mapsto \frac{x}{(1 + 19x)^2}$.

c. Concluez en vous aidant de la représentation graphique de g ci-dessous.

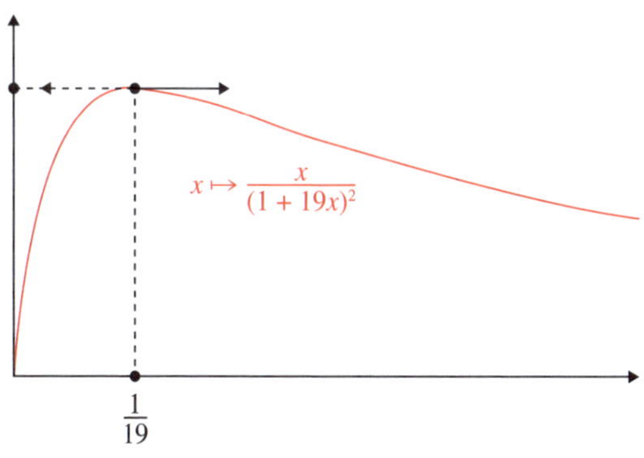

Exercices Bac

12 **Soit N_0 le nombre de bactéries introduites dans un milieu de culture à l'instant $t = 0$ (N_0 étant un réel strictement positif, exprimé en millions d'individus). Ce problème a pour objet l'étude de deux modèles d'évolution de cette population de bactéries :**

- Modèle A pour les instants qui suivent l'ensemencement (partie A)
- Modèle B pouvant s'appliquer sur une longue période (partie B)

Partie A

Dans les instants qui suivent l'ensemencement du milieu de culture, on considère que la vitesse d'accroissement des bactéries est proportionnelle au nombre de bactéries en présence. Dans ce premier modèle, on note $f(t)$ le nombre de bactéries à l'instant t (exprimé en millions d'individus). La fonction f est donc solution de l'équation différentielle : $y' = ay$, où a est un réel strictement positif.

1. Résolvez cette équation différentielle, sachant que $f(0) = N_0$.

2. On note T le temps de doublement de la population bactérienne.

Démontrez que, pour tout réel t positif, $f(t) = N_0 e^{\frac{t}{T}\ln 2}$.

Partie B

Le milieu étant limité le nombre de bactéries ne peut pas croître indéfiniment de façon exponentielle. Le modèle précédent ne peut donc s'appliquer sur une longue période. C'est pourquoi, on représente l'évolution de la population ainsi : soit $g(t)$ est le nombre de bactéries à l'instant t (exprimé en millions d'individus).

La fonction g est une fonction strictement positive et dérivable sur $[0\,;+\infty[$ qui vérifie la relation (E) pour tout $t \in [0\,;+\infty[$: $g'(t) = ag(t)\left(1 - \frac{g(t)}{M}\right)$, où M est une constante strictement positive et a le réel défini dans la partie A.

1. a. Démontrez que si g est une fonction strictement positive vérifiant la relation (E), alors la fonction $\frac{1}{g}$ est solution de l'équation différentielle $y' + ay = \frac{a}{M}$.

b. Résolvez cette équation différentielle.

c. Montrez que si h est une solution strictement positive de cette équation différentielle, alors $\frac{1}{h}$ vérifie (E).

2. On suppose désormais que pour tout réel positif t :

$$g(t) = \frac{M}{1 + Ce^{-at}}$$

où C est une constante strictement supérieure à 1 dépendant des conditions expérimentales.

a. Déterminez la limite de g en $+\infty$.

b. Étudiez le sens de variation de g et démontrez, pour tout réel t positif ou nul, la double inégalité : $0 < g(t) < M$.

c. Démontrez qu'il existe un réel unique t_0 positif tel que $g(t_0) = \frac{M}{2}$.

d. Démontrez que $g'' = a\left(1 - \frac{2g}{M}\right)g'$. Étudiez le signe de g'' et déduisez-en que la vitesse g' d'accroissement du nombre de bactéries est décroissante à partir de l'instant t_0 défini ci-dessus. Exprimez t_0 en fonction de a et C.

13 On considère l'équation différentielle (E) $y' - y = -\frac{e^x}{x}$ et on cherche l'ensemble des solutions sur $]0, +\infty[$.

1. a. Démontrez que la fonction u définie sur $]0, +\infty[$ par $u(x) = \frac{e^x}{x}$ est solution de (E).

b. Démontrez qu'une fonction v définie sur $]0 ; +\infty[$ est solution de (E) si, et seulement si, la fonction $v - u$, définie sur $]0 ; +\infty[$, est solution de l'équation différentielle $y' - y = 0$.

c. Déduisez-en toutes les solutions définies sur $]0 ; +\infty[$ de l'équation (E).

2. Pour tout réel k négatif ou nul, on considère la fonction f_k définie sur $]0 ; +\infty[$ par :

$$f_k(x) = \frac{kx + 1}{x}e^x.$$

a. Déterminez les limites de f_k en 0 et en $+\infty$.

b. Calculez $f_k'(x)$ pour tout réel x de l'intervalle $]0 ; +\infty[$ et déterminez le nombre de solutions sur $]0 ; +\infty[$ de l'équation $f_k'(x) = 0$ en fonction de k.

3. On note $\mathscr{C}_k$ la courbe représentative de la fonction f_k dans un repère orthonormal $(O ; \vec{i}, \vec{j})$. On a tracé sur le graphique ci-après les courbes $\mathscr{C}_{-1}$, $\mathscr{C}_{-0,25}$, $\mathscr{C}_{-0,15}$, $\mathscr{C}_0$. En utilisant la deuxième question, identifiez chaque courbe en justifiant les réponses.

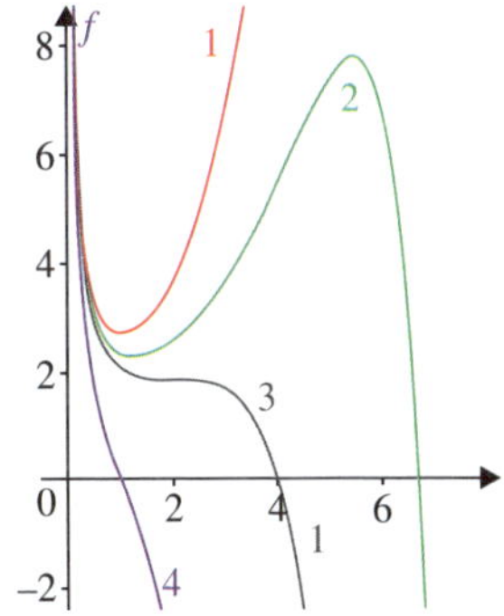

Je m'entraîne

14 **L'objet de ce problème est d'étudier, à l'aide d'une fonction auxiliaire, une fonction et de résoudre une équation différentielle dont elle est solution.**

Partie A – Étude d'une fonction auxiliaire

Soit g la fonction définie sur $\mathbb{R}$ par :

$$g(x) = \frac{e^x}{1 + 2e^x} - \ln(1 + 2e^x).$$

1. Calculez $g'(x)$ et montrez que ce nombre est strictement négatif pour tout $x \in \mathbb{R}$.

2. Déterminez les limites de g en $-\infty$ et $+\infty$.

En $+\infty$, on pourra démontrer que $\dfrac{e^x}{1 + 2e^x} = \dfrac{1}{2 + e^{-x}}$.

3. Étudiez les variations de g et déduisez-en le signe de $g(x)$.

Partie B – Étude d'une fonction et calcul d'une primitive

Soit f la fonction définie sur $\mathbb{R}$ par $f(x) = e^{-2x}\ln(1 + 2e^x)$.

1. Calculez $f'(x)$ et montrez que pour tout réel x, $f'(x) = 2e^{-2x}g(x)$.

2. a. En écrivant $\ln(1 + 2e^x) = 2e^x \dfrac{\ln(1 + 2e^x)}{2e^x}$. Déterminez la limite de f en $-\infty$.

b. Déterminez la limite de f en $+\infty$. Pour cela, on admettra que si on pose $X = 1 + 2e^x$ alors $f(x)$ s'écrit sous la forme $4 \times \dfrac{X}{(X-1)^2} \times \dfrac{\ln X}{X}$.

3. a. Vérifiez que pour tout réel x, $\dfrac{e^{-x}}{1 + 2e^x} = e^{-x} - 2\dfrac{e^{-x}}{e^{-x} + 2}$.

b. Déduisez-en les primitives de $\dfrac{e^{-x}}{1 + 2e^x}$.

Partie C – Résolution d'une équation différentielle

On considère l'équation différentielle (E) :

$$y' + 2y = \frac{2e^{-x}}{1 + 2e^x}.$$

1. Vérifiez que la fonction f étudiée dans la partie B est solution de (E).

2. a. Montrez qu'une fonction h est solution de (E) si, et seulement si, $h - f$ est solution de l'équation différentielle $y' = -2y$.

b. Résolvez cette équation différentielle et déduisez-en toutes les solutions de (E).

c. Trouvez la solution qui prend la valeur $\ln 3$ en 0.

Chapitre 12

Calcul intégral

Pour calculer l'aire comprise entre un segment de droite et une parabole, on dit aussi réaliser la quadrature de la parabole, Archimède (vers –287 ; –212) utilisait la méthode d'exhaustion, qui consiste à encadrer cette aire par des polygones de plus en plus fins. Le français Henri Lebesque (1875-1941) exposa une théorie définitive de l'intégrale.

I Intégrale d'une fonction continue positive

1. Cas général

Définition : Soit f une fonction continue et positive sur un intervalle I, a et b deux points de I tels que $a < b$. On appelle intégrale de f sur $[a, b]$, et on note $\int_a^b f(t)\mathrm{d}t$ ou simplement $\int_a^b f$, l'aire du domaine compris entre la courbe $\mathscr{C}_f$, l'axe des abscisses et les verticales $x = a$ et $x = b$.

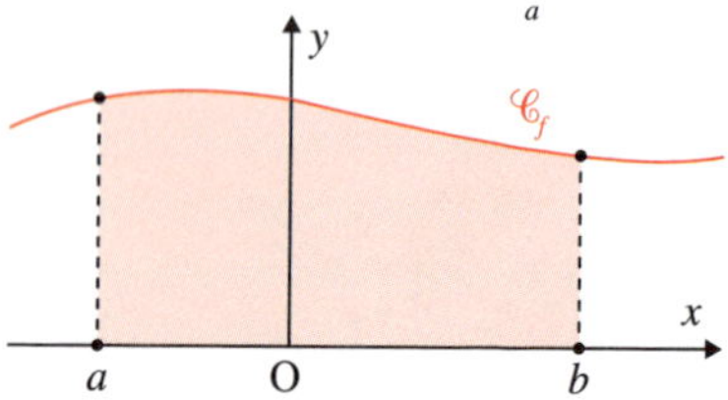

Sur la figure ci-contre, l'intégrale de f sur $[a, b]$ est l'aire du domaine en rose.

2. Cas d'une fonction affine

Ce cas englobe celui des fonctions constantes. Le calcul de son intégrale est simple puisque le domaine précédent est un polygone (triangle ou quadrilatère).

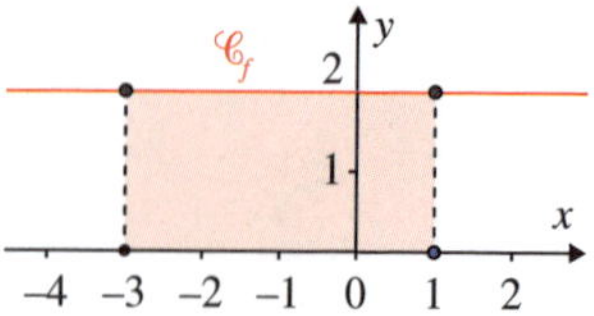

Figure 1

- En calculant l'aire d'un rectangle, on obtient sur la figure 1 : $\int_{-3}^{1} f = 4 \times 2 = 8$.
- En calculant l'aire d'un triangle $\left(\dfrac{\text{base} \times \text{hauteur}}{2}\right)$ sur la figure 2, on trouve : $\int_{-2}^{1} f = \dfrac{3 \times 3}{2} = 4{,}5$

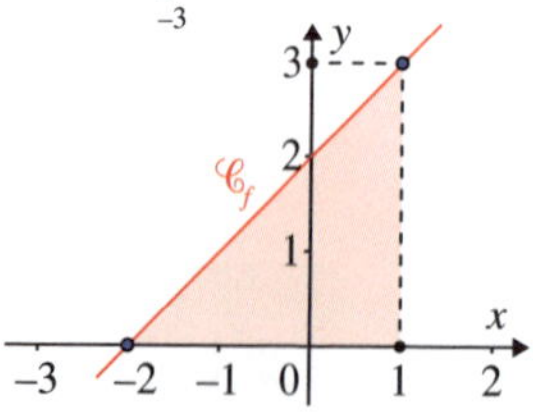

Figure 2

- En calculant l'aire d'un trapèze $\left(\dfrac{(\text{petite base} + \text{Grande Base}) \times \text{hauteur}}{2}\right)$ sur la figure 3 : $\int_{-2}^{1} f = \dfrac{(4+1) \times 3}{2} = 7{,}5$

Les deux bases du trapèze sont ici verticales.

- On constate donc que dans les cas simples précédents il n'est pas indispensable de connaître l'expression de f pour en calculer l'intégrale d'une fonction positive.

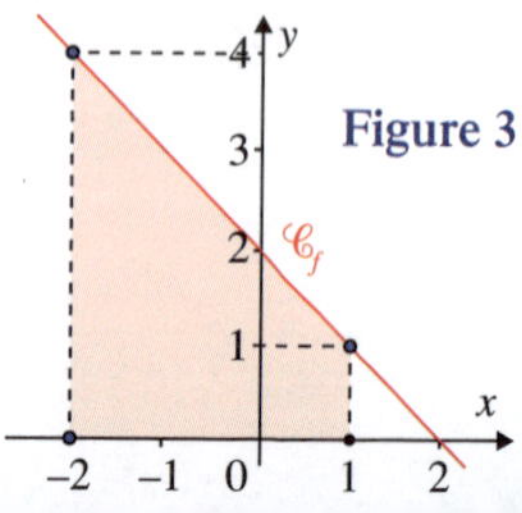

Figure 3

II Intégrale d'une fonction continue quelconque

Définition : Soit f une fonction continue sur un intervalle I, a et b deux points de I.

L'intégrale de f entre a et b se note $\int_a^b f(x)\,\mathrm{d}x$ ou simplement $\int_a^b f$.

Quelle que soit la primitive F choisie, on a :

$$\int_a^b f = F(b) - F(a) = \left[F(x)\right]_a^b$$

Remarques :

- $\int_b^a f = F(a) - F(b)$. C'est l'intégrale entre b et a. Donc $\int_a^b f = -\int_b^a f$.
- $\int_a^a f = 0$ car $F(a) - F(a) = 0$.
- La fonction f n'est pas nécessairement positive.
- Dans $\int_a^b f$, on peut très bien avoir $a > b$.
- Le nombre $\int_a^b f$ mesure une aire dans le seul cas où f est positive et $a \leq b$.

III Intégrale et aire

Il s'agit de savoir comment calculer l'aire d'un domaine délimité par deux courbes quelconques et deux droites verticales dans un repère orthogonal.

1. Aire entre une courbe et l'axe des abscisses

Dans le cas de la figure ci-contre, l'aire du domaine hachuré se calcule ainsi :

$$\int_a^b f - \int_b^c f$$

Le signe moins rend compte de la négativité de f sur l'intervalle $[b, c]$.

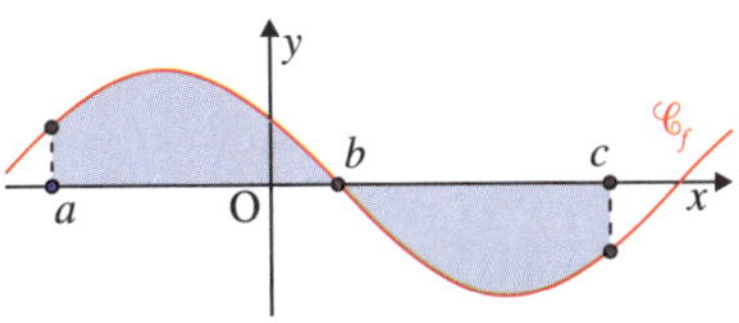

2. Aire sandwich

L'aire du domaine compris entre $\mathscr{C}_f$, $\mathscr{C}_g$ et les droites d'équations $x = a$ et $x = b$ est égale à $\int_a^b (f - g)$ dans le cas où $f(x) \geq g(x)$.

Le calcul de cette aire est indépendant du signe de chacune des fonctions en jeu. Il ne dépend que de la position relative de chaque fonction.

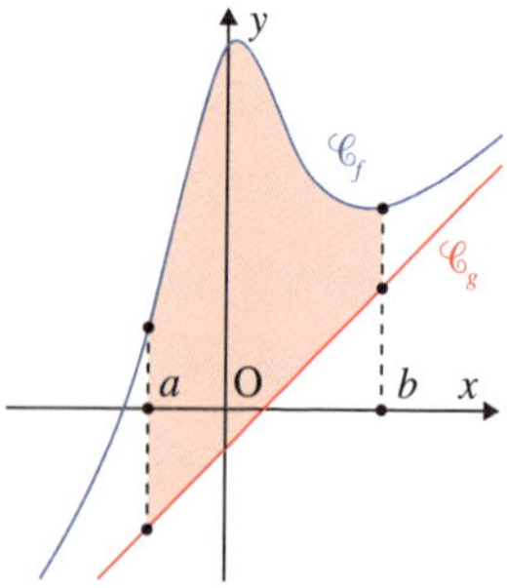

3. Valeur moyenne d'une fonction entre *a* et *b*

Le nombre $\dfrac{1}{b-a}\displaystyle\int_a^b f(x)\mathrm{d}x$ s'appelle la valeur moyenne de f entre a et b.

Sur la figure, c'est la hauteur du rectangle hachuré, dont la base est $b - a$. L'aire de ce rectangle est donc égale à l'aire du domaine bleu.

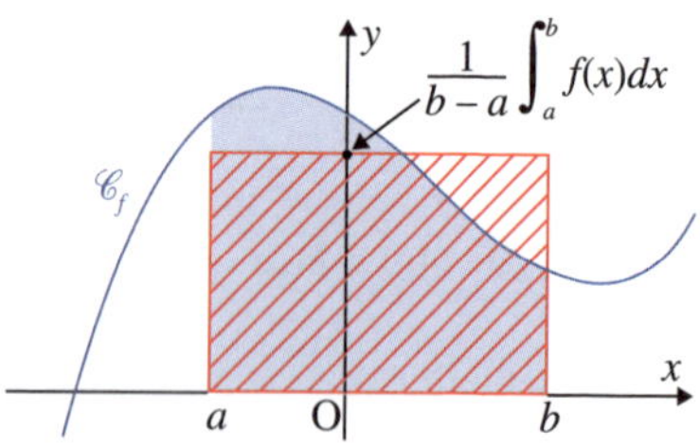

IV Propriétés de l'intégrale

On considère des fonctions continues f, g,… sur un intervalle I, a, b,… des points de I. α, β, m, M,… sont des nombres.

1. Linéarité

$$\int_a^b (f(t) + g(t))\,\mathrm{d}t = \int_a^b f(t)\,\mathrm{d}t + \int_a^b g(t)\,\mathrm{d}t = [F(t)]_a^b - [G(t)]_a^b$$

$$\int_a^b \alpha f(t)\,\mathrm{d}t = \alpha\int_a^b f(t)\,\mathrm{d}t = \alpha[F(t)]_a^b$$

2. Intégrale et ordre

On suppose ici $a \leq b$.

L'intégrale d'une fonction positive entre a et b est elle-même positive.

Donc si, pour tout $x \in$ I $f(x) \geq g(x)$, alors $\displaystyle\int_a^b f(x)\,\mathrm{d}x \geq \int_a^b g(x)\,\mathrm{d}x$.

En particulier, si pour tout $x \in [a\,;\,b]$ $m \leq f(x) \leq \mathrm{M}$,

alors $m(b-a) \leq \displaystyle\int_a^b f(x)\,\mathrm{d}x \leq \mathrm{M}(b-a)$.

Géométriquement, on interprète cette double inégalité ainsi : dans le cas d'une fonction positive, l'aire du domaine coloré est supérieure à l'aire du rectangle BEFC, qui est de largeur m et de longueur $b-a$, et inférieure à l'aire du rectangle AEFD, qui est de largeur M et de longueur $b-a$.

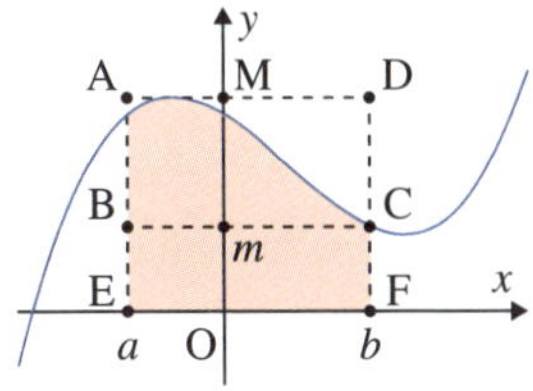

Formule

Relation de Chasles : $\displaystyle\int_a^b f + \int_b^c f = \int_a^c f$

En effet, $\displaystyle\int_a^c f = F(c) - F(a) = F(c) - F(b) + F(b) - F(a) = \int_b^c f + \int_a^b f$.

Géométriquement, dans le cas d'une fonction positive, l'aire $\displaystyle\int_a^b f$ est l'addition des aires $\displaystyle\int_a^c f$ et $\displaystyle\int_c^b f$.

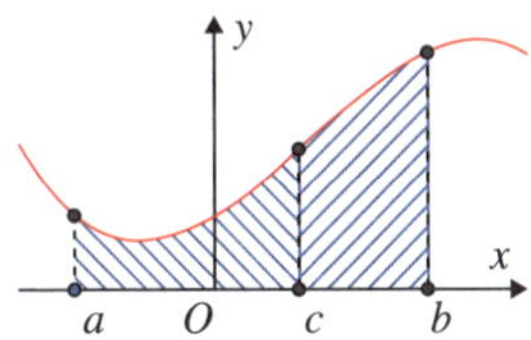

V Intégration par parties

Formule

Étant donné des fonctions u et v usuelles, a et b deux nombres :

$$\int_a^b u'(x)\,v(x)\,\mathrm{d}x = [u(x)\,v(x)]_a^b - \int_a^b u(x)\,v'(x)\,\mathrm{d}x.$$

- Cette formule est utile lorsqu'on doit calculer l'intégrale d'une fonction qui est sous forme d'un produit.
- Lorsqu'on s'apprête à faire une intégration par parties, l'un des deux facteurs du produit est une fonction que l'on a déjà dérivée (u') et dont on doit trouver une primitive (u) et l'autre facteur (v) est une fonction qui doit être dérivée.

Je révise

Pour la suite, on considère des fonctions $f, g, \ldots$ continues sur un intervalle I dont les primitives sont $F, G, \ldots$ et $a, b, \ldots$ des points de I.

1 Pour calculer $\int_a^b f$, on peut choisir n'importe quelle primitive de f.

a. ○ Vrai b. ○ Faux

2 Lorsque f' est continue $\int_a^b f' = f(b) - f(a)$.

a. ○ Vrai b. ○ Faux

3 Lorsqu'on calcule $\int_a^b f$, on doit nécessairement avoir $a \leq b$.

a. ○ Vrai b. ○ Faux

4 $\int_a^b f$ mesure nécessairement une aire.

a. ○ Vrai b. ○ Faux

5 $\int_a^b fg = \int_a^b f \times \int_a^b g$.

a. ○ Vrai b. ○ Faux

6 Quels que soient a et b : $f(x) \geq 0 \Rightarrow \int_a^b f \geq 0$.

a. ○ Vrai b. ○ Faux

7 Quels que soient a et b : $f(x) \geq g(x) \Rightarrow \int_a^b f \geq \int_{a0}^b g$.

a. ○ Vrai b. ○ Faux

8 Quels que soient a, b et c : $\int_a^b f + \int_b^c f = \int_a^c f$.

a. ○ Vrai b. ○ Faux

9 Pour calculer une aire sandwich entre les courbes de f et g, celles-ci peuvent avoir un signe quelconque.

a. ○ Vrai b. ○ Faux

10 $\int_a^b f'g = [fg]_a^b - \int_a^b fg'$.

a. ○ Vrai b. ○ Faux

Réponses :

1 a - 2 a - 3 b - 4 b - 5 b - 6 b - 7 b - 8 a - 9 a - 10 a.

Je mémorise

L'intégrale d'une somme est égale à	La .... des intégrales
$\int_a^b 3f =$	.....
Pour calculer l'intégrale d'un produit	J'utilise la formule ....
Pour calculer l'aire entre une courbe, l'axe des abscisses et deux verticales	Je dois examiner le..... de la fonction et.....
Une méthode de calcul d'intégrale mettant en jeu le hasard est	La méthode de.....
La valeur moyenne d'une fonction f entre a et b est	.....

Calculer une aire

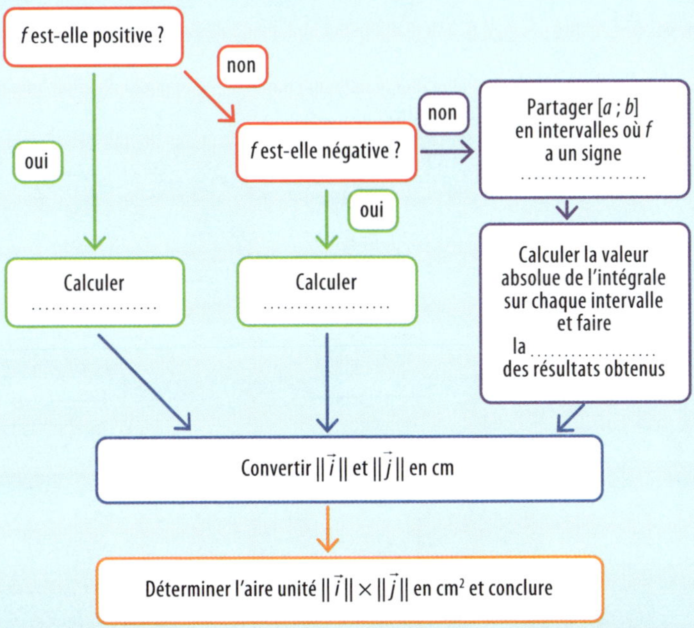

Méthode

Calculs emboîtés d'intégrales

Les clés de l'exercice

Le but de l'exercice est d'utiliser la linéarité de l'intégrale pour effectuer des calculs.

1. a. Calculez $\int_0^4 e^x dx$.

b. Calculez $\int_0^1 x dx$.

2. Déduisez-en $\int_0^1 (2e^x + 3x)\,dx$.

▶ **Cherchez une primitive de chacune des fonctions.**

1 a. $\int_0^1 e^x dx = [e^x]_0^1 = e^1 - e^0 = e - 1.$

b. $\int_0^1 x dx = \left[\frac{x^2}{2}\right]_0^1 = \frac{1}{2}.$

▶ **Utilisez la linéarité de l'intégrale.**

2. $\int_0^1 (2e^x + 3x)dx = 2\int_0^1 e^x dx + 3\int_0^1 x\,dx = 2(e^1 - e^0) + 3 \times \frac{1}{2} = 2e - 2 + \frac{3}{2} = 2e - \frac{1}{2}\cdot$

Utiliser la formule d'intégration par parties

Les clés de l'exercice

Le but de l'exercice est d'utiliser la formule d'intégration par parties pour calculer une intégrale.

On veut calculer $I = \int_0^1 xe^{2x}dx$.

1. Écrivez la formule d'intégration par parties en identifiant les fonctions en jeu ainsi que leurs dérivées.

2. Appliquez la formule d'intégration par parties puis calculez la deuxième intégrale et conclure.

▶ **L'étape $\begin{cases} u'(x) = \dots \\ v(x) = \dots \end{cases}$ doit obligatoirement comporter deux facteurs dont le produit est égal à la fonction que l'on doit intégrer.**

1. Posons $\begin{cases} u'(x) = e^{2x} \\ v(x) = x \end{cases}$ alors $\begin{cases} u(x) = \dfrac{1}{2}e^{2x} \\ v'(x) = 1 \end{cases}$.

Le choix $\begin{cases} u'(x) = x \\ v(x) = e^{2x} \end{cases}$ conduit à $\begin{cases} u(x) = \dfrac{x^2}{2} \\ v'(x) = 2e^{x} \end{cases}$ donc à une deuxième intégrale plus compliquée que la première.

▶ **Il suffit d'appliquer la formule qui fait apparaître une deuxième intégrale plus simple que la première.**

2. $I = \left[\dfrac{1}{2}xe^{2x}\right]_0^1 - \dfrac{1}{2}\int_0^1 1e^{2x}\,dx = \dfrac{1}{2}e^2 - 0 - \dfrac{1}{2}\left[\dfrac{1}{2}e^{2x}\right]_0^1 = \dfrac{1}{2}e^2 - \dfrac{1}{2}\left(\dfrac{1}{2}e^2 - \dfrac{1}{2}\right)$

$I = \dfrac{1}{4}e^2 + \dfrac{1}{4}$.

Je m'entraîne

1 ** **L'exercice décrit la « méthode de Monte Carlo » pour calculer une intégrale. Cette méthode utilise le hasard pour obtenir une approximation de nombres calculés à partir d'une formule. Étant donné deux nombres a et b tels que $a < b$, on se propose de calculer $\int_a^b f(t)\,dt$.**

▶ Corrigés p. 303

Partie A

Dans un premier temps, on choisit $a = 1$ et $b = 2$. On « bombarde » alors le rectangle construit ci-contre de points dont les coordonnées (x, y) sont aléatoirement choisies ainsi : $1 \leq x \leq 2$ et $0 \leq y \leq \ln 2$. Certains sont sous la courbe : on les compte un à un et ils serviront au calcul de l'aire. Les autres ne participent pas au calcul.

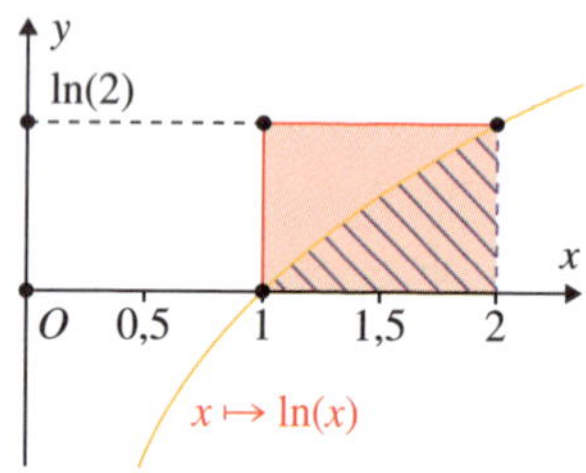

Le programme Python suivant est construit sur ce principe :

```
1  from math import *
2  From random import *
3  a, b, aire, n=1,2,0,10000
4  for i in range (n):
5      x=a+random()
6      y=log(b)*random()
7      if y<=log(x):
8      aire=aire+1
9  print(aire*log(b)/n)
```

1. De combien de points « bombarde-t-on » le rectangle ?

2. Quelle est le rôle de la variable aire ?

3. Quel est le nombre retourné par l'instruction de la ligne 9 ?

4. L'exécution du programme fournit 0.3889248830121853.
Évaluez la précision de l'approximation sachant qu'une primitive de la fonction $x \mapsto \ln(x)$ est $x \overset{F}{\mapsto} x\ln(x) - x$.

Partie B

1. On suppose que l'on a défini une fonction f. Quelles lignes faut-il changer pour que le programme permette de calculer une approximation de $\int_a^b f(x)\,dx$?

2. Comment changer les instructions de la ligne 3 pour que le programme laisse à l'utilisateur le choix de a, b et n ?

2 ** **Ce problème se résout à l'aide d'intégrales et de suites.**
Augustin demande à ses amis Leonhard et Carl si, théoriquement, ils pourraient remplir d'eau indéfiniment des cubes dont les côtés mesurent 1 cm, $\frac{1}{2}$ cm, $\frac{1}{3}$ cm, $\frac{1}{4}$ cm etc, et ensuite les empiler les uns sur les autres.
Carl dit qu'il pourrait trouver assez d'eau pour les remplir et Leonhard affirme qu'il pourrait trouver une salle assez haute pour empiler tous les cubes.
Le but du problème est de trouver qui, de Carl et Leonhard, a raison.

Données :

- f la fonction $x \mapsto \frac{1}{x}$ définie sur $]0, +\infty[$
- $(h_n)_{n \in \mathbb{N}^*}$ la suite définie par $h_n = f(1) + \ldots f(b) = \sum_{k=1}^{n} f(k)$
- g la fonction $x \mapsto \frac{1}{x^3}$ définie sur $]0, +\infty[$
- $(v_n)_{n \in \mathbb{N}^*}$ la suite définie par $v_n = g(1) + \ldots + g(n) = \sum_{k=1}^{n} g(k)$

Partie A

On considère un entier naturel n.

1. En utilisant la représentation graphique ci-contre, montrez que pour tout entier k strictement positif : $\int_k^{k+1} f < f(k)$.

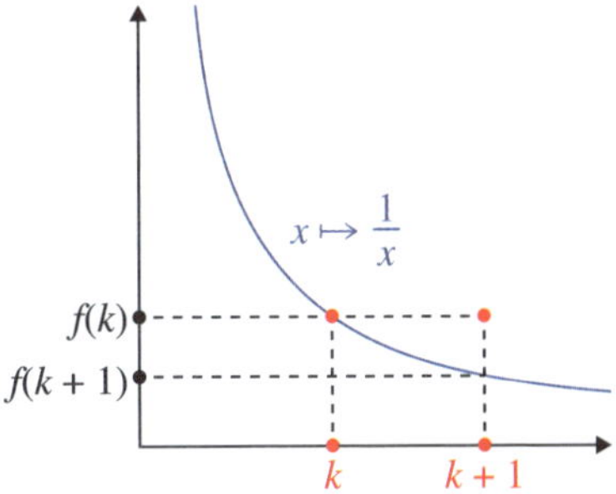

2. Déduisez-en que $\int_1^{n+1} f < h_n$.

3. Calculez $\int_1^{n+1} f$ et dites si Leonhard a raison.

Partie B

Soit n un entier naturel au moins égal à 2.

1. En s'inspirant de la partie A, montrez que $v_n - 1 < \int_1^n g$.

2. Calculez $\int_1^n g$ et en déduire que pour tout $n \in \mathbb{N}$: $v_n \leq \frac{3}{2}$.

3. Peut-on savoir si Carl a raison ?

Je m'entraîne

3 *** **Dans cet exercice, on cherche l'encadrement d'une intégrale par un programme de calcul. L'algorithme ci-dessous est associé à la courbe de $\frac{1}{x}$ et aux deux séries de rectangles hachurés : la première série est en rouge et la seconde en vert.**

```
from math import *
def f(x):
    return(1/x)
k, n, a=0,1000,1
pas=1/n
b=a+pas
aInf, aSup=0,0
while k<n:
    aInf=aInf+f(b)*pas
    aSup=aSup+f(a)*pas
    a=a+pas
    b=b+pas
    k=k+1
print(aInf)
print(aSup)
```

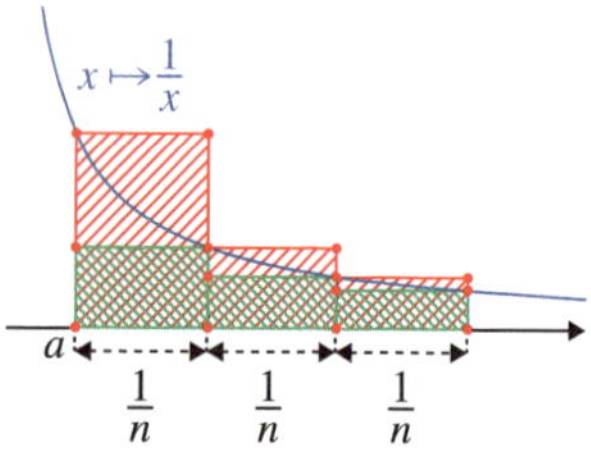

1a. Que contiennent les variables a et b au lancement du programme ?

b. Même question pour `aInf` et `aSup`.

2a. De combien les variables a et b augmentent-elles à chaque passage dans la boucle `while` ?

b. Même question pour `aInf` et `aSup`.

Quelles sont les valeurs affichées à la fin du programme ?

4 *** **On pose $f(x) = e^x$ et $g(x) = x + 2$. On se propose de calculer l'aire du domaine coloré.**

1. On pose $h(x) = f(x) - g(x)$. Montrez que l'équation $h(x) = 0$ admet deux solutions notées α et β sur l'intervalle $[-3 ; 2]$ dont on donnera des valeurs approchées à 10^{-2} près.

2. Déduisez-en le signe de $h(x)$ sur $[-3 ; 2]$.

3. Exprimez e^α et e^β en fonction de α et β.

4. Calculez l'aire demandée en fonction de α et β.

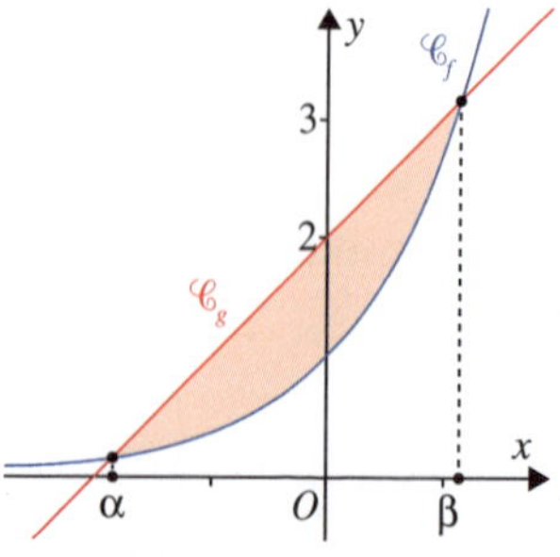

Le point sur les probabilités

Chapitre 13

Dans son ouvrage *Essai philosophique sur les probabilités*, le savant français Laplace (1749-1827) introduit la notion d'une intelligence (appelée depuis « démon de Laplace ») capable d'embrasser « dans la même formule » tous les mouvements de l'univers. La mécanique quantique a montré qu'il est vain de chercher une telle formule.

I Probabilités conditionnelles et arbres

1. Probabilités conditionnelles et indépendance

a. Probabilités conditionnelles

On dispose d'un univers muni d'une probabilité.

Définition : Soit A un événement de probabilité non nulle. La probabilité de l'événement B sachant qu'il est réalisé est le nombre noté ainsi défini :

$$P_A(B) = \frac{P(A \cap B)}{P(A)}.$$

Formule des probabilités composées

$$P(A \cap B) = P_A(B)P(A)$$

b. Indépendance

Définition : Deux événements A et B sont dits indépendants si, et seulement si :

$$P(A \cap B) = P(A) \times P(B).$$

Intuitivement, dire que A et B sont indépendants signifie que la réalisation de A n'influence pas celle de B, donc que $P_A(B) = P(B)$; cette égalité caractérise deux événements indépendants car elle équivaut à $P_A(B) = \frac{P(B \cap A)}{P(A)}$, elle-même équivalente à l'égalité de la définition dans le cas où $P(A)$ est non nulle.

Ne pas confondre ! La notion d'indépendance, qui dépend de la probabilité choisie sur l'univers, et la notion d'incompatibilité, qui ne dépend pas de la probabilité choisie sur l'univers.

c. Probabilités totales

Définition : Dire que les événements forment une partition ou un système complet d'événements de l'univers signifie qu'ils remplissent trois conditions :

- aucun n'est vide ;
- ils sont deux à deux disjoints ;
- leur réunion est l'univers.

Formule des probabilités totales

Pour une telle partition, on a, pour tout événement X :

$$P(X) = P(X \cap A_1) + P(X \cap A_2) + P(X \cap A_3) \Leftrightarrow$$

$$P(X) = P_{A_1}(X) \times P(A_1) + P_{A_2}(X) \times P(A_2) + P_{A_3}(X) \times P(A_3)$$

- On généralise sans peine à 2, 4, 5,… événements.
- Dans le cas où A n'est ni l'ensemble vide ni Ω, A et $\overline{A}$ forment une partition de Ω.

Exemples : Blanc, Noir ; Pair, Impair ; Pile, Face etc.

2. Arbres

Pour modéliser efficacement un exercice de probabilité, on peut utiliser un arbre.

Dans l'arbre ci-dessous les événements A_k forment une partition de Ω. La somme des probabilités des branches de même origine est égale à 1.

Exemple : $P_{A_1}(X) + P_{A_1}(\overline{X}) = 1$.

On calcule $(PX \cap A_1)$ en multipliant les probabilités situées sur les branches de l'arbre qui arrivent à X en passant par A_1. On fait de même pour les autres probabilités en bout de branche.

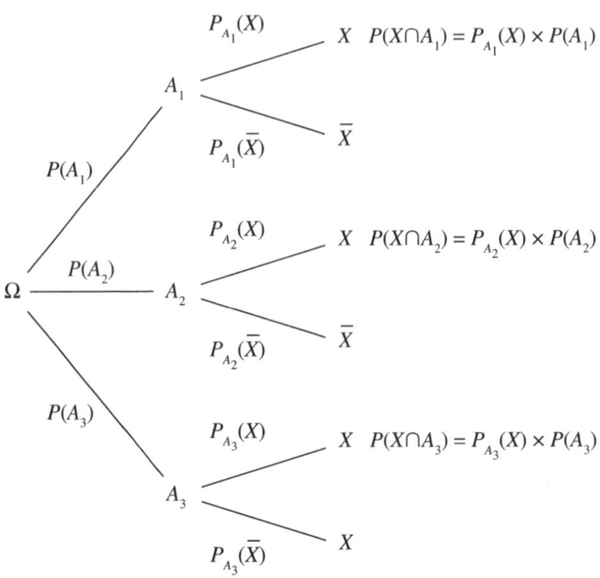

Formule de Bayes

Dans l'arbre p. 187, on ne peut pas lire $P_X(A)$. Pour calculer cette probabilité en s'aidant de l'arbre, on écrit : $P_X(A) = \dfrac{P(X \cap A)}{P(X)} = \dfrac{P_A(X) \times P(A)}{P(X)}$.

II. Variables aléatoires

Définition : Au cours d'une expérience aléatoire, une variable aléatoire est une fonction qui, à tout événement élémentaire, associe un nombre.

Exemple : lorsqu'on jette une pièce de monnaie 6 fois de suite, on peut s'intéresser au nombre de PILE obtenus au cours des 6 lancers. On définit ainsi une variable aléatoire notée X et $X(\text{PFPPPF}) = 4$ car le lancer comporte quatre PILE.

L'ensemble des valeurs prises par une variable aléatoire X se note $X(\Omega)$.

2. Loi de probabilité

Définition : Soit X une variable aléatoire. La loi de probabilité de X est la fonction notée f qui à tout $x \in \mathbb{R}$ associe $P(X = x)$. Donc :

$$f(x) = P(X = x)$$

Pour déterminer la loi de probabilité d'une variable aléatoire, il est nécessaire de dresser le tableau suivant, sachant que $X(\Omega) = \{x_1, x_2, \ldots, x_n\}$.

x	x_1	x_2	…	x_n
$P(X = x)$	p_1	p_2	…	p_n

On a $\displaystyle\sum_{k=1}^{n} p_k = p_1 + p_2 + \ldots + p_n = 1$.

De plus, $x \notin X(\Omega) \Leftrightarrow P(X = x) = 0$.

Histoire des maths

Le révérend presbytérien **Thomas Bayes** (1702-1761) est notamment connu en tant que mathématicien pour sa formule. Elle permet de calculer la probabilité d'un événement à partir de la probabilité d'un autre événement qui s'est réalisé après lui, étant entendu que ces deux événements sont dépendants l'un de l'autre.

Théorème

Soit X une variable aléatoire. Alors, pour tout réel x, a, b :

- $P(X \leq x) = \begin{cases} 0 \quad si\ x < x_1 \\ p_1 + \dots p_k \quad si\ x_1 \leq x < x_{k+1}\ (k+1 < n) \\ 1 \quad si\ x_n \leq x \end{cases}$
- $P(X \leq x) = 1 - P(X > x)$
- $P(a \leq X \leq b) = P(X \leq b) - P(X < a) + 1$

3. Espérance

Définition : L'espérance de X est le nombre noté $E(X)$ ainsi défini :

$$\sum_{k=1}^{n} x_k p_k = x_1 p_1 + x_2 p_2 + \dots + x_n p_n.$$

Soit a et b deux réels, $E(aX + b) = aE(X) + b$.

4. Variance et écart-type

Histoire des maths

Christian Huygens (1629-1695) est un savant néerlandais, mathématicien et physicien notamment. Il existe un théorème de Huygens en mécanique, similaire à la formule.

- La variance de X est le nombre noté $V(X)$ égal à :

$$\sum_{k=1}^{n} (x_k - E(X))^2 p_k = (x_1 - E(X))^2 p_1 \dots + (x_n - E(X))^2 p_n.$$

- L'écart-type de X est le nombre noté $\sigma(X)$ égal à $\sqrt{V(X)}$.
- Pour calculer la variance d'une variable aléatoire, il est nécessaire d'avoir calculé l'espérance au préalable.
- La variance d'une variable aléatoire est nulle si, et seulement si, elle est constante.

Pour tous réels a et b : $V(aX + b) = a^2 V(X)$.

Formule de König-Huygens

$$V(X) = E(X^2) - (E(X))^2.$$

Remarque : $P(X^2 = x_k^2) = P(X = x_k)$

Je révise

Un lecteur d'une bibliothèque est passionné de romans policiers et de biographies. Une bibliothèque lui propose 150 romans policiers et 50 biographies. 40 % des écrivains de romans policiers sont français et 70 % des écrivains de biographies sont français. Le lecteur choisit un livre au hasard parmi les 200 ouvrages.

1 Quelle est la probabilité que le lecteur choisisse un roman policier ?

a. ○ 0,4 b. ○ 0,75 c. ○ $\frac{1}{50}$

2 Le lecteur a choisi un roman policier. Quelle est la probabilité que l'auteur soit français ?

a. ○ 0,3 b. ○ 0,8 c. ○ 0,4

3 Quelle est la probabilité que le lecteur choisisse un roman policier français ?

a. ○ 0,15 b. ○ 0,4 c. ○ 0,3

4 Quelle est la probabilité que le lecteur choisisse un livre d'un écrivain français ?

a. ○ 0,9 b. ○ 0,7 c. ○ 0,475

5 Quelle est la probabilité que le lecteur ait choisi un roman policier sachant que l'écrivain est français ?

a. ○ $\frac{4}{150}$ b. ○ $\frac{12}{19}$ c. ○ 0,3

6 Si deux événements A et B sont indépendants alors, certainement…

a. ○ $A \cap B = \emptyset$ b. ○ $\overline{A}$ et B sont indépendants c. ○ $\overline{A} \cap \overline{B} = \emptyset$

Soit X une variable aléatoire : $X(\Omega) = \{0, 1, 2\}$.

7 Quelle égalité est fausse ?

a. ○ $P(X=0) = 1 - P(X=1) - P(X=2)$ b. ○ $\overline{X=1} = (X=0) \cap (X=2)$

c. ○ $P(X=0) + P(X=1) = P(X=2)$

8 On a certainement…

a. ○ $E(X) \geq 0$ b. ○ $E(X) = P(X=1) + P(X=2)$

c. ○ $E(X) = P(X=1) + 2P(X=2)$

Réponses :

1 b - 2 c - 3 c - 4 c - 5 b - 6 b - 7 c - 8 c

Construction d'un arbre de probabilités relatif à trois événements formant un système complet de l'univers

1. Je complète l'arbre de probabilités

$a =$ ...., $b =$ ...., $c =$ ....

$a + b + c =$ ....

$a_1 =$ ...., $a_2 =$ ....

$b_1 =$ ...., $b_2 =$ ....

$c_1 =$ ...., $c_2 =$ ....

$\alpha =$ ....

$\beta =$ ....

$\gamma =$ ....

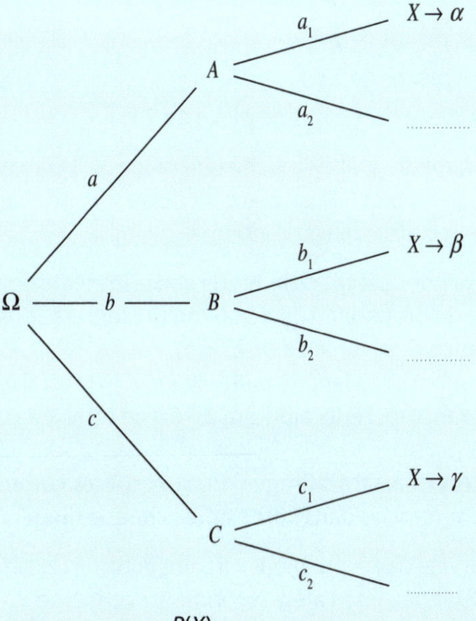

$P(X) =$ ....

2. Je complète le tableau de la loi de probabilité d'une variable aléatoire

x	x_1	....	x_n
$f(x)$	$p_1 =$	....	$p_n =$ ....

3. Je vérifie que .... $= 1$

Tirages sans remise et avec remise

Les clés de l'exercice

Le but de l'exercice est d'utiliser des arbres de probabilités et des calculs liés à une variable aléatoire.

Une boîte contient trois pièces de 2 € et sept pièces de 1 €.
Un enfant pioche au hasard deux pièces l'une après l'autre sans remise.

1. Déterminez les probabilités des événements suivants :

A : « Il a pioché deux pièces de 2 € »,

B : « Il a pioché deux pièces de 1 € »,

C : « Il a pioché une pièce de 1 € et une pièce de 2 € ».

2. Quelle est la probabilité qu'il ait pioché une pièce de 1 € au premier tirage (événement U) sachant qu'il a pioché une pièce de 2 € au second tirage (événement D) ? On donnera une valeur arrondie au centième.

3. Le total des valeurs des pièces définit une variable aléatoire X.
a. Déterminez la loi de probabilité de X que l'on présentera sous forme de tableau.
b. Calculez l'espérance et la variance de X.
c. Les parents de l'enfant décident de multiplier par 10 le total des pièces piochées par l'enfant et les grands-parents ajoutent 20 € à ce total. Calculez l'espérance de gain de l'enfant.
L'enfant effectue désormais trois tirages de deux pièces comme précédemment, les deux pièces étant remises dans l'urne après chaque tirage.

4. Calculez la probabilité de l'événement « Il a tiré deux fois exactement une somme supérieure à 3 €. » Donnez une valeur arrondie au centième.

▶ On peut faire un arbre de probabilités.

1. Le chemin 1 – 2 de l'arbre se construit ainsi : la probabilité de tirer une pièce de 1 € en premier est égale à $\frac{7}{10}$.

Une fois la pièce de 1 € tirée, il reste 9 pièces dans l'urne.

Parmi elles, il y a 3 pièces de 2 €, d'où la probabilité $\frac{3}{9}$ d'en tirer une.

On raisonne de la même façon pour garnir les autres branches.

On trouve :

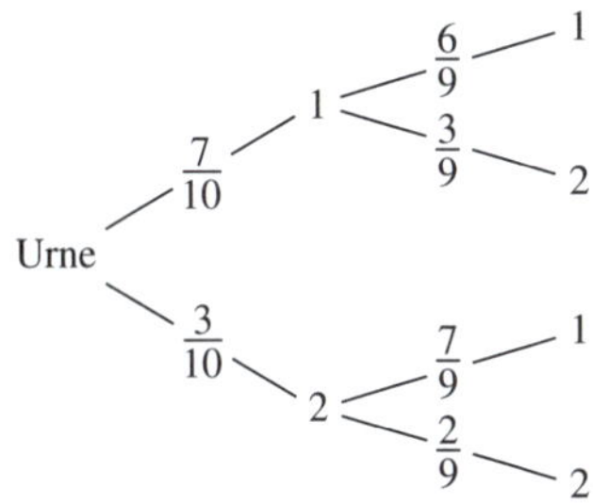

$$P(A) = \frac{3}{10} \times \frac{2}{9} = \frac{1}{15}$$

$$P(B) = \frac{7}{10} \times \frac{6}{9} = \frac{7}{15}$$

$$P(C) = 1 - \frac{1}{15} + \frac{7}{15} = 1 - \frac{8}{15} = \frac{7}{15}$$

▶ Pensez à la formule de Bayes.

2. On cherche $P_D(U)$ et on trouve : $\dfrac{P_U(D) \times P(U)}{P(D)} = \dfrac{\frac{3}{9} \times \frac{7}{10}}{\frac{3}{9} \times \frac{7}{10} + \frac{2}{9} \times \frac{3}{10}} = \dfrac{21}{27} = \dfrac{7}{9}$

Donc $P_D(U) \approx 0{,}78$.

▶ Déterminez d'abord $X(\Omega)$.

3. a. On a évidemment $X(\Omega) = \{2, 3, 4\}$.

De plus : $P(X = 2) = P(B)$, $P(X = 3) = P(C)$ et $P(X = 4) = P(A)$.

On en déduit le tableau :

k	2	3	4
$P(X = k)$	$\frac{7}{15}$	$\frac{7}{15}$	$\frac{1}{15}$

▶ Utilisez le tableau précédent.

b. $E(X) = \frac{1}{15}(2 \times 7 + 3 \times 7 + 4 \times 1) = \frac{39}{15} = \frac{13}{5} = 2{,}6$

On calcule de même :

$$V(X) = \frac{1}{15}((2-2{,}6)^2 \times 7 + (3-2{,}6)^2 \times 7 + (4-2{,}6)^2 \times 1)$$

$$V(X) = \frac{1}{15}(0{,}36 \times 7 + 0{,}16 \times 7 + 1{,}96 \times 1) = \frac{5{,}6}{15}$$

Utilisez une propriété de l'espérance

c. Le gain de l'enfant définit une variable aléatoire Y égale à $10X + 20$.

On sait alors que $E(Y) = 10E(X) + 20 = 26 + 20 = 46$.

L'espérance de gain de l'enfant est de 46 €.

Faites un arbre sachant que si la somme est supérieure à 3 €, alors elle ne peut être qu'égale à 4 €.

4. L'arbre suivant résume la répétition des trois tirages.

La probabilité cherchée est donc égale à $\left(\frac{1}{15}\right)^2 \times \frac{14}{15} \times 3$, c'est-à-dire environ 1 %.

En effet, il y a trois chemins comprenant exactement deux 4 et chacun d'eux porte la même probabilité $\left(\frac{1}{15}\right)^2 \times \frac{14}{15}$.

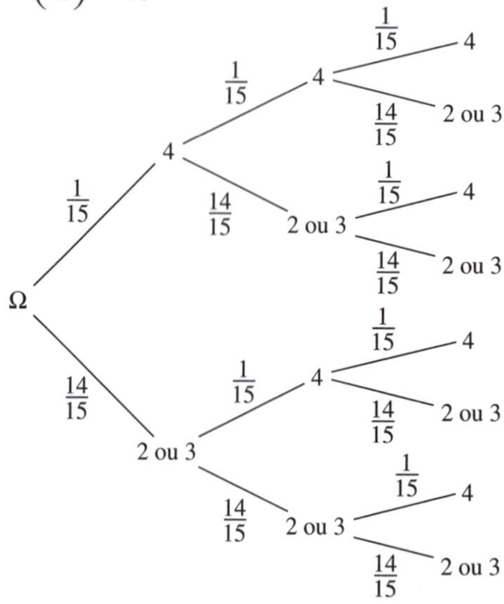

1 * **À Rennes, l'aide du père Noël a préparé ses 50 rennes. Il y a 8 mâles dont 6 avec rênes et 42 femelles dont 4 avec rênes. Les autres rennes sont sans rênes. Lorène (c'est le nom de l'aide) choisit un renne au hasard.**

▶ Corrigés p. 305

a. Quelle est la probabilité pour que l'animal choisi ait des rênes ?
b. Quelle est la probabilité pour que l'animal choisi soit une femelle sachant qu'il n'a pas de rênes ?

2 * **Dans une usine produisant du lait, 40 % de la production provient de vaches et 60 % de chèvres. Avec le lait de ces animaux, on fabrique du lait entier (ℓ_1), demi-écrémé (ℓ_2) et écrémé (ℓ_3) que l'on conditionne dans des bidons identiques. Le tableau suivant décrit la proportion de bidons selon le type de l'animal :**

	Entier	Demi-écrémé	Écrémé
Vache	50 %	30 %	20 %
Chèvre	60 %	15 %	25 %

a. On choisit un bidon au hasard (avant tout étiquetage).
Quelle est la probabilité qu'il contienne du lait demi-écrémé de vache ?
b. On choisit un bidon de lait entier au hasard (avant tout étiquetage).
Quelle est la probabilité qu'il contienne du lait de chèvre ?
c. On choisit un bidon de lait de chèvre au hasard (avant tout étiquetage).
Quelle est la probabilité que ce soit du lait écrémé ?

3 * **Pour se rendre au lycée, une élève a le choix entre quatre itinéraires : A, B, C et D.**

- **La probabilité qu'elle choisisse A (respectivement B, respectivement C) est de :** $\frac{1}{3}$ **(respectivement** $\frac{1}{4}$**, respectivement** $\frac{1}{12}$**).**
- **La probabilité d'arriver en retard en empruntant A (resp. B, resp. C) est :** $\frac{1}{20}$ **(resp.** $\frac{1}{10}$**, resp.** $\frac{1}{5}$**).**

En empruntant D, elle est toujours en retard.
Aujourd'hui cette élève va au lycée. Quelle est la probabilité qu'elle n'arrive pas en retard ?

4 ** **Au lycée, il y a 30 % d'élèves qui sont sportifs. Parmi les sportifs, il y a 80 % de très bons élèves. Parmi les non-sportifs, il y a 40 % de très bons élèves. On choisit un élève au hasard.**

a. C'est un très bon élève. Quelle est la probabilité que ce soit un sportif ?

b. Ce n'est pas un très bon élève. Quelle est la probabilité que ce ne soit pas un sportif ?

5 ** **Un dé cubique comporte deux faces portant le nombre –1, une face comportant le nombre 0 et trois faces portant le numéro 1. On lance le dé trois fois et on effectue le produit des nombres portés sur les faces.**

a. Complétez l'arbre lié à cette expérience.

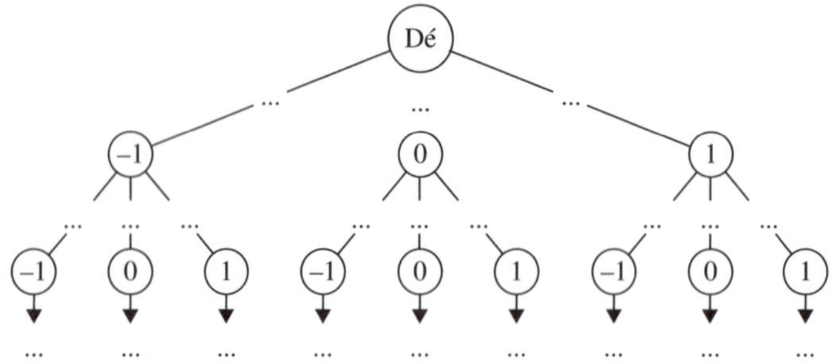

b. Soit X la variable aléatoire égale au produit obtenu après les trois lancers. Déterminez la loi de probabilité de X que l'on présentera sous forme de tableau.

c. Calculez l'espérance et montrez que la variance de X est égale à $\frac{899}{1296}$.

6 ** **Il existe deux sortes d'experts en œuvres d'art : ceux qui sont compétents (ils représentent 60 % de la profession) et ceux qui sont incompétents (40 % de la profession). Les experts compétents se trompent dans leurs prévisions dans 15 % des cas et les experts incompétents dans 55 % des cas. J'ai choisi un expert au hasard.**

a. Il m'a affirmé que le tableau que j'ai acheté est authentique. Quelle est la probabilité qu'il soit effectivement authentique ?

b. Sur les conseils de son expert (choisi au hasard), une amie a acheté un tableau ; confiante, elle le croyait authentique. Malheureusement, une enquête approfondie a conclu sans aucun doute que ce tableau était un faux !

Quelle est la probabilité que son expert soit incompétent ?
Que puis-je conseiller à mon amie : changer d'expert ou bien garder celui qu'elle a ? Pourquoi ?

Exercices Bac

7 On considère trois urnes U_1, U_2 et U_3.
- **L'urne U_1 contient deux boules noires et trois boules rouges ;**
- **l'urne U_2 contient une boule noire et quatre boules rouges ;**
- **l'urne U_3 contient trois boules noires et quatre boules rouges.**

Une expérience consiste à tirer au hasard une boule de U_1 et une boule de U_2, à les mettre dans U_3, puis à tirer au hasard une boule de U_3.
Pour i prenant les valeurs 1, 2 et 3, on désigne par N_i, (respectivement R_i) l'évènement « on tire une boule noire de l'urne U_i » (respectivement « on tire une boule rouge de l'urne U_i »).

1. Reproduisez et complétez l'arbre suivant.

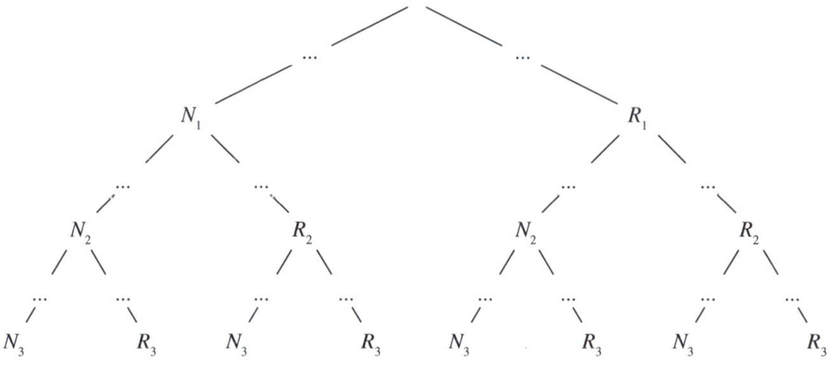

2. a. Calculez la probabilité des évènements $N_1 \cap N_2 \cap N_3$, et $N_1 \cap R_2 \cap N_3$.
b. Déduisez-en la probabilité de l'évènement $N_1 \cap N_3$.
c. Calculez de façon analogue la probabilité de l'évènement $R_1 \cap N_3$.

3. Déduisez de la question précédente la probabilité de l'évènement N_3.

4. Les évènements N_1 et N_3 sont-ils indépendants ?

5. Sachant que la boule tirée dans U_3 est noire, quelle est la probabilité que la boule tirée de U_1 soit rouge ?

Je m'entraîne

8 **Un fabricant d'écrans plasma teste une première fois ses appareils à la sortie de la chaîne de fabrication. Si le test est positif (c'est-à-dire si l'écran fonctionne correctement), l'écran est acheminé chez le client. Sinon l'écran retourne en usine où il est réparé puis testé une seconde fois. Si ce deuxième test est positif, l'écran est acheminé chez le client, sinon il est détruit.**
Une étude statistique a permis de montrer que le test est positif pour 70 % des écrans neufs sortis directement des chaînes de fabrication, mais que parmi les écrans réparés, seulement 65 % d'entre eux passent le second test avec succès.
On note T_1 l'évènement : « le premier test est positif ». On note C l'évènement : « l'écran est acheminé chez le client ».

1. On choisit un écran au hasard à la sortie de la chaîne de fabrication. Déterminez les probabilités des évènements T_1 et C.

2. La fabrication d'un écran revient à 1 000 € au fabricant si l'écran n'est testé qu'une fois. Cela lui coûte 50 € de plus si l'écran doit être testé une seconde fois. Un écran est facturé a euros (a étant un réel positif) au client. On introduit la variable aléatoire X qui, à chaque écran fabriqué, associe le « gain » (éventuellement négatif) réalisé par le fabricant.
a. Déterminez la loi de probabilité de X en fonction de a.
b. Exprimez l'espérance de X en fonction de a.
c. À partir de quelle valeur de a, l'entreprise peut-elle espérer réaliser des bénéfices ?

Chapitre 14

Schéma de Bernoulli, loi binomiale, loi des grands nombres

Lorsqu'on effectue des expériences aléatoires, on observe des phénomènes régis par des lois, comme la loi binomiale. On démontre que lorsqu'on effectue en théorie ces expériences, un très grand nombre de fois leurs résultats tendent, en un certain sens, vers des valeurs qu'on peut mesurer dans la pratique. La théorie et la pratique se rejoignent ainsi.

I Le monde de Bernoulli

1. Épreuve de Bernoulli

Définition : Une épreuve de Bernoulli est une épreuve à deux issues.

Exemples : vrai/faux, pile/face, blanc/noir, pair/impair…

On convient d'appeler « succès » et « échec » les deux résultats possibles de cette épreuve.

La probabilité d'un succès est généralement notée p ($p \in [0, 1]$) et la probabilité d'un échec est généralement notée $q = 1 - p$.

Exemples d'épreuves de Bernoulli :

- On prélève une boule au hasard dans une urne contenant des boules blanches (en proportion p) et des boules noires (en proportion $q = 1 - p$).
- On jette un dé cubique ordinaire et on appelle « succès » l'événement « la face supérieure est 4 ». Alors $p = \frac{1}{6}$ et $q = \frac{5}{6}$.
- On prélève une carte au hasard dans un jeu de 32 cartes. On appelle « succès » l'événement « la carte tirée est un ♥ ».

Alors $p = \frac{1}{4}$ et $q = \frac{3}{4}$.

2. Variable de Bernoulli

Définition : Une variable aléatoire de Bernoulli est une variable aléatoire ainsi définie :

- $X(\Omega) = \{0 ; 1\}$ (X ne prend que deux valeurs : 0 et 1).
- $P(X = 1) = p$ et donc $P(X = 0) = q$.

x	0	1
$P(X=x)$	q	p

Ainsi, $E(X) = p$ et $V(X) = pq$.

3. Schéma de Bernoulli

Définition : Un schéma de Bernoulli est la répétition de la même épreuve de Bernoulli un certain nombre de fois (noté n), chaque fois étant indépendante des autres.

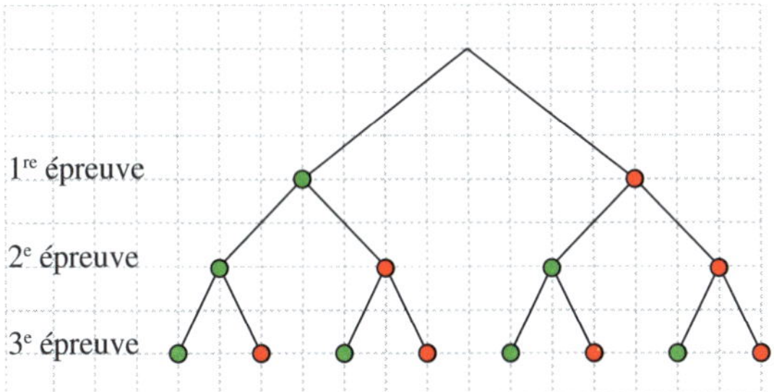

On peut schématiser la succession d'épreuves comme ci-dessus d'où le terme de « schéma ».

II Loi binomiale

1. Généralités

Théorème 1

On considère un schéma de Bernoulli à n répétitions. Soit X la variable aléatoire comptant le nombre de succès obtenus. Alors :

- $X(\Omega) = \{0, 1, \dots, n\}$
- Pour tout $k \in X(\Omega)$: $\boldsymbol{p(X = k) = \binom{n}{k} p^k q^{n-k}}$

On dit que X suit une loi binomiale dont les paramètres sont n et p et on écrit : $X \rightsquigarrow \mathcal{B}(n, p)$ (X suit la loi binomiale de paramètres n et p)

- Pour tout réel x :

$$P(X \leq x) = \begin{cases} 0 \text{ si } x < 0 \\ P(X = 0) + \dots P(X = k) \text{ si } 0 \leq x \leq k \ (k \in \mathbb{N}) \\ 1 \text{ si } x \geq n \end{cases}$$

Théorème 2

Si $X \rightsquigarrow \mathcal{B}(n, p)$, alors $\mathbf{E(X) = np}$ et $\mathbf{V(X) = npq}$
• La loi binomiale s'appelle aussi la loi du nombre de succès au cours d'une répétition de n épreuves identiques et indépendantes.
• Si $n = 1$ la variable aléatoire est une variable aléatoire de Bernoulli.
Dans ce cas, on retrouve $E(X) = p$ et $V(X) = pq$.

Remarque : Une même loi binomiale décrit de nombreuses expériences.
Exemple : Si $X \rightsquigarrow \mathcal{B}(4 ; 0,3)$, on peut associer la variable aléatoire X à l'expérience consistant à tirer avec remise quatre boules dans une urne bicolore contenant 30 % de boules blanches, ou consistant à lancer 4 fois de suite une pièce de monnaie truquée de telle sorte que la probabilité de PILE soit égale à 0,3 etc.

2. Une justification

Une loi binomiale procède d'un schéma de Bernoulli à n répétitions indépendantes, que l'on peut symboliser par l'arbre ci-contre dans le cas $n = 3$.

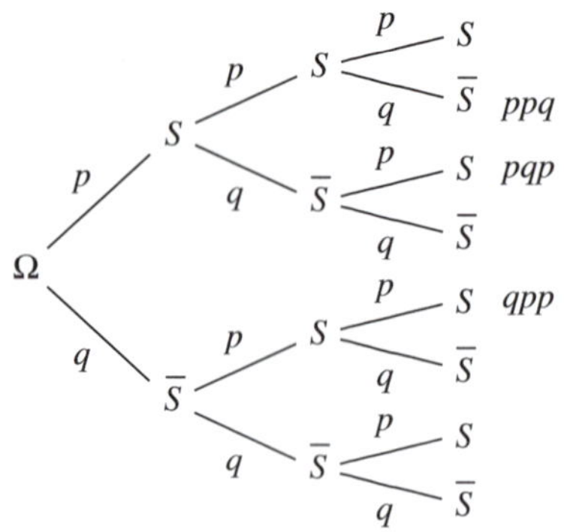

Dans ce cas on voit que :

• $P(X = 2) = ppq + pqp + qpp = 3p^2q$ car il y a trois façons d'obtenir deux succès au cours des trois lancers.

• De plus, le nombre de façons d'avoir deux succès au cours de trois lancers est aussi égal à $\binom{3}{2}$ donc $P(X = 2) = \binom{3}{2}p^2q^1$.

On généralise sans peine :

Ainsi, lors de n lancers, il y a $\binom{n}{k}$ façons d'obtenir k succès (donc $n - k$ échecs).

La probabilité d'obtenir exactement k succès dans un ordre donné est égale à $p^k q^{n-k}$.

On a donc $P(X = k) = \binom{n}{k}p^k q^{n-k}$.

III Somme de variables aléatoires et échantillonnage

1. Somme de variables aléatoires

Définition : Considérons deux variables aléatoires X et Y définies sur le même univers Ω. On définit naturellement la variable aléatoire $X + Y$.

Ainsi, $\forall\, \omega \in \Omega : (X + Y)(\omega) = X(\omega) + Y(\omega)$.

Théorème

Étant données deux variables aléatoires X et Y définies sur le même univers Ω :
- $E(X + Y) = E(X) + E(Y)$
- Comme, pour tout réel a : $E(aX) = aE(X)$, $E(X - Y) = E(X) - E(Y)$

Remarques :

- Les propriétés de la variance d'une somme de variables aléatoires sont plus complexes.
- Toute variable aléatoire X suivant une loi binomiale $\mathcal{B}(n, p)$ est somme de n variables aléatoires $X_1, \ldots, X_n$ de Bernoulli indépendantes de paramètre p.

Ainsi : $E(X) = E(X_1) + \ldots + E(X_n) = np$, comme on le savait.

2. Échantillonnage

Définition : Un échantillon de taille n d'une loi de probabilité est une suite de n variables aléatoires indépendantes et de même loi.

Théorème

Soit $(X_1, \ldots, X_n)$ un échantillon de taille n d'une loi de probabilité de variance σ^2 (donc d'écart-type σ).
On pose $S_n = X_1 + \ldots + X_n$ et $M_n = \frac{1}{n}(X_1 + \ldots + X_n)$ (appelé moyenne de l'échantillon).
Alors :

$$V(S_n) = n^2\sigma^2 \Rightarrow \sigma(S_n) = n\sigma$$

$$V(M_n) = \frac{1}{n}\sigma^2 \Rightarrow \sigma(M_n) = \frac{1}{\sqrt{n}}\sigma.$$

Si chaque X_i est une variable aléatoire de Bernoulli de paramètre p, alors S_n suit la loi binomiale $\mathcal{B}(n, p)$. Sa variance est donc égale à npq, comme on le savait, car $\sigma^2 = pq$.

IV Inégalité de Bienaymé-Tchebychev (BT) et loi des grands nombres

1. Inégalités probabilistes

a. Inégalité de Markov

Soit X une variable aléatoire positive d'espérance m.

Alors, pour tout réel $\varepsilon > 0$, $P(X \geq \varepsilon) \leq \dfrac{m}{\varepsilon}$

Si $\varepsilon = \lambda m$ ($\lambda > 0$), alors $P(X \geq \lambda\varepsilon) \leq \dfrac{1}{\lambda} \Leftrightarrow P(X < \lambda\varepsilon) \geq 1 - \dfrac{1}{\lambda}$.

En particulier, il y a moins d'une chance sur deux pour qu'une variable aléatoire prenne une valeur supérieure ou égale au double de son espérance. Pour le voir, il suffit de choisir $\varepsilon = 2m$. Alors $\dfrac{m}{\varepsilon} = \dfrac{1}{2}$.

b. Inégalité de BT

Théorème

Soit X une variable aléatoire de moyenne m et d'écart-type σ.

Pour tout $\varepsilon > 0$, $P(|X - m| \geq \varepsilon) \leq \left(\dfrac{\sigma}{\varepsilon}\right)^2$.

C'est l'inégalité de BT que l'on peut aussi écrire : $P(X \notin [m - \varepsilon, m + \varepsilon]) \leq \left(\dfrac{\sigma}{\varepsilon}\right)^2$.

Signification : L'inégalité de BT signifie que la probabilité pour que les valeurs d'une variable aléatoire s'écartent de plus de ε de sa moyenne est inférieure à $\dfrac{\sigma^2}{\varepsilon^2}$.

Interprétation : Si $X \rightsquigarrow \mathcal{B}(10\,;\,0{,}5)$ alors $m = 10 \times 0{,}5 = 5$,

$\sigma^2 = V(X) = 10 \times 0{,}5 \times 0{,}5 = 2{,}5$.

Ainsi, en posant $\varepsilon = 4$, $P(|X - 5| \geq 4) \leq \dfrac{2{,}5}{16} \Rightarrow P(|X - 5| \geq 4) \leq 0{,}16$.

Or $(|X - 5| \geq 4) = (X = 0) \cup (X = 1) \cup (X = 9) \cup (X = 10)$.

Donc un calcul direct fournit $P(|X - 5| \geq 4) \approx 0{,}02$.

On voit que l'inégalité de BT fournit une indication médiocre. Elle est utile cependant pour prouver la loi des grands nombres.

2. Loi des grands nombres et théorème d'or de Bernoulli

Théorème de la loi faible des grands nombres

Soit $(X_1, \ldots, X_n)$ un échantillon d'une loi de probabilité de moyenne m et de variance σ^2 (donc d'écart-type σ). Soit M_n la moyenne de l'échantillon.
Alors :

$$\forall \varepsilon > 0, P(|M_n - m| \geq \varepsilon) \leq \frac{\sigma^2}{n\varepsilon^2}.$$

Preuve : On sait que $M_n = \frac{X_1 + \ldots + X_n}{n}$ et $E(M_n) = m$ et $V(M_n) = \frac{\sigma^2}{n}$.

D'après l'inégalité de BT : $P(|M_n - \mu| \geq \varepsilon) \leq \frac{\frac{\sigma^2}{n}}{\varepsilon^2} = \frac{\sigma^2}{n\varepsilon^2}$, ce qu'il fallait démontrer.

Théorème d'or de Bernoulli

Soit $(X_1, \ldots, X_n)$ un échantillon d'une loi de Bernoulli de paramètre p, et M_n la moyenne de l'échantillon.
Alors :

$$\forall \varepsilon > 0, P(|M_n - p| \geq \varepsilon) \leq \frac{1}{4n\varepsilon^2}$$

En utilisant un événement contraire on a aussi : $P(|M_n - p| < \varepsilon) \geq 1 - \frac{1}{4n\varepsilon^2}$ car $P(|M_n - p| \geq \varepsilon) = 1 - P(|M_n - p| < \varepsilon)$.

Preuve : On sait que la variance σ^2 d'une variable aléatoire de Bernoulli de paramètre p est égale à $pq = p(1 - p)$. L'étude de la parabole $y = p(1 - p)$ sur $[0, 1]$ montre que $p(1 - p) \leq \frac{1}{4}$, donc $\sigma^2 \leq \frac{1}{4}$.

En effet, $p(1 - p) = - p^2 + p$. Le coefficient du terme de plus haut degré est égal à -1, donc la parabole est concave.

De plus, les racines du polynôme $-p^2 + p$ étant 0 et -1, l'allure suivante en résulte.

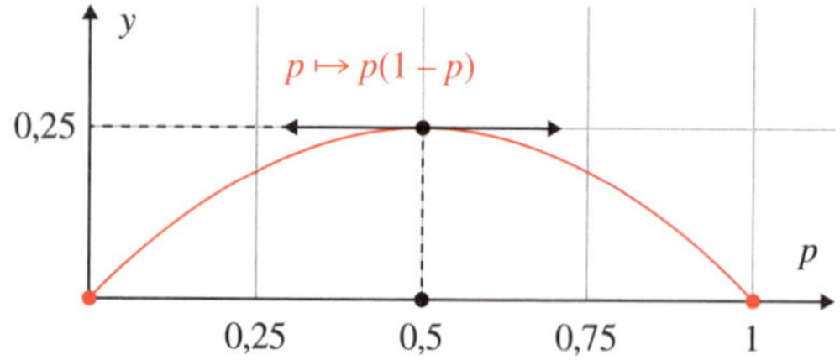

C'est pourquoi, d'après la loi faible des grands nombres :

$$P(|M_n - p| \geq \varepsilon) \leq \frac{\sigma^2}{n\varepsilon^2} \Rightarrow P(|M_n - p| \geq \varepsilon) \leq \frac{\frac{1}{4}}{n\varepsilon^2} \Rightarrow P(|M_n - p| \geq \varepsilon) \leq \frac{1}{4n\varepsilon^2},$$

ce qu'il fallait démontrer.

Théorème de la loi des grands nombres

Dans les conditions du théorème de la loi faible des grands nombres :

$$\lim_{n \to +\infty} P(|M_n - m| \geq \varepsilon) = 0$$

Interprétation : On dispose d'une pièce de monnaie. La probabilité d'obtenir PILE est p. Supposons qu'on la lance n fois ; soit X_k la variable aléatoire égale à 1 si PILE apparaît au lancer numéro k et à 0 sinon. Alors, après n lancers, M_n mesure la fréquence d'apparition de PILE au cours des n lancers.

La loi des grands nombres dit que la probabilité pour que cette fréquence s'écarte de p de plus de ε tend vers 0 quand $n \to +\infty$.

Autrement dit, plus le nombre de lancers est grand, plus la fréquence observée de PILE se rapproche de sa valeur théorique.

3. Exemple

Énoncé : On a lancé 4 030 fois une pièce de monnaie et on a obtenu 2 051 fois PILE dont la probabilité p est inconnue.

Trouvez un intervalle tel que la probabilité pour que p s'y trouve soit au moins égale à 0,95.

Solution : Ici $n = 4\,030$. $M_n = \dfrac{2\,051}{4\,030} \approx 0{,}509$.

Cherchons un intervalle centré de la forme $[M_n - \varepsilon, M_n + \varepsilon]$ tel que $P(p \in \,]M_n - \varepsilon, M_n + \varepsilon[) \geq 0{,}95$ c'est-à-dire $P(|M_n - p| < \varepsilon) \geq 0{,}95$.

En effet, p appartient à l'intervalle $]M_n - \varepsilon, M_n + \varepsilon[$ si, et seulement si, sa distance à son centre M_n, c'est-à-dire $|M_n - p|$, est inférieure à ε.

Or $P(|M_n - p| < \varepsilon) \geq 1 - \dfrac{1}{4n\varepsilon^2}$.

Il suffit donc de choisir $1 - \dfrac{1}{4n\varepsilon^2} \geq 0{,}95 \Leftrightarrow 0{,}05 \geq \dfrac{1}{4 \times 4\,030\varepsilon^2} \Leftrightarrow \varepsilon^2 \geq \dfrac{1}{806}$.

Il suffit donc de choisir $\varepsilon \approx 0{,}0353$.

On peut choisir l'intervalle $]0{,}4737 ; 0{,}5443[$.

Alors $p \in \,]0{,}4737 ; 0{,}5443[$ avec une probabilité supérieure ou égale à 0,95.

Histoire des maths

Irénée-Jules Bienaymé (1796-1878), membre de l'académie des sciences et membre fondateur de la société mathématique de France, traduit en français les travaux de son ami mathématicien russe **Pafnouti Tchebychev** (1821-1894). Il publia l'inégalité qui porte leurs noms.

I.-J. Bienaymé

P. Tchebychev

Je révise

1 Dans un schéma de Bernoulli, l'épreuve répétée…

a. ○ doit avoir deux issues
b. ○ peut avoir trois issues
c. ○ peut avoir plus de trois issues

2 Le nombre total d'issues possibles d'un schéma de Bernoulli à n répétitions est égal à…

a. ○ $2n$
b. ○ 2^n
c. ○ 2^{n+1}

3 On lance un dé cubique ordinaire 5 fois. On peut modéliser le nombre d'apparitions du n° 3 par un schéma de Bernoulli.

a. ○ Vrai
b. ○ Faux

Dans les questions 4 à 9, on dispose d'une variable aléatoire X dont la loi est la loi binomiale $\mathscr{B}(n, p)$ avec $p \neq \frac{1}{2}$.

4 Peut-on avoir ?

a. ○ $n = 0{,}7$
b. ○ $n = 100$
c. ○ $p = 12$

5 Quelle est l'affirmation fausse ?

a. ○ $P(X = p) = 0$
b. ○ $P(X = n) = 1$
c. ○ $P(X < 1) > 0$

6 Quelle est l'affirmation fausse ?

a. ○ $P(X \geq 0) = P(X \leq n)$
b. ○ $P(X \geq 1) = 1 - P(X = 0)$
c. ○ $P(X = n) = P(X = 0)$

7 Que vaut $E(X)$?

a. ○ nq
b. ○ npq
c. ○ np

8 Quel est le résultat de $V(X)$?

a. ○ $\sqrt{np}$
b. ○ npq
c. ○ $(npq)^2$

9 Est-il possible que $E(X) = V(X)$?

a. Vrai
b. Faux

10 Quelle est l'inégalité de BT pour une variable aléatoire de moyenne m et de variance σ^2 ?

a. ○ $P(|X - m| \geq \varepsilon) \leq \left(\frac{\varepsilon}{\sigma}\right)^2$
b. ○ $P(|X - m| \leq \varepsilon) \leq \left(\frac{\sigma}{\varepsilon}\right)^2$
c. ○ $P(|X - m| \geq \varepsilon) \leq \left(\frac{\sigma}{\varepsilon}\right)^2$

Réponses :

1a - 2b - 3a - 4b - 5b - 6c - 7c - 8b - 9a - 10c.

Reconnaître et utiliser une loi binomiale

Il est évident qu'il y a répétition à l'identique d'une même expérience

ou

L'énoncé dit qu'on peut assimiler la question à une répétition à l'identique d'une même expérience

↓

J'effectue n ....

↓

Les répétitions sont ....

↓

L'expérience a deux issues (.............., ...)

↓

Le succès S a pour probabilité p (donc $P(\bar{S})$ = ... = ...)

↓

Je définis une variable aléatoire X comptant le nombre de succès au cours des n répétitions

↓

La loi de X est alors la loi .... de paramètres n et p

↓

$X(\Omega) = \{0,1, \dots, n\}$

↓

$\forall\, k \in X(\Omega),\ P(X = k) =$ ....

↓

$E(X) =$ .... et $V(X) =$ ....

Le permis de conduire

Les clés de l'exercice

Pour préparer l'examen du permis de conduire, on distingue deux types de formation :

- La formation avec conduite accompagnée.
- La formation traditionnelle.

On considère un groupe de 300 personnes venant de réussir l'examen du permis de conduire. Dans ce groupe :

- 75 personnes ont suivi une formation avec conduite accompagnée : parmi elles, 50 ont réussi l'examen à leur première présentation et les autres ont réussi à leur deuxième présentation.
- 225 personnes se sont présentées à l'examen suite à une formation traditionnelle : parmi elles 100 ont réussi l'examen à la première présentation, 75 à la deuxième et 50 à la troisième présentation.

On interroge au hasard une personne du groupe considéré. On considère les évènements suivants :

A : « la personne a suivi une formation avec conduite accompagnée »

R_1 : « la personne a réussi l'examen à la première présentation »

R_2 : « la personne a réussi l'examen à la deuxième présentation »

R_3: « la personne a réussi l'examen à la troisième présentation »

1. Modélisez la situation par un arbre pondéré.

2. a. Calculez la probabilité que la personne interrogée ait suivi une formation avec conduite accompagnée et réussi l'examen à sa deuxième présentation.

b. Montrez que la probabilité que la personne interrogée ait réussi l'examen à sa deuxième présentation est égale à $\frac{1}{3}$.

c. La personne interrogée a réussi l'examen à sa deuxième présentation. Quelle est la probabilité qu'elle ait suivi une formation avec conduite accompagnée ?

3. On note X la variable aléatoire qui, à toute personne choisie au hasard dans le groupe, associe le nombre de fois où elle s'est présentée à l'examen jusqu'à sa réussite.

a. Déterminez la loi de probabilité de la variable aléatoire X.

b. Calculez l'espérance de cette variable aléatoire. Interprétez cette valeur dans le contexte de l'exercice.

4. On choisit, successivement et de façon indépendante, n ($n \in \mathbb{N}^*$ et $n \leq 300$) personnes parmi les 300 du groupe étudié. On assimile ce choix à un tirage avec remise de n personnes parmi les 300 personnes du groupe. On admet que la probabilité de l'évènement R_3 est égale à $\frac{1}{6}$.

a. Dans le contexte de cette question précisez un évènement dont la probabilité est égale à $1 - \left(\frac{5}{6}\right)^n$.

On considère la fonction Python `seuil` ci-dessous, où $p \in]0, 1[$.

```
def seuil(p):
    n=1
    while 1-(5/6)**n<=p:
        n=n+1
    return n
```

b. Quelle est la valeur renvoyée par la commande `seuil(0.9)` ?

Interprétez cette valeur dans le contexte de l'exercice.

▶ **Utilisez la méthode décrite dans le chapitre 13.2.**

1. Les indications de l'énonce permettent de construire l'arbre de probabilités :

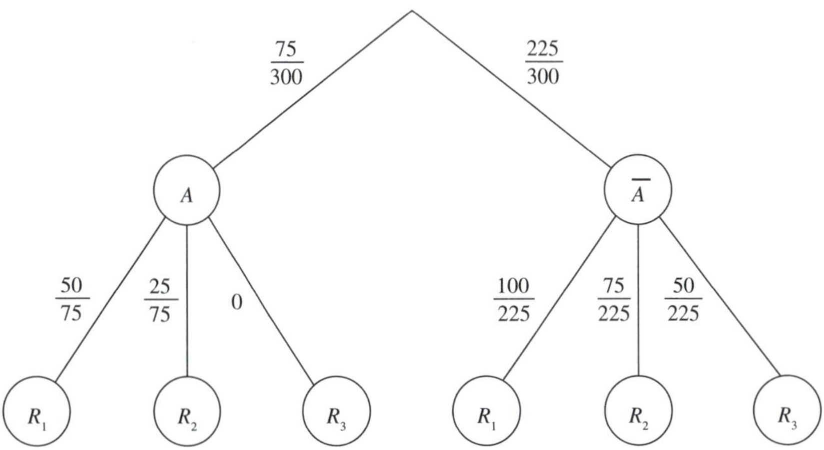

▶ **Utilisez les branches de l'arbre correspondant aux informations de l'énoncé.**

2. a. On cherche $P(A \cap R_2)$ et on trouve : $P_A(R_2) \times P(A) = \frac{25}{75} \times \frac{75}{300} = \frac{1}{12}$.

▶ Pensez à la formule des probabilités totales.

b. Comme les événements A et $\overline{A}$ forment une partition de l'univers des possibles :

$$P(R_2) = P(R_2 \cap A) + P(R_2 \cap \overline{A}) = \frac{25}{300} + \frac{225}{300} \times \frac{75}{225} = \frac{1}{3}.$$

▶ Utilisez la formule des probabilités conditionnelles.

c. On cherche $P_{R_2}(A)$ et on trouve $\dfrac{P(A \cap R_2)}{P(R_2)} = \dfrac{\frac{1}{12}}{\frac{1}{3}} = \dfrac{1}{4}.$

▶ Présentez les résultats sous forme de tableau.

3. a. Le tableau suivant donne la loi de probabilité de X.

$X(\Omega) = \{1, 2, 3\}$ car la personne choisie peut avoir réussi l'examen au bout de une, deux ou trois fois.

k	1	2	3
$P(X=k)$	$P(R_1)$	$P(R_2)$	$P(R_3)$
Calculs	$\frac{1}{2}$	$\frac{1}{3}$	$\frac{1}{6}$

Un calcul analogue à $P(R_2)$ donne : $P(R_3) = \dfrac{75}{300} \times 0 + \dfrac{225}{300} \times \dfrac{50}{225} = \dfrac{1}{6}.$

Enfin, puisque la somme des probabilités est égale à 1 : $P(R_1) = 1 - \left(\dfrac{1}{3} + \dfrac{1}{6}\right) = \dfrac{1}{2}.$

▶ Il suffit d'utiliser la définition de l'espérance.

b.

$$E(X) = 1 \times \frac{1}{2} + 2 \times \frac{1}{3} + 3 \times \frac{1}{6} = \frac{5}{3} = \frac{500}{300}$$

Cela signifie qu'il y a eu au total 500 candidatures à l'examen parmi les 300 candidats.

▶ Pensez à un schéma de Bernoulli.

4. a. On sait que $P(\overline{R_3}) = 1 - P(R_3) = \dfrac{5}{6}.$

D'autre part $\left(\dfrac{5}{6}\right)^n$ est la probabilité que $\overline{R_3}$ se produise n fois au cours de n tirages avec remise.

C'est donc la probabilité pour que les n personnes aient réussi l'examen au bout d'une ou deux tentatives.

C'est pourquoi $1-\left(\frac{5}{6}\right)^n$ est la probabilité du contraire de l'événement précédent, c'est-à-dire la probabilité pour qu'au moins une personne ait réussi l'examen au bout de trois tentatives.

▶ **(5/6) * * n signifie $\left(\frac{5}{6}\right)^n$.**

b. La `commande seuil(0.9)` est la plus petite valeur de n telle que

$1-\left(\frac{5}{6}\right)^n > 0,9 \Leftrightarrow 0,1 > \left(\frac{5}{6}\right)^n$.

En programmant la fonction $x \overset{f}{\mapsto} \left(\frac{5}{6}\right)^x$, on trouve $x > 12,7$.

La `commande seuil(0.9)` renvoie donc 13, entier immédiatement supérieur à 12,7.

Il faut donc choisir 13 personnes parmi les 300 pour que la probabilité d'en avoir au moins une qui ait réussi l'examen à sa troisième tentative soit supérieure à 0,9.

La figure ci-dessous représente la courbe de la fonction f sur $[0, +\infty[$ et la droite d'équation $y = 0,1$. Elle illustre les résultats précédents.

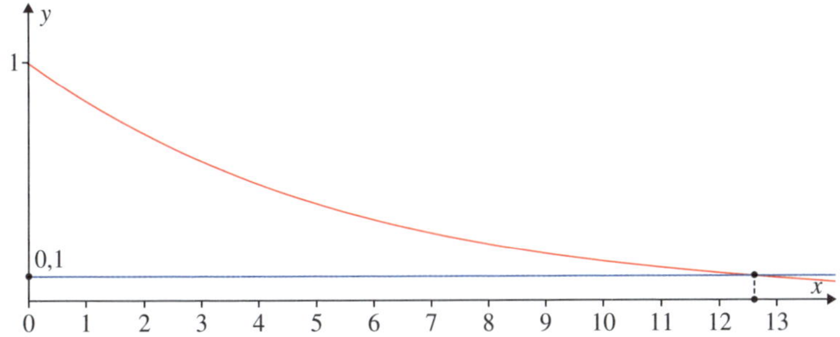

Je m'entraîne

► Corrigés p. 308

1 * **Soit X une variable aléatoire de paramètres n et p, d'espérance 6,3 et d'écart-type 2,1. Calculez n et p.**

2 ** **À la confiserie du village, les bonbons du bonheur sont vendus par sachets de 15. Ils sont choisis au hasard dans une très grande jarre contenant 20 % de bonbons au citron.**

a. Justifiez qu'on utilise une loi binomiale pour démontrer que la probabilité de confectionner un sachet contenant au moins trois bonbons au citron est égale à 0,602 (valeur arrondie à 10^{-3}).

b. Max achète cinq sachets de bonbons du bonheur. Calculez la probabilité qu'au moins quatre sachets contiennent au moins trois bonbons au citron.

3 ** **Un archer tire sur une cible, les tirs étant indépendants, et à chaque tir il a une chance sur 8 d'atteindre le centre de la cible.**

a. L'archer tire cinq flèches. Montrez que la probabilité qu'il atteigne le centre moins de deux fois est égale à 0,879, valeur arrondie au millième.

b. L'archer tire une salve de cinq flèches, reprend ses flèches et tire une nouvelle salve de cinq flèches. Il tire ainsi quatre salves. Quelle est la probabilité qu'au cours de ces quatre salves il ait atteint moins de deux fois le centre ?

4 *** **Un examinateur souhaite confectionner un QCM. Pour chaque question, il y a le même nombre de choix, un seul étant juste à chaque fois. Une bonne réponse rapporte un point et une mauvaise réponse, ou une absence de réponse, rapporte 0 point. Pour les élèves répondant complètement au hasard à toutes les questions, l'examinateur souhaite que leur espérance de note soit égale à 8 avec une variance de 6,4.**

Combien de questions doit-il envisager et combien chacune d'elles doit-elle avoir de choix, sachant que celui-ci doit être le plus petit possible ?

Exercices Bac

5 ***Les probabilités demandées dans cet exercice seront arrondies à 10^{-3}.***
Un laboratoire pharmaceutique vient d'élaborer un nouveau test anti-dopage.

Partie A

Une étude sur ce nouveau test donne les résultats suivants :

- **Si un athlète est dopé, la probabilité que le résultat du test soit positif est 0,98 (sensibilité du test).**
- **Si un athlète n'est pas dopé, la probabilité que le résultat du test soit négatif est 0,995 (spécificité du test).**

On fait subir le test à un athlète sélectionné au hasard parmi des participants à une compétition d'athlétisme. On note D l'évènement « l'athlète est dopé » et T l'évènement « le test est positif ». On admet que la probabilité de l'évènement D est égale à 0,08.

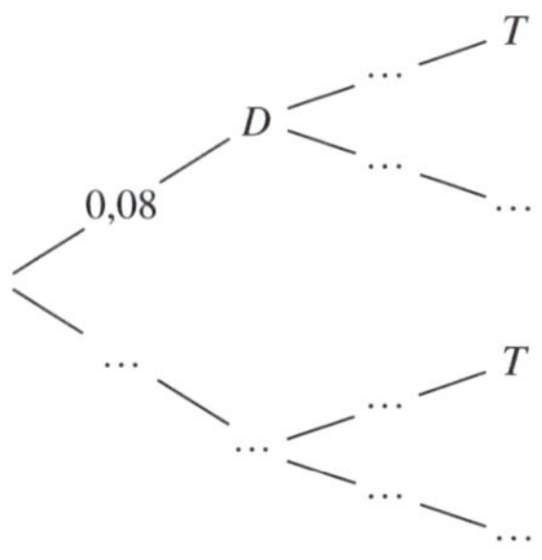

1. Reproduisez et complétez l'arbre pondéré rendant compte de la situation.

2. Démontrez que $P(T) = 0{,}083$.

3. a. Sachant qu'un athlète présente un test positif, quelle est la probabilité qu'il soit dopé ?

b. Le laboratoire décide de commercialiser le test si la probabilité de l'évènement « un athlète présentant un test positif est dopé » est supérieure ou égale à 0,95. Le test proposé par le laboratoire sera-t-il commercialisé ? Justifiez.

Partie B

Dans une compétition sportive, on admet que la probabilité qu'un athlète contrôlé présente un test positif est 0,103.

1. Dans cette question 1, on suppose que les organisateurs décident de contrôler 5 athlètes au hasard parmi les athlètes de cette compétition. On note X la variable aléatoire égale au nombre d'athlètes présentant un test positif parmi les 5 athlètes contrôlés.

a. Donnez la loi suivie par la variable aléatoire X. Précisez ses paramètres.
b. Calculez l'espérance $E(X)$ et interprétez le résultat.
c. Quelle est la probabilité qu'au moins un des 5 athlètes contrôlés présente un test positif ?
2. Combien d'athlètes faut-il contrôler au minimum pour que la probabilité de l'évènement « au moins un athlète contrôlé présente un test positif » soit supérieure ou égale à 0,75 ? Justifiez.

6 **Un professeur interroge ses élèves en posant une liste de vingt questions. Pour chaque question il y a trois réponses possibles, une seule étant la bonne réponse. L'élève A répond au questionnaire. On suppose que :**
- **L'élève A ne connaît que 60 % de son cours. C'est-à-dire que pour chaque question la probabilité qu'il connaisse la réponse est 0,6.**
- **Lorsqu'il ne connaît pas une réponse à une question, il répond au hasard.**
- **Les questions posées sont indépendantes.**

On considère les événements :
- **R : « l'élève A connaît la réponse à la première question ».**
- **J : « l'élève A répond juste à la première question ».**

1. Montrez en utilisant la formule des probabilités totales que $P(J) = \frac{11}{15}$.
Soit X la variable aléatoire égale au nombre de réponses exactes données par l'élève A aux vingt questions.
2. Reconnaissez la loi de X. On donnera les valeurs prises par X et, pour chacune de ces valeurs k, la valeur de $P(X = k)$.
3. Donnez $E(X)$ et $V(X)$.
4. Pour sanctionner les choix faits au hasard, le professeur décide d'accorder un point par réponse exacte et de retirer deux points par réponse fausse.
Soit N la variable aléatoire égale à la note obtenue par l'élève A.
a. Justifiez l'égalité $N = 3X - 40$.
b. Déduisez-en l'espérance de N, ainsi que sa variance.
L'élève B répond lui aussi au questionnaire. On suppose que, comme l'élève A, il ne connaît que 60 % de son cours. Mais il choisit de ne répondre qu'aux questions dont il connaît la réponse.
5. Soit Y la variable aléatoire égale au nombre de bonnes réponses de l'élève B.
a. Déterminez la loi de Y.
b. Déduisez-en la note que l'élève B obtient en moyenne.
c. En moyenne, entre l'élève A et l'élève B, quelle est la meilleure stratégie pour obtenir une bonne note ?

Chapitre 15

Nombres complexes

Le fonctionnement des ordinateurs du futur reposera sur les lois de la physique quantique. Pour se développer, la théorie quantique a besoin des nombres complexes. Paradoxalement l'un de ses fondateurs, Erwin Schrödinger (1887-1961), n'y croyait pas lui-même. En 1926, il écrivait que la fonction « [de sa célèbre équation] est fondamentalement une fonction réelle ».

I $\mathbb{C}$, ensemble des nombres complexes

1. Le nombre *i*

Définition : On définit un nombre i non réel vérifiant $i^2 = -1$.

i et $-i$ sont les deux nombres dont le carré est égal à -1.

2. Définition et premières propriétés

Définition :

- Un nombre complexe z est un nombre de la forme $x + iy$ où x *et* y sont deux réels. x s'appelle la partie réelle de z et y sa partie imaginaire et $x + iy$ s'appelle la forme algébrique de z.

La partie imaginaire est un nombre réel.

On note $x = \text{Ré}(z)$ et $y = \text{Im}(z)$.

Tout nombre réel est un nombre complexe particulier car il suffit de choisir $y = 0$.

- $i\mathbb{R}$ est l'ensemble des nombres de la forme iy. On les nomme imaginaires purs.

Propriétés :

Soit $z = x + iy$ *et* $z' = x' + iy'$ deux nombres complexes.

- $z = z' \Leftrightarrow \text{Re}(z) = \text{Re}(z')$ ET $\text{Im}(z) = \text{Im}(z')$.
- $z + z' = (x + x') + i(y + y')$.
- $zz' = (xx' - yy') + i(xy' + x'y)$.
- $z \in \mathbb{R} \Leftrightarrow \text{Im}(z) = 0$ et $z \in i\mathbb{R} \Leftrightarrow \text{Re}(z) = 0$.

On dispose ainsi d'un moyen de caractériser les nombres réels et imaginaires purs.

3. Conjugaison

Définition : Le nombre complexe conjugué de $z = x + iy$ est le nombre complexe $\overline{z}$ (z barre) défini par $\overline{z} = x - iy$.

$\text{Re}(z) = \text{Re}(\overline{z})$ et $\text{Im}(z) = -\text{Im}(\overline{z})$.

$z = \overline{z} \Leftrightarrow z \in \mathbb{R}$ *et* $z = -\overline{z} \Leftrightarrow z \in i\mathbb{R}$.

$z + \overline{z} = 2x \Leftrightarrow \text{Re}(z) = \dfrac{z + \overline{z}}{2}$ et $z - \overline{z} = 2iy \Leftrightarrow \text{Im}(z) = \dfrac{z - \overline{z}}{2i}$.

- La conjugaison est involutive, c'est-à-dire $\overline{\overline{z}} = z$.

$z\overline{z} = x^2 + y^2$ (donc $z\overline{z}$ est un nombre réel positif).

Somme : $\overline{z + z'} = \overline{z} + \overline{z'}$ et Produit : $\overline{zz'} = \overline{z}\,\overline{z'}$.

Division : Lorsque $z' \neq 0$: $\overline{\left(\dfrac{z}{z'}\right)} = \dfrac{\overline{z}}{\overline{z'}}$ et en particulier $\overline{\left(\dfrac{1}{z'}\right)} = \dfrac{1}{\overline{z'}}$.

- Pour trouver la forme algébrique de $\dfrac{z'}{z}$ on utilise le conjugué de z.

Soit $x + iy$ la forme algébrique d'un nombre complexe non nul z. Alors :

$$\frac{1}{z} = \frac{\overline{z}}{z\overline{z}} = \frac{x - iy}{x^2 + y^2} = \frac{x}{x^2 + y^2} - i\frac{y}{x^2 + y^2}$$

Plus que le résultat lui-même, c'est la méthode qu'il faut retenir.

Alors : $\dfrac{z'}{z} = z' \times \dfrac{1}{z}$ et on utilise les formes algébriques de l'inverse et du produit.

4. Affixe d'un point, image d'un nombre complexe

On considère le plan rapporté à un repère orthonormé $(O\,;\vec{u}, \vec{v})$.

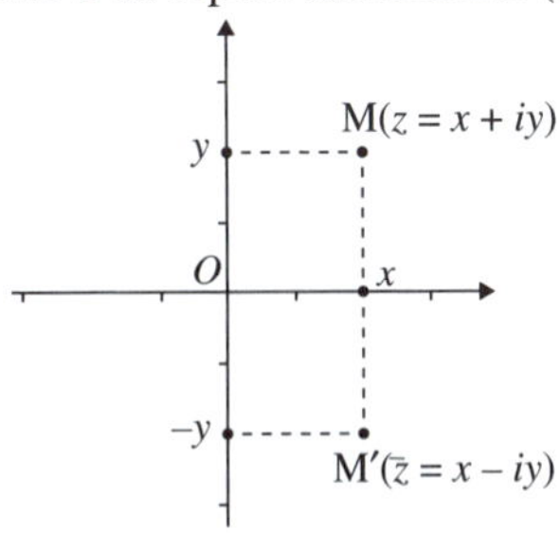

Définition : $x + iy$, la forme algébrique d'un nombre complexe z, et M le point du plan dont les coordonnées sont (x, y). Le nombre complexe z est l'affixe du point M et le point M est l'image du nombre complexe z.

Les nombres complexes z et $\overline{z}$ ont des images symétriques par rapport à l'axe des abscisses.

II Module, argument, forme trigonométrique

1. Module et argument

a. Module

Définition : Le module du nombre complexe z de forme algébrique $x + iy$ est le nombre réel $|z| = \sqrt{x^2 + y^2}$.

Propriétés :

Pour tous nombres complexes z et z' :

- $|z|^2 = z\,\overline{z} = x^2 + y^2$;
- $|zz'| = |z|\,|z'|$; $\left|\dfrac{1}{z'}\right| = \dfrac{1}{|z'|}$; $\left|\dfrac{z}{z'}\right| = \dfrac{|z|}{|z'|}$ à condition que $z' \neq 0$;
- $|z + z'| \leq |z| + |z'|$: inégalité triangulaire.

b. Arguments

Définition : Soit z un nombre complexe non nul d'image M(x ; y). On appelle argument de z une mesure de l'angle orienté $(\overrightarrow{u}\,;\overrightarrow{OM})$ à 2π près. On le note arg(z).

Propriétés :

Pour tous nombres complexes z et z' non nuls :

- $\arg(zz') = \arg(z) + \arg(z')$
- $\arg\left(\dfrac{1}{z}\right) = -\arg(z)$
- $\arg\left(\dfrac{z}{z'}\right) = \arg(z) - \arg(z')$
- Pour $n \in \mathbb{Z}$: $\arg(z^n) = n\arg(z)$
- $\arg(\overline{z}) = -\arg(z)$
- $z \in \mathbb{R} \Leftrightarrow \arg(z) = k\pi$ $(k \in \mathbb{Z})$

et $z \in i\mathbb{R} \Leftrightarrow \arg(z) = \dfrac{\pi}{2} + k\pi$ $(k \in \mathbb{Z})$

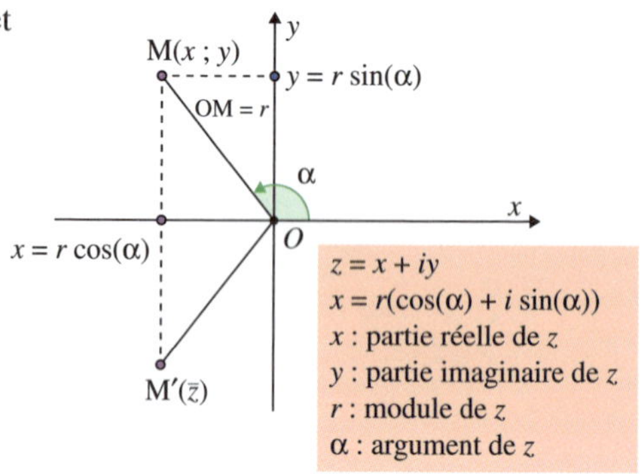

2. Forme trigonométrique

Définition : La forme trigonométrique d'un nombre complexe de module r et d'argument α est l'écriture $r(\cos\alpha + i\sin\alpha)$.

Conséquences :

- Si $z = r(\cos\alpha + i\sin\alpha)$ et $z' = r'(\cos\alpha' + i\sin\alpha')$ alors :

$$zz' = rr'(\cos(\alpha + \alpha') + i\sin(\alpha + \alpha')).$$

- En effet, $|zz'| = |z|\,|z'| = rr'$ et $\arg(zz') = \arg(z) \times \arg(z') = \alpha + \alpha'$.
- En utilisant le produit des formes trigonométriques de z et z', on trouve :

$$\begin{aligned} zz' &= r(\cos\alpha + i\sin\alpha) \times r'(\cos\alpha' + i\sin\alpha') \\ &= rr'(\cos\alpha\cos\alpha' - \sin\alpha\sin\alpha' + i(\cos\alpha\sin\alpha' + \sin\alpha\cos\alpha')) \end{aligned}$$

- Par identification des deux expressions de zz', on trouve les formules :

$$\cos(\alpha + \alpha') = \cos\alpha \cos\alpha' - \sin\alpha \sin\alpha'$$
$$\sin(\alpha + \alpha') = \cos\alpha \sin\alpha' + \sin\alpha \cos\alpha'$$

E=MC² Formule de Moivre

Les formules précédentes conduisent, par un raisonnement par récurrence, à la formule de Moivre.
Pour tout $n \in \mathbb{Z}$: $(\cos\alpha + i\sin\alpha)^n = \cos(n\alpha) + i\sin(n\alpha)$.

En particulier : $\dfrac{1}{\cos\alpha + i\sin\alpha} = \cos(-\alpha) + i\sin(-\alpha) = \cos\alpha - i\sin\alpha.$

III Applications géométriques et forme exponentielle

1. Affixes et arguments classiques

Dans le plan rapporté à un repère orthonormé $(O\,;\vec{u},\vec{v})$, on considère des points M, A,… d'affixes respectives z_M, z_A,…

Objet géométrique	Affixe
$\overrightarrow{OM}$	$z_{\overrightarrow{OM}} = z_M$
$\overrightarrow{AB}$	$z_{\overrightarrow{AB}} = z_B - z_A$
$\vec{u}+\vec{v}$	$z_{\vec{u}} + z_{\vec{v}}$
$\lambda\vec{u}$	$\lambda z_{\vec{u}}, \lambda \in \mathbb{R}$
Milieu de [AB]	$\dfrac{z_A + z_B}{2}$
Angle $(\vec{u}\,;\overrightarrow{AB})$	$\arg(z_B - z_A)$ (figure 1 page suivante)

On interprète géométriquement l'inégalité triangulaire $|z + z'| \leq |z| + |z'|$. Ainsi : on pose $\overrightarrow{OM} + \overrightarrow{OM'} = \overrightarrow{OS}$, $|z + z'| = |z_{\overrightarrow{OM} + \overrightarrow{OM'}}| = OS$ et $|z| + |z'| = OM + OM'$.

On a bien OS ≤ OM + OM (voir figure 2).

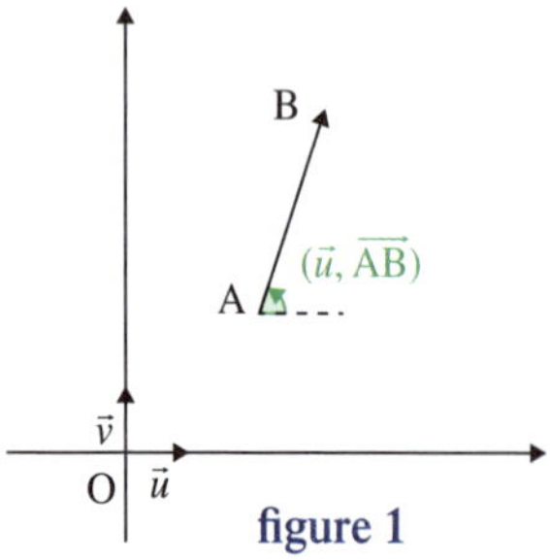

figure 1

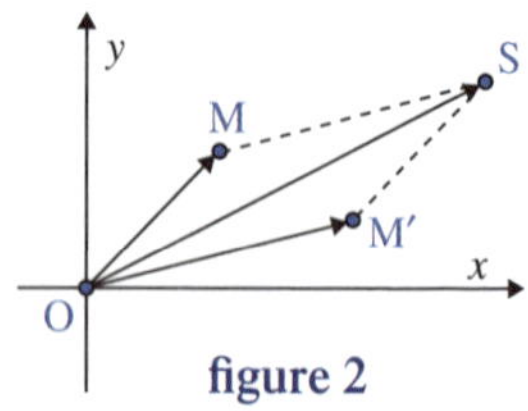

figure 2

2. Utilisation de $\dfrac{z_B - z_A}{z_C - z_A}$

On utilise ce rapport pour déterminer la nature des figures.

En effet, $\left|\dfrac{z_B - z_A}{z_C - z_A}\right| = \dfrac{AB}{AC}$ et :

$$\arg\left(\frac{z_B - z_A}{z_C - z_A}\right) = \arg(z_B - z_A) - \arg(z_C - z_A) = (\vec{u} \,;\, \overrightarrow{AB}) - (\vec{u} \,;\, \overrightarrow{AC}) \Rightarrow$$

$$\arg\left(\frac{z_B - z_A}{z_C - z_A}\right) = (\overrightarrow{AC} \,;\, \overrightarrow{AB})$$

3. Forme exponentielle et formules d'Euler

Définition : Soit z un nombre complexe non nul de module r et dont un argument est α. La forme exponentielle de z est l'écriture $re^{i\alpha}$.

r doit être strictement positif.

$re^{i\alpha} = r(\cos\alpha + i \sin\alpha)$.

$e^{i(\alpha + 2k\pi)} = e^{i\alpha}$ pour tout entier relatif k.

Les propriétés de la fonction exponentielle s'appliquent.

Exemples : $e^{-i\alpha} = \dfrac{1}{e^{i\alpha}}$, $e^{i\alpha} \times e^{i\alpha'} = e^{i(\alpha + \alpha')}$, $\dfrac{e^{i\alpha}}{e^{i\alpha'}} = e^{i(\alpha - \alpha')}$.

E=MC² Formules d'Euler

Pour tout $\alpha \in \mathbb{R}$, $\cos\alpha = \dfrac{e^{i\alpha} + e^{-i\alpha}}{2}$ et $\sin\alpha = \dfrac{e^{i\alpha} - e^{-i\alpha}}{2i}$.

Ces formules résultent de $e^{i\alpha} = \cos\alpha + i \sin\alpha$ et $e^{-i\alpha} = \cos\alpha - i \sin\alpha$.

IV Résolution de $ax^2 + bx + c = 0$
 a, b, c réels et $a \neq 0$

Soit a, b et c trois nombres réels et $\Delta = b^2 - 4ac$ le discriminant de l'équation $ax^2 + bx + c = 0$.

- Si $\Delta > 0$ alors l'équation a deux solutions qui sont $\dfrac{-b-\sqrt{\Delta}}{2a}$ et $\dfrac{-b+\sqrt{\Delta}}{2a}$.
- Si $\Delta = 0$ alors l'équation a une seule solution qui est $-\dfrac{b}{2a}$.
- Si $\Delta < 0$ alors l'équation a deux solutions non réelles conjuguées

$\dfrac{-b-i\sqrt{-\Delta}}{2a}$ et $\dfrac{-b+i\sqrt{-\Delta}}{2a}$.

Remarques :

- a, b et c étant réels, Δ est aussi un réel.
- Quelle que soit la nature des deux racines x_1 et x_2, on a toujours la factorisation $ax^2 + bx + c = a(x - x_1)(x - x_2)$.
- La relation d'ordre usuelle sur $\mathbb{R}$ ne se prolonge pas dans $\mathbb{C}$. C'est pourquoi, on ne résout pas d'inéquations dans $\mathbb{C}$.
- Soit $P(x)$ un polynôme à coefficients réels. Si z_0 est une racine de $P(x)$, alors son conjugué $\overline{z_0}$ est aussi une racine de $P(x)$.

En effet, $P(z_0) = 0 \Rightarrow \overline{P(z_0)} = 0$. Or, puisque les coefficients de $P(x)$ sont réels, $\overline{P(z_0)} = P(\overline{z_0})$, donc $P(\overline{z_0}) = 0$, ce qui prouve que $\overline{z_0}$ est une racine de $P(x)$.

Ensembles de points :

$\Delta = \{M(z)/|z-a| = |z-b|\}$ (MA = MB)

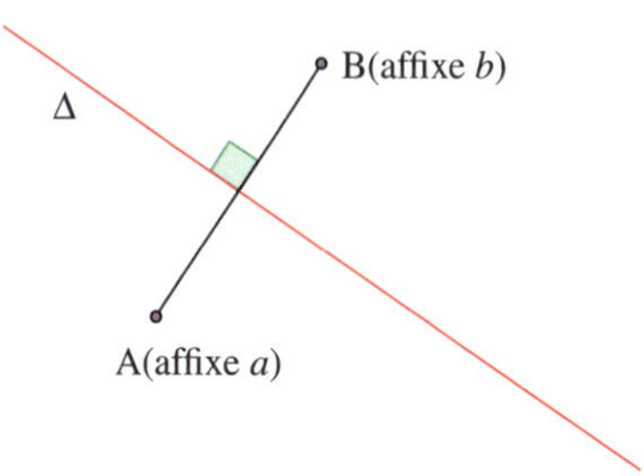

Δ est la médiatrice de [AB]

$\mathscr{C} = \{M(z)/|z-a| = r\}$ (AM = r)

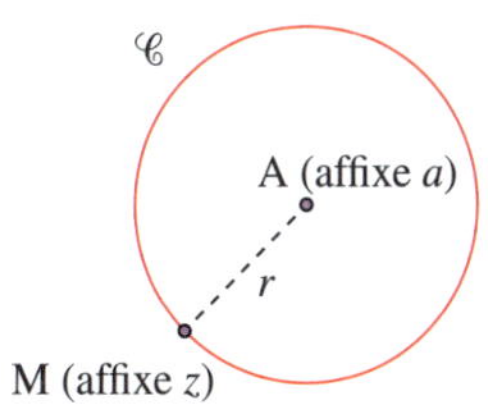

$\mathscr{C}$ est le cercle de cenre A et de rayon r

Je révise

1 **Soit z un nombre complexe. Im($-iz$) est égale à…**

a. ○ Im(z) b. ○ Im(iz) c. ○ iRe(z) d. ○ –Re(z)

2 **Le module de $1 + i$ est égal à :**

a. ○ 2 b. ○ 4 c. ○ $\sqrt{2}$ d. ○ $\frac{1}{2}$

3 **Le module de $\cos\left(\frac{\pi}{4}\right) + i\sin\left(\frac{\pi}{4}\right)$ est égal à :**

a. ○ 1 b. ○ $\frac{\pi}{4}$ c. ○ $-\frac{\pi}{4}$ d. ○ 2

4 **Un argument du nombre complexe $\sqrt{6} - i\sqrt{2}$ est…**

a. ○ $-\frac{\pi}{3}$ b. ○ $-\frac{\pi}{6}$ c. ○ $\frac{\pi}{6}$ d. ○ $\frac{5\pi}{6}$

5 **Un argument de $-e^{-\frac{i\pi}{4}}$ est…**

a. ○ $-\frac{3\pi}{4}$ b. ○ $-\frac{\pi}{4}$ c. ○ $\frac{\pi}{4}$ d. ○ $\frac{3\pi}{4}$

6 **$e^{\frac{i\pi}{3}} - e^{i\frac{2\pi}{3}}$ est égal à…**

a. ○ $e^{i\pi}$ b. ○ $i\sqrt{3}$ c. ○ 1 d. ○ $e^{-i\frac{\pi}{3}}$

7 **L'ensemble des points M du plan d'affixe z tels que $|z - i| = 0$ est…**

a. ○ Une droite b. ○ un point c. ○ un cercle d. ○ vide

8 **L'ensemble des points M du plan d'affixe z tels que $|z - i| = |z|$ est…**

a. ○ Une droite b. ○ un point c. ○ un cercle d. ○ vide

9 **L'ensemble des points M du plan d'affixe z tels que $|z - i| = |-1 - i|$ est…**

a. ○ Une droite b. ○ un point c. ○ un cercle d. ○ vide

10 **L'ensemble des points M du plan d'affixe z tels que $|z - i| = -2$ est…**

a. ○ une droite b. ○ un point c. ○ un cercle d. ○ vide

11 **L'équation $z^2 + 2z + 10 = 0$ admet deux racines complexes conjuguées.**

a. ○ Vrai b. ○ Faux

12 **L'équation $x^2 + 4 = 0$ n'a pas de solution dans $\mathbb{C}$.**

a. ○ Vrai b. ○ Faux

Réponses :

1 d - 2 c - 3 d - 4 b - 5 d - 6 c - 7 b - 8 a - 9 c - 10 d - 11 a - 12 b.

On se place dans un repère orthonormé $(O ; \vec{u}, \vec{v})$.

Je relie z, $\bar{z}$ et $\text{Re}(z)$ par l'égalité	....
Je relie z, $\bar{z}$ et $\text{Im}(z)$ par l'égalité	....
Lorsque j'écris $z = x + iy$,	c'est une forme algébrique à condition que ....
Lorsque j'écris $z = re^{i\alpha}$,	c'est une forme exponentielle à condition que ....
Un argument d'un produit de nombres complexes z et z'	est .... des arguments de z et z'
Un argument de $\frac{1}{z}$ où $z \neq 0$	est ....
Le conjugué d'une somme	est .... des conjugués
Le conjugué d'un produit,	est .... des conjugués
$z\bar{z}$ = ...	....
Géométriquement, le module $\|z_A - z_B\|$	mesure ....
Géométriquement, l'argument de $z_A - z_B$	mesure l'angle ....
Pour démontrer qu'un triangle ABC est rectangle ou isocèle en A.	Je peux utiliser le quotient ....
J'énonce la formule de Moivre	....
J'énonce les formules d'Euler	....
Les solutions de $ax^2 + bx + c = 0$ lorsque a, b, c sont réels, $a \neq 0$ et $\Delta < 0$ sont	....

Lire les formes algébrique et trigonométrique

Les clés de l'exercice

Le but de l'exercice est de mêler les propriétés des formes algébrique et trigonométrique, ainsi que celles de la conjugaison pour mener des calculs.

On pose $z = 3 + i\sqrt{3}$.

1. a. Calculez le module de z.
b. Déduisez-en un argument de z.

2. Donnez la forme trigonométrique de $z - 4$.

3. a. Calculez le module et l'argument de $\dfrac{z}{z-4}$.
b. Déduisez-en sa forme algébrique.

4. Donnez la forme algébrique de $\dfrac{\overline{z}}{\overline{z}-4}$.

▶ **Appliquez la définition du module.**

1. a. On trouve $|z| = \sqrt{3^2 + (\sqrt{3})^2} = \sqrt{12} = 2\sqrt{3}$.

▶ **Utilisez deux méthodes : soit factoriser z par son module, soit utiliser les formules avec sinus et cosinus.**

b. $z = 2\sqrt{3}\left(\frac{\sqrt{3}}{2} + \frac{1}{2}i\right) = 2\sqrt{3}\left(\cos\frac{\pi}{6} + i\sin\frac{\pi}{6}\right) \Leftrightarrow \arg(z) = \frac{\pi}{6}$.

Si α est un argument de z, on a aussi : $\cos\alpha = \frac{3}{2\sqrt{3}} = \frac{\sqrt{3}}{2}$ et $\sin\alpha = \frac{\sqrt{3}}{2\sqrt{3}} = \frac{1}{2}$.

Donc $\alpha = \frac{\pi}{6}$.

▶ **Écrivez $z - 4$ sous forme algébrique et utilisez une des méthodes précédentes.**

2. $z - 4 = -1 + i\sqrt{3}$, donc, $|z - 4| = \sqrt{(-1)^2 + (\sqrt{3})^2} = 2$.

C'est pourquoi : $z - 4 = 2\left(-\frac{1}{2} + i\frac{\sqrt{3}}{2}\right) = 2\left(\cos\frac{2\pi}{3} + i\sin\frac{2\pi}{3}\right)$.

▶ **Utilisez les propriétés des opérations sur les modules et arguments.**

3. a. $\left|\frac{z}{z-4}\right| = \frac{|z|}{|z-4|} = \frac{2\sqrt{3}}{2} = \sqrt{3}$ et $\arg\left(\frac{z}{z-4}\right) = \arg(z) - \arg(z-4)$

$= \frac{\pi}{6} - \frac{2\pi}{3} = -\frac{\pi}{2}$

▶ **Utilisez d'abord la forme trigonométrique.**

b. $\frac{z}{z-4} = \sqrt{3}\left(\cos\left(-\frac{\pi}{2}\right) + i\sin\left(-\frac{\pi}{2}\right)\right) = -i\sqrt{3}$

▶ **Utilisez les propriétés des opérations sur les conjugués.**

4. $\frac{\overline{z}}{\overline{z}-4} = \frac{\overline{z}}{\overline{z}-\overline{4}} = \frac{\overline{z}}{\overline{z-4}} = \overline{\left(\frac{z}{z-4}\right)} = i\sqrt{3}$

En effet, $4 = \overline{4}$ car 4 est un nombre réel.

Je m'entraîne

▶ Corrigés p. 310

1 * **Donnez la forme algébrique des nombres complexes suivants :**

a. $a = 3(-2 + 2i) + 2 - 6i$ **b.** $b = \dfrac{1+i}{-3i+1}$ **c.** $c = (-1 + 2i)^2$

2 * **Donnez la forme trigonométrique des nombres complexes suivants :**

a. i **b.** -1 **c.** $\dfrac{1}{i}$

3 * **Donnez la forme trigonométrique des nombres complexes suivants :**

a. $1 + i$ **b.** $\sqrt{3} + i$ **c.** $\dfrac{1}{1-i}$

4 * **Calculez $(1 - i)(2 + 3i)(1 + i)(3 + 2i)$.**

5 * **Calculez $(1 + 2i)(2 - 3i)(i + 2)(3 - 2i)$.**

6 * **Donnez les formes algébriques des nombres suivants :**

a. $1 - \dfrac{1}{i}$ **b.** $\dfrac{-3i+1}{2+5i}$ **c.** $\left(\dfrac{1-i}{1+i}\right)^2$

7 * **Montrez que pour tout nombre complexe non nul z :**

$$\overline{\left(z + \frac{1}{z}\right)} - \frac{\overline{1+z}}{\overline{z}} = \overline{z} - 1.$$

8 ** **Soit $x + iy$ la forme algébrique d'un nombre complexe z.**
Déterminez les parties réelle et imaginaire des nombres complexes suivants :

a. $Z = (z + \overline{z})^2$ **b.** $Z = \dfrac{1}{z}$ **c.** $Z = \dfrac{\overline{z}}{z}$ **d.** $\dfrac{z-2i}{iz+1-i}$

9 ** **Donnez la forme algébrique de la solution de l'équation :**
$z - (5 + 2i)\overline{z} = 2z - 5i$**.**

10 ** **a.** Calculez i^2, i^3, i^4.
b. Déduisez-en i^n selon les valeurs de l'entier naturel n.
c. Généralisez les résultats précédents au cas où $n \in \mathbb{Z}$.

11 ** **On considère les points A, B, C d'affixes respectives $-3 + 4i$, $-6 + 5i$ et $-4 + i$. Montrez que le triangle ABC est rectangle et isocèle en A.**

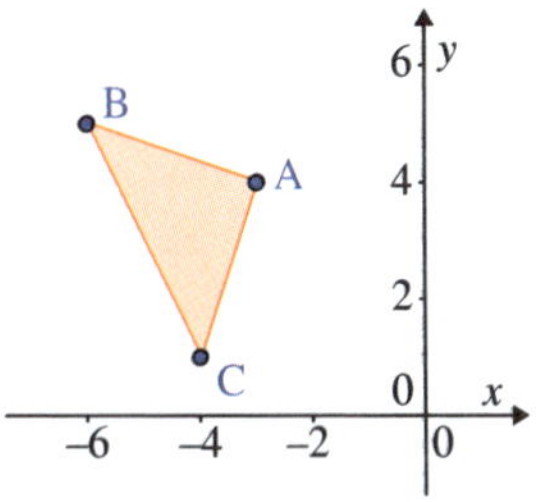

12 ** **En utilisant la forme exponentielle, calculez la forme algébrique de $\left(\frac{1}{2}+\frac{i\sqrt{3}}{2}\right)^{2024}$.**

13 ** **Pour tout nombre complexe $z \neq i$, on pose $Z = \frac{z+1}{z-i}$. On note A le point d'affixe i.**

a. Sachant que la forme algébrique de z est $x + iy$, exprimez les parties réelle et imaginaire de Z en fonction de x et y.

b. Déterminez l'ensemble des points M du plan d'affixe z tels que Z soit réel.

c. Déterminez et construisez l'ensemble des points M du plan d'affixe z tels que Z soit imaginaire pur.

14 ** **Résolvez dans $\mathbb{C}$ les équations suivantes :**

a. $-2z^2 + 6z - 5 = 0$ **b.** $(z^2 + 9)(z^2 - 6z + 9) = 0$ **c.** $z^3 + 6z^2 + 13z = 0$

15 ** **a.** Déterminez deux réels a et b tels que : $z^3 - 1 = (z - 1)(z^2 + az + b)$.

b. Résolvez dans $\mathscr{C}$ l'équation $z^3 = 1$.

c. On appelle j la solution de partie imaginaire positive. Que vaut j^2 ?

d. Établissez que $j^2 = \frac{1}{j} = \overline{j}$.

e. Sur la figure ci-contre déterminez les affixes des points A, B, C, sachant que ce sont les images des solutions de l'équation $z^3 = 1$.

f. Exprimez j^n en fonction de 1et de j, suivant les valeurs de l'entier n de $\mathbb{N}$.

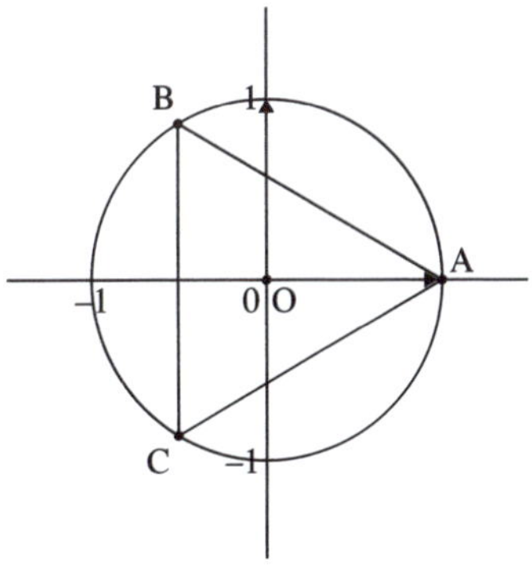

16 ** **On considère les nombres complexes $z_1 = \sqrt{2} + i\sqrt{6}$ et $z_2 = 2 - 2i$, et on pose $z = \frac{z_1}{z_2}$.**

a. Écrivez z sous forme algébrique.
b. Calculez le module et déterminez un argument de z_1 et z_2.
c. Déduisez-en le module et un argument de z.
d. Écrivez alors z sous forme trigonométrique.
e. En comparant les formes algébrique et trigonométrique de z, déduisez-en des résultats obtenus aux questions précédentes les valeurs exactes de $\cos\left(\frac{7\pi}{12}\right)$ et $\sin\left(\frac{7\pi}{12}\right)$.

17 *** **On considère les points A, B, C, D d'affixes respectives $z_A = 8$, $z_B = 8i$, $z_C = z_A e^{-i\frac{\pi}{3}}$ et $z_D = z_B e^{\frac{2i\pi}{3}}$.**

1. a. Écrivez z_A et z_B sous forme exponentielle.
b. Déterminez le module et un argument de z_C et z_D.
c. Écrivez ces nombres sous forme algébrique.
2. Montrez que ces points A, B, C, D sont situés sur un même cercle Γ dont on précisera le centre et le rayon.
3. a. On note z_1 l'affixe de $\overrightarrow{AC}$ et z_2 l'affixe de $\overrightarrow{BD}$. Montrez que $z_2 = z_1\sqrt{3}$.
b. On note z_3 et z_4 les affixes respectives de $\overrightarrow{AB}$ et $\overrightarrow{DC}$. Calculez $|z_3|$ et $|z_4|$.
c. Montrez que le quadrilatère ABCD est un trapèze isocèle, c'est-à-dire qu'il a deux côtés parallèles et deux côtés de même longueur.
La figure ci-dessous illustre le problème.

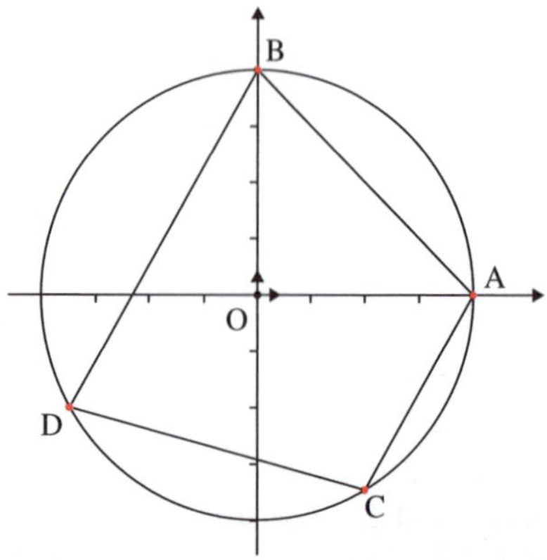

Chapitre 16

Arithmétique

Pour assurer la sécurité des transactions monétaires, les données fournies par un consommateur sur Internet sont cryptées à l'aide de protocoles fondés sur la factorisation de grands nombres premiers et les congruences.

I Divisibilité et congruences

1. Divisibilité

a. Diviseurs et multiples

Définition : Soit a et b deux entiers relatifs. Dire que a divise b (on note $a|b$) signifie qu'il existe un entier relatif k tel que $b = ak$. On dit alors que a est un diviseur de b et que b est un multiple de a.

Propriétés des diviseurs :

Soit a, b, c, u et v des entiers relatifs.

- Réflexivité : $a|a$
- Transitivité : $(a|b$ et $b|c) \Rightarrow a|c$
- Antisymétrie : $(a|b$ et $b|a) \Rightarrow a = b$
- Si c divise a et b, alors c divise toute combinaison linéaire de a et b, c'est-à-dire tout nombre de la forme $au + bv$. En particulier $c|a + b$ et $c|a - b$.

Remarques :

- Tout entier relatif x a au moins deux divisieurs : 1 et –1 et, s'il est distinct de –1 et de 1, il a au moins quatre diviseurs : -1, 1, x, $-x$.
- Les entiers relatifs a et $-a$ ont les mêmes diviseurs.
- 0 est un multiple de tout entier relatif.
- Les multiples de 2 sont les nombres pairs.

b. Division euclidienne

Théorème

Soit a un entier relatif et b un entier relatif **non nul**. Il existe un unique couple d'entiers (q, r) tels que $\boldsymbol{a = bq + r}$ **avec** $\boldsymbol{0 \leq r < |b|}$.

Remarques :

- Le procédé qui permet de trouver q et r est la division euclidienne de a par b.
- q est le quotient et r le reste de la division euclidienne.
- a est un multiple de b si, et seulement si, le reste de la division euclidienne de a par b est nul.
- L'inégalité $0 \leq r \leq |b|$ assure l'unicité de q et de r.

c. Critères de divisibilité

- Un nombre est divisible par 2 si, et seulement s'il se termine par 0, 2, 4, 6 ou 8.
- Un nombre est divisible par 3 (respectivement par 9) si, et seulement si, la somme de ses chiffres est divisible par 3 (respectivement par 9).
- Un nombre est divisible par 4 (respectivement 25) si, et seulement si, le nombre formé par ses deux derniers chiffres est divisible par 4 (respectivement 25).
- Un nombre est divisible par 5 si, et seulement s'il se termine par 0 ou 5.
- Un nombre est divisible par 11 si, et seulement si, la différence entre la somme de ses chiffres de rangs pairs et celle de ses chiffres de rangs impairs est divisible par 11.

2. Congruences

Définitions :

- Soit n un entier naturel non nul. Dire que l'entier relatif a est congru à l'entier relatif b modulo n, ou que a et b sont congrus modulo n, signifie que a et b ont le même reste dans la division euclidienne par n. On écrit $a \equiv b\ [n]$ (a congru à b modulo n).
- Si $a \equiv b\ [n]$ et si $0 \leq b < n$, b s'appelle le résidu de a modulo n.

Il y a donc n résidus modulo n : $0, 1, \ldots, n-1$.

Propriétés :

Soient a, b, c des entiers relatifs, et $n \in \mathbb{N}^*$.

- $a \equiv b\ [n]$ équivaut à $a - b$ est divisible par n.
- $a \equiv 0\ [n]$ signifie que a est divisible par n.
- $a \equiv a\ [n]$ (réflexivité).
- $(a \equiv b\ [n]$ et $b \equiv c\ [n]) \Rightarrow a \equiv c\ [n]$ (transitivité).

Théorème

La relation de congruence est compatible avec l'addition, la soustraction et la multiplication.
Autrement dit :
- $(a \equiv b\ [n]$ et $c \equiv d\ [n]) \Rightarrow (a + c \equiv b + d\ [n])$
- $a - c \equiv b - d$
- $ac \equiv bd\ [n]$.

Corollaire : Soit a et b deux entiers relatifs, n et p deux entiers naturels et $n \neq 0$; on a : $a \equiv b\ [n] \Rightarrow a^p \equiv b^p\ [n]$.

II PGCD et applications

1. PGCD

a. Définitions et conséquences immédiates

Définition : Soit a et b deux entiers relatifs dont l'un au moins est non nul. Le PGCD de a et b est leur plus grand diviseur commun. On le note PGCD(a, b) ou $a \wedge b$.

Lorsque $a \wedge b = 1$, les deux entiers a et b sont dits premiers entre eux.

Conséquences immédiates :

Il résulte de la définition que pour tous entiers a et b ($a \neq 0$) :

- PGCD$(a, b) \geq 0$
- $a \wedge 0 = |a|$ $\quad a \wedge 1 = 1$ $\quad a \wedge b = |a| \wedge |b|$
- $a|b \Rightarrow a \wedge b = |a|$: donc si a est un diviseur de b, alors PGCD $(a, b) = |a|$.

Théorème

Soit a et b deux entiers non nuls et g leur PGCD. Il existe alors deux entiers non nuls a' et b' **premiers entre eux** tels que $a = ga'$ et $b = gb'$.

b. L'algorithme d'Euclide

Théorème

Soit a un entier relatif non nul et b, q, r des entiers relatifs vérifiant l'égalité $a = bq + r$. Alors $a \wedge b = b \wedge r$.

Description de l'algorithme :

- Ce théorème conduit à l'algorithme d'Euclide.
- On part de deux entiers naturels non nuls a et b.
- On effectue ensuite la division euclidienne de a par b.
- Si le reste est non nul, on divise alors b par ce reste r et on réitère le processus jusqu'à l'obtention d'un reste nul.
- Le dernier reste non nul est le PGCD de a et b.

Exemple : Détermination du PGCD de 322 et 69.

a	b	r	
322	69	46	$322 = 69 \times 4 + 46$
69	46	23	$69 = 46 \times 1 + 23$
46	23	0	$46 = 23 \times 2 + 0$

Donc $322 \wedge 69 = 23$.

Fonction pgcd en Python : l'instruction `a%b` renvoie le reste de la division euclidienne de a par b.

```
Def pgcd(a,b) :
   while a%b <> 0 :
      a, b = b, a%b
   return b
```

c. Conséquences de l'algorithme d'Euclide

Soit a et b deux entiers, avec $a \neq 0$.

- L'ensemble des diviseurs communs à a et b est l'ensemble des diviseurs de PGCD (a, b).
- Le PGCD de a et b est une combinaison linéaire de a et b, c'est-à-dire qu'il existe deux entiers relatifs u, v tels que PGCD $(a, b) = au + bv$.

2. Théorèmes de Bézout et de Gauss

Théorème de Bézout

Deux entiers relatifs a et b sont premiers entre eux si, et seulement s'il existe deux entiers relatifs u et v tels que $au + bv = 1$.

- Les entiers u et v ne sont pas uniques.

Théorème de Gauss

Soit a, b et c trois entiers relatifs non nuls.
Si a divise bc et si a et b sont premiers entre eux, alors a divise c.
Autrement dit : $(a|bc$ et $a \wedge b = 1) \Rightarrow a|c$.

Corollaire : Supposons a et b premiers entre eux. Si chacun d'eux est un diviseur de c, alors leur produit est aussi un diviseur de c.

Autrement dit : $(a|c,\ b|c,\ a \wedge b = 1) \Rightarrow ab|c$.

- Dans le corollaire l'hypothèse « a et b premiers entre eux » est essentielle. En effet, 2 et 8 divisent 24 mais 2×8 ne divise pas 24, car 2 et 8 ne sont pas premiers entre eux.

III Nombres premiers

Définition : Un nombre premier est un entier naturel qui a exactement deux diviseurs qui sont 1 et lui-même.

Remarques :

- 1 n'est pas premier ; en effet il n'a qu'un seul diviseur : 1.
- Tous les nombres premiers sont impairs sauf 2.
- Il y a une infinité de nombres premiers.

Propriétés :

- Soit n un nombre entier non premier. Le plus petit diviseur de n autre que 1 est un nombre premier.

En effet, soit $d > 1$ le plus petit diviseur de n. Si d n'était pas premier, il aurait un diviseur d' qui serait strictement plus petit que d ; d' serait un diviseur de n et cela contredirait le statut de d.

On en déduit que tout entier strictement supérieur à 1 admet au moins un diviseur premier.

- Tout nombre premier p est premier avec tout entier qui n'est pas un multiple de p.
- Deux nombres premiers distincts sont premiers entre eux.

Il faut bien différencier « nombre premier » (au singulier) et « nombres premiers entre eux » (au pluriel).

- Si p est premier et divise le produit ab, alors p divise a ou p divise b. p peut également diviser les deux.

Cette propriété ne vaut pas pour les nombres non premiers : $6|(3 \times 4)$ mais 6 ne divise ni 3, ni 4.

IV Décomposition en facteurs premiers

Théorème de décomposition

Tout entier naturel x strictement supérieur à 1 s'écrit comme un produit de puissances de nombres premiers.

Plus précisément : il existe n nombres premiers uniques $p_1, p_2, \ldots, p_n$ et n entiers strictement positifs uniques $a_1, a_2, \ldots, a_n$, tels que :

$$x = p_1^{a_1} p_2^{a_2} \ldots p_n^{a_n} = \prod_{i=1}^{i=n} p_i^{a_i}$$

On en déduit que la décomposition de tout diviseur de x s'écrit sous la forme $\prod_{i=1}^{i=n} p_i^{b_i}$ où les entiers b_i sont compris dans $[0; a_i]$.

Théorème du calcul du PGCD

Soit a et b deux entiers naturels non nuls. Leur PGCD est égal à 1 ou au produit des nombres premiers communs aux deux décompositions, élevés chacun à leur plus petite puissance.

Exemple : Si $a = 3^7 \times 13^3 \times 19^4$ et $b = 2^5 \times 3^4 \times 5^8 \times 19^3$, alors PGCD $(a\,;b) = 3^4 \times 19^3$.

Méthode pour trouver le nombre de diviseurs d'un entier x :

$x = p_1^{a_1} p_2^{a_2} \ldots p_n^{a_n} = \prod_{i=1}^{i=n} p_i^{a_i}$

↓

Tout diviseur de x a pour décomposition $\prod_{i=1}^{i=n} p_i^{b_i}$ avec $0 \leq b_i \leq a_i$

↓

Choisir un diviseur de x revient donc à choisir $b_1, b_2, \ldots, b_n$

↓

Il y a $a_1 + 1$ choix pour b_1 : $0, 1, \ldots, a_1$ | .... | Il y a $a_n + 1$ choix pour b_n : $0, 1, \ldots, a_n$

↓

Au total, il y a donc $(a_1 + 1)(a_2 + 1) \ldots (a_n + 1)$ choix possibles

Je révise

Dans la suite, tous les nombres sont entiers.

1 Il existe un entier qui est multiple de tous les autres.

a. ○ Vrai b. ○ Faux

2 Il existe deux entiers qui sont diviseurs de tous les autres.

a. ○ Vrai b. ○ Faux

3 Si d est un diviseur commun à a et b, alors d est un diviseur commun à toute combinaison linéaire de a et b.

a. ○ Vrai b. ○ Faux

4 Si $a|b$ et $a|c$, alors $a^2|bc$.

a. ○ Vrai b. ○ Faux

5 $n > 1$. Si $ab \equiv 0\ [n]$, alors $a \equiv 0\ \{n]$ ou $b \equiv 0\ [n]$.

a. ○ Vrai b. ○ Faux

6 $343 \equiv 0[7]$.

a. ○ Vrai b. ○ Faux

7 $\delta = a \wedge b \Rightarrow a^n \wedge b^n = \delta^n\ (n \geq 0)$.

a. ○ Vrai b. ○ Faux

8 Tout nombre premier est impair.

a. ○ Vrai b. ○ Faux

9 91 est premier.

a. ○ Vrai b. ○ Faux

10 Il y a une infinité de nombres premiers.

a. ○ Vrai b. ○ Faux

11 2 023 est premier.

a. ○ Vrai b. ○ Faux

12 $n > 1$ et non premier. Le plus petit diviseur de n autre que 1 est premier.

a. ○ Vrai b. ○ Faux

Réponses :

1 a - 2 a - 3 a - 4 a - 5 b - 6 a - 7 a - 8 b - 9 b - 10 a - 11 b - 12 a.

Pour la suite, on considère des entiers.

Si	Alors
a est un diviseur de b	b est un .... de a
Les diviseurs sont communs à deux entiers	Les diviseurs de leur ....
$\delta = a \wedge b$	$\dfrac{a}{\delta}$ et $\dfrac{b}{\delta}$ sont ....
$a \equiv b\ [n]$ et $c \equiv d\ [n]$	....
$a = bq + r\ (b > 0)$	$a \equiv \ldots\ [b]$

$109 = 11 \times 9 + 10$ → Représente la division euclidienne de … par …

Si $a \mid c$ et $b \mid c$ → Alors $ab \mid c$ à condition que ....

L'équation dans $\mathbb{Z}$ $ax + by = 1$ a des solutions → Si, et seulement si, ...

L'équation dans $\mathbb{Z}$ $ax + by = c$ a des solutions → Si, et seulement si, ...

Deux nombres premiers distincts → Sont ....

Connaissant la décomposition de deux entiers en facteurs premiers → Je trouve leur PGCD ainsi ....

Trouver les entiers x et y, solution de l'équation $ax + by = 1$

$a, b \in \mathbb{Z}$ sont donnés et premiers entre eux.

Je cherche des solutions particulières x_0 et y_0

↓

Je résous $\begin{cases} ax + by = 1 \\ ax_0 + by_0 = 1 \end{cases} \Rightarrow a(x - x_0) \ldots (1)$

↓

J'applique le théorème de Gauss : $a \mid b\,(y_0 - y) \Rightarrow \ldots$

↓

Donc $y - y_0 = ka \Rightarrow y = \ldots\ldots$, puis je remplace dans (1) et je trouve ....

Système d'équations et PGCD

Les clés de l'exercice

Le but de l'exercice est de décrire une méthode de résolution d'un système de deux équations non linéaires à deux inconnues entières.

On veut résoudre le système suivant, où x et y sont deux entiers naturels.

$$\begin{cases} x^2 - y^2 = 5\,440 \\ x \wedge y = 8 \end{cases}$$

1.a. Décomposez 5 440 en facteurs premiers.

b. Déduisez-en le plus grand entier n tel que $5\,440 = n^2 \times m$ où m est un entier.

2.a. Montrez que la question revient à trouver deux entiers naturels x' et y' premiers entre eux et vérifiant l'équation $x'^2 - y'^2 = 85$.

b. Résolvez l'équation précédente.

3. Concluez.

▶ **Cherchez les diviseurs de 5 440 en utilisant les critères de divisibilité.**

1. a. $5\,440 = 10 \times 544 = 2 \times 5 \times 4 \times \underbrace{136}_{4 \times 34} = 2^3 \times 5 \times 4 \times \underbrace{34}_{2 \times 17} = 2^5 \times 5 \times 2 \times 17 = 2^6 \times 5 \times 17.$

▶ **Repérez les nombres premiers qui ont des exposants pairs.**

b. On a donc $5\,440 = 2^6 \times 5 \times 17 \Rightarrow 5\,440 = 64 \times 85$.

On trouve donc $n^2 = 64 = 8^2 \Rightarrow n = 8$ et $m = 85$.

▶ **Si δ est le PGCD de a et b, on sait que $\frac{a}{\delta}$ et $\frac{b}{\delta}$ sont premiers entre eux.**

2. a. Le PGCD de x et y étant 8, posons $x' = \frac{x}{8}$ et $y' = \frac{y}{8}$.

Alors x' et y' sont premiers entre eux.

Donc : x et y existent si, et seulement si, $(8x')^2 - (8y')^2 = 5\,440$; c'est-à-dire $64(x'^2 - y'^2) = 64 \times 85 \Leftrightarrow x'^2 - y'^2 = 85$.

Ce qu'il fallait démontrer.

▶ Listez les diviseurs de 85 et utilisez une identité remarquable.

b. $85 = 1 \times 85$ et $85 = 5 \times 17$.

Les diviseurs positifs de 85 sont donc 1, 5, 17, 85. De plus : $x'^2 - y'^2 = (x' - y')(x' + y')$.

Ainsi :

$$x'^2 - y'^2 = 85 \Leftrightarrow (x' - y')(x' + y') = 85.$$

On cherche donc des entiers naturels x' et y', premiers entre eux, tels que $x' - y'$ et $x' + y'$ soient des diviseurs positifs de 85.

Par conséquent : $x'^2 - y'^2 = 85$ équivaut à :

$$(1)\begin{cases} x' - y' = 1 \\ x' + y' = 85 \end{cases} \text{ ou } (2)\begin{cases} x' - y' = 5 \\ x' + y' = 17 \end{cases} \text{ ou } (3)\begin{cases} x' - y' = 17 \\ x' + y' = 5 \end{cases} \text{ ou } (4)\begin{cases} x' - y' = 85 \\ x' + y' = 1 \end{cases}.$$

Par addition, le système (1) fournit $2x' = 86 \Rightarrow x' = 43$ et donc $y' = 42$.

De même, le système (2) fournit $2x' = 22 \Rightarrow x' = 11$ et donc $y' = 6$.

Le système (3) fournit $2x' = 22 \Rightarrow x' = 11$ et $y' = -6$, solutions à rejeter car $y' < 0$.

Le système (4) fournit $2x' = 86 \Rightarrow x' = 43$ et $y' = -42$, solutions à rejeter car $y' < 0$.

Finalement les couples $(x' ; y')$ d'entiers naturels solutions de l'équation $x'^2 - y'^2 = 85$ sont $(43 ; 42)$ et $(11 ; 6)$.

▶ Reliez x', y' avec x et y.

3. Puisque $x = 8x'$ et $y = 8y'$, on trouve donc les couples $(x ; y)$ solutions du système initial : $(344 ; 336)$ et $(88 ; 48)$.

Je m'entraîne

1 * **Démontrez que pour tout entier n, le produit $n(n+1)$ est pair.**

▶ Corrigés p. 315

2 * **Déterminez le quotient et le reste de la division euclidienne de –355 par 17.**

3 * **Un nombre entier à cinq chiffres s'écrit $54xy8$. Déterminez les chiffres x et y pour que ce nombre soit divisible par 11.**

4 * **Montrez que deux entiers consécutifs sont premiers entre eux.**

5 * **Montrez que deux entiers naturels consécutifs et impairs sont premiers entre eux.**

6 * **Montrez que la somme de deux entiers impairs consécutifs est divisible par 4.**

7 * **a.** Dressez la table de multiplication des résidus non nuls modulo 5.
b. Déduisez-en les entiers relatifs solutions de l'équation $9x \equiv 2\ [5]$.

8 * **On veut démontrer que, pour tous entiers a et b, le nombre $n = ab(a^2 - b^2)$ est divisible par 3.**
a. Examinez le cas où au moins l'un des deux est un multiple de 3.
b. Examinez le cas où $a \equiv b\ [3]$.
c. Envisagez les autres cas et concluez.

9 * **Montrez que pour tout entier naturel n $3^{2n} - 2^n$ est divisible par 7.**

10 * **Quels sont les résidus modulo 5 des carrés des entiers ?**

11 * **Trouvez les entiers naturels n tels que $n + 8$ soit divisible par n. On pourra utiliser les congruences.**

12 * **a.** Complétez le tableau suivant modulo 7.

x	0	1	2	3	4	5	6
x^2							

b. Résolvez dans $\mathbb{Z}$ l'équation $x^2 - x + 1 \equiv 0\ [7]$.

13 * **Combien 198 a-t-il de diviseurs ? Écrivez-les tous.**

14 ** **Soit a et b deux entiers relatifs non nuls.**
a. Développez $(a+b)^3$.
b. Démontrez que $a^3 + b^3 \equiv 0\ [3] \Leftrightarrow (a+b)^3 \equiv 0\ [3]$.

15 ** **Trouvez les entiers naturels n tels que $n + 11$ soit divisible par $n - 1$. On pourra utiliser les congruences.**

16 ** **Démontrez que, pour tout entier naturel n, $3^{n+3} \equiv 4^{4n+2}$ [11].**

17 ** **Démontrez par récurrence que pour tout entier naturel n, $4^n + 6n \equiv 1$ [9].**

18 ** **Trouvez tous les entiers relatifs x et y vérifiant $17x - 5y = 7$ sachant que si $x = 1$ et $y = 2$ l'équation est satisfaite.**

19 ** **a.** Déterminez, selon les valeurs de l'entier naturel n, les résidus modulo 5 de 2^n et 3^n.

b. Déduisez-en, selon les valeurs de n, le reste de la division euclidienne de $2\,022^n + 2\,023^n$ par 5.

20 ** **Le programme Python suivant permet l'affichage des diviseurs associés de l'entier naturel n, c'est-à-dire les entiers naturels a et b tels que $n = ab$.**

```
1.  from math import *
2.  n=int(input("n = "))#demande de saisie de n
3.  m=floor(sqrt(n))#partie entière de la racine de n
4.  for k in range(1,m+1):
5.          if n%k==0:
6.                  print(k, n/k)
```

L'instruction `n%k` renvoie le reste de la division euclidienne de n par k.

a. Quelle est la mission de la boucle `for` (ligne 4) ?

b. Pourquoi suffit-il de faire des tests avec des entiers $k \leq \sqrt{n}$?

21 *** **Partie A – Préliminaires**

1. a. Trouvez deux entiers simples a et b tels que $13a + 4b = 1$.

b. Déduisez-en deux entiers u et v tels que $13u + 4v = 249$.

c. Résolvez dans $\mathbb{Z}$ l'équation $13x + 4y = 249$. On pourra noter que $3 \times 249 = 747$.

Partie B – Résolution d'un problème des convives

28 personnes sont réunies pour un banquet. Il y en a x qui ont payé le tarif normal de 26 €, y qui ont payé le tarif étudiant de 17 € et z qui ont payé le tarif enfant de 13 €. La note totale est de 613 €. Il s'agit de trouver x, y et z.

1. Montrez que l'on a $13x + 4y = 249$. On pourra noter que $13 \times 28 = 364$.

2. Résolvez le problème.

22 *** **On considère l'équation (*E*) d'inconnue et le couple (n, m) de $\mathbb{Z}^2$:**

$$\mathbf{11n - 24m = 1}$$

1. a. Justifiez que cette équation a au moins une solution.

b. Déterminez n sachant que $m = 11$.

2. Recherchez le PGCD de $10^{11} - 1$ et $10^{24} - 1$.

a. Justifiez que 9 divise $10^{11} - 1$ et $10^{24} - 1$.

b. Soit (n, m) un couple quelconque solution de (*E*), n et m étant des entiers naturels. Montrez que l'on peut écrire :

$$(10^{11n} - 1) - 10(10^{24m} - 1) = 9$$

c. On rappelle que pour tout entier naturel n et tout réel a :

$$a^n - 1 = (a - 1)\,(a^{n-1} + a^{n-2} + \ldots + 1)$$

Déduisez de la question précédente l'existence de deux entiers N et M tels que :

$$(10^{11} - 1)N - (10^{24} - 1)M = 9$$

d. Montrez que tout diviseur commun à $10^{24} - 1$ et $10^{11} - 1$ divise 9.

3. Déduisez des questions précédentes le PGCD de $10^{11} - 1$ et $10^{24} - 1$.

23 *** **1.** Démontrez que, pour tout entier relatif n, les entiers $14n + 3$ et $5n + 1$ sont premiers entre eux. On pourra commencer par calculer 5×14.

2. On considère l'équation (*E*) dont les inconnues sont dans $\mathbb{Z}$:

$$87x + 31y = 2$$

a. En utilisant par exemple la question 1, montrez que 87 et 31 sont premiers entre eux.

b. Déduisez-en deux entiers relatifs x et y solutions de $87x + 31y = 1$.

3. Résolvez l'équation (*E*).

4. Déterminez les points de la droite D d'équation $87x + 31y - 2 = 0$ dont les coordonnées sont des entiers naturels et dont l'abscisse est comprise entre 0 et 100.

Matrices et graphes

Chapitre 17

La théorie des graphes joue un rôle majeur dans la réalisation de réseaux de communication sophistiqués, comme Internet. Avec la puissance de calcul des ordinateurs actuels et la théorie des matrices, l'utilisation des graphes améliore sans cesse la performance des communications.

J'apprends

I Matrices

1. Généralités et opérations élémentaires

a. Généralités

Définitions :

- Une matrice est un tableau de nombres à n lignes et p colonnes. Si $n = p$ la matrice est dite carrée d'ordre n. Si $n = 1$, c'est une matrice ligne et si $p = 1$, c'est une matrice colonne.

On note $a_{i,j}$ l'élément de la ligne i et de la colonne j.

n	p	Exemple	Nom	$a_{i,j}$: exemple
2	2	$\begin{pmatrix} a & b \\ c & d \end{pmatrix}$	Matrice carrée d'ordre 2	$a_{21} = c$ et $a_{22} = d$
1	3	$(x \quad y \quad z)$	Matrice ligne à trois colonnes	$a_{13} = z$ et a_{31} n'existe pas
2	1	$\begin{pmatrix} a \\ b \end{pmatrix}$	Matrice colonne à deux lignes	$a_{21} = b$ et a_{12} n'existe pas
2	3	$\begin{pmatrix} 1 & 2 & 3 \\ 4 & 5 & 6 \end{pmatrix}$	Matrice à deux lignes et trois colonnes	$a_{23} = 6$ et $a_{12} = 2$

- Un matrice carrée est dite diagonale lorsque tous ses termes sont nuls sauf éventuellement ceux de sa diagonale. Donc pour tous entiers i et j, $i \neq j \Rightarrow a_{ij} = 0$.

Les éléments de la diagonale sont de la forme $a_{i,i}$ $(i = j)$.

- Une matrice diagonale dont tous les termes diagonaux sont égaux à 1 s'appelle une matrice identité d'ordre n, notée I_n.
- Une matrice nulle est une matrice dont tous les termes sont nuls. On la note 0.

Remarque : Ne pas confondre une matrice nulle avec le nombre réel 0.

b. Opérations élémentaires

Addition et soustraction : Pour pouvoir additionner ou soustraire deux matrices $A(a_{ij})$ et $B(b_{ij})$, il faut et il suffit qu'elles aient les mêmes dimensions, c'est-à-dire le même nombre de lignes et le même nombre de colonnes. Alors :

$$A + B = C \quad (c_{ij} = a_{ij} + b_{ij}) \quad \text{et} \quad A - B = D \quad (d_{ij} = a_{ij} - b_{ij}).$$

Exemples :

- Si $A = \begin{pmatrix} 1 & 2 \\ 3 & 4 \end{pmatrix}$ et $B = \begin{pmatrix} -1 & 0 \\ 2 & -1 \end{pmatrix}$, alors $A + B = \begin{pmatrix} 0 & 2 \\ 5 & 3 \end{pmatrix}$.
- Si $A = \begin{pmatrix} 0 \\ 1 \end{pmatrix}$ et $B = \begin{pmatrix} 1 \\ -2 \end{pmatrix}$, alors $A - B = \begin{pmatrix} -1 \\ 3 \end{pmatrix}$.

Multiplication externe : Pour tout nombre α : $\alpha A_{ij} = B \quad (b_{ij} = \alpha a_{ij})$. Il suffit de multiplier chaque terme de A par α.

Exemples :

- Si $A = \begin{pmatrix} 1 & 2 & 0 \\ 3 & 4 & 0 \\ 5 & 0 & 6 \end{pmatrix}$, alors $2A = \begin{pmatrix} 2 & 4 & 0 \\ 6 & 8 & 0 \\ 10 & 0 & 12 \end{pmatrix}$.
- Si $A = (a \quad b \quad c)$, alors $\dfrac{1}{2}A = \begin{pmatrix} \dfrac{a}{2} & \dfrac{b}{2} & \dfrac{c}{2} \end{pmatrix}$.

L'opposé d'une matrice A est la matrice notée $-A$ dont les coefficients sont les opposés des coefficients de A. Ainsi, $A + (-A) = 0$.

2. Multiplication des matrices

Règle : Pour pouvoir effectuer le produit AB de deux matrices A et B, il faut et il suffit que le nombre de colonnes de A soit égal au nombre de lignes de B.

On trouve un coefficient du produit $AB = P$ selon le modèle ci-contre. Donc :

- AB a autant de lignes que A
- AB a autant de colonnes que B.

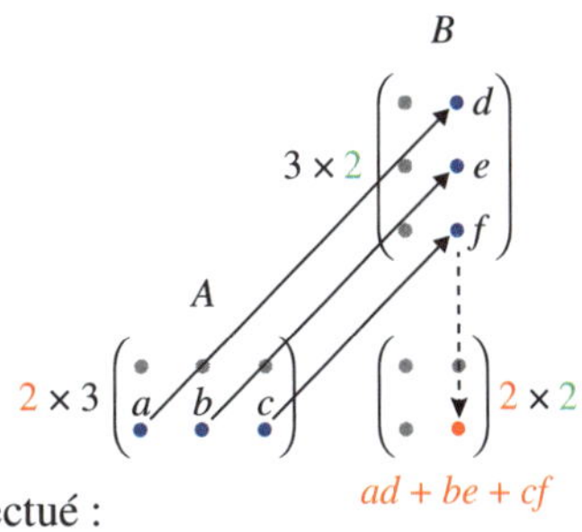

Exemple : Pour trouver le coefficient p_{21}, on a effectué :

$$a_{21}b_{11} + a_{22}b_{21} + a_{23}b_{31} = \sum_{k=1}^{k=3} a_{2k}b_{k1}$$

Il est possible de calculer le produit BA car le nombre de colonnes de B est égal au nombre de lignes de A. Cependant le résultat comporte trois lignes et trois colonnes, donc est différent de AB.

On peut combiner la multiplication externe et la multiplication des matrices :

Pour tout nombre α : $\alpha(AB) = (\alpha A)B = A(\alpha B)$. Autrement dit : on peut calculer d'abord $AB = P$ et ensuite αP ou d'abord $\alpha A = Q$ et ensuite QB et enfin $\alpha B = R$ et ensuite AR.

On pose $A^0 = I_n$ et pour tout entier naturel n, $A^{n+1} = A^n A = AA^n$.

Propriétés de la multiplication des matrices :

- Le produit de deux matrices diagonales est une matrice diagonale. On trouve les coefficients du produit en effectuant les produits des coefficients diagonaux.

$$\begin{pmatrix} a & 0 & 0 \\ 0 & b & 0 \\ 0 & 0 & c \end{pmatrix}\begin{pmatrix} a' & 0 & 0 \\ 0 & b' & 0 \\ 0 & 0 & c' \end{pmatrix} = \begin{pmatrix} aa' & 0 & 0 \\ 0 & bb' & 0 \\ 0 & 0 & cc' \end{pmatrix}$$

- Si $D\ (d_{ij})$ est diagonale, alors pour tout $k \in \mathbb{N}$, D^k est diagonale et a pour coefficients (d_{ij}^k).

- Pour toute matrice carrée A d'ordre n : $AI_n = I_nA = A$. La matrice identité agit comme le nombre 1 pour la multiplication des nombres.

- Soit A et B deux matrices. Alors, lorsqu'on peut effectuer les opérations :

– Si B est une matrice colonne, AB l'est aussi.

Exemple : $\begin{pmatrix} 1 & 0 & 2 \\ -1 & -2 & 0 \\ 0 & -1 & 3 \end{pmatrix}\begin{pmatrix} 0 \\ -4 \\ 2 \end{pmatrix} = \begin{pmatrix} 4 \\ 8 \\ 10 \end{pmatrix} = 2\begin{pmatrix} 2 \\ 4 \\ 5 \end{pmatrix}$.

– Si A est une matrice ligne, alors AB l'est aussi.

Exemple : $\begin{pmatrix} 0 & -1 & 2 \end{pmatrix}\begin{pmatrix} 0 & 2 & -1 \\ 1 & 0 & -2 \\ -3 & 0 & 1 \end{pmatrix} = \begin{pmatrix} -7 & 0 & 4 \end{pmatrix}$.

Remarques :

- La multiplication des matrices n'est pas commutative. Cela signifie qu'en général $AB \neq BA$.

- On peut avoir $AB = 0$ et en même temps $A \neq 0$ et $B \neq 0$.

- Les logiciels de calcul formel et les calculatrices permettent d'opérer sur les matrices (Menu MATRIX).

3. Matrice inverse

Définition : Dire qu'une matrice carée M est inversible signifie qu'il existe une matrice carrée, notée M^{-1}, telle que $MM^{-1} = M^{-1}M = I_n$ où I_n désigne la matrice identité d'ordre n.

Remarques :

- Lorsqu'elle existe, M^{-1} est unique.

- Lorsque les matrices sont inversibles et de même taille : $(MN)^{-1} = N^{-1}M^{-1}$.

Théorème

On donne deux matrices A et B. L'équation $AX = B$ dont l'inconnue est une matrice X a une solution unique si, et seulement si, A est inversible. Alors :

$$X = A^{-1}B$$

En effet : $AX = B \Rightarrow \underbrace{A^{-1}A}_{I_n}X = A^{-1}B \Rightarrow I_nX = A^{-1}B \Rightarrow X = A^{-1}B.$

En général : $A^{-1}B \neq BA^{-1}$.

Théorème des matrices carrées d'ordre 2

Une matrice carrée d'ordre deux $\begin{pmatrix} a & b \\ c & d \end{pmatrix}$ est inversible si, et seulement si, le nombre $D = ad - bc$ est différent de 0. Son inverse est alors égal à :

$$\frac{1}{D}\begin{pmatrix} d & -b \\ -c & a \end{pmatrix}$$

Exemple : $\begin{pmatrix} 3 & 1 \\ 5 & 2 \end{pmatrix}^{-1} = \frac{1}{\underbrace{3 \times 2 - 1 \times 5}_{1}} \times \begin{pmatrix} 2 & -1 \\ -5 & 3 \end{pmatrix} = \begin{pmatrix} 2 & -1 \\ -5 & 3 \end{pmatrix}.$

II Graphes

1. Définitions et premiers théorèmes

Définitions :

- Un graphe est la réunion d'un ensemble de points appelés sommets et d'un ensemble de lignes reliant deux sommets, distincts ou non, appelées arêtes. Une arête reliant le même sommet s'appelle une boucle.
- L'ordre d'un graphe est le nombre de ses sommets.
- Deux sommets reliés par une arête sont dits adjacents.

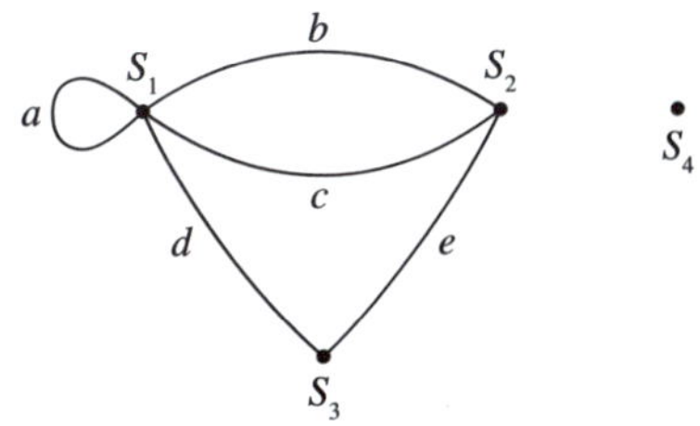

Graphe 1

Exemple : Le graphe 1 est d'ordre 4, il comporte 5 arêtes et le sommet S_4 est dit isolé. L'arête a est une boucle.

- Un graphe est dit simple si deux sommets quelconques sont joints par au plus une arête et s'il est sans boucle.

- Un graphe simple est dit complet si tous les sommets sont adjacents. Il n'existe qu'un seul graphe complet d'ordre donné.

Exemple : Le graphe complet d'ordre 5 est représenté sur la figure ci-contre.

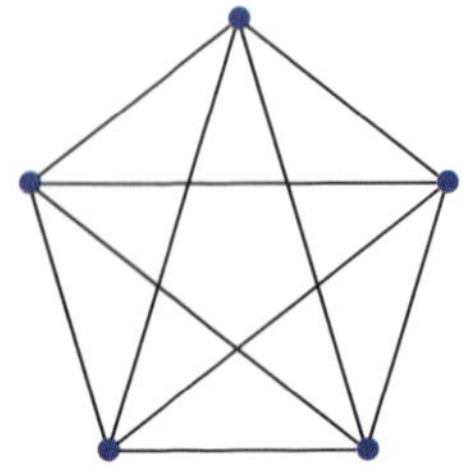

- Le degré d'un sommet est le nombre d'arêtes ayant pour extrémité ce sommet. Les boucles sont comptées deux fois.

Exemple : Sur le graphe 1, le sommet S_1 a pour degré 5. Le degré S_4 est égal à 0.

- Une chaîne (on dit aussi un chemin) est une suite d'arêtes. La fin de l'une est le début de la suivante. La longueur d'une chaîne est le nombre de ses arêtes.

- Un cycle est une chaîne particulière : les arêtes sont prises une seule fois ET le départ de la chaîne est aussi son arrivée.

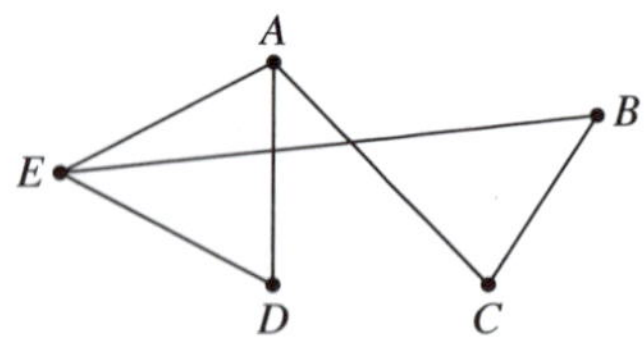

Exemple : Sur la figure, $AC - CB - BE - ED$ est une chaîne de longueur 4 et $EA - AD - DE$ est un cycle de longueur 3.

- Un graphe est dit connexe si deux sommets quelconques sont reliés par au moins une chaîne.

Exemple : Le graphe 1 n'est pas connexe. Les deux autres le sont.

- Une chaîne est dite eulérienne si elle contient une fois et une seule chaque arête du graphe.

- Un cycle eulérien est une chaîne eulérienne dont le départ est aussi l'arrivée.

Théorème

La somme des degrés de tous les sommets d'un graphe est égale au **double du nombre d'arêtes** de ce graphe. C'est donc un **nombre pair**.

En effet, lorsqu'on fait la somme des degrés, chaque arête est comptée deux fois : une fois pour chaque sommet.

Le nombre de sommets de degré impair est pair. Sinon, en additionnant ce nombre avec celui des sommets de degré pair, on obtiendrait un nombre impair.

Théorème d'Euler

Considérons un graphe **connexe** ; alors :
- Il existe une chaîne eulérienne si, et seulement si, tous les sommets sont de degré pair, sauf au plus deux.
- Si le graphe n'a pas de sommet de degré impair, alors il a un cycle eulérien.
- S'il y a exactement deux sommets de degré impair, alors ce sont les extrémités de la chaîne eulérienne (ABCDECA sur la figure).

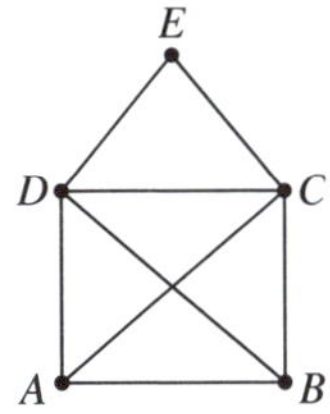

On en déduit que si un graphe comporte plus de deux sommets de degré impair, alors il ne possède pas de chaîne eulérienne.

2. Graphes et matrices

a. Graphes non orientés

L'élément $a_{i,j}$ de la matrice associée à un graphe non orienté vaut 1 s'il y a une arête reliant les sommets i et j et vaut 0 sinon.

Cette matrice est symétrique. Cela signifie que $a_{i,j} = a_{j,i}$.
Exemple : $a_{12} = a_{21}$.

Elle s'appelle une matrice d'adjacence.

La matrice $M = \begin{matrix} & A & B & C & D & E \\ A & 1 & 1 & 0 & 1 & 1 \\ B & 1 & 0 & 1 & 1 & 0 \\ C & 0 & 1 & 0 & 1 & 0 \\ D & 1 & 1 & 1 & 1 & 1 \\ E & 1 & 0 & 0 & 1 & 0 \end{matrix}$ décrit le graphe ci-contre.

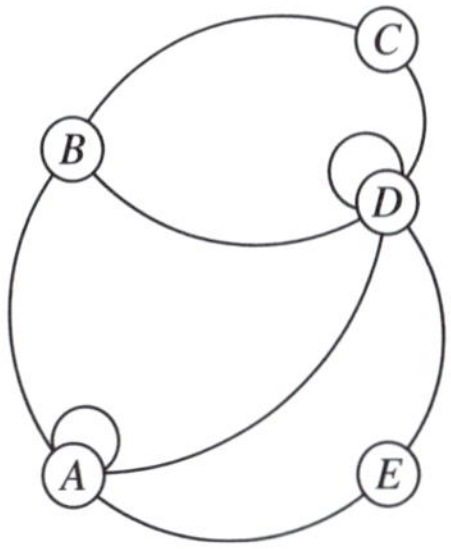

Les lettres en gris sont écrites pour mémoire et ne font pas partie de la matrice.

Théorème

Le terme a_{ij} de la matrice M^n fournit le nombre de chaînes de longueur n reliant les sommets i et j.

Exemple :

$$M^3 = \begin{pmatrix} 12 & 10 & 6 & 14 & 8 \\ 10 & 6 & 6 & 11 & 5 \\ 6 & 6 & 3 & 8 & 4 \\ 14 & 11 & 8 & 16 & 9 \\ 8 & 5 & 4 & 9 & 4 \end{pmatrix}$$

. Il y a 4 chaînes de longueur 3 liant les sommets C et E. Ce sont : $CB - BA - AE$, $CB - BD - DE$, $CD - DA - AE$ et $CD - DD - DE$.

b. Graphes orientés

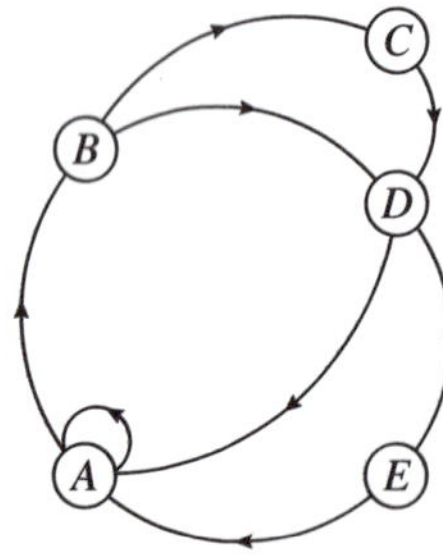

Lorsque le graphe est orienté, cette matrice n'est plus symétrique. Cependant, elle suit le même principe. L'orientation s'effectue en partant d'une lettre de la colonne (en rouge) pour aller vers une lettre de la ligne (en bleu).

La matrice

	A	B	C	D	E
A	1	1	0	0	0
B	0	0	1	1	0
C	0	0	0	1	0
D	1	0	0	0	1
E	1	0	0	0	0

décrit le graphe ci-contre.

c. Graphes étiquetés, graphes pondérés

- Un graphe étiqueté est un graphe orienté comportant une entrée et une sortie obligatoires. Toutes les arêtes portent un caractère, nommé étiquette, issu d'un ensemble de signes. Cet ensemble s'appelle un alphabet (C, J, D, P, 0, 1, 2 dans l'exemple). Lors du déplacement le long du graphe, on forme des mots.

Tout mot lié à ce graphe commence par C et finit par P.

CJJ0DP, *C*1*J*1*JJ*1102*P* sont deux mots. *CJDP* et *CJ*1*C*02*P* n'en sont pas.

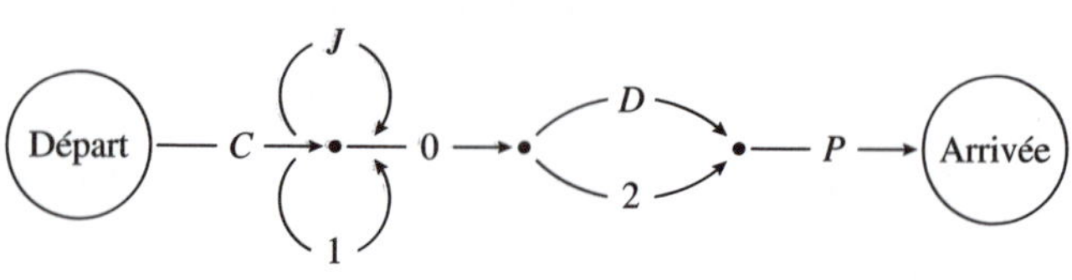

- Un graphe pondéré est un graphe dont les arêtes sont obligatoirement étiquetées par des nombres, appelés poids. La somme des poids des arêtes d'une chaîne s'appelle le poids de la chaîne.

3. Graphes probabilistes

On considère un processus aléatoire modélisé par le graphe ci-dessous. Il peut prendre trois états : A, B, C.

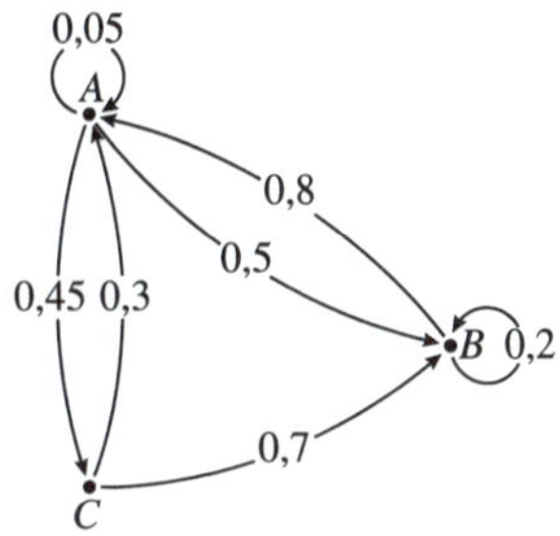

Si à une étape le processus est dans l'état A alors, à l'étape suivante, il sera dans l'état :

- A avec la probabilité 0,05
- B avec la probabilité 0,5
- C avec la probabilité 0,45

On raisonne de même pour les états B et C.

On résume cela par la matrice suivante T, construite ligne par ligne, appelée matrice de transition (les lettres sont indiquées pour mémoire).

$$\begin{matrix} & A & B & C \\ A \\ B \\ C \end{matrix}\begin{pmatrix} 0{,}05 & 0{,}5 & 0{,}45 \\ 0{,}8 & 0{,}2 & 0 \\ 0{,}3 & 0{,}7 & 0 \end{pmatrix}$$

Propriétés des matrices de transition :

- Dans une matrice de transition, tous les coefficients sont compris entre 0 et 1 et la somme d'une ligne quelconque est égale à 1.
- Soit $X_n = (a_n \quad b_n \quad c_n)$ la matrice-ligne des probabilités à l'étape n alors $a_n + b_n + c_n = 1$ et on a $X_{n+1} = X_n T$ et $X_n = X_0 T^n$.

Exemple : La probabilité que le processus soit dans l'état C est c_n.

Remarque : On constate l'analogie avec les suites géométriques.

Théorème de l'état stable

Soit T une **matrice de transition**. Il existe une matrice-ligne S dont les coefficients sont positifs et de somme 1, telle que $ST = S$.
La matrice S représente un **état stable** du processus.

Lorsque n tend vers $+\infty$, X_n tend vers S. Autrement dit, chaque terme de X_n tend vers le terme correspondant de S.

Je révise

Dans toute la suite, les lettres majuscules désignent des matrices.
I est une matrice identité. Dans les questions 1 à 4, on suppose que l'on peut effectuer les calculs de matrices demandés.

1 Si B est une matrice colonne, alors le produit AB est …

a. ○ une matrice colonne

b. ○ une matrice ligne

c. ○ quelconque

2 Si A est une matrice ligne, alors AB est …

a. ○ une matrice ligne

b. ○ une matrice colonne

c. ○ quelconque

3 Si $AB = 0$, alors…

a. ○ $A = 0$ ou $B = 0$

b. ○ $A = 0$ et $B = 0$

c. ○ il est possible que $A \neq 0$

4 $(A + B)^2 = A^2 + 2AB + B^2$.

a. ○ Vrai

b. ○ Faux

5 Si $\lambda \in \mathbb{R}^*$ et A est inversible, alors…

a. ○ $(\lambda A)^{-1} = \lambda A^{-1}$

b. ○ $(\lambda A)^{-1} = \dfrac{1}{\lambda} A^{-1}$

c. ○ $\lambda A A^{-1} = I$

6 Deux sommets adjacents d'un graphe sont…

a. ○ côte à côte

b. ○ reliés par au moins une arête

c. ○ de même degré

7 Dans un graphe, on parle du degré…

a. ○ d'un graphe

b. ○ d'une arête

c. ○ d'un sommet

8 Une chaîne eulérienne d'un graphe…

a. ○ contient une seule fois chaque arête

b. ○ a son point de départ égal à son point d'arrivée

9 La matrice d'adjacence d'un graphe probabiliste orienté est symétrique.

a. ○ Vrai

b. ○ Faux

10 Soit T une matrice de transition et S la matrice d'un état stable, alors…

a. ○ $S = T$

b. ○ Pour tout $n \in \mathbb{N}$ $S^n = T^n$

c. ○ $ST = T$

Réponses :

1 a – 2 a – 3 c – 4 b – 5 b – 6 b – 7 c – 8 a – 9 b – 10 c.

Calculs avec les matrices $A = (a_{i,j})$ et $B = (b_{i,j})$

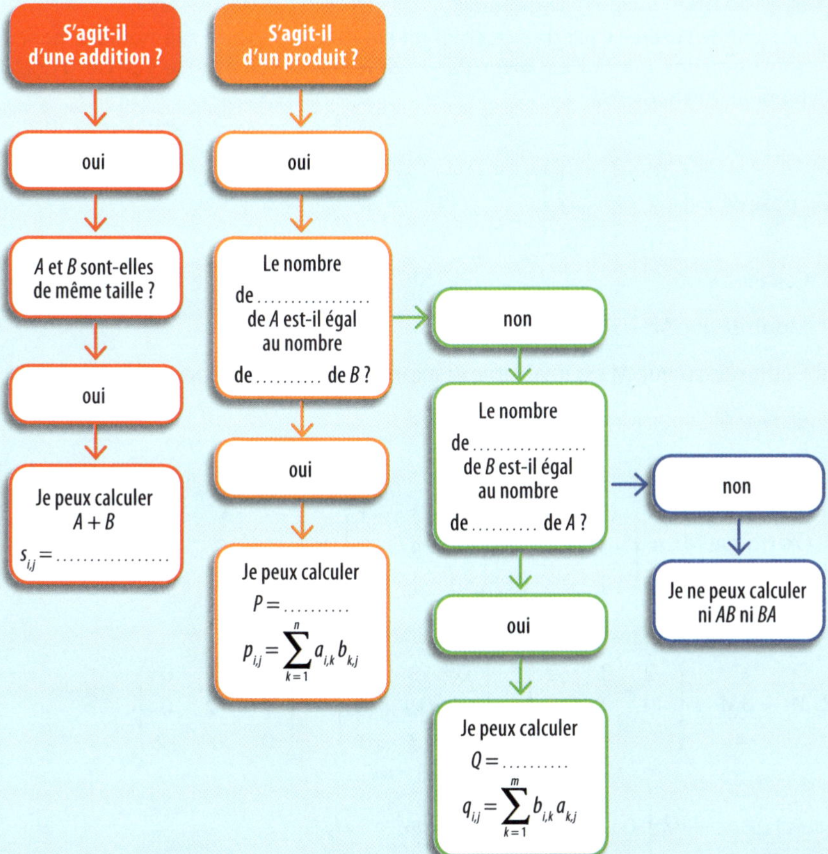

Matrice inverse

Les clés de l'exercice

L'objectif de l'exercice est de présenter une méthode généralement utilisée pour prouver qu'une matrice est inversible et déterminer son inverse à partir d'une équation polynomiale.

On pose $M = \begin{pmatrix} 0 & 1 & -1 \\ -3 & 4 & -3 \\ -1 & 1 & 0 \end{pmatrix}$.

1. Calculez M^3.
2. Montrez que $M^2 - 3M = -2I_3$.
3. Déduisez-en que M est inversible et exprimez M^{-1} en fonction de M et de I_3.
4. Écrivez M^{-1} sous forme de tableau.

▶ $M^2 = MM$.

1. On trouve $M^2 = \begin{pmatrix} 0 & 1 & -1 \\ -3 & 4 & -3 \\ -1 & 1 & 0 \end{pmatrix}\begin{pmatrix} 0 & 1 & -1 \\ -3 & 4 & -3 \\ -1 & 1 & 0 \end{pmatrix} = \begin{pmatrix} -2 & 3 & -3 \\ -9 & 10 & -9 \\ -3 & 3 & -2 \end{pmatrix}$.

▶ **Utilisez la question précédente et calculez $M^2 - 3M$.**

2. $M^2 - 3M = \begin{pmatrix} -2 & 3 & -3 \\ -9 & 10 & -9 \\ -3 & 3 & -2 \end{pmatrix} - \begin{pmatrix} 0 & 3 & -3 \\ -9 & 12 & -9 \\ -3 & 3 & 0 \end{pmatrix} = \begin{pmatrix} -2 & 0 & 0 \\ 0 & -2 & 0 \\ 0 & 0 & -2 \end{pmatrix}$.

$$= -2\begin{pmatrix} 1 & 0 & 0 \\ 0 & 1 & 0 \\ 0 & 0 & 1 \end{pmatrix} \Rightarrow M^2 - 3M = -2I_3.$$

▶ **Factorisez et distribuez dans l'égalité précédente.**

3. On déduit de l'égalité précédente que $M(M - 3I_3) = (M - 3I_3)M = -2I_3$ et donc

$$-\frac{1}{2}M(M - 3I_3) = -\frac{1}{2}(M - 3I_3)M = I_3 \Rightarrow M\left(-\frac{1}{2}M + \frac{3}{2}I_3\right) = \left(-\frac{1}{2}M + \frac{3}{2}I_3\right)M = I_3.$$

Cette égalité prouve que M est inversible et que $M^{-1} = -\frac{1}{2}M + \frac{3}{2}I_3$.

Effectuez les opérations caractérisant M^{-1}.

4. $M^{-1} = -\frac{1}{2}M + \frac{3}{2}I_3 = \begin{pmatrix} 0 & -\frac{1}{2} & \frac{1}{2} \\ \frac{3}{2} & -2 & \frac{3}{2} \\ \frac{1}{2} & -\frac{1}{2} & 0 \end{pmatrix} + \begin{pmatrix} \frac{3}{2} & 0 & 0 \\ 0 & \frac{3}{2} & 0 \\ 0 & 0 & \frac{3}{2} \end{pmatrix} \Rightarrow M^{-1} = \begin{pmatrix} \frac{3}{2} & -\frac{1}{2} & \frac{1}{2} \\ \frac{3}{2} & -\frac{1}{2} & \frac{3}{2} \\ \frac{1}{2} & -\frac{1}{2} & \frac{3}{2} \end{pmatrix}$

La pluie et le beau temps

Les clés de l'exercice

L'objectif de l'exercice est d'utiliser un graphe probabiliste pour établir des prévisions météorologiques.
Dans le pays Zan, quand il fait beau un jour donné, il y a quatre chances sur cinq qu'il fasse beau le lendemain et s'il ne fait pas beau un jour donné, il y a deux chances sur cinq qu'il ne fasse pas beau le lendemain.
« Je me rends dans le pays Zan et j'estime à une chance sur deux la probabilité qu'il fasse beau le jour de mon arrivée. »

1. Modélisez la situation par un graphe probabiliste en notant B « il fait beau aujourd'hui ».

2. Dressez la matrice T de transition, le premier terme correspondant à B.

3. On note b_n (respectivement p_n) la probabilité qu'il fasse beau (respectivement pas beau) le jour n et on pose $X_n = (b_n, p_n)$. Le jour de mon arrivée est le jour 0.
a. Exprimez X_{n+1} en fonction de T et X_n.
b. Déduisez-en X_n en fonction de X_0 et T en démontrant la réponse.

4. Trouvez la matrice de l'état stable, puis interprétez le résultat.

Méthode

▶ $\overline{B}$ est l'événement « il ne fait pas beau aujourd'hui ».

1. La probabilité qu'il fasse beau un jour donné sachant qu'il a fait beau la veille est $\frac{4}{5} = 0{,}8$.

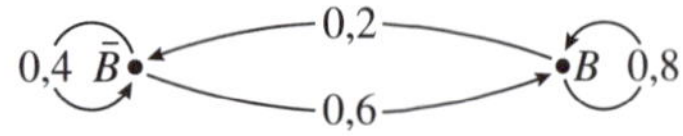

De plus, la somme des poids des arêtes issues d'un même sommet doit être égale à 1.

▶ Le terme t_{11} de la matrice T doit correspondre à B aujourd'hui et B demain.

2. En interprétant le graphe, on trouve $T = \begin{pmatrix} 0{,}8 & 0{,}2 \\ 0{,}6 & 0{,}4 \end{pmatrix}$.

▶ Il s'agit d'une question de cours.

3. a. On trouve donc $X_{n+1} = X_n T$.

▶ Inspirez-vous des suites géométriques et raisonnez par récurrence.

b. Montrons que pour tout entier naturel n, on a : $X_n = X_0 T^n$.

Initialisation : L'égalité est vraie si $n = 0$ car $X_0 = X_0 I_2 = X_0 T^0$.

Hérédité : Supposons l'égalité vraie pour un entier naturel n, et démontrons qu'elle reste vraie pour son successeur $n + 1$.

$X_{n+1} = X_n T = X_0 T^n T = X_0 T^{n+1}$ ce qu'il fallait démontrer.

L'égalité est donc vraie pour tout entier naturel.

▶ Il s'agit encore d'une question de cours.

4. On cherche une matrice $S = (x \quad y)$ pour que $ST = S$, sachant que $x + y = 1$.

$$ST = S \Leftrightarrow (x \quad y)\begin{pmatrix} 0{,}8 & 0{,}2 \\ 0{,}6 & 0{,}4 \end{pmatrix} = (x \quad y) \Leftrightarrow \begin{cases} 0{,}8x + 0.6y = x \\ 0{,}2x + 0{,}4y = y \end{cases}$$

$$\Leftrightarrow \begin{cases} -0{,}2x + 0.6y = 0 \\ 0{,}2x - 0{,}6y = 0 \end{cases} \Leftrightarrow \ 0{,}1x - 0{,}3y = 0$$

Alors $0{,}1x - 0{,}3(1 - x) = 0 \Leftrightarrow 0{,}1x - 0{,}3 + 0{,}3x = 0 \Leftrightarrow x = \frac{0{,}3}{0{,}4} = 0{,}75$.

Par conséquent : $y = 0{,}25$, donc $S = (0{,}75 \quad 0{,}25)$.

Cela signifie que si je reste un certain temps, il aura fait beau trois jours sur quatre environ, et donc pas beau un jour sur quatre.

1 * **Démontrez que si deux matrices M et N sont inversibles, alors le produit MN est inversible et $(MN)^{-1} = N^{-1}M^{-1}$.**

▶ Corrigés p. 318

2 * **On pose $A = \begin{pmatrix} 2 & 0 \\ 1 & -1 \end{pmatrix}$ et $B = \begin{pmatrix} -3 & -2 \\ 0 & 1 \end{pmatrix}$.**

a. Calculez AB et BA.
b. Concluez.

3 * **On pose $A = \begin{pmatrix} 1 \\ 2 \end{pmatrix}$ et $B = \begin{pmatrix} 0 & 1 \end{pmatrix}$. Peut-on calculer AB, BA ?**

4 * **On pose $A = \begin{pmatrix} 1 & 0 \\ 0 & 0 \end{pmatrix}$ et $B = \begin{pmatrix} 0 & 0 \\ 0 & 1 \end{pmatrix}$.**

a. Calculez AB et BA.
b. Concluez.

5 * **a.** On pose $A = \begin{pmatrix} a & 0 & 0 \\ 0 & b & 0 \\ 0 & 0 & c \end{pmatrix}$.

Montrez par récurrence que pour tout $n \in \mathbb{N}$, $A^n = \begin{pmatrix} a^n & 0 & 0 \\ 0 & b^n & 0 \\ 0 & 0 & c^n \end{pmatrix}$.

b. Soit A, B et C trois matrices carrées de même taille. On suppose que B est inversible et que l'on a $A = BCB^{-1}$.
Montrez que pour tout entier naturel n, $A^n = BC^nB^{-1}$.
On rappelle que $A^0 = I_n$ où I_n.

6 * **Combien un graphe complet d'ordre n ($n \in \mathbb{N}^*$) contient-il d'arêtes ?**

7 * **Le graphe ci-dessous possède-t-il un cycle eulérien ?**

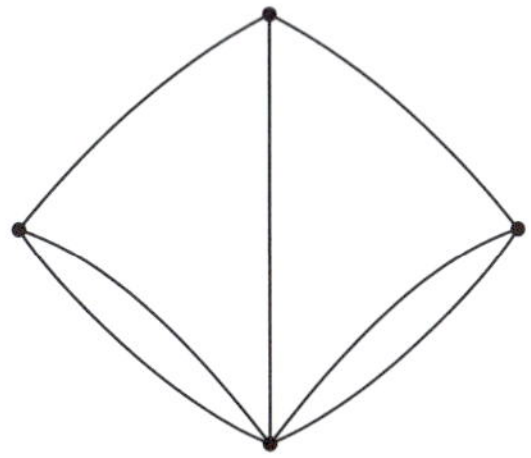

Je m'entraîne

8 * **Le graphe ci-contre schématise le plan d'une ville. Le sommet A représente l'emplacement des services techniques et les autres sommets représentent des jardins publics. Une arête symbolise une voie reliant deux emplacements. Elle est pondérée par le nombre de feux tricolores situés sur le trajet.**
Quel chemin faut-il emprunter pour aller de A vers G en rencontrant le minimum de feux tricolores ?

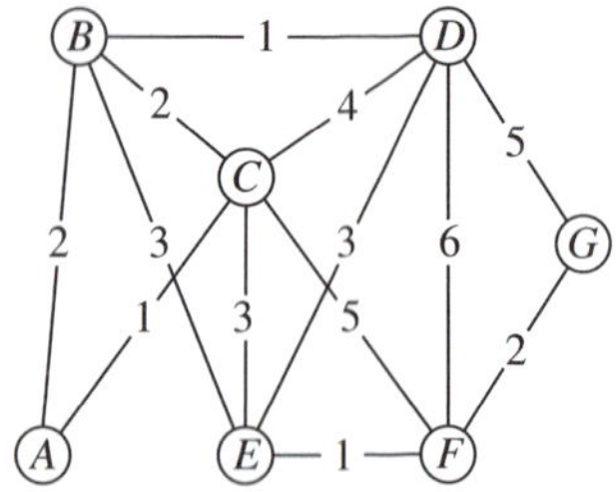

9 ** **En 2022 les clients d'une société de transport se répartissent en deux catégories distinctes :**
- **Catégorie A, composée des clients d'agence : 92 % du total ;**
- **Catégorie I, composée des clients Internet : 8 % du total.**

Chaque année, 5 % des clients d'agence deviennent clients internet et 1 % des clients Internet deviennent clients d'agence.
On suppose que le nombre de clients de la société reste constant au cours du temps et qu'un client ne peut pas faire partie des deux catégories.
On note pour tout entier naturel n :
- **a_n la probabilité qu'un client pris au hasard, soit un client d'agence à l'année 2022 + n,**
- **i_n la probabilité qu'un client pris au hasard, soit un client internet à l'année 2010 + n,**
- **$P_n = (a_n \quad i_n)$ la matrice correspondant à l'état probabiliste de l'année 2022 + n.**

On note M la matrice de transition, telle que, pour tout entier $n \geq 0$, $P_{n+1} = P_n M$.

1. Déterminez le graphe probabiliste correspondant à cette situation.
2. Donnez P_0 la matrice traduisant l'état probabiliste initial.
3. Déterminez M.
4. a. Calculez la matrice P_1. On donnera les résultats en arrondissant au centième.
b. Déterminez, à l'aide de la calculatrice, la répartition des clients de la société en 2027.
5. Déterminez, par le calcul, l'état stable de la répartition des clients.
Puis interprétez le résultat.

10 ** **Dans un parc, il y a cinq bancs reliés entre eux par des allées. On modélise les bancs par les sommets A, B, C, D, E et les allées par les arêtes du graphe G ci-dessous :**

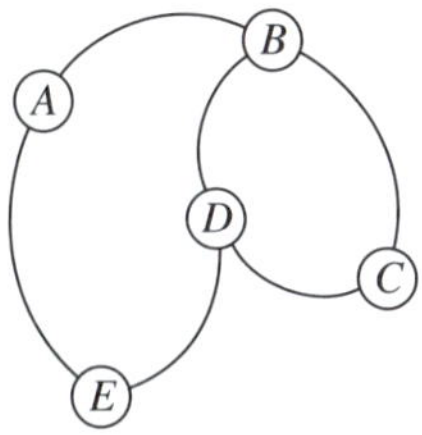

1. Est-il possible de parcourir toutes les allées de ce parc sans passer deux fois par la même allée ? Justifiez et, si oui, donner un parcours possible.

Une exposition est organisée dans le parc. La fréquentation devenant trop importante, on décide d'instaurer un plan de circulation : certaines allées deviennent à sens unique, d'autres restent à double sens. Par exemple, la circulation dans l'allée située entre les bancs B et C pourra se faire de B vers C et de C vers B, alors que la circulation dans l'allée située entre les bancs A et B ne pourra se faire que de A vers B. Le graphe G′ ci-contre modélise cette nouvelle situation :

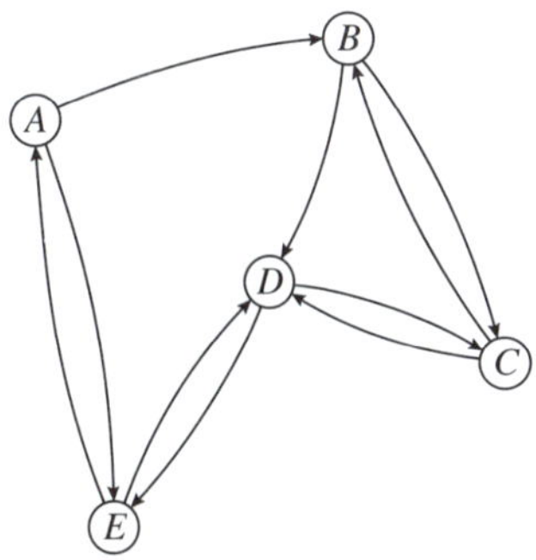

2. Écrivez la matrice M associée au graphe G′. (On ordonnera les sommets par ordre alphabétique).

3. On donne $M^5 = \begin{pmatrix} 1 & 6 & 9 & 6 & 10 \\ 4 & 5 & 7 & 11 & 5 \\ 4 & 6 & 6 & 11 & 5 \\ 1 & 5 & 10 & 6 & 10 \\ 6 & 5 & 5 & 14 & 2 \end{pmatrix}$.

Combien y a-t-il de chemins de longueur 5 permettant de se rendre du sommet D au sommet B ? Donnez-les tous.

4. a. Montrez qu'il existe un seul cycle de longueur 5 passant par le sommet A.

b. Quel est ce cycle ?

c. En est-il de même pour les autres sommets ?

Chapitre 1

1 Un coloriage peut être modélisé par un 16-uplet dont chaque élément reçoit la valeur 0 (blanc) ou 1 (noir). Il y a donc autant de coloriages que de 16-uplets de l'ensemble $\{0, 1\}^{16}$. On trouve 2^{16} c'est-à-dire 65 536.

2 Il y a $\binom{16}{3}$ façons de colorier exactement trois cases noires. Les autres restent blanches. Il y a donc $\binom{16}{3}$ quadrillages comportant exactement trois cases noires.

3 Un coup de coude résulte de la rencontre de deux personnes. Il y a $\binom{n}{2}$ façons de coupler deux personnes donc $\binom{n}{2}$ coups de coude au cours de la réunion.

On peut aussi raisonner ainsi : la première personne donne $n-1$ coups de coude, la deuxième $n-2$ et ainsi de suite jusqu'à la dernière qui en donne 0. On a donc vu $(n-1)+\ldots 1+0$ coups de coude. On reconnaît la somme de n entiers consécutifs dont la valeur est $\frac{n(n-1)}{2}$, qui est égal à $\binom{n}{2}$.

4 **a.** Si on note les villes de A à J (10e lettre de l'alphabet) on peut modéliser un trajet par une suite de 10 lettres dont la première est obligatoirement A. Il y a donc autant de trajets que de permutation des 9 lettres autres que A, c'est-à-dire 9!

b. Parmi les trajets possibles, il y a ceux où D est avant E et ceux où E est avant D. Il y en a le même nombre. Le nombre de trajets cherché est donc $\frac{9!}{2} = 181\,440$.

5 Il y a 450 élèves qui étudient l'anglais OU l'allemand ; il est possible que certains étudient les deux. En effet $500 - 50 = 450$.

En désignant par A les anglicistes et D les germanistes, la formule des cardinaux donne :

$$\mathrm{Card}(A \cup D) = \mathrm{Card}(A) + \mathrm{Card}(D) - \mathrm{Card}(A \cap D) \Rightarrow 450 = 390 + 130 - \mathrm{Card}(A \cap D)$$

On trouve $\mathrm{Card}(A \cap D) = 70$ qui est le nombre cherché.

6 **a.** Si A et B ont en commun la case $(a\,;2)$, alors B a colorié deux autres cases noires. Il y a pour cela $\binom{15}{2}$ choix possibles. Il en est de même pour les deux autres cases que A a noircies et c'est pourquoi le nombre de grilles faites par B est $\binom{15}{2} \times 3$.

b. Si B n'a aucune case commune avec A c'est qu'il a choisi trois cases parmi les 13 que A n'a pas choisies. Le nombre de grilles que B a pu noircir est donc $\binom{13}{3}$.

c. Si B a au moins une case noire avec A, il peut en avoir exactement une ou exactement deux ou exactement trois.

Le nombre de grilles cherché est alors

$$\underbrace{\binom{3}{1} \times \binom{13}{2}}_{\text{1 case en commun et deux aléatoires}} + \underbrace{\binom{3}{2} \times \binom{13}{1}}_{\text{2 cases en commun et une case aléatoire}} + \underbrace{\binom{3}{3} \times \binom{13}{0}}_{\text{3 cases en commun et 0 case aléatoire}}$$

7 **a.** Le spot a été écouté par 46 000 auditeurs (21 000 + 25 000). En effet, si les auditeurs de 14 heures n'ont pas écouté la radio à 15 heures, ceux qui l'ont écoutée à 15 heures ne sont pas ceux qui l'ont écoutée à 14 heures !

b. Si A est l'ensemble des auditeurs de 14 heures et B celui des auditeurs de 15 heures, l'ensemble des auditeurs est $A \cup B$.

La formule des cardinaux fournit :

$$\text{Card}(A \cup B) = \text{Card}(A) + \text{Card}(B) - \text{Card}(A \cap B) \Rightarrow \text{Card}(A \cup B) = 21\,000 + 25\,000 - 5\,000$$

Il y a donc 41 000 auditeurs qui ont entendu le spot.

8 **a.** Une cible coloriée peut être assimilée à un 5-uplet. Chacun des éléments d'un 5-uplet est différent de tous les autres. On cherche ainsi tous les 5-arrangements que l'on peut faire avec 8 éléments. Il y en a A_8^5, soit 6 720.
b. Dans cette question, les couleurs du 5-uplet ne sont pas nécessairement toutes distinctes et peuvent prendre chacune 8 valeurs. C'est pourquoi on peut imaginer 8^5 cibles coloriées possibles, soit 32 768.

9 **a.** Un rangement peut être modélisé par un triplet. Chaque triplet indique le casier où est rangée la boule. Par exemple le triplet (2, 5, 2) indique que la boule *a* est dans le casier 2, *b* dans le casier 5 et *c* dans le casier 2.

Boule	*a*	*b*	c
Casier	2	5	2

Comme il y a 5^3 triplets possibles, il y a 5^3 rangements possibles, soit 125.
b. Si chaque casier contient au plus une boule, son numéro apparaît au plus une fois dans le triplet. Autrement dit, chaque élément du triplet est distinct de tous les autres. On cherche par conséquent les 3-arrangements que l'on peut faire avec les cinq nombres 1, 2, 3, 4, 5. Il y en a A_5^3, c'est-à-dire 60.
c. On cherche les triplets contenant deux nombres parmi les 5 numéros de casiers. C'est le cas dans l'exemple de la question a. Supposons que ce soit le casier 1 qui contient exactement deux boules. Les triplets sont donc de l'une des trois formes (1, 1), (1, _, 1), (_, 1, 1). Pour chacune de ces formes il y a 4 possibilités (les quatre casiers où doit être rangée la dernière boule). Il y a donc 3×4, c'est-à-dire 12 possibilités de ranger les trois boules de la façon demandée. Il en est de même si à la place du casier 1 on avait choisi les autres casiers.
Il y a donc 5×12, c'est-à-dire 60 rangements possibles.
d. Les trois boules peuvent être toutes les trois rangées dans le casier 1, 2, 3, 4 ou 5. Il y a 5 façons de l'envisager. Dans les rangements de cet exercice, les casiers peuvent contenir au plus 1 boule, ou bien exactement 2 ou bien 3. Ainsi, si on additionne les trois résultats précédents, on trouve le nombre total des rangements possibles $(60 + 60 + 5 = 125)$ ce qui assure la cohérence des résultats.

10 **a.** Il suffit de choisir quatre parfums parmi 10. Il y a donc $\binom{10}{4}$ lots possibles, c'est-à-dire 210.

b. Il suffit de choisir 4 parfums parmi 8. C'est pourquoi il y a $\binom{8}{4}$ choix possibles c'est-à-dire 70.

c. Les lots ne contenant pas de pot à la fraise sont au nombre de $\binom{9}{4}$, c'est-à-dire 126. Si un lot contient un pot à la fraise alors il contient nécessairement un pot au citron. Il reste donc deux parfums à choisir parmi les 8 restants.

Il y a donc $\binom{8}{2}$, c'est-à-dire 28 de tels lots. Au total on trouve $126 + 28$, c'est-à-dire 154 lots.

11 **a.** Nombre de choix du président : 20. Nombre de possibilités de choisir les 5 membres : $\binom{19}{5}$.

Nombre de comités possibles : $\binom{19}{5} \times 20 = 11\,628 \times 20 = 232\,560$.

b. Nombre de façons de choisir les 5 membres : $\binom{20}{5}$. Nombre de choix pour le président : 15.

Nombre de comités possibles : $\binom{20}{5} \times 15 = 15\,504 \times 15 = 232\,560$.

c. Nombre de façons de choisir 6 candidats : $\binom{20}{6}$. Nombre de façons de choisir le président parmi ces 6 candidats : 6.

Nombre de comités possibles : $\binom{20}{6} \times 6 = 38\,760 \times 6 = 232\,560$.

d. On trouve le même nombre de comités possibles.

12 **a.** On peut modéliser un caractère Braille par un 6-uplet dont chaque élément est un 0 (case vide) ou 1 (un relief). Il y a donc 2^6 caractères possibles. Il y en a un seul comportant uniquement des 0 donc $2^6 - 1$, c'est-à-dire 63, comportant au moins un relief.

b. On peut choisir les k reliefs parmi 6 cases. Il y a donc $\binom{6}{k}$ caractères comportant exactement k reliefs.

c. La somme $\sum_{k=1}^{6} \binom{6}{k}$ compte le nombre de caractères comportant exactement 1, 2, 3, 4, 5 ou 6 reliefs.

Elle compte donc la totalité des caractères comportant au moins un relief. C'est pourquoi elle est égale à $2^6 - 1$.

d. La somme $\sum_{k=1}^{6} \binom{6}{k}$ est la somme de la ligne du triangle de Pascal ci-dessous, à l'exception de la première case.

1 6 15 20 15 6 1

En général, on a $\sum_{k=1}^{n} \binom{n}{k} = 2^n - 1$, donc $\sum_{k=0}^{n} \binom{n}{k} = 2^n$ car $\binom{n}{0} = 1$.

13 **a.** Une sortie d'ascenseur peut se modéliser par un 8-plet dont chaque élément est le numéro de l'étage où sort la personne. Il y a donc 20^8 sorties possibles.

b. On cherche ici les 8-arrangements que l'on peut faire avec 20 numéros. Il y en a A_{20}^{8}.

c. Il y a 20 étages, donc 20 possibilités de sortie au même étage.

Nommons A la personne sortant au quatrième. Les 7 personnes restantes peuvent choisir l'un quelconque des 19 étages restants. Il y a 19^7 façons de faire une sortie car une sortie peut se modéliser par un 7-uplet dont les éléments sont à choisir parmi les 19 étages autres que le quatrième. Il en est de même pour les sept personnes autres que A. Il y a donc 8×19^7 sorties possibles.

d. Si aucune personne n'est sortie au 4e, il y a 19 étages de sortie possible. Au total, il y a 19^8 sorties possibles *excluant* le 4e étage. Toutes les autres possibilités de sorties comportent donc au moins une sortie au 4e. Il y en a $20^8 - 19^8$.

14 D'après la formule de Pascal :

$$\binom{n+2}{k+2} = \binom{n+1}{k+2} + \binom{n+1}{k+1}, \binom{n+1}{k+2} = \binom{n}{k+2} + \binom{n}{k+1}, \binom{n+1}{k+1} = \binom{n}{k+1} + \binom{n}{k}.$$

Donc

$$\binom{n+2}{k+2} = \binom{n}{k+2} + \binom{n}{k+1} + \binom{n}{k+1} + \binom{n}{k} = \binom{n}{k+2} + 2\binom{n}{k+1} + \binom{n}{k}.$$

15 Si on note (*bu*, *bl*, *r*) les triplets représentant les résultats des trois dés :

Total 9	(6, 2, 1)	(5, 3, 1)	(5, 2, 2)	(4, 4, 1)	(4, 3, 2)	(3, 3, 3)	Total
Possibilités	3!	3!	3	3	3!	1	25
Total 10	(6, 3, 1)	(6, 2, 2)	(5, 4, 1)	(5, 3, 2)	(4, 4, 2)	(4, 3, 3)	
Possibilités	3!	3	3!	3!	3	3	27

Le nombre de façons d'obtenir 10 est bien supérieur au nombre de façons d'obtenir 9.

Chapitre 2

1 a. [AC] et [BD] ont le même milieu de coordonnées $\left(2, 0, \frac{5}{2}\right)$.
b. Le quadrilatère ABCD est donc un parallélogramme.

2 a. Supposons que le point M(*x*, *y*, *z*) existe. Avec des notations évidentes, on a :

$$\begin{cases} x_A - x + 3(x_B - x) - (x_C - x) = 0 \\ y_B - y + 3(y_B - y) - (y_C - y) = 0 \\ z - z_A + 3(z_B - z) - (z_C - z) = 0 \end{cases} \Leftrightarrow \begin{cases} x = \frac{1}{3}(x_A + 3x_B - x_C) \\ y = \frac{1}{3}(y_A + 3y_B - y_C) \\ z = \frac{1}{3}(z_A + 3z_B - z_C) \end{cases}$$

On en déduit que M existe, est unique et que ses coordonnées sont celles qui viennent d'être trouvées.
b. Par la relation de Chasles, on obtient :

$\overrightarrow{MA} + 3(\overrightarrow{MA} + \overrightarrow{AB}) - (\overrightarrow{MA} + \overrightarrow{AC}) = \vec{0} \Leftrightarrow \overrightarrow{AM} = \overrightarrow{AB} - \frac{1}{3}\overrightarrow{AC}$. Il en résulte que le point M appartient au plan (ABC) car $\overrightarrow{AM}$ est une combinaison linéaire de $\overrightarrow{AB}$ et $\overrightarrow{AC}$.

3 a. (SN) et (BC) ne sont pas coplanaires car S n'appartient pas au plan (ABC).
b. Puisque le point B appartient à la droite (AN), il appartient au plan (NSA). Les plans (NSA) et (ABC) ont donc deux points en commun : A et B. C'est pourquoi ils sont sécants et leur intersection est la droite (AB).

4 Les droites (FH) et (DB) étant parallèles, les vecteurs $\overrightarrow{FH}$ et $\overrightarrow{DB}$ sont coplanaires. De plus, (HB) est une diagonale du quadrilatère FHDB donc $\overrightarrow{HB}$, $\overrightarrow{FH}$ et $\overrightarrow{DB}$ sont coplanaires.

5 a. En considérant le triangle ABC, on a $\overrightarrow{JK} = \frac{1}{2}\overrightarrow{AC} = \frac{1}{2}\overrightarrow{IL}$. Donc les vecteurs $\overrightarrow{JK}$ et $\overrightarrow{IL}$ sont colinéaires, ce qui prouve que les points I, J, K, L sont coplanaires.
b. La droite (JK) appartient au plan (IJL) ainsi que sa parallèle (MN). On trace alors (IN) et (KL). On obtient un hexagone régulier.
c. Le centre de l'hexagone est le milieu de l'une de ses diagonales principales, par exemple [JM] et les coordonnées respectives de J et M étant $\left(\frac{1}{2}, 0, 0\right)$ et $\left(\frac{1}{2}, 1, 1\right)$, on trouve $\left(\frac{1}{2}, \frac{1}{2}, \frac{1}{2}\right)$.

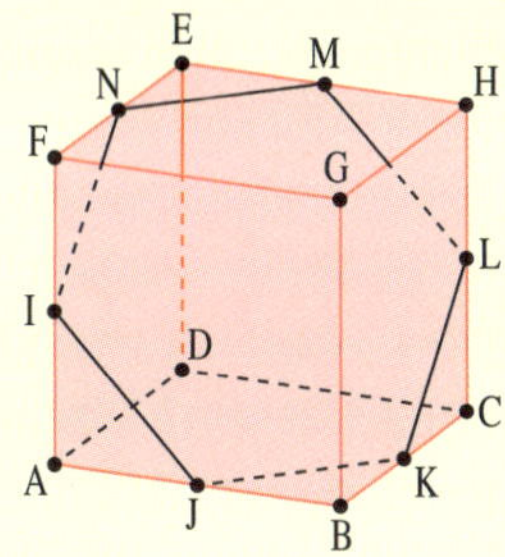

6 On trouve : $\overrightarrow{AB}(5, 2, -1)$ et $\overrightarrow{CD}(a - 2, b - 3, -3)$. Pour que ces vecteurs soient colinéaires il faut et il suffit que leurs coordonnées soient proportionnelles, c'est-à-dire : $\frac{a-2}{5} = \frac{b-3}{2} = \frac{-3}{-1}$. On trouve $a = 17$ et $b = 9$.

7 On trouve :
a. A(0, 0, 0), B(1, 0, 0), C(1, 1, 0), D(0, 1, 0), E(0, 1, 1), F(0, 0, 1), G(1, 0, 1), H(1, 1, 1).
puis $\vec{u_1}(0, 1, -1)$, $\vec{u_2}(1, 1, 1)$, $\vec{u_3}(1, -1, 1)$, $\vec{u_4}(1, 0, 0)$.
b. $\vec{v_1} = 2\overrightarrow{FA}$, $\vec{v_2} = 2\overrightarrow{FB}$, $\vec{v_3} = \overrightarrow{BE}$, $\vec{v_4} = \overrightarrow{FC}$

CORRIGÉS

8 a. Si l'une des droites est confondue avec Δ alors les trois droites sont parallèles, ce qu'il fallait démontrer.
b. On sait que la droite d est parallèle à $\mathcal{P}'$ puisqu'elle est parallèle l'une de ses droites. Supposons que d et Δ soient sécantes en un point A. Ce point appartenant à Δ, il appartient aussi à $\mathcal{P}'$. La droite d le percerait donc, ce qui fait qu'elle ne lui serait pas parallèle. D'où la contradiction.
c. Par conséquent, d et Δ étant coplanaires, elles sont parallèles. On raisonne de même avec d', ce qu'il fallait démontrer.

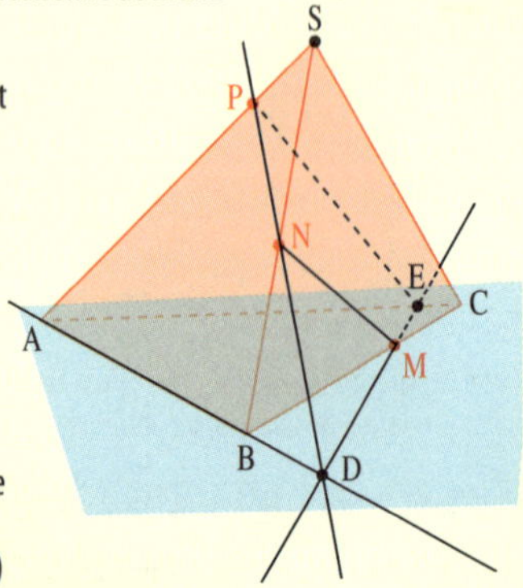

9 a. L'intersection du plan (MNP) avec la face SAB est évidemment le segment [NP].
L'intersection du plan (MNP) avec la face SBC est évidemment le segment [NM].
La droite (NP) coupe la droite (AB) en D. La droite (DM) appartient au plan (BAC) (en bleu sur la figure) car (AB) (donc D) est dans ce plan ainsi que M. Elle coupe (AC) en E.
L'intersection du plan (MNP) avec la face (ABC) est donc le segment [ME].
On en déduit que l'intersection du plan (MNP) avec la face SAC est le segment [EP].
b. Si la droite (NP) est parallèle à (AB), alors on trace dans le plan (ABC) la parallèle à (AB) (donc aussi à (NP)) qui passe par M. Elle coupe (AC) en F.
Les côtés du quadrilatère PNMF sont les intersections du plan (MNP) avec les faces du tétraèdre.

10 a. Le point I appartient à la droite (AB), intersection de $\mathcal{P}$ et $\mathcal{Q}$ donc aussi à P.
b. On a évidemment $J \in P \cap R$. Comme $J \in (DC)$, intersection de Q et R, on a encore $J \in P \cap Q \cap R$. On procède de même pour K.
c. L'intersection $P \cap Q \cap R$ contient ainsi trois points non alignés, c'est-à-dire un plan. Ce n'est possible qu'à la condition que les trois plans sont confondus.
d. La figure de Penrose est donc une figure plane. On ne peut pas la construire en 3D telle qu'elle est représentée.

11 a. Si on note (x, y, z) les coordonnées de I on a :

$$\begin{cases} 1-x-2(2-x)-3(1-x)=0 \\ 0-y-2(0-y)-3(1-y)=0 \\ 1-z-2(-1-z)-3(1-z)=0 \end{cases} \Leftrightarrow \begin{cases} x=\dfrac{3}{2} \\ y=\dfrac{3}{4} \\ z=0 \end{cases}$$ Donc M existe et est unique.

On procède de même pour J dont les coordonnées sont $\left(-5, -\dfrac{7}{2}, -1\right)$.

On procède de même pour K dont les coordonnées sont $\left(-\dfrac{11}{3}, -\dfrac{4}{3}, 1\right)$.

b. Calculons les coordonnées $(-14, -7, 0)$ du vecteur donné ainsi :

$$\begin{cases} 1-x-2(2-x)-3(1-x)+4(-2-x)=-14 \\ 0-y-2(0-y)-3(1-y)+4(-1-y)=-7 \\ 1-z-2(-1-z)-3(1-z)+4(0-z)=0 \end{cases}$$

On constate que les coordonnées du vecteur ne dépendent pas de x, y et z. Ce vecteur est donc constant.

12 **1 a.** La droite (AO) est incluse dans la plan (AOC). Comme le point A′ appartient à la droite (AO), il appartient aussi au plan (AOC).
b. La droite (BO) est incluse dans la plan (BOC). Comme le point B′ appartient à la droite (BO), il appartient aussi au plan (BOC).
2 a. Le point D appartient à la droite (AC) donc aussi au plan (AOC). D'après la question 1a, $A' \in$ (AOC). La droite (DA') est donc incluse dans le plan (AOC).
b. Le point E appartient à la droite (BC) donc aussi au plan (BOC). D'après la question 1b, $B' \in$ (BOC). La droite (EB') est donc incluse dans le plan (BOC).
3 Le point F appartient à (DA′), donc aussi à (AOC). Il appartient aussi à (BOC). C'est pourquoi I appartient à l'intersection des deux plans, c'est-à-dire (OC).
4 Puisque les droites (DA′) et (EB′) sont toutes les deux incluses dans le plan $\mathcal{Q}$, leur intersection s'y trouve également. C'est pourquoi $F \in Q$. Ainsi : $F \in Q \cap (OC)$.
Par conséquent, on a trouvé un moyen de tracer l'intersection de (OC) avec Q.

13 **1** On trouve F (1, 0, 1). I étant le milieu de [5AH] et de [DE] on a : $I\left(0, \frac{1}{2}, \frac{1}{2}\right)$ et $J\left(1, 1, \frac{2}{3}\right)$.

2 a. Comme $\overrightarrow{CJ} = a\overrightarrow{CG}$ et $G(1, 1, 1)$, on trouve : $\overrightarrow{CG}(0, 0, 1)$ et donc $\overrightarrow{CJ}(0, 0, a)$. Comme les coordonnées de C sont (1, 1, 0) celles de J sont ((1, 1, a).
b. On a $\overrightarrow{FJ}(0, 1, a-1)$ et $\overrightarrow{KL}(0, 1, a-1)$. Il en résulte que $\overrightarrow{FJ} = \overrightarrow{KL}$ et donc que FJLK est un parallélogramme.

Chapitre 3

1 Calculons le produit scalaire $\overrightarrow{AB} \cdot \overrightarrow{AC}$. On trouve $\overrightarrow{AB}$ (1, 0, 2) et $\overrightarrow{AC}$ (−2 ,3, 1). Par conséquent, $\overrightarrow{AB} \cdot \overrightarrow{AC} = 0$ ce qu'il fallait démontrer.
Si on veut utiliser la réciproque du théorème de Pythagore, on calcule $AB^2 = 5$, $BC^2 = 19$ et $CA^2 = 14$.

2 Utilisons la dernière formule de la page 39 paragraphe II 1.

$$\overrightarrow{AB} \cdot \overrightarrow{AD} = \frac{1}{4}(\|\overrightarrow{AB} + \overrightarrow{AD}\|^2 - \|\overrightarrow{AB} - \overrightarrow{AD}\|^2) = \frac{1}{4}(\|\overrightarrow{AC}\|^2 - \|\overrightarrow{DB}\|^2) = \frac{1}{4}(10^2 - 6^2) = 16.$$

3 **a.** $\vec{u} \cdot \vec{v} = 1 \times 0 + (-2) \times 1 + 5 \times 2 = 8$ et $\vec{v} \cdot \vec{w} = -7$.
b. $\|\vec{u}\| = \sqrt{1^2 + (-2)^2 + 5^2} = \sqrt{30}$ et $\|\vec{v}\| = \sqrt{5}$.
c. $\vec{u} \cdot \vec{w} = 4 + 6 - 10 = 0 \Rightarrow \vec{u} \perp \vec{v}$.

4 **a.** En appliquant par exemple le théorème de Pythagore, on sait que la diagonale d'un carré de côté a est égale à $a\sqrt{2}$, donc $BD = \sqrt{2}$.
b. G se projette orthogonalement sur (BC) en C, donc : $\overrightarrow{BC} \cdot \overrightarrow{BG} = BC^2 = 1$.
Comme H se projette orthogonalement en D sur (BD) : $\overrightarrow{BH} \cdot \overrightarrow{BD} = BD^2 = (\sqrt{2})^2 = 2$.

5 On sait que $\|\vec{u} + \vec{v}\|^2 = (\vec{u} + \vec{v}) \cdot (\vec{u} + \vec{v}) = \vec{u} \cdot \vec{u} + \vec{u} \cdot \vec{v} + \vec{v} \cdot \vec{u} + \vec{v} \cdot \vec{v} = \|\vec{u}\|^2 + 2\vec{u} \cdot \vec{v} + \|\vec{v}\|^2$

car $\vec{u} \cdot \vec{v} = \vec{v} \cdot \vec{u}$.

6 **a.** $\overrightarrow{FD} \cdot \overrightarrow{GE} = (\overrightarrow{FG} + \overrightarrow{GC} + \overrightarrow{CD}) \cdot \overrightarrow{GE} = \overrightarrow{FG} \cdot \overrightarrow{GE} + \overrightarrow{GC} \cdot \overrightarrow{GE} + \overrightarrow{CD} \cdot \overrightarrow{GE}$.
Or $\overrightarrow{FG} \cdot \overrightarrow{GE} = -1$, $\overrightarrow{GC} \cdot \overrightarrow{GE} = 0$ et $\overrightarrow{CD} \cdot \overrightarrow{GE} = \overrightarrow{FE} \cdot \overrightarrow{GE} = \overrightarrow{EF} \cdot \overrightarrow{EG} = 1$. Il en résulte que $\overrightarrow{FD} \cdot \overrightarrow{GE} = 0$.
En raisonnant de façon analogue, $\overrightarrow{FD} \cdot \overrightarrow{GB} = (\overrightarrow{FG} + \overrightarrow{GC} + \overrightarrow{CD}) \cdot \overrightarrow{GB} = -1 + 1 + 0 = 0$.
b. On en déduit que : (FD) $\perp$ (GE) et (FD) $\perp$ (GB). Puisque (FD) est perpendiculaire à deux droites sécantes du plan (GEB), elle lui est orthogonale, ce qu'il fallait démontrer.

c. On obtient : $B(0, 0, 0)$, $F(1, 0, 0)$, $C(0, 1, 0)$, $O(0\,;0, 1)$.
d. On trouve aussi par lecture graphique : $D(0, 1, 1)$, $G(1, 1, 0)$, $E(1, 0, 1)$.
Donc : $\overrightarrow{FD}(-1, 1, 1)$, $\overrightarrow{GE}(0, -1, 1)$, $\overrightarrow{GB}(-1, -1, 0)$.
Alors : $\overrightarrow{FD}\cdot\overrightarrow{GE} = -1\times 0 + 1\times(-1) + 1\times 1 = 0$ et de même $\overrightarrow{FD}\cdot\overrightarrow{GB} = 0$. On conclut comme à la question **b**.

7 On trouve : $\overrightarrow{AB}(1, -4, -2)$, $\overrightarrow{AC}(2, -1, -8)$. Donc $AB = \|\overrightarrow{AB}\| = \sqrt{1^2 + (-4)^2 + (-2)^2} = \sqrt{21}$ et $AC = \|\overrightarrow{AC}\| = \sqrt{2^2 + (-1)^2 + (-8)^2} = \sqrt{69}$.
Donc, d'une part $\overrightarrow{AB}\cdot\overrightarrow{AC} = 1\times 2 + (-4)\times(-1) + (-2)\times(-8) = 22$ et
d'autre part, $\overrightarrow{AB}\cdot\overrightarrow{AC} = AB\times AC\cos\widehat{BAC} = \sqrt{69\times 21}\cos\widehat{BAC}$.

Par conséquent, $\cos\widehat{BAC} = \dfrac{22}{\sqrt{1449}} \approx 0{,}58 \Rightarrow \widehat{BAC} \approx 55°$.

8 **a.** On trouve : $\overrightarrow{AB}(-1, 3, -2)$ et $\overrightarrow{AC}(1, 3, -3)$. Ces vecteurs ne sont pas colinéaires car leurs coordonnées ne sont pas proportionnelles. C'est pourquoi les points A, B et C ne sont pas alignés : ils définissent donc un plan.
b. Un vecteur normal $\vec{n}(a, b, c)$ au plan (ABC) est un vecteur orthogonal à la fois à $\overrightarrow{AB}$ et $\overrightarrow{AC}$.
Il vérifie donc $\vec{n}\cdot\overrightarrow{AB} = 0$ et $\vec{n}\cdot\overrightarrow{AC} = 0$.
$\vec{n}\cdot\overrightarrow{AB} = 0 \Leftrightarrow -a + 3b - 2c = 0$ et $\vec{n}\cdot\overrightarrow{AC} = 0 \Leftrightarrow a + 3b - 3c = 0$.
Les réels a, b, c vérifient donc le système :

$$\begin{cases} -a + 3b - 2c = 0 \\ a + 3b - 3c = 0 \end{cases} \Leftrightarrow \begin{cases} 6b - 5c = 0 \text{ (par addition)} \\ 2a - c = 0 \text{ (par soustraction)} \end{cases} \Leftrightarrow \begin{cases} b = \dfrac{5}{6}c \\ a = \dfrac{1}{2}c \end{cases}.$$

Comme il y a une infinité de vecteurs normaux à un plan, il y a une infinité de valeurs possibles pour a, b et c. Par exemple, si on choisit $c = 6$, on obtient le vecteur normal de coordonnées $(3, 5, 6)$.

9 On trouve $\overrightarrow{AB}(0, -4, -2)$. Calculons : $\vec{n}\cdot\vec{i} = 0\times 1 + 1\times 0 + (-2)\times 0 = 0$. Donc $\vec{n}$ et $\vec{i}$ sont orthogonaux. Il en résulte que $\vec{n}$ est orthogonal à un vecteur de $\mathcal{P}$ colinéaire à $\vec{i}$. De plus, $\vec{n}\cdot\overrightarrow{AB} = 0\times 0 + 1\times(-4) + (-2)\times(-2) = 0$. Donc $\vec{n}$ est orthogonal à $\overrightarrow{AB}$. Par conséquent, $\vec{n}$ est orthogonal à deux vecteurs non colinéaires de $\mathcal{P}$. C'est pourquoi, il est orthogonal au plan $\mathcal{P}$.

10 Calculons $\overrightarrow{AG}\cdot\overrightarrow{FH}$, puis $\overrightarrow{AG}\cdot\overrightarrow{HC}$.

$$\overrightarrow{AG}\cdot\overrightarrow{FH} = (\overrightarrow{AE} + \overrightarrow{EG})\cdot\overrightarrow{FH} = \overrightarrow{AE}\cdot\overrightarrow{FH} + \overrightarrow{EG}\cdot\overrightarrow{FH} = 0 + 0 = 0.$$

En effet, (AE) est perpendiculaire à (EF) et (EH), donc au plan (EFH) et par conséquent à la droite (FH).
De plus, $(EG) \perp (FH)$ car les diagonales du carré EFGH sont perpendiculaires.
On montrerait de même que $\overrightarrow{AG}\cdot\overrightarrow{HC} = 0$ en écrivant $\overrightarrow{AG} = \overrightarrow{AD} + \overrightarrow{DG}$.
Puisque (AG) est orthogonale aux deux droites sécantes (FH) et (HC) du plan (FHC), elle est orthogonale à ce plan.

11 Si dans les triangles superposables on a $BC = BD$, alors $\widehat{ABD} = \widehat{ABC}$.
On trouve : $\overrightarrow{AB}\cdot\overrightarrow{CD} = \overrightarrow{AB}\cdot(\overrightarrow{CB} + \overrightarrow{BD}) = \overrightarrow{AB}\cdot\overrightarrow{CB} + \overrightarrow{AB}\cdot\overrightarrow{BD} = \overrightarrow{BA}\cdot\overrightarrow{BC} - \overrightarrow{BA}\cdot\overrightarrow{BD}$.

$$= BA\times BC\cos\widehat{ABC} - BA\times BD\cos\widehat{ABD} = 0.$$

Il en résulte que (AB) et (CD) sont orthogonales, ce qu'il fallait démontrer.

12 On trouve $\overrightarrow{AM}(1, -4, 1)$. Alors d'une part $\overrightarrow{AM}\cdot\vec{u} = 2 - 8 + 1 = -5$ et d'autre part $\left|\overrightarrow{AM}\cdot\vec{u}\right| = AH\times\|\vec{u}\|$.
Donc $AH = \dfrac{5}{\|\vec{u}\|} = \dfrac{5}{3}$ car $\|\vec{u}\|^2 = 9$.

CORRIGÉS

Or $AM^2 = 1^2 + (-4)^2 + 1^2 = 18$. Le théorème de Pythagore appliqué dans le triangle rectangle AHM donne :

$MH^2 = AM^2 - AH^2 \Rightarrow MH^2 = 18 - \frac{25}{9} = \frac{137}{9}$.

Finalement, $MH = \frac{\sqrt{137}}{3}$.

13 Les quatre faces latérales de la pyramide sont des triangles isocèles superposables. Calculons l'aire de SOA.

Le pied de la hauteur issue de S est le milieu I de [OA] ; il a donc pour coordonnées $\left(\frac{1}{2}, 0, 0\right)$.

Ainsi, $SI = \sqrt{\left(\frac{1}{2} - \frac{1}{2}\right)^2 + \left(0 - \frac{1}{2}\right)^2 + \left(0 - \frac{1}{2}\right)^2} = \sqrt{\frac{1}{2}}$.

L'aire de SOA est donc égale à $\frac{1}{2}\,OA \times SI = \frac{1}{2}\sqrt{\frac{1}{2}}$. Puisque l'aire du carré est égale à 1 ; l'aire de la pyramide est égale à $4 \times \frac{1}{2} \times \sqrt{\frac{1}{2}} + 1 = \sqrt{2} + 1 = 1 + \sqrt{2}$.

Son volume est égal à $\frac{1}{3} \times 1 \times \frac{1}{2} = \frac{1}{6}$.

14 $\overrightarrow{AB} \cdot \overrightarrow{CD} + \overrightarrow{BC} \cdot \overrightarrow{AD} + \overrightarrow{CA} \cdot \overrightarrow{BD} = \overrightarrow{AB} \cdot (\overrightarrow{CA} + \overrightarrow{AD}) + \overrightarrow{BC} \cdot \overrightarrow{AD} + \overrightarrow{CA} \cdot \overrightarrow{BD}$

$= \overrightarrow{CA} \cdot (\overrightarrow{AB} + \overrightarrow{BD}) + \overrightarrow{AD} \cdot (\overrightarrow{AB} + \overrightarrow{BC}) = \overrightarrow{CA} \cdot \overrightarrow{AD} + \overrightarrow{AD} \cdot \overrightarrow{AC} = 0$.

15 **a.** $\overrightarrow{SA} + \overrightarrow{CB} = \overrightarrow{SI} + \overrightarrow{IJ} + \overrightarrow{JA} + \overrightarrow{CI} + \overrightarrow{IJ} + \overrightarrow{JB} = 2\overrightarrow{IJ} + \overrightarrow{SI} + \overrightarrow{CI} + \overrightarrow{JA} + \overrightarrow{JB}$.

Or $\overrightarrow{SI} + \overrightarrow{CI} = \overrightarrow{JA} + \overrightarrow{JB} = \vec{0}$, donc $\overrightarrow{SA} + \overrightarrow{CB} = 2\overrightarrow{IJ}$.

b. $\overrightarrow{SC} \cdot \overrightarrow{IJ} = \overrightarrow{SC} \cdot \frac{1}{2}(\overrightarrow{SA} + \overrightarrow{CB}) = \frac{1}{2}(\overrightarrow{SC} \cdot \overrightarrow{SA} + \overrightarrow{SC} \cdot \overrightarrow{CB}) = \frac{1}{2}(\overrightarrow{SC} \cdot \overrightarrow{SA} - \overrightarrow{CS} \cdot \overrightarrow{CB})$.

Or, le tétraèdre étant régulier, $\overrightarrow{SC} \cdot \overrightarrow{SA} = \overrightarrow{CS} \cdot \overrightarrow{CB}$, alors $\overrightarrow{SC} \cdot \overrightarrow{IJ} = 0$.

c. $\overrightarrow{SC} \cdot \overrightarrow{IJ} = 0$ signifie que (SC) est perpendiculaire à (IJ). En remplaçant S et C par B et A, on obtiendrait le même résultat, donc (IJ) $\perp$ (AB). Le résultat attendu est ainsi démontré.

16 **a.** $AB^2 = 8 + 16 = 24$, $AC^2 = 2 + 6 + 16 = 24$;
$AD^2 = 2 + 6 + 16 = 24$, $BC^2 = 18 + 6 = 24$;
$BD^2 = 18 + 6 = 24$; $CD^2 = 24$.
Les six arêtes ont bien la même longueur, ce qu'il fallait démontrer.

b. Dans le triangle ACD le segment [RS] joint les milieux de deux côtés.

Donc $\overrightarrow{RS} = \frac{1}{2}\overrightarrow{CD}$.

Dans le triangle BCD, on a de même, $\overrightarrow{UT} = \frac{1}{2}\overrightarrow{CD}$.

C'est pourquoi $\overrightarrow{RS} = \overrightarrow{UT}$ ce qu'il fallait démontrer.

c. Dans le triangle ABC, on a aussi $\overrightarrow{RU} = \frac{1}{2}\overrightarrow{AB}$, soit $RU = \frac{1}{2}AB$. D'après la question précédente : $RS = \frac{1}{2}CD$.

Comme AB = CD on en déduit que RS = RU. Ayant deux côtés consécutifs de même longueur, le parallélogramme RSTU est un losange.

Enfin, $\overrightarrow{AB} \cdot \overrightarrow{CD} = 2\sqrt{2} \times 0 + 0 \times 2\sqrt{6} + (-4) \times 0 = 0$ ce qui prouve que (AB) $\perp$ (CD) et donc, par le parallélisme de (AB) avec (RU) et de (CD) avec (RS), on en déduit (RU) $\perp$ (RS). Le losange RSTU ayant un angle droit, c'est un carré.

17 **a.** On trouve successivement $\overrightarrow{AB}\begin{pmatrix}3-2\\-1-(-1)\\2-0\end{pmatrix}=\begin{pmatrix}1\\0\\2\end{pmatrix}$ et $\overrightarrow{AC}\begin{pmatrix}0-2\\4-(-1)\\1-0\end{pmatrix}=\begin{pmatrix}-2\\5\\1\end{pmatrix}$

Donc $\overrightarrow{AB}\cdot\overrightarrow{AC}=1\times(-2)+0\times5+1\times2=0$. Il en résulte que (AB) $\perp$ (AC) ce qu'il fallait démontrer.

b. $\vec{n}\cdot\overrightarrow{AB}=2\times1+1\times0+(-1)\times2=0\Rightarrow\vec{n}\perp\overrightarrow{AB}$.

$\vec{n}\cdot\overrightarrow{AC}=2\times(-2)+1\times5+(-1)\times1=-4+5-1=0\Rightarrow\vec{n}\perp\overrightarrow{AC}$.

Puisque le vecteur $\vec{n}$ est orthogonal aux deux vecteurs $\overrightarrow{AB}$ et $\overrightarrow{AC}$ il est orthogonal au plan (ABC).

c. Une base du tétraèdre est le triangle ABC rectangle en A. Son aire est donc égale à $\dfrac{AB\times AC}{2}$.

Or $AB^2=1^2+0^2+2^2=5\Rightarrow AB=\sqrt{5}$ et $AC^2=(-2)^2+5^2+1^2=30\Rightarrow AC=\sqrt{30}$.

L'aire de ABC est donc égale à $\dfrac{\sqrt{5}\times\sqrt{30}}{2}=\dfrac{5\sqrt{6}}{2}$.

De plus, $SH^2=(2-0)^2+(2-1)^2+(3-4)^2=6\Rightarrow SH=\sqrt{6}$.

Enfin, $v=\dfrac{1}{3}\times\dfrac{5\sqrt{6}}{2}\times\sqrt{6}=5$.

d. $\overrightarrow{SA}$ a pour coordonnées $\begin{pmatrix}2-0\\+1-1\\0-1\end{pmatrix}=\begin{pmatrix}2\\-2\\-4\end{pmatrix}$ et $\overrightarrow{SB}\begin{pmatrix}3\\-2\\-2\end{pmatrix}$. Donc $\overrightarrow{SA}\cdot\overrightarrow{SB}=6+4+8=18$.

On trouve aussi : $SA^2=24\Rightarrow SA=2\sqrt{6}$. On trouve de même $SB=\sqrt{17}$.

D'autre part : $\overrightarrow{SA}\cdot\overrightarrow{SB}=SA\times SB\times\cos\widehat{ASB}=2\sqrt{6}\times\sqrt{17}\cos\widehat{ASB}$. Donc $\cos\widehat{ASB}=\dfrac{9}{\sqrt{102}}$.

On trouve alors $\widehat{ASB}\approx27°$.

18 **a.** Le point I n'appartient pas à la face ADHE. C'est pourquoi les points A, I, K, H ne sont pas coplanaires. On en déduit que les droites (AI) et (KH) ne le sont pas, et ne sont donc pas parallèles.

b. Par lecture graphique : $I\left(\dfrac{1}{2}, 0, 1\right)$ et $J\left(1, \dfrac{1}{2}, 0\right)$.

On trouve alors : $\overrightarrow{IJ}\begin{pmatrix}\frac{1}{2}\\\frac{1}{2}\\-1\end{pmatrix}$, $\overrightarrow{AE}\begin{pmatrix}0\\0\\1\end{pmatrix}$, $\overrightarrow{AC}\begin{pmatrix}1\\1\\0\end{pmatrix}$. Comme $\overrightarrow{AC}=2\overrightarrow{IJ}+2\overrightarrow{AE}$, on en déduit que les trois vecteurs sont coplanaires.

c. Les coordonnées des vecteurs $\overrightarrow{u_1}$ et $\overrightarrow{u_2}$ ne sont pas proportionnelles. C'est pourquoi les deux vecteurs ne sont pas colinéaires et donc les deux droites ne sont pas parallèles.

Comme $\vec{n}\cdot\overrightarrow{u_2}=1\times1+1\times3+2\times(-2)=0$ les vecteurs $\vec{n}$ et $\overrightarrow{u_2}$ sont orthogonaux, ce qu'il fallait démontrer.

Chapitre 4

1 Un vecteur directeur de la droite (AB) est $\overrightarrow{AB}\,(-2\,;3\,;2)$.

Si on choisit A comme origine : $M(x\,;y\,;z) \in d \Leftrightarrow$ il existe $t \in \mathbb{R}$ tel que $\overrightarrow{AM} = t\overrightarrow{AB}$.

On obtient ainsi $\begin{cases} x-1=-2t \\ y+2=3t \\ z-1=2t \end{cases} \Leftrightarrow \begin{cases} x=1-2t \\ y=-2+3t \\ z=1+2t \end{cases}$.

Si on choisit B comme origine : $M(x\,;y\,;z) \in d \Leftrightarrow$ il existe $t' \in \mathbb{R}$ tel que $\overrightarrow{BM} = t\,\overrightarrow{AB}$.

On obtient ainsi $\begin{cases} x+1=t \\ y-1=3t \\ z-3=2t \end{cases} \Leftrightarrow \begin{cases} x=-1+t \\ y=1+3t \\ z=3+2t \end{cases}$.

2 Pour savoir si $M \in d$, on cherche t de telle sorte que $\begin{cases} 5=1-2t \\ -8=-2+3t \\ -3=1+2t \end{cases}$. La première équation fournit $t=-2$.

On vérifie que cette valeur satisfait les deux autres équations. Donc $M \in d$.

Pour N : Le système $\begin{cases} 0=1-2t \\ -1=-2+3t \\ 1=1+2t \end{cases}$ n'a pas de solution car la troisième équation fournit $t=0$ alors que 0 n'est pas solution de la première équation. Donc $N \notin d$.

3 $M(x, y, z) \in \mathcal{P} \cap d$ si, et seulement si, ses coordonnées vérifient simultanément les équations de d et de $\mathcal{P}$, c'est-à-dire qu'il existe un réel t tel que :

$$(2+t)+2(1+t)+(5+t)-1=0 \Leftrightarrow 4t+8=0 \Leftrightarrow t=-2$$

En remplaçant t par -2 dans les équations paramétriques de d, on obtient : $\begin{cases} x=0 \\ y=-1 \\ z=3 \end{cases}$ Ainsi d perce $\mathcal{P}$ en $M(0\,;-1\,;3)$.

On peut vérifier que $0+2\times(-1)+3-1=0$, ce qui assure que $M \in \mathcal{P}$.

4 Les vecteurs normaux des deux plans sont $\vec{n}\begin{pmatrix}2\\0\\-1\end{pmatrix}$ et $\vec{n'}\begin{pmatrix}1\\10\\2\end{pmatrix}$. Leur produit scalaire est nul car $2\times1+0\times10+(-1)\times2=0$; ils sont donc orthogonaux et les deux plans sont par conséquent perpendiculaires.

5 **a.** Les vecteurs normaux des deux plans ayant pour coordonnées respectives $\begin{pmatrix}1\\-1\\1\end{pmatrix}$ et $\begin{pmatrix}m\\1\\2\end{pmatrix}$. Pour qu'ils soient perpendiculaires il faut et il suffit que $1\times m+(-1)\times1+1\times2=0$ c'est-à-dire $m=-1$.

b. Pour que les deux plans soient parallèles, il faut et il suffit que leurs vecteurs normaux soient colinéaires.

Un vecteur normal à $\mathcal{P}'$ est $\begin{pmatrix}1\\-2\\-4\end{pmatrix}$. Pour que les vecteurs normaux des deux plans soient colinéaires il faut et il suffit qu'il existe un nombre k tel que $\begin{cases} m=k \\ 1=-2k \\ 2=-4k \end{cases}$ Il suffit donc de choisir $k=-\dfrac{1}{2}=m$.

6 Les vecteurs directeurs de d et d' sont : $\vec{u}\begin{pmatrix}0\\2\\-1\end{pmatrix}$ et $\vec{u'}\begin{pmatrix}-2\\-4\\-1\end{pmatrix}$. Ils ne sont pas colinéaires car leurs coordonnées ne sont pas proportionnelles. Par conséquent les deux droites ne sont pas parallèles.

Cherchons si elles sont sécantes, c'est-à-dire s'il existe t et t' tels que $\begin{cases}1=3-2t'\\1+2t=2-4t'\\1-t=2-t'\end{cases}$.

Ce système équivaut à $\begin{cases}t'=1\\2t+4t'=1\\t-t'=-1\end{cases}$. L'équation 3 fournit $t=0$ car $t'=1$.

Ces deux valeurs sont incompatibles avec l'équation 2. C'est pourquoi il n'existe aucun point M commun aux deux droites. Elles ne sont donc pas sécantes. Non parallèles et non sécantes, d et d' sont non coplanaires, ce qu'il fallait démontrer.

7 **a.** On trouve : $\overrightarrow{BC}\begin{pmatrix}-2\\-7\\3\end{pmatrix}$.

Un point $M(x, y, z)$ appartient à $\mathcal{P}$ si, et seulement si, $\overrightarrow{AM}\cdot\overrightarrow{BC}=0$, donc si, et seulement si,
$(x+1)\times(-2)+(y-2)\times(-7)+(z-0)\times 3=0 \Leftrightarrow -2x-7y+3z+12=0$

b. Un point de l'axe $(0\,;\vec{i})$ a pour coordonnées $(x, 0, 0)$. Si de plus il appartient à $\mathcal{P}$ alors $-2x+12=0 \Leftrightarrow x=6$.
Le point d'intersection de $\mathcal{P}$ avec l'axe $(0\,;\vec{i})$ a donc pour coordonnées $(6, 0, 0)$.
De même :
Le point d'intersection de $\mathcal{P}$ avec l'axe $(0\,;\vec{j})$ a pour coordonnées $\left(0, \frac{12}{7}, 0\right)$.
Le point d'intersection de $\mathcal{P}$ avec l'axe $(0\,;\vec{k})$ a pour coordonnées $(0, 0, -4)$.

c. $2x+7y-3z-5=0 \Leftrightarrow -2x-7y+3z+5=0$.

Un point $M(x, y, z)$ appartient à l'intersection des deux plans si, et seulement si, le système $\begin{cases}-2x-7y+3z=-12\\-2x-7y+3z=-5\end{cases}$ a des solutions ce qui n'est manifestement pas le cas.
Les deux pans sont donc parallèles.

d. La première équation traduit la condition $A\in\mathcal{P}$ car on a remplacé x, y, z par les coordonnées de A. De même, les deux dernières équations traduisent l'appartenance de B et C à $\mathcal{P}$. La résolution du système permet donc de trouver a, b, c répondant à la question.

e. On trouve $a=2b+4$ et $c=2b-2$.

f. Par la deuxième équation, on a : $2(2b+4)+3b-(2b-2)+4=0 \Leftrightarrow 5b+14=0 \Leftrightarrow b=-\frac{14}{5}$.

g. En utilisant les équations 1 et 3, on trouve finalement $a=-\frac{8}{5}$ et $c=-\frac{38}{5}$. Une équation cartésienne du plan (ABC) est donc $-\frac{8}{5}x-\frac{14}{5}y-\frac{38}{5}z+4=0 \Leftrightarrow 4x+7y+19z-10=0$ après multiplication par $-\frac{5}{2}$.

8 a. Par lecture graphique : G(1, 1, 1) donc $\overrightarrow{AI}\begin{pmatrix}\frac{1}{3}\\ \frac{1}{3}\\ \frac{1}{3}\end{pmatrix}$ et $I\begin{pmatrix}\frac{1}{3}\\ \frac{1}{3}\\ \frac{1}{3}\end{pmatrix}$.

b. Montrons que $\overrightarrow{AI}$ est orthogonal à $\overrightarrow{BD}\begin{pmatrix}-1\\ 1\\ 0\end{pmatrix}$ et $\overrightarrow{BE}\begin{pmatrix}-1\\ 0\\ 1\end{pmatrix}$.

On calcule : $\overrightarrow{AI}\cdot\overrightarrow{BD}=-\frac{1}{3}+\frac{1}{3}=0=\overrightarrow{AI}\cdot\overrightarrow{BE}$ Le vecteur $\overrightarrow{AI}$ est donc orthogonal à deux vecteurs non colinéaires du plan (BDE). Par conséquent, il est normal à ce plan.

c. Par définition, I est le projeté orthogonal de G sur le plan (BDE).
I est aussi le projeté orthogonal de A sur (BDE).

9 1 Les points C et D ayant pour coordonnées respectives (1, 1, 0) et (0, 1, 0), on trouve $\overrightarrow{AK}\left(\frac{1}{2}, 1, 0\right)$ et $\overrightarrow{AL}\left(0, 1, \frac{3}{2}\right)$.

2 a. D'une part $\vec{u}\cdot\overrightarrow{AK}=3-3+0=0$ et d'autre part $\vec{u}\cdot\overrightarrow{AL}=0-3+3=0$.
Le vecteur $\vec{u}$ est donc orthogonal à deux vecteurs non colinéaires du plan (AKL).
C'est pourquoi il est normal à ce plan.

b. $M(x, y, z)\in(AKL)\Leftrightarrow\overrightarrow{AM}\cdot\vec{u}=0\Leftrightarrow 6x-3y+2z=0$ car $\overrightarrow{AM}$ a pour coordonnées (x, y, z).

c. Un vecteur directeur de Δ est $\vec{u}$. Comme D a pour coordonnées (0, 1, 0), des équations paramétriques de Δ sont

donc : $\begin{cases}x=6t\\ y=1-3t\\ z=2t\end{cases}$.

d. Le point N appartient à Δ car : si $t=\frac{3}{49}$, $\begin{cases}x=\frac{18}{49}\\ y=1-\frac{9}{49}=\frac{40}{49}\\ z=\frac{6}{49}\end{cases}$. Il appartient également au plan (AKL)

car $6\times\frac{18}{49}-3\times\frac{40}{49}+2\times\frac{6}{49}=0$. Comme $d\perp$ (AKL), N est le projeté orthogonal de d sur ce plan.

3 a. Le triangle ADK étant rectangle en A, son aire est égale à $\frac{1}{2}AD\times DK=\frac{1}{4}$ car $AD=1$ et $DK=\frac{1}{2}$.

De plus, $DL=\frac{3}{2}$.

Comme [DL] est la hauteur associée à la base ADL, le volume du tétraèdre est égal à $\frac{1}{3}\times\frac{1}{4}\times\frac{3}{2}=\frac{1}{8}$.

CORRIGÉS

b. La distance de D au plan (AKL) est la distance DN. Les coordonnées de $\overrightarrow{DN}$ sont $\begin{pmatrix} \frac{18}{49} \\ \frac{40}{49}-1 \\ \frac{6}{49} \end{pmatrix} = \frac{1}{49}\begin{pmatrix} 18 \\ -9 \\ 6 \end{pmatrix}$.

Donc $DN^2 = \left(\frac{1}{49}\right)^2(18^2+(-9)^2+6^2) = \frac{1}{49^2}(324+81+36) = \frac{441}{49^2} = \left(\frac{21}{49}\right)^2 \Rightarrow DN = \frac{21}{49} = \frac{3}{7}$

c. Calculons le volume du tétraèdre en choisissant AKL comme base et [DN] comme hauteur.
Alors : $\frac{1}{8} = \frac{1}{3}\,\text{Aire(AKL)} \times DN \Rightarrow \text{Aire(AKL)} = \frac{3}{8} \times \frac{1}{DN} = \frac{3}{8} \times \frac{7}{3} = \frac{7}{8}$.

10 **1 a.** On a $I\left(\frac{1}{2}, 0, 1\right)$ et $J(2, 0, 1)$.

b. On trouve $\overrightarrow{DJ}\begin{pmatrix} 2 \\ -1 \\ 1 \end{pmatrix}$ $\overrightarrow{BI}\begin{pmatrix} -\frac{1}{2} \\ 0 \\ 1 \end{pmatrix}$ et $\overrightarrow{BG}\begin{pmatrix} 0 \\ 1 \\ 1 \end{pmatrix}$.

c. Comme $\overrightarrow{DJ} \cdot \overrightarrow{BI} = -1 + 0 + 1 = 0$ et $\overrightarrow{DJ} \cdot \overrightarrow{BG} = 0 - 1 + 1 = 0$, le vecteur $\overrightarrow{DJ}$ est orthogonal à deux vecteurs non colinéaires du plan (BGI). C'est pourquoi il est orthogonal à ce plan.
d. Par lecture des coefficients de l'équation $2x - y + z - 2 = 0$. On constate que $\overrightarrow{DJ}$ est un vecteur normal de ce plan. De plus B appartient à ce plan car $2 \times 1 - 0 + 0 - 2 = 0$. Il en résulte que le plan en question passe par B et a pour vecteur normal $\overrightarrow{DJ}$. C'est pourquoi il s'agit du plan (BGI).

2 a. Le point F ayant pour coordonnées $\begin{pmatrix} 1 \\ 0 \\ 1 \end{pmatrix}$ et $\overrightarrow{DJ}$ étant un vecteur directeur de *d*, des équations paramétriques de *d* sont : $\begin{cases} x = 1 + 2t \\ y = -t \\ z = 1 + t \end{cases}$.

b. En choisissant $t = -\frac{1}{6}$ on constate que $L \in d$. De plus, $2 \times \frac{2}{3} - \frac{1}{6} + \frac{5}{6} - 2 = 0$ donc $L \in (BGI)$. Le point L est donc l'intersection de *d* et (BGI).
3 a. La pyramide FBGI a pour base le triangle rectangle FBG, et pour hauteur IF.

L'aire du triangle est la moitié de l'aire d'une face du cube, soit $\frac{1}{2}$ et on a aussi $IF = \frac{1}{2}$. C'est pourquoi le volume cherché est égal à $\frac{1}{3} \times \frac{1}{2} \times \frac{1}{2} = \frac{1}{12}$.

b. Par construction, le point L est le projeté orthogonal de F sur le plan (BGI). Prenons comme base de la pyramide FBGI le triangle BGI ; sa hauteur associée est alors [FL].

$FL^2 = \left(\frac{2}{3}-1\right)^2 + \left(\frac{1}{6}-0\right)^2 + \left(\frac{5}{6}-1\right)^2 = \frac{1}{6} \Rightarrow FL = \frac{1}{\sqrt{6}}$. Puisque le volume de la pyramide est égal à $\frac{1}{12}$, on a : $\frac{1}{12} = \frac{1}{3} \times \frac{1}{\sqrt{6}} \times \text{aire(BGI)} \Rightarrow \text{aire(BGI)} = \frac{\sqrt{6}}{4}$.

11 **1** Il s'agit du point M_2 obtenu avec $t = 5$.
2 Il s'agit de $\vec{u_3}$.

3 $\overrightarrow{AB}\begin{pmatrix}-2\\2\\4\end{pmatrix} = -\frac{2}{3}\vec{u_3}$ est un vecteur directeur de d et d'. C'est pourquoi elles sont parallèles. De plus $A \in d'$

car $\begin{cases}1 = -4+3t\\1 = 6-3t\\-2 = 8-6t\end{cases} \Leftrightarrow t = \frac{5}{3}$ donc les deux droites sont confondues.

4 Un vecteur $\vec{n}$ normal à $\mathcal{P}$ a pour coordonnées $\begin{pmatrix}1\\m\\-2\end{pmatrix}$. La droite d est parallèle à $\mathcal{P}$ si et seulement si $\vec{n} \cdot \overrightarrow{AB} = 0$

donc $-2 \times 1 + 2m + 4 \times (-2) \Leftrightarrow -2 + 2m - 8 = 0$ c'est-à-dire $m = 5$.

12 **1** On trouve : B(1 ; 0 ; 0), D(0 ; 1 ; 0), E(0 ; 0 ; 1), G(1 ; 1 ; 1), H(0 ; 1 ; 1).
2 a. [EG], [GD] et [ED] sont les hypoténuses de triangles rectangles isocèles de côté 1, donc $EG = GD = ED = \sqrt{2}$. Par conséquent le triangle EGD est équilatéral.
b. Ici $c = \sqrt{2}$ donc l'aire du triangle EGD est égale à $\frac{\sqrt{3}}{4}(\sqrt{2})^2 = \frac{\sqrt{3}}{2}$.

3 Comme $\overrightarrow{BH}$ a pour coordonnées $\begin{pmatrix}-1\\1\\1\end{pmatrix}$ et puisque $\overrightarrow{BM} = \frac{1}{3}\overrightarrow{BH}$: $\begin{cases}x_M - 1 = -\frac{1}{3}\\y_M - 0 = \frac{1}{3}\\z_M - 0 = \frac{1}{3}\end{cases}$.

Les coordonnées de M sont donc $\left(\frac{2}{3}, \frac{1}{3}, \frac{1}{3}\right)$.

4 a. Les vecteurs $\overrightarrow{EG}$ et $\overrightarrow{ED}$ ont pour coordonnées respectives $\begin{pmatrix}1\\1\\0\end{pmatrix}$ et $\begin{pmatrix}0\\1\\-1\end{pmatrix}$.

D'une part $\vec{n} \cdot \overrightarrow{EF} - 1 + 1 + 0 = 0$ et d'autre part $\vec{n} \cdot \overrightarrow{ED} = 0 + 1 - 1 = 0$. Le vecteur $\vec{n}$ étant orthogonal à deux vecteurs non colinéaires du plan (EGD), alors il est normal à ce plan.
b. $N(x, y, z) \in (EGD) \Leftrightarrow \vec{n} \cdot \overrightarrow{EN} = 0 \Leftrightarrow -1 \times (x-0) + (y-0) + (z-1) = 0 \Leftrightarrow -x + y + z - 1 = 0$, ce qu'il fallait démontrer.

c. $N(x, y, z) \in \Delta \Leftrightarrow$ il existe $t \in \mathbb{R}$ tel que $\overrightarrow{MN} = t\vec{n} \Leftrightarrow \begin{cases}x = \frac{2}{3} - t\\y = \frac{1}{3} + t\\z = \frac{1}{3} + t\end{cases}$ ce qu'il fallait démontrer.

CORRIGÉS

5 a. La hauteur de la pyramide issue de M a pour support la droite Δ car celle-ci est orthogonale au plan (EGD), support de la base de cette pyramide. Le point K est donc l'intersection de Δ avec ce plan. Ses coordonnées (x, y, z) vérifient les équations de Δ et (EGD) : $-\left(\frac{2}{3}-t\right)+\frac{1}{3}+t+\frac{1}{3}+t-1=0 \Leftrightarrow t=\frac{1}{3}$.

En remplaçant t par $\frac{1}{3}$ dans les équations paramétriques, on trouve les coordonnées de K qui sont $\left(\frac{1}{3}, \frac{2}{3}, \frac{2}{3}\right)$.

b. Un calcul simple conduit à $\overrightarrow{KM}\begin{pmatrix}\frac{1}{3}\\-\frac{1}{3}\\-\frac{1}{3}\end{pmatrix}$ donc $KM^2=\frac{3}{9}=\frac{1}{3}\Rightarrow KM=\frac{1}{\sqrt{3}}=\frac{\sqrt{3}}{3}$

Puisque l'aire du triangle EGD est égale à $\frac{\sqrt{3}}{2}$, le volume de la pyramide vaut $\frac{1}{3}\times\frac{\sqrt{3}}{2}\times\frac{1}{\sqrt{3}}=\frac{1}{6}$.

13 **1** La droite b. ne contient pas M. En effet, on doit avoir $t=0$ pour x et y mais alors $z=2$. Pour a., $t=1$ et pour c. $t=2$.

2 La seule droite qui contient M est la droite b. Il suffit de choisir $t=-1$.

3 $d=(AB)$. En effet, en choisissant $t=0$ on obtient A et en choisissant $t=1$ on obtient le point B. Le point C n'appartient pas à la droite.

4 Un vecteur directeur de d est orthogonal aux deux vecteurs normaux des plans qui la définissent.

Les vecteurs normaux des plans ont pour coordonnées :

a. $\begin{pmatrix}1\\-1\\0\end{pmatrix}$ et $\begin{pmatrix}3\\1\\5\end{pmatrix}$ b. $\begin{pmatrix}3\\0\\1\end{pmatrix}$ et $\begin{pmatrix}0\\0\\1\end{pmatrix}$ c. $\begin{pmatrix}4\\4\\0\end{pmatrix}$ et $\begin{pmatrix}0\\0\\1\end{pmatrix}$.

Seul le cas c. convient car dans le cas a. $\vec{u}\cdot\overrightarrow{n_1}=0$ et $\vec{u}\cdot\overrightarrow{n_2}=2$, dans le cas b. $\vec{u}\cdot\overrightarrow{n_1}=3$ et $\vec{u}\cdot\overrightarrow{n_2}=0$ et dans le cas c. $\vec{u}\cdot\overrightarrow{n_1}=\vec{u}\cdot\overrightarrow{n_2}=0$,

(On a utilisé la formule $xx'+yy'+zz'$.)

5 Il s'agit de la droite c. dont un vecteur directeur a pour coordonnées $\begin{pmatrix}1\\1\\1\end{pmatrix}$. Pour la droite a., le vecteur $\begin{pmatrix}2\\1\\3\end{pmatrix}$ est colinéaire à $\vec{u}$. Les vecteurs normaux aux plans définissant la droite b. ont pour coordonnées respectives $\begin{pmatrix}3\\0\\-2\end{pmatrix}$ et $\begin{pmatrix}-2\\1\\1\end{pmatrix}$ et ils sont tous les deux orthogonaux à $\vec{u}$.

6 Il s'agit de la droite b. dont un vecteur directeur a pour coordonnées $\begin{pmatrix}-1\\3\\2\end{pmatrix}$.

Un vecteur directeur de la droite a. a pour coordonnées $\begin{pmatrix}1\\-3\\2\end{pmatrix}$. Il est orthogonal au vecteur de coordonnées $\begin{pmatrix}0\\2\\3\end{pmatrix}$ normal du plan d'équation $2y+3z=6$, et au vecteur de coordonnées $\begin{pmatrix}2\\0\\-1\end{pmatrix}$ normal au plan d'équation $2x-z=1$. Il est donc aussi un vecteur directeur de la droite c.

Chapitre 5

1 La suite est croissante par construction. Elle est majorée par 1 : elle est donc convergente.

2 $\lim\limits_{n\to+\infty} u_n = \lim\limits_{n\to+\infty} \dfrac{n^2}{n} = \lim\limits_{n\to+\infty} n = +\infty.$

b. Le programme affecte la valeur 1 à n puis calcule u_0 qu'il place dans la variable u. Ensuite, tant que u est inférieur ou égal à 10^6 on augmente n de 1 et calcule u_n avec cette nouvelle valeur de n. Dès que l'on a $u_n > 10^6$ le programme s'arrête et affiche la valeur de n. On trouve 1 000 002.

3 Initialisation : l'égalité $1+2+\ldots+n=\dfrac{n(n+1)}{2}$ est vraie si $n=1$ car $1=\dfrac{1\times(1+1)}{2}$.

Hérédité : supposons que l'inégalité soit vraie pour un entier $n \geq 1$, démontrons qu'elle reste vraie pour son successeur $n+1$.

$1+2\ldots+(n+1)=1+2+\ldots+n+(n+1)=\dfrac{n(n+1)}{2}+(n+1)=(n+1)\left(\dfrac{n}{2}+1\right)=\dfrac{(n+1)(n+2)}{2}$ ce qu'il fallait démontrer.

Conclusion : l'égalité est vraie pour tout entier naturel $n \geq 1$.

4 **a.** Initialisation : l'égalité $u_n = n\times 2^n$ est vraie si $n=0$ car d'une part $u_0=0$ et d'autre part $0\times 2^0=0$.

Hérédité : supposons que l'inégalité soit vraie pour un entier n, démontrons qu'elle reste vraie pour son successeur $n+1$.

$u_{n+1}=2(u_n+2^n)=2(n\times 2^n+2^n)=2\times 2^n(n+1)=2^{n+1}(n+1)$ ce qu'il fallait démontrer.

Conclusion : l'égalité est vraie pour tout entier naturel n.

b. $\lim\limits_{n\to+\infty} n = \lim\limits_{n\to+\infty} 2^n = +\infty \Rightarrow \lim\limits_{n\to+\infty} u_n = +\infty$

5 **a.** Initialisation : l'inégalité $(1+a)^n \geq 1+na$ est vraie si $n=0$ car d'une part $(1+a)=0=1$ et d'autre part $1+0\times a=1$.

Hérédité : supposons que l'inégalité soit vraie pour un entier n, démontrons qu'elle reste vraie pour son successeur $n+1$.

$$(1+a)^{n+1}=(1+a)^n(1+a)\Rightarrow(1+a)^{n+1}\geq(1+na)(1+a)$$

Or $(1+na)(1+a)=1+a+na+na^2 \Rightarrow (1+na)(1+a)=1+(n+1)a+na^2$.

Ainsi, puisque $na^2\geq 0$: $(1+na)(1+a)\geq 1+(n+1)a$. Par conséquent $(1+a)^{n+1}\geq 1+(n+1)a$ ce qu'il fallait démontrer.

Conclusion : pour tout entier naturel n $(1+a)^n \geq 1+na$.

b. Si $q>1$ il existe un nombre strictement positif a tel que $q=1+a$. Donc $q^n=(1+a)^n \Rightarrow q^n\geq(1+a)^n \Rightarrow q^n \geq 1+na$.

Puisque $a>0$, alors $\lim\limits_{n\to+\infty} na = +\infty$. Ainsi, le théorème des gendarmes montre que $\lim\limits_{n\to+\infty} q^n = +\infty$.

6 **a.** On a : $u_1=1-1=0$, $u_2=2+1=3$, $u_3=3-1=2$. Ainsi $u_1<u_2$ et $u_2>u_3$. La suite n'est donc pas monotone.

b. Si n est pair $u_n=n+1$ et si n est impair $u_n=n-1$. Dans les deux cas on a bien $u_n\geq n-1$ ce qu'il fallait démontrer.

D'après le théorème des gendarmes $\lim\limits_{n\to+\infty}(n-1)=+\infty \Rightarrow \lim\limits_{n\to+\infty} u_n = +\infty$.

c. Pour tout entier naturel n, $u_{n+1}-u_n=n+1+(-1)^{n+1}-n-(-1)^n=1+(-1)^{n+1}+(-1)^{n+1}=1+2\times(-1)^{n+1}$.

Par conséquent : si n est pair $u_{n+1}-u_n=1-2=-1$ et si n est impair : $u_{n+1}-u_n=1+2=3$. Ainsi la suite (u_n) n'est croissante à partir d'aucun rang. Pourtant elle tend vers $+\infty$.

7 La suite (u_n) oscille de -1 à 1. Il est donc impossible que tous ses termes se trouvent enfermés dans un intervalle aussi petit que l'on veut.

CORRIGÉS

8 **1** $u_1 = 0{,}95 \times u_0 + 200 = 0{,}95 \times 10\,000 + 200 = 9\,500 + 200 = 9\,700$
$u_2 = 0{,}95 \times u_1 + 200 = 0{,}95 \times 9\,700 + 200 = 9\,215 + 200 = 9\,415$.

2 a. Initialisation : l'inégalité $u_n > 4\,000$ est vraie si $n = 0$ car $u_0 = 10\,000$.
Hérédité : supposons qu'elle soit vraie pour un entier naturel n, démontrons qu'elle reste vraie pour son successeur $n + 1$.
$u_n > 4\,000 \Rightarrow 0{,}95\,u_n + 200 > 0{,}95 \times 4\,000 + 200 \Rightarrow u_{n+1} > 3\,800 + 200 \Rightarrow u_{n+1} > 4\,000$, ce qu'il fallait démontrer.
Conclusion : selon le principe de récurrence l'inégalité est vraie pour tout entier naturel n.

b. Pour tout entier naturel n : $u_{n+1} - u_n = (0{,}95 - 1)u_n + 200 = -0{,}05u_n + 200$.
De plus $u_n > 4\,000 \Rightarrow -0{,}05u_n + 200 < -0{,}05 \times 4\,000 + 200 \Rightarrow u_{n+1} - u_n < 0$ ce qu'il fallait démontrer.

c. La suite est décroissante et minorée par 4 000, donc elle converge.

3 a. $v_0 = u_0 - 4\,000 = 6\,000$.

b. Sachant que $u_n = v_n + 4\,000$, on a pour tout entier naturel n :

$$v_{n+1} = u_{n+1} - 4\,000 = 0{,}95u_n + 200 - 4\,000 = 0{,}95(v_n + 4\,000) - 3\,800 = 0{,}95v_n + 3\,800 - 3\,800 = 0{,}95v_n$$

ce qu'il fallait démontrer.

c. On sait que pour tout entier naturel n, $v_n = v_0\,0{,}95^n = 6\,000 \times 0{,}95^n$.
De plus $u_n = v_n + 4\,000$. Donc $u_n = 6\,000 \times 0{,}95^n + 4\,000$ ce qu'il fallait démontrer.

d. Puisque $0 < 0{,}95 < 1$, alors $\lim\limits_{n \to +\infty} 0{,}95^n = 0$ et donc $\lim\limits_{n \to +\infty} u_n = 4\,000$.

9 Initialisation : l'inégalité $2^n > n^2$ est vraie si $n = 5$ car $2^5 = 32$ et $5^2 = 25$.
Hérédité : supposons que l'inégalité soit vraie pour un entier $n \geq 5$, démontrons qu'elle reste vraie pour son successeur $n + 1$.
$2^{n+1} = 2^n \times 2 \Rightarrow 2^{n+1} > 2n^2$. Or :

$$2n^2 = n^2 + n^2 = n^2 + 2n + 1 + n^2 - 2n - 1 = (n+1)^2 + (n-1)^2 - 2$$

De plus, puisque $n \geq 5$ alors $(n-1)^2 - 2 \geq 0$. D'où $(n+1)^2 + (n-1)^2 - 2 \geq (n+1)^2$ c'est-à-dire $2n^2 \geq (n+1)^2$, ce qu'il fallait démontrer.
Conclusion : l'inégalité est vraie pour tout entier naturel $n \geq 5$.

10 **a.** Initialisation : la double inégalité $0 \leq u_n - 2 \leq \left(\dfrac{1}{3}\right)^n$ est vraie si $n = 0$ car d'une part $u_0 - 2 = 0$ et d'autre part $\left(\dfrac{1}{2}\right)^0 = 1$.

Hérédité : supposons que l'inégalité soit vraie pour un entier n, démontrons qu'elle reste vraie pour son successeur $n + 1$.

$$0 \leq u_n - 2 \leq \left(\frac{1}{3}\right)^n \Rightarrow 0 \leq \frac{1}{3}(u_n - 2) \leq \left(\frac{1}{3}\right)^n \times \frac{1}{3} \Rightarrow 0 \leq \frac{1}{3}(u_n - 2) \leq \left(\frac{1}{3}\right)^{n+1}$$

Puisque $0 \leq u_{n+1} - 2 \leq \dfrac{1}{3}(u_n - 2)$ on obtient $0 \leq u_{n+1} - 2 \leq \left(\dfrac{1}{3}\right)^{n+1}$ ce qu'il fallait démontrer.

Conclusion : la double inégalité est vraie pour tout entier naturel n.

b. Puisque $0 < \dfrac{1}{3} < 1$, $\lim\limits_{n \to +\infty} \left(\dfrac{1}{3}\right)^n = 0$. Encadrée par deux suites tendant vers 0, $u_n - 2$ tend vers 0, donc $\lim\limits_{n \to +\infty} u_n = 2$.

La suite (u_n) est donc convergente.

11 Au départ les variables s et k contiennent respectivement 1 et 0. Tanf que k est inférieur ou égal à 10, s augmente de k^3 si bien qu'elle contient la somme des nombres de la forme k^3 pour k variant de 1 à 10 de 1 en 1. On obtient 3 025 (qui est 55^2). La variable s contient donc la somme des cubes des entiers consécutifs de 1 à 10.

CORRIGÉS

12 **1** On trouve $u_1 = (1 - 10\,\%)u_0 + 250 = 0{,}9 \times 1\,000 + 250 = 1\,150$.
2 Si elle perd chaque année 10 % de ses abonnés, il lui en reste 90 %. Le nombre de ses abonnés l'année suivante est donc $0{,}9u_n + 250 = u_{n+1}$.
3 La valeur `suite(10)` est le nombre d'abonnés en 2030 (2020 + 10 = 2030).
4 a. Initialisation : l'inégalité $u_n \leq 2\,500$ est vraie si $n = 0$ car $u_0 = 1\,000$.
Hérédité : supposons qu'elle soit vraie pour un entier naturel n, montrons qu'elle reste vraie pour son successeur $n + 1$.

$$u_n \leq 2\,500 \Rightarrow 0{,}9u_n + 250 \leq 0{,}9 \times 2\,500 + 250 \Rightarrow u_{n+1} \leq 2\,500 + 250 \Rightarrow u_{n+1} \leq 2\,500$$

ce qu'il fallait démontrer.
Conclusion : d'après le principe de récurrence l'inégalité $u_n \leq 2\,500$ est vraie pour tout entier naturel n.
b. Pour tout entier naturel n : $u_{n+1} - u_n = (0{,}9 - 1)u_n - 250 = -0{,}1u_n + 250$.
Or $u_n \leq 2\,500 \Rightarrow -0{,}1u_n + 250 > -250 + 250 \Rightarrow u_{n+1} - u_n > 0$ ce qu'il fallait démontrer.
c. La suite (u_n) est croissante et majorée par 2500. C'est pourquoi elle est convergente.
5 a. Sachant que $u_n = v_n + 2\,500$, on a, pour tout entier naturel n :
$v_{n+1} = u_{n+1} - 2\,500 = 0{,}9u_n + 250 - 2\,500 = 0{,}9(v_n + 2\,500) - 2\,250 = 0{,}9v_n + 2\,250 - 2\,250 = 0{,}9v_n$.
Donc, la suite (v_n) est une suite géométrique de raison 0,9.
Son premier terme est v_0 et $v_0 = u_0 - 2\,500 = -1\,500$.
b. Pour tout entier naturel n : $v_n = v_0 \times 0{,}9^n = -1\,500 \times 0{,}9^n$. Donc $u_n = v_n + 2\,500 \Rightarrow u_n = -1\,500 \times 0{,}9^n + 2\,500$.
c. Puisque $0 < 0{,}9 < 1$ $\lim\limits_{n \to +\infty} 0{,}9^n = 0$. Donc $\lim\limits_{n \to +\infty} u_n = 2\,500$. Cela signifie que, au bout d'un certain temps, l'influenceuse aura 2 500 abonnés.
6 a. Le programme suivant est écrit en Python. Il est à adapter sur une calculatrice.

```
n,u=0,1000
     while u<2200:
     u=0.9*u+250
     n=n+1
print(n)
```

b. Le programme renvoie 16. Il y aura au minimum 2 200 abonnés au cours de la 16e année.

Chapitre 6

1 **a.** On a $f(x) = \begin{cases} \dfrac{x}{x+1} & \text{si } x < 0 \\[2mm] \dfrac{1}{x-1} & \text{si } x \geq 0 \end{cases}$

b. $\lim\limits_{x \to -\infty} f(x) = \lim\limits_{x \to -\infty} \dfrac{x}{(x+1)} = \lim\limits_{x \to -\infty} \dfrac{x}{x} = 1$ et $\lim\limits_{x \to +\infty} f(x) = \lim\limits_{x \to +\infty} \dfrac{1}{(x-1)} = 0$ car $\lim\limits_{x \to +\infty} (x - 1) = +\infty$.

c. $\mathscr{C}_f$ admet une asymptote horizontale d'équation $y = 1$ en $-\infty$ et une autre en $+\infty$ d'équation $y = 0$.

2 **a.** Asymptotes verticales : $x = -2$ et $x = -1$. Asymptote horizontale : $y = 1$.
b. Asymptotes verticales : $x = -2$ et $x = 1$. Asymptotes horizontales : $y = -1$ et $y = 1$.

3 Si $f(x) = \dfrac{1}{x-3}$, alors $\lim\limits_{x \to 3^-} f(x) = -\infty$ et $\lim\limits_{x \to 3^+} f(x) = +\infty$. Cependant f n'a pas de limite quand x tend vers 3 car les limites à gauche et à droite de 3 sont distinctes.

CORRIGÉS

4 Posons $f(x) = \dfrac{x-3}{x-2}$.

$$\text{si } x < 2 : \left.\begin{array}{l} \lim\limits_{x \to 2} x - 3 = -1 \\ \lim\limits_{x \to 2} x - 2 = 0 \end{array}\right\} \Rightarrow \lim_{x \to 2^-} f(x) = +\infty \text{ car } x - 2 < 0.$$

De même :

$$\text{Si } x > 2 : \left.\begin{array}{l} \lim\limits_{x \to 2} x - 3 = -1 \\ \lim\limits_{x \to 2} x - 2 = 0 \end{array}\right\} \Rightarrow \lim_{x \to 2^+} f(x) = -\infty \text{ car } x - 2 > 0.$$

5 **a.** Si $x \neq 0$, $(x-1)^2 = x^2 - 2x + 1 = x^2\left(1 - \dfrac{2}{x} + \dfrac{1}{x^2}\right)$, $f(x) = \dfrac{x^2}{x^2\left(1 - \dfrac{2}{x} + \dfrac{1}{x^2}\right)} = \dfrac{1}{\left(1 - \dfrac{2}{x} + \dfrac{1}{x^2}\right)}$.

Donc : $\lim\limits_{x \to +\infty}\left(1 - \dfrac{2}{x} + \dfrac{1}{x^2}\right) = 1 \Rightarrow \lim\limits_{x \to +\infty} \dfrac{1}{\left(1 - \dfrac{2}{x} + \dfrac{1}{x^2}\right)} = 1$ par quotient.

$$\text{De plus, } \left.\begin{array}{l} \lim\limits_{x \to 1} x^2 = 1 \\ \lim\limits_{x \to 1} (x-1)^2 = 0 \end{array}\right\} \Rightarrow \lim_{x \to 1} \frac{x^2}{(x-1)^2} = +\infty \text{ par quotient car } f(x) \geq 0.$$

b. $\lim\limits_{x \to 1} (x-1)^2 = 0$ et $(x-1)^2 \geq 0 \Rightarrow \lim\limits_{x \to 1} \dfrac{1}{(x-1)^2} = +\infty$.

Comme $\lim\limits_{x \to +\infty} (x-1)^2 = \lim\limits_{x \to +\infty} x^2\left(1 - \dfrac{2}{x} + \dfrac{1}{x^2}\right) = +\infty$, $\lim\limits_{x \to +\infty} \dfrac{1}{(x-1)^2} = 0$ par quotient.

c. Pour tout $x \neq 0$, $f(x) = \dfrac{x\left(2 + \dfrac{1}{x}\right)}{x\left(1 - \dfrac{1}{x}\right)} = \dfrac{2 + \dfrac{1}{x}}{1 - \dfrac{1}{x}}$. Comme $\lim\limits_{x \to +\infty}\left(2 + \dfrac{1}{x}\right) = 2 + 0 = 2$ et $\lim\limits_{x \to +\infty}\left(1 - \dfrac{1}{x}\right) = 1 - 0 = 1$.

Donc $\lim\limits_{x \to +\infty} f(x) = \dfrac{2}{1} = 2$ par quotient.

$$\text{Si } x - 1 > 0 : \left.\begin{array}{l} \lim\limits_{x \to 1} 2x + 1 = 3 \\ \lim\limits_{x \to 1} (x-1) = 0 \end{array}\right\} \Rightarrow \lim_{x \to 1^+} \frac{x^2}{(x-1)^2} = +\infty.$$

$$\text{Si } x - 1 < 0 : \left.\begin{array}{l} \lim\limits_{x \to 1} 2x + 1 = 3 \\ \lim\limits_{x \to 1} (x-1) = 0 \end{array}\right\} \Rightarrow \lim_{x \to 1^-} \frac{x^2}{(x-1)^2} = -\infty.$$

La fonction n'a donc pas de limite quand x tend vers 1 car ses limites à gauche et à droite de 1 sont différentes.

6 **a.** La courbe a trois asymptotes verticales d'équations respectives $x=0$, $x=1$, $x=2$ car 0, 1, 2 sont des valeurs interdites et les limites de f à droite et à gauche sont infinies.

b. $f(x)=\frac{1}{x}+\frac{1}{x-1}+\ldots+\frac{1}{x-999}$ répond à la question.

7 **a.** Pour tout $x\in\mathbb{R}^*$: $f(x)=\dfrac{5x\left(1+\frac{9}{x}\right)}{-x\left(1-\frac{3}{x}\right)}=-5\dfrac{1+\frac{9}{x}}{\left(1-\frac{3}{x}\right)}$.

De plus :

$$\left.\begin{array}{l}\lim\limits_{x\to\pm\infty} 1+\frac{9}{x}=1 \text{ (par somme)}\\ \lim\limits_{x\to\pm\infty} 1-\frac{3}{x}=1 \text{ (par somme)}\end{array}\right\}\Rightarrow \lim_{x\to\pm\infty} -5\frac{1+\frac{9}{x}}{1-\frac{3}{x}}=-5 \text{ par quotient.}$$

b. Pour tout $x\in\mathbb{R}^*$: $f(x)=\dfrac{x^3\left(2-\frac{5}{x^2}-\frac{1}{x^3}\right)}{x^2\left(-1+\frac{1}{x^2}\right)}=\dfrac{x\left(2-\frac{5}{x^2}-\frac{1}{x^3}\right)}{\left(-1+\frac{1}{x^2}\right)}$.

De plus : $\lim\limits_{x\to-\infty}\left(2-\frac{5}{x^2}-\frac{1}{x^3}\right)=2\Rightarrow \lim\limits_{x\to-\infty} x\left(2-\frac{5}{x^2}-\frac{1}{x^3}\right)=-\infty$ et $\lim\limits_{x\to-\infty}\left(-1+\frac{1}{x^2}\right)=-1$.

Par quotient : $\lim\limits_{x\to-\infty}\dfrac{x\left(2-\frac{5}{x^2}-\frac{1}{x^3}\right)}{\left(-1+\frac{1}{x^2}\right)}=+\infty=\lim\limits_{x\to-\infty} f(x)$. De même : $\lim\limits_{x\to+\infty} f(x)=-\infty$.

c. Pour tout $x\in\mathbb{R}^*$, $f(x)=\dfrac{-4x^2}{x^2\left(1+\frac{1}{x^2}\right)}=-\dfrac{4}{\left(1+\frac{1}{x^2}\right)}$ De plus $\lim\limits_{x\to\pm\infty}\left(1+\frac{1}{x^2}\right)=1$.

Par conséquent, $\lim\limits_{x\to\pm\infty} f(x)=-4$ par quotient.

8 Si $x<0$: $f(x)=1-\frac{1}{x}\Rightarrow \lim\limits_{x\to 0^-} f(x)=+\infty$ car $\lim\limits_{x\to 0^-}\frac{1}{x}=-\infty$.

Si $x>0$: $f(x)=1+\frac{1}{x}\Rightarrow \lim\limits_{x\to 0^+} f(x)=+\infty$ car $\lim\limits_{x\to 0^+}\frac{1}{x}=+\infty$.

Les limites à gauche et à droite de f sont égales, donc f a une limite en 0 qui est $+\infty$.

9 **a.** Apparemment $\lim\limits_{x\to 0} f(x)=0$ car il semble que plus x s'approche de 0 et plus $f(x)$ se rapproche de 0.

b. Pour tout $x\in\mathbb{R}^*$ $\left|\sin\left(\frac{1}{x}\right)\right|\leq 1$ donc : $\left|x\sin\left(\frac{1}{x}\right)\right|=|x|\times\left|\sin\left(\frac{1}{x}\right)\right|\Rightarrow 0\leq|f(x)|\leq|x|$.

CORRIGÉS

Le théorème des gendarmes montre donc que $\lim_{x\to 0}|f(x)|=0$. Par conséquent $\lim_{x\to 0} f(x)=0$.
Ce qu'il fallait démontrer.

10 **a.** La courbe $\mathcal{C}_f$ admet pour asymptote l'axe des abscisses en $+\infty$ si, et seulement si, $\lim_{x\to+\infty} f(x)=0$.
Supposons $a\neq 0$, alors, pour tout $x\in\mathbb{R}^*$:

$$f(x)=\frac{a^2x^2\left(1+\dfrac{1}{ax}+\dfrac{1}{a^2x^2}\right)}{x^2\left(1+\dfrac{b}{x^2}\right)}=a^2\frac{\left(1+\dfrac{1}{ax}+\dfrac{1}{a^2x^2}\right)}{\left(1+\dfrac{b}{x^2}\right)}.$$

Par quotient, on ne déduit que $\lim_{x\to+\infty} f(x)=a^2$.

Par conséquent, l'axe des abscisses n'est pas asymptote à $\mathcal{C}_f$ en $+\infty$.

Si $a=0$, alors $f(x)=\dfrac{1}{x^2+b}$.
Donc : $\lim_{x\to+\infty} x^2+b=+\infty \Rightarrow \lim_{x\to+\infty} f(x)=0$.

En conclusion, $\mathcal{C}_f$ a pour asymptote l'axe des abscisses en $+\infty$ si, et seulement si, $a=0$.

b. Puisque $\lim_{x\to+\infty} f(x)=a^2$, l'équation de l'asymptote horizontale en $+\infty$ est $y=a^2$

c. La courbe $\mathcal{C}_f$ a une asymptote verticale d'équation $x=x_0$ si, et seulement si, la limite de $f(x)$ quand x tend vers x_0 à gauche ou à droite est infinie. Pour cela, il est nécessaire et suffisant que l'on puisse trouver des valeurs de x telles que $x^2+b=0$. Il faut et il suffit donc que l'on ait $b<0$.
d. La courbe n° 2 ne saurait représenter la fonction f car elle a une asymptote dont l'équation est $y=-1$.
Or on a vu que l'équation de l'asymptote est $y=a^2$; or $-1<0$.

11 **1** La droite verte passe par l'origine et a pour pente 1 ; elle a donc pour équation $y=x$.

2 On sait que $\lim_{x\to+} e^x=+\infty$ donc $\lim_{x\to+\infty} e^{-x}=\lim_{x\to+\infty}\dfrac{1}{e^x}=0$. Par somme : $\lim_{x\to+\infty} f(x)=+\infty$.

3 a. Le point P appartenant à la droite d'équation $t=x$, ses coordonnées sont (x, x).
b. Les coordonnées de M étant $(x, x-e^{-x})$, on trouve : $MP=y_P-y_M=x-(x-e^{-x})=e^{-x}$.
4 a. On a ainsi : $\lim_{x\to+\infty} MP=\lim_{x\to+\infty} e^{-x}=0$.

b. On peut en conclure que la distance entre la droite et a courbe devient de plus en plus petite quand x tend vers $+\infty$ La droite d'équation $y=x$ est une asymptote à $\mathcal{C}_f$.

Chapitre 7

1 **a.** $f'(x)=1+\dfrac{5}{(x+1)^2}>0$. **b.** $g'(x)=2-\dfrac{-1}{(1-x)^2}=2+\dfrac{1}{(1-x)^2}>0$.
c. $h(x)=x^3-x^{-3}\Rightarrow h'(x)=3x^2-(-3x^{-4})=3x^2+3x^{-4}>0$.

2 Sur l'intervalle $]-\infty, -5]$, f croît strictement de 0 à 4. L'équation $f(x)=1$ y admet donc une unique solution.
Sur l'intervalle $[-5, +\infty[$ f varie de 3 à $+\infty$. Il n'existe donc aucune valeur a telle que $f(a)=1$.
L'équation $f(x)=1$ n'a donc qu'une seule solution sur $\mathbb{R}$.

CORRIGÉS

3 a.

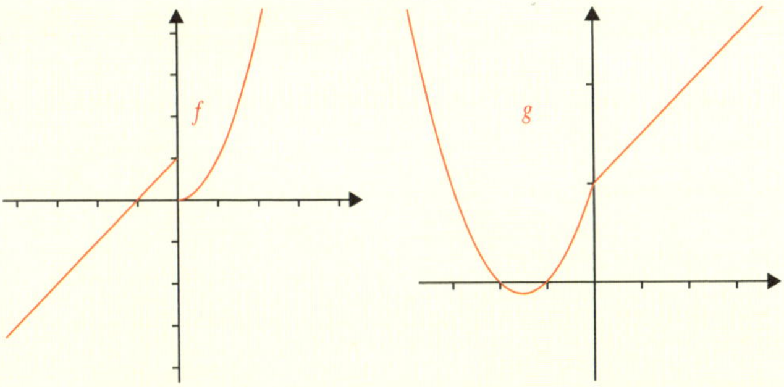

b. Seule la fonction g, dont la courbe peut se tracer « sans avoir à lever le crayon », est continue.

4 a. $f'(x)=\dfrac{a(cx+d)-(ax+b)c}{(cx+d)^2}=\dfrac{ad-bc}{(cx+d)^2}$.

b. En utilisant la formule précédente : $g'(x)=\dfrac{3}{(2x+1)^2}$ et $h(x)=\dfrac{2x-1}{-x+3}\Rightarrow h'(x)=\dfrac{5}{(-x+3)^2}$.

c. • $g(x)=f(x^2)\Rightarrow g'(x)=2xf'(x^2)=2x\times\dfrac{11}{(3x^2+1)^2}$ avec $a=1, b=-4, c=3, d=1$.

• $h'(x)=f(\sqrt{x})\Rightarrow h'(x)=\dfrac{1}{2\sqrt{x}}f'(\sqrt{x})=\dfrac{1}{2\sqrt{x}}\dfrac{10}{(3\sqrt{x}+1)^2}$ avec $a=1, b=-2, c=3, d=4$.

• $k(x)=f(e^{2x})\Rightarrow k'(x)=2e^{2x}f'(e^{2x})=2e^{2x}\times\dfrac{-2}{(e^{2x}-1)^2}$ avec $a=1, b=1, c=1, d=-1$.

5 Partie I

a. Pour tout x de $\mathbb{R}$: $f'(x)=-3x^2+2x-1=-(3x^2-2x+1)$.

b. Le discriminant de $3x^2-2x+1$ est égal à $(-2)^2-4\times3\times1=-8$. Comme il est négatif, $3x^2-2x+1$ est positif pour tout x donc $f'(x)$ est strictement négatif.

c. Sur [1, 2], f est donc strictement décroissante.

d. On trouve $f(1)=1\Rightarrow f(1)>0$ et $f(2)=-4\Rightarrow f(2)<0$. Sur [1, 2], f décroît donc strictement d'une valeur positive à une valeur négative. C'est pourquoi il existe un nombre unique de [1, 2] tel que $f(x)=0$.

Conclusion : l'équation $f(x)=0$ a une unique solution sur [1, 2].

Partie II

a. La ligne 4 montre que l'on cherche une valeur approchée de la solution à 10^{-14} près (voir p. 108).

b. La variable a doit contenir une valeur dont l'image est positive et la variable b une valeur dont l'image doit être négative.

```
7       a=milieu
9       b=milieu
10 print(milieu)
```

6 1 a. $\left.\begin{array}{l}\lim\limits_{x\to+\infty} e^x=+\infty\\ \lim\limits_{x\to+\infty} e^{-x}=0\end{array}\right\}\Rightarrow \lim\limits_{x\to+\infty} f(x)=-\infty$ par somme.

b. Pour tout réel x : $f'(x)=-\dfrac{1}{4}(e^x-e^{-x})$. Or $x>0\Rightarrow e^x>e^{-x}\Rightarrow f'(x)<0$.

C'est pourquoi la fonction f est strictement décroissante sur $[0,+\infty[$.

c. On trouve $f(0)=1-\frac{1}{4}(e^0+e^0)=1-\frac{1}{2}=\frac{1}{2}$, donc $f(0)>0$. De plus, il existe un nombre $b>0$ tel que $f(b)<0$ car $\lim\limits_{x\to+\infty} f(x)=-\infty$. La fonction continue f décroît donc strictement d'une valeur positive à une valeur négative. C'est pourquoi le théorème des valeurs intermédiaires assure l'existence d'une unique solution à l'équation $f(x)=0$.

2 Soit a cette solution. $f(a)=0 \Rightarrow f(-a)=0$ car $f(-a)=f(a)$. Donc l'équation $f(x)=0$ admet au moins deux solutions. De plus, f étant paire f est strictement décroissante sur $]-\infty, 0]$. L'équation a donc une seule solution négative opposée à la précédente, ce qu'il fallait démontrer.

7 **1 a.** Le quotient $\frac{1-x}{1+x}$ n'est pas défini si $x=-1$ car la division par 0 est impossible.

b. Le tableau suivant résume le signe du quotient $\frac{1-x}{1+x}$.

x	$-\infty$		-1		1		$+\infty$
$1-x$		$+$		$+$	0	$-$	
$1+x$		$-$	0	$+$		$+$	
$\frac{1-x}{1+x}$		$-$	‖	$+$	0	$-$	

Les solutions de l'inéquation proposée sont donc les nombres de $]-1, 1]$.

c. On peut calculer $f(x)$ si, et seulement si, $\frac{1-x}{1+x}$ existe et est positif, c'est-à-dire si, et seulement si, $x \in\,]-1, 1]$. Cet intervalle est donc l'ensemble de définition de f.

2 a. On trouve : $g'(x)=\frac{(-1)(1+x)-(1-x)\times 1}{(1+x)^2}=\frac{-1-x-1+x}{(1+x)^2}=-\frac{2}{(1+x)^2}$.

b. Pour tout $x\in\,]-1, 1]$ $f(x)=(u\circ g)(x)$.

c. Pour tout $x\in\,]-1, 1[$.

$$f'(x)=u'(g(x))\,g'(x)=u'\left(\frac{1-x}{1+x}\right)\times\left(-\frac{2}{(1+x)^2}\right)=\frac{1}{2\sqrt{\frac{1-x}{1+x}}}\times\left(-\frac{2}{(1+x)^2}\right)=-\frac{1}{(1+x)^2}\times\sqrt{\frac{1+x}{1-x}}.$$

car $u'(x)=\frac{1}{2\sqrt{x}}$.

3 Puisque $f(x)$ est positif, f est associée à la courbe rouge. Comme f' est négative, elle est associée à la courbe verte. f'' est donc associée à la courbe bleue.

8 Partie I

D'après la courbe :

1 $f'(x)$ est positive sur $]-\infty, 1]$, donc f est croissante sur cet intervalle.
$f'(x)$ est négative sur $]1, +\infty[$, donc f est décroissante sur cet intervalle.

2 f' est décroissante sur $]-\infty, 0]$, donc f est concave sur cet intervalle.
f' est croissante sur $]-\infty, 0]$, donc f est convexe sur cet intervalle.

Partie II

1 a. Pour tout x de $\mathbb{R}$, $f(x)=(x+2)e^{-x}=xe^{-x}+2e^{-x}=\frac{x}{e^x}+2e^{-x}$.

b. $\left.\begin{array}{l}\lim\limits_{x \to +\infty} \dfrac{x}{e^x} = 0 \\ \lim\limits_{x \to +\infty} e^{-x} = 0\end{array}\right\} \Rightarrow \lim\limits_{x \to +\infty} f(x) = 0$ par addition.

c. La droite d'équation $y = 0$, qui est l'axe des abscisses, est une asymptote horizontale à $\mathscr{C}$ en $+\infty$.

2 a. Pour tout $x \in \mathbb{R}$: $f'(x) = 1 \times e^{-x} + (x+2)(-1)e^{-x} = (-x-1)e^{-x}$. Ce qu'il fallait démontrer.

b. Comme $e^{-x} > 0$, on trouve le tableau suivant qui résume les variations de f :

x	$-\infty$		-1		$+\infty$
$-x-1$		$+$	0	$-$	
$f'(x)$		$+$	0	$-$	
$f(x)$	$-\infty$	$\nearrow$	e	$\searrow$	0

c. La fonction f est continue et strictement croissante sur l'intervalle $[-2, -1]$. De plus $f(-2) = 0 \Rightarrow f(-2) < 2$ et $f(-1) = e \Rightarrow f(-1) > 2$. Le théorème de la bijection permet de dire que l'équation $f(x) = 2$ admet une solution unique dans l'intervalle $[-1, 2]$.

On trouve $a \approx -1{,}6$ avec la calculatrice.

3 a. Pour tout $x \in \mathbb{R}$: $f''(x) = (-1)e^{-x} + (-x-1)(-1)e^{-x} = xe^{-x}$. Puisque $e^{-x} > 0$ pour tout x, le signe de $f''(x)$ est celui de x.

C'est pourquoi :

f est concave sur $]-\infty, 0]$ car $f''(x)$ est négative sur cet intervalle.

f est convexe sur $[0, +\infty[$ car $f''(x)$ est positive sur cet intervalle.

b. La dérivée seconde de f s'annule en changeant de signe en 0. Par conséquent, le point d'abscisse 0 de la courbe, qui est le point A, est un point d'inflexion de $\mathscr{C}$.

9 Partie I

1 $\left.\begin{array}{l}\lim\limits_{x \to +\infty} x = +\infty \\ \lim\limits_{x \to +\infty} e^{-2x} = 0\end{array}\right\} \Rightarrow \lim\limits_{x \to +\infty} f(x) = +\infty$ par somme.

2 Pour tout réel x : $f'(x) = 1 - (-2)e^{-2x} = 1 + 2e^{-2x} \Rightarrow f'(x) > 0$. Il en résulte que la fonction f est strictement croissante sur $\mathbb{R}$.

3 Puisque $\lim\limits_{x \to +\infty} f(x) = +\infty$ il existe un réel b tel que $f(b) > 0$. De plus, $f(0) = -1$. La fonction continue f est strictement croissante d'une valeur négative à une valeur positive. D'après le théorème de la bijection, il existe une unique solution à l'équation $f(x) = 0$. La calculatrice fournit $a \approx 0{,}42$.

4 Par conséquent, on a : $x < a \Rightarrow f(x) < 0$ et $x \geq a \Rightarrow f(x) \geq 0$.

Partie II

1 a. Pour tout réel t : $h'(t) = \dfrac{(2t - 2e^{-2t})}{2\sqrt{t^2 + e^{-2t}}} = \dfrac{2(t - e^{-2t})}{2\sqrt{t^2 + e^{-2t}}} = \dfrac{f(t)}{\sqrt{t^2 + e^{-2t}}}$ ce qu'il fallait démontrer.

b. D'après la partie I, on a le tableau de variation suivant :
La distance OM, c'est-à-dire $h(t)$, est minimale en a.
Le point de la courbe $\mathscr{C}$ a donc pour coordonnées $(a, g(a))$ c'est-à-dire (a, e^{-a}) ce qu'il fallait démontrer.

t	$-\infty$		a		$+\infty$
$h'(t)$		$-$	0	$+$	
$h(t)$		↘	$h(a)$	↗	

2 a. On sait que le coefficient directeur cherché est $g'(a)$ c'est-à-dire $-e^{-a}$.

b. On sait que, dans un repère orthonormé, deux droites sont perpendiculaires si et seulement si le produit de leurs coefficients directeurs est égal à -1. Le produit des coefficients directeurs des droites (OA) et T est égal à $-e^{-a}\left(\dfrac{e^{-a}}{a}\right)=-\dfrac{e^{-2a}}{a}$.

Or $f(a)=0 \Rightarrow e^{-2a}=a \Rightarrow -\dfrac{e^{-2a}}{a}=-1$ ce qu'il fallait démontrer.

Chapitre 8

1 a. $\dfrac{1}{\ln x}$ existe si, et seulement si, $x>0$ et $\ln x \neq 0$ donc si, et seulement si, $x>0$ et $x \neq 1$.
b. $\sqrt{\ln x}$ existe si, et seulement si, $\ln x$ existe et est positif, donc si, et seulement si, $x \geq 1$.
c. $\ln(\ln x)$ existe si, et seulement si, $x>0$ et $\ln x>0$ donc si, et seulement si, $x>1$.

2 a. $\sqrt{2-e^x}$ existe si, et seulement si, $2-e^x \geq 0$ c'est-à-dire $e^x \leq 2$ donc $x \leq \ln 2$.
b. $\ln(e^x-3)$ existe si, et seulement si, $e^x-3>0$ c'est-à-dire $e^x>3$ donc $x>\ln 3$.
c. $\dfrac{e^x-4}{e^x+1}$ existe pout tout $x \in \mathbb{R}$ car $e^x+1 \neq 0$.

3 a. $\ln(e^3)+\ln(e^{-1})=3-1=2$. **b.** $\ln\sqrt{e}+\ln(e^2)=\dfrac{1}{2}+2=\dfrac{5}{2}$. **c.** $\ln\left(\dfrac{e^4}{\sqrt{e}}\right)=\ln(e^4)-\ln\sqrt{e}=4-\dfrac{1}{2}=\dfrac{7}{2}$.

4 a. $e^{\ln 2+\ln 3}=e^{\ln 2}e^{\ln 3}=2\times 3=6$. **b.** $e^{\ln 2}+e^{\ln 3}=2+3=5$.
c. $\sqrt{e^{\ln 4}}=\sqrt{4}=2$. **d.** $e^{2\ln 3}+\dfrac{1}{2}\ln(36)=e^{\ln(3^2)}e^{\ln\left(36^{\frac{1}{2}}\right)}=9\times 36^{\frac{1}{2}}=9\times 6=54$.

5 a. $\ln 5+3\ln 2=\ln 5+\ln(2^3)=\ln(5\times 8)=\ln 40$, donc $\ln x=\ln 5+3\ln 2 \Rightarrow x=40$.
b. $\ln x=-5 \Leftrightarrow x=e^{-5}$ **c.** $\ln\left(\dfrac{1}{x}\right)=3 \Leftrightarrow -\ln x=3 \Leftrightarrow x=e^{-3}$.

6 a. L'équation a un sens si, et seulement si, $x-2>0$ et $x+2>0$ et $4+2x>0$ c'est-à-dire $x>2$.
Alors on a : $\ln[(x+2)(x-2)]=\ln(4+2x) \Leftrightarrow x^2-4=4+2x \Leftrightarrow x^2-2x-8=0$. Le discriminant du polynôme étant $2^2-4\times 1\times(-8)=6^2$, l'équation précédente a deux solutions qui sont -2 et 4 ; seule la solution 4 convient.
b. L'équation a un sens si, et seulement si, $x-2>0$ et $x-32>0$ c'est-à-dire $x>32$.
On a alors : $\ln[(x-2)(x-32)=\ln(2^5) \Leftrightarrow x^2-34x+64=64 \Leftrightarrow x(x-34)=0$.
On trouve $x=0$ ou $x=34$. La seule solution est donc 34.

7 a. En posant $t=\ln x$, l'équation proposée est équivalente à $t^2+5t-6=0$. Le calcul du discriminant conduit à deux solutions possibles en t : 1 et -6. Ainsi, $\ln x=1$ ou $\ln x=-6$.
Les solutions de l'équation de départ sont donc $e^1=e$ et e^{-6} car elles sont toutes les deux strictement positives.
b. L'équation a un sens si, et seulement si, $(x-2)(x-32)>0$. Le polynôme du second degré $(x-2)(x-32)$ est positif à l'extérieur de ses racines 2 et 32 puisque son terme de plus haut degré est x^2, c'est-à-dire si, et seulement si, $x \in\ ]-\infty, 2[\ \cup\ ]32, +\infty[$.

Puisque $2^6 = 64$ l'équation équivaut à $(x-2)(x-32) = 64$. On a vu à l'exercice précédent que cette équation a pour solutions 0 et 64 qui cette fois-ci conviennent toutes les deux.

8 a. $\frac{3e^x}{1+e^x} = 2 \Leftrightarrow 3e^x = 2 + 2e^x \Leftrightarrow e^x = 2 \Leftrightarrow x = \ln 2$.

b. Puisque $e^{2x} - 2e^x + 1 = (e^x - 1)^2$ l'équation proposée équivaut à $\ln(e^x - 1)^2 = 1$ donc $(e^x - 1)^2 = e$. Ainsi $e^x - 1 = \sqrt{e}$ ou $e^x - 1 = -\sqrt{e}$. La première équation fournit $e^x = 1 + \sqrt{e} \Leftrightarrow x = \ln(1+\sqrt{e})$ et la deuxième à $e^x = 1 - \sqrt{e}$ qui n'a pas de solution car $1 - \sqrt{e} < 0$. L'équation a donc une seule solution : $\ln(1+\sqrt{e})$.

9 a. $0 < x < e^1$ b. l'inéquation équivaut à $\ln(2x) \leq \ln\left(4^{-\frac{1}{2}}\right) \Leftrightarrow 2x \leq \frac{1}{\sqrt{4}} \Leftrightarrow 2x \leq \frac{1}{2} \Leftrightarrow x \leq \frac{1}{4}$.

L'ensemble des solutions est donc $\left]0, \frac{1}{4}\right[$.

c. L'inéquation a un sens si, et seulement si, $\frac{x-1}{2x+4} > 0$ et $2x + 4 \neq 0$.

Le signe de $\frac{x-1}{2x+4}$ est résumé dans le tableau ci-dessous.

x	$-\infty$		-2		1		$+\infty$
$x-1$		$-$		$-$	0	$+$	
$2x+4$		$-$	0	$+$		$+$	
$\frac{x-1}{2x+4}$		$+$	||	$-$	0	$+$	

On en conclut que l'inéquation a un sens si, et seulement si, $x \in]-\infty, -2[\cup]1, +\infty[$.

D'autre part : $\ln\left(\frac{x-1}{2x+4}\right) \geq 0 \Leftrightarrow \frac{x-1}{2x+4} \geq 1 \Leftrightarrow \frac{x-1}{2x+4} - 1 \geq 0 \Leftrightarrow \frac{-x-5}{2x+4} \geq 0$. En dressant un tableau identique au précédent on trouve : $x \in [-5, -2[$. Finalement, les solutions de l'inéquation sont les nombres de $(]-\infty, -2[\cup]1, +\infty[) \cap [-5, -2[$, c'est-à-dire $[-5, -2[$.

10 a. $16 - \ln^2 x \geq 0 \Leftrightarrow (4 - \ln x)(4 + \ln x) \geq 0$. En posant $t = \ln x$, on trouve $t \in [-4, 4]$ car le polynôme du second degré $(4-t)(4+t)$ a pour terme de plus haut degré $-t^2$. Donc les solutions de l'inéquation initiale sont les nombres x strictement positifs tels que $-4 \leq \ln x \leq 4$ c'est-à-dire $x \in [e^{-4}, e^4]$.

b. L'inéquation proposée est équivalente à $-2\ln^2 x + 2\ln x - 1 < 0 \Leftrightarrow 2\ln^2 x - 2\ln x + 1 > 0$. En posant $t = \ln x$, on obtient le polynôme $2t^2 - 2t + 1$ dont le discriminant est négatif. Puisque son terme de plus haut degré est $2t^2$ ce polynôme est toujours positif. Donc, puisque $t = \ln x$, tout nombre $x > 0$ est solution de cette inéquation.

11 a. $\begin{cases} x + y = 30 \\ \ln x + \ln y = 3\ln 5 \end{cases} \Leftrightarrow \begin{cases} y = 30 - x \\ \ln(xy) = \ln 5^3 \end{cases} \Leftrightarrow \begin{cases} y = 30 - x \\ x(30-x) = 125 \end{cases}$.

La deuxième équation conduit à $x^2 - 30x + 125 = 0$ q. On trouve $\Delta = 400$ qui fournit les deux solutions 5 et 25.

Ainsi, on a $\begin{cases} x = 5 \\ y = 25 \end{cases}$ ou $\begin{cases} x = 25 \\ y = 5 \end{cases}$.

b. $\begin{cases} e^x e^y = e^7 \\ xy = 12 \end{cases} \Leftrightarrow \begin{cases} e^{x+y} = e^7 \\ xy = 12 \end{cases} \Leftrightarrow \begin{cases} x + y = 7 \\ xy = 12 \end{cases} \Leftrightarrow \begin{cases} y = 7 - x \\ x(7-x) = 12 \end{cases}$.

CORRIGÉS

La deuxième équation équivaut à $x^2 - 7x + 12 = 0$. Son discriminant est égal à 1 et elle a donc deux solutions qui sont 3 et 4. Ainsi, on a $\begin{cases} x=3 \\ y=4 \end{cases}$ ou $\begin{cases} x=4 \\ y=3 \end{cases}$.

12 **a.** Le système équivaut à $\begin{cases} e^{x+y}=10 \\ e^{x-y}=\dfrac{2}{5} \end{cases} \Leftrightarrow \begin{cases} x+y=\ln(10) \\ x-y=\ln\left(\dfrac{2}{5}\right) \end{cases} \Leftrightarrow \begin{cases} 2x=\ln(10)+\ln\left(\dfrac{2}{5}\right) \text{ par addition} \\ 2y=\ln(10)-\ln\left(\dfrac{2}{5}\right) \text{ par soustraction} \end{cases}$

donc : $\begin{cases} x=\dfrac{1}{2}\ln\left(\dfrac{20}{5}\right)=\dfrac{1}{2}\ln 4=\ln\sqrt{4}=\ln 2 \\ y=\dfrac{1}{2}\ln\left(\dfrac{50}{2}\right)=\dfrac{1}{2}\ln 25=\ln\sqrt{25}=\ln 5 \end{cases}$.

b. Le système équivaut à $\begin{cases} e^x-2e^y=-5 \\ 6e^x+2e^y=26 \end{cases}$ et à $\begin{cases} 3e^x-6e^y=-15 \\ -3e^x-e^y=-13 \end{cases}$.

Par addition, on obtient, dans le premier système : $7e^x = 21 \Leftrightarrow e^x = 3 \Leftrightarrow x = \ln 3$.
Dans le second système : $-7e^y = -28 \Leftrightarrow e^y = 4 \Leftrightarrow y = \ln 4$.

13 **1 a.** Pour tout réel m : $f_m(0) = 2 + me^0 = 2 + m$.
b. Les courbes convexes sont donc celles de f_3, f_2 et f_1 car $f_3(0) = 5$, $f_2(0) = 4$, $f_1(0) = 3$. Et les trois courbes concaves représentent f_{-1}, f_{-2}, f_{-3}.
2 Pour tout x et tout m : $f_m(x) - (-x + 2) = me^{-x}$ donc $\lim\limits_{x\to+\infty} f_m(x)-(-x+2) = 0$. Or $|f_m(x) - (-x + 2)|$ est la distance entre un point de la courbe et un point de la droite d, par exemple BA sur le graphique ci-contre. Cette distance tendant vers 0, chaque courbe se rapproche de la droite.

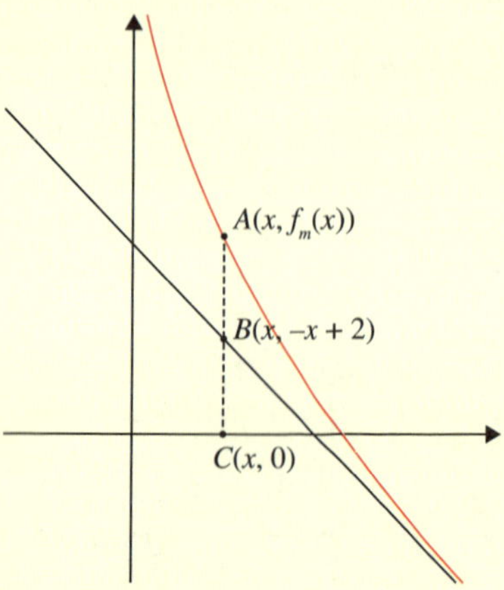

3 a. Pour tout x et tout m : $f_m'(x) = -1 - me^{-x}$
- Si $m > 0$, $f_m'(x) < 0$ donc f_m est strictement décroissante.
- Si $m < 0$, alors $f_m'(x)=0 \Leftrightarrow e^{-x} = -\dfrac{1}{m} \Leftrightarrow -x = \ln\left(-\dfrac{1}{m}\right)$

$\Leftrightarrow x = -\ln\left(-\dfrac{1}{m}\right) = \ln(-m)$. Par conséquent f_m est strictement croissante sur $]-\infty, \ln(-m)]$ et strictement décroissante sur son complémentaire.

b. Pour tout x et tout m : $f_m''(x) = -m(-e^x) = me^{-x}$ Donc :
- Si $m < 0$, f_m est concave.
- Si $m > 0$, f_m est convexe.

4 a. Croissante sur l'intervalle $]-\infty, \ln(-m)]$ puis décroissante, la fonction continue f_m admet un maximum au point d'abscisse $\ln(-m)$. Son ordonnée est $f_m(\ln(-m))$ c'est-à-dire

$$-\ln(-m)+2+me^{-\ln(-m)} = -\ln(-m)+2+me^{\ln\left(\frac{1}{-m}\right)} = -\ln(-m)+2+m\left(-\frac{1}{m}\right) = -\ln(-m)+1\cdot$$

Les coordonnées des points A_m sont donc $(x_m, -x_m + 1)$ avec $x_m = \ln(-m)$.

b. Les points A_m sont donc situés sur la droite d'équation $y = -x + 1$.

CORRIGÉS

Chapitre 9

1 La monotonie des fonctions $x \mapsto e^x$, $\mapsto x$, $x \mapsto \ln x$ et l'allure de leurs courbes montrent que l'on a $\ln x < x < e^x$.
Donc :

$x - \ln x \neq 0$ ce qui implique que f est définie pour tout réel $x > 0$.
$e^x - x > 0$ ce qui implique que g est définie pour tout réel x.
$x - e^x \neq 0$ ce qui implique que h est définie pour tout réel x.

2 a. $f'(x) = 1\ln x + x\dfrac{1}{x} = 1 + \ln x$. b. $g'(x) = \dfrac{\frac{1}{x}x - 1\ln x}{x^2} = \dfrac{1 - \ln x}{x^2}$. c. $h'(x) = \dfrac{2x}{x^2+1}$.

3 Par application de la dérivée de $\ln u$: a. $f'(x) = \dfrac{e^x}{e^x+1}$. b. $f'(x) = \dfrac{e^x - e^{-x}}{e^x + e^{-x}}$. c. $f'(x) = \dfrac{2e^{2x}+1}{e^{2x}+x}$.

4 a. $\lim\limits_{x \to 0^+} \ln^2 x = +\infty \Rightarrow \lim\limits_{x \to 0^+} \dfrac{x}{\ln^2 x} = 0$ par division.

b. $\lim\limits_{x \to 1} \ln^2 x = 0$ et $\ln^2 x \geq 0 \Rightarrow \lim\limits_{x \to 1} \dfrac{x}{\ln^2 x} = +\infty$.

c. Par croissances comparées : $\lim\limits_{x \to +\infty} \dfrac{\ln^2 x}{x} = 0$ et $\dfrac{\ln^2 x}{x} \geq 0 \Rightarrow \lim\limits_{x \to +\infty} \dfrac{x}{\ln^2 x} = +\infty$.

5 a. $f'(x) = -\dfrac{\frac{1}{x}}{\ln^2 x} = -\dfrac{1}{x\ln^2 x}$

b. Si $u(x) = \dfrac{3+x}{3-x}$, alors $u'(x) = \dfrac{6}{(3-x)^2} \Rightarrow f'(x) = \dfrac{\frac{6}{(3-x)^2}}{\frac{3+x}{3-x}} = \dfrac{6}{(3+x)(3-x)}$.

c. Par application de la dérivée de $\ln u$ où $u(x) = \ln x$, on a : $\ln' x = \dfrac{1}{x} \Rightarrow f'(x) = \dfrac{\frac{1}{x}}{\ln x} = \dfrac{1}{x\ln x}$.

6 a. $\lim\limits_{x \to 0^+} \ln x = -\infty \Rightarrow \lim\limits_{x \to 0^+} (x - \ln x) = +\infty \Rightarrow \lim\limits_{x \to 0^+} \dfrac{1}{x - \ln x} = 0$.

b. Pour tout $x > 0$: $x - \ln x = x\left(1 - \dfrac{\ln x}{x}\right)$. $\lim\limits_{x \to +\infty} \dfrac{\ln x}{x} = 0 \Rightarrow \lim\limits_{x \to +\infty} 1 - \dfrac{\ln x}{x} = 1 \Rightarrow \lim\limits_{x \to +\infty} x\left(1 - \dfrac{\ln x}{x}\right) = +\infty$

$\Rightarrow \lim\limits_{x \to +\infty} \dfrac{1}{x - \ln x} = 0$.

7 a. Posons $f(x) = x\ln x$, alors $f(1) = 0$. Donc $\dfrac{x\ln x}{x-1} = \dfrac{f(x) - f(1)}{x-1}$.

Cela implique : $\lim\limits_{x \to 1} \dfrac{x\ln x}{x-1} = \lim\limits_{x \to 1} \dfrac{f(x)-f(1)}{x-1} = f'(1)$. Or $f'(x) = 1 + \ln x$ par application de la dérivée d'un produit,

donc $f'(1) = 1 \Rightarrow \lim\limits_{x \to 1} \dfrac{x\ln x}{x-1} = 1$.

CORRIGÉS

b. Si x est suffisamment proche de 0 : $\dfrac{\ln(1-x)}{x}=-\dfrac{\ln(1+(-x))}{-x}=-\dfrac{\ln(1+h)}{h}$ avec $h=-x$.

Or $\lim\limits_{h\to 0}\dfrac{\ln(1+h)}{h}=\lim\limits_{h\to 0}\dfrac{\ln(1+h)-\ln 1}{h}=\ln'(1)=1$. Donc $\lim\limits_{x\to 0}\dfrac{\ln(1-x)}{x}=-1$.

8 f_1 : courbe bleue en raison de la limite infinie en 1.
f_2 : courbe mauve en raison de la limite 0 en $+\infty$.
f_3 : courbe rouge en raison de sa limite en 1 qui vaut 1.
f_4 : courbe verte en raison de sa limite en 0^+ égale à -1.

9 **a.** En utilisant la dérivée de $\ln u$ on obtient $f'(x)=\dfrac{1}{1+x}\Rightarrow f''(x)=-\dfrac{1}{(1+x)^2}$ par utilisation de la dérivée de $\dfrac{1}{u}=u^{-1}$.

b. Une équation de la tangente est $y=f'(0)(x-0)+f(0)\Leftrightarrow y=x$.
c. Puisque $f''(x)<0$, la fonction f est concave.
d. On sait qu'une courbe concave sur un intervalle est en-dessous de toutes ses tangentes sur cet intervalle. C'est pourquoi $\ln(1+x)\leq x$.
e. La courbe bleue est la courbe représentant la fonction f et la droite est la tangente à la courbe au point d'abscisse 0. La courbe est effectivement située sous sa tangente.

10 **a.** $f(x)=1-\dfrac{1}{x^2}+\dfrac{\frac{1}{x}x^2-2x\ln x}{(x^2)^2}=\dfrac{x^2-1}{x^2}+\dfrac{x(1-2\ln x)}{x^4}=\dfrac{x^2-1}{x^2}+\dfrac{1-2\ln x}{x^3}=\dfrac{x^3-x-2\ln x+1}{x^3}$

ce qu'il fallait démontrer.

b. Pour tout $x>0$: $f(x)-x=\dfrac{1}{x}+\dfrac{\ln x}{x^2}$.

Par croissances comparées : $\lim\limits_{x\to+\infty}\dfrac{\ln x}{x^2}=0\Rightarrow\lim\limits_{x\to+\infty}\dfrac{1}{x}+\dfrac{\ln x}{x^2}=0\Rightarrow\lim\limits_{x\to+\infty}(f(x)-x)=0$.

On en déduit que la distance de la courbe à la droite, qui vaut $|f(x)-x|$, tend vers 0 quand x tend vers $+\infty$.
c. On peut conjecturer que f est concave sur un intervalle de la forme $]0, a]$ puis est convexe sur $[a, +\infty[$ car si elle devait rester concave, sa courbe devrait s'éloigner de la droite tracée, alors que la distance entre les deux doit tendre vers 0 quand x tend vers $+\infty$.

11 **a.** Pour tout $x>0$: $g'(x)=3x^2-1-\dfrac{2}{x}\Rightarrow g'(x)=\dfrac{3x^3-x-2}{x}$.

De plus $(x-1)(3x^2+3x+2)=3x^3+3x^2+2x-3x^2-3x-2=3x^3-x-2$, ce qu'il fallait démontrer.

b. $\lim\limits_{x\to 0^+}\ln x=-\infty\Rightarrow\lim\limits_{x\to 0^+}g(x)=+\infty$. De plus, pour tout $x>0$:

$g(x)=x^3\left(1-\dfrac{1}{x^2}-\dfrac{2\ln x}{x^3}\right)+1$. Par croissances comparées : $\lim\limits_{x\to+\infty}\dfrac{2\ln x}{x^3}=0$

et $\lim\limits_{x\to+\infty}\dfrac{1}{x^2}=0\Rightarrow\lim\limits_{x\to+\infty}1-\dfrac{1}{x^2}-\dfrac{2\ln x}{x^3}=1\Rightarrow\lim\limits_{x\to+\infty}x^3\left(1-\dfrac{1}{x^2}-\dfrac{2\ln x}{x^3}\right)=+\infty$ par multiplication

et donc $\lim\limits_{x\to+\infty}g(x)=+\infty$ par addition.

c. $g'(x)$ est du signe de $(x-1)(3x^2+3x+2)$ car $x>0$. Comme le discriminant de $3x^2+3x+2$ est égal à -15, il est négatif donc $3x^2+3x+2$ est positif car le coefficient de son terme de plus haut degré est lui-même positif. C'est pourquoi $g'(x)$ est du signe de $x-1$. On en déduit le tableau de variation :

x	0		1		$+\infty$
$g'(x)$	‖	$-$	0	$+$	
$g(x)$	‖ $+\infty$	↘	1	↗	$+\infty$

Comme pour tout $x>0$, $g(x)\geq 1$ alors on voit que $g(x)$ est positif pour tout $x>0$.

12 **1 a.** $\varphi(1)=0$ car $\ln(1)=0$ et $\lim\limits_{x\to 0}\varphi(x)=-\infty$ car $\lim\limits_{x\to 0}\ln(x)=-\infty$.

b. $\forall x\in\,]0,+\infty[: \varphi'(x)=2x+\dfrac{3}{x}\Rightarrow \varphi'(x)>0$.

Donc φ est strictement croissante sur $]0,+\infty[$.

c. $\lim\limits_{x\to+\infty}\ln(x)=+\infty \Rightarrow \lim\limits_{x\to+\infty}\varphi(x)=+\infty$ par somme.

On a donc le tableau de variation suivant,

x	0		1		$+\infty$
$\varphi'(x)$	‖		$+$		
$\varphi(x)$	‖ $-\infty$	↗	0	↗	$+\infty$

Il en résulte que :

$x\in\,]0,1]\Rightarrow\varphi(x)\leq 0$

$x\in\,]1,+\infty[\Rightarrow\varphi(x)>0$.

2 a. $\forall x\in\,]0,+\infty[,\ f(x)=\dfrac{x^2-2x-2}{x}-\dfrac{3\ln(x)}{x}$.

Or pour tout $x>0$.

$x^2-2x-2=x^2\left(1-\dfrac{2}{x}-\dfrac{2}{x^2}\right)$, donc $\dfrac{x^2-2x-2}{x}=\dfrac{x^2\left(1-\dfrac{2}{x}-\dfrac{2}{x^2}\right)}{x}=x\left(1-\dfrac{2}{x}-\dfrac{2}{x^2}\right)$.

Par conséquent, $\lim\limits_{x\to+\infty}\dfrac{x^2-2x-2}{x}=+\infty$ par multiplication car

$$\lim_{x\to+\infty}\frac{2}{x}=\lim_{x\to+\infty}\frac{2}{x^2}=0\Rightarrow\lim_{x\to+\infty}\left(1-\frac{2}{x}-\frac{2}{x^2}\right)=1.$$

De plus, $\lim\limits_{x\to+\infty}\dfrac{\ln(x)}{x}=0$. Par addition, on a finalement, $\lim\limits_{x\to+\infty}f(x)=+\infty$.

De plus, $\lim\limits_{x\to 0}x^2-2x-2=-2$ et $\lim\limits_{x\to 0^+}\ln(x)=-\infty\Rightarrow\lim\limits_{x\to 0^+}x^2-2x-2-3\ln(x)=+\infty$.

Par quotient (et puisque $x>0$), on trouve : $\lim\limits_{x\to 0^+}f(x)=+\infty$.

b. Pour tout $x>0$:

$$f(x)=x-2-\frac{2}{x}-\frac{3\ln x}{x}.$$

Le calcul de la dérivée de $\dfrac{\ln x}{x}$ conduit à :

$$\frac{\frac{1}{x}x-\ln x\times 1}{x^2}=\frac{1-\ln x}{x^2}$$

C'est pourquoi $f'(x)=1+\frac{2}{x^2}-\frac{3-3\ln x}{x^2}=\frac{x^2+2-3+3\ln x}{x^2}=\frac{\varphi(x)}{x^2}$ ce qu'il fallait démontrer.

c. Le signe de $f'(x)$ est donc celui de $\varphi(x)$.
En utilisant les résultats de la question 1, on trouve le tableau de variation ci-contre :

x	0		1		$+\infty$
$f'(x)$		$-$	0	$+$	
$f(x)$	$+\infty$	↘	$f(1)$	↗	$+\infty$

d. On sait que f est continue sur $]0, +\infty[$ car toutes les fonctions qui la composent le sont.
Comme $f(1) = -3$, f prend des valeurs positives, puis négatives sur $]0, 1]$; comme de plus elle est strictement décroissante sur cet intervalle, le théorème de la bijection assure l'existence et l'unicité d'une solution à l'équation $f(x) = 0$ sur $]0, 1]$.

3

```
from math import *
def f(x):
   return((x**2-2*x-2-3*log(x))/x)
a,b=0.000001,1 #on ne peut pas choisir a=0
while abs(a-b)>10**-14:
      milieu=(a+b)/2
      if f(milieu)>0:
        a=milieu
else:
        b=milieu
print(milieu)
```

On trouve 0.4127028798342086

4 a. $f'(x)=\varphi(x)x^{-2}\Rightarrow f''(x)=\varphi'(x)x^{-2}+\varphi(x)(-2)x^{-3}=\frac{x\varphi'(x)-2\varphi(x)}{x^3}$

$$=\frac{x\left(2x+\frac{3}{x}\right)-2(x^2-1+3\ln x)}{x^3}=\frac{5-6\ln x}{x^3}.$$

b. Le signe de f'' est celui de $5-6\ln x$. De plus, $f''(x)=0\Leftrightarrow \ln x=\frac{5}{6}\Leftrightarrow x=e^{\frac{5}{6}}$. C'est pourquoi : sur $]0, e^{\frac{5}{6}}]$ $f''(x)$ est positif, donc f est convexe. Sur $]e^{\frac{5}{6}}, +\infty[$, elle est concave.

13 Partie I

1 a. Pour tout nombre réel x de l'intervalle $[1 ; 4]$, $f'(x)=-30+\frac{35}{x}=\frac{35-30x}{x}$.

b. Le signe de $f'(x)$ est celui du numérateur. Donc $f'(x)\geq 0\Leftrightarrow 1\leq x\leq\frac{35}{30}\Leftrightarrow 1\leq x\leq\frac{7}{6}$.

c. On en déduit le tableau de variation :

x	1		$\frac{7}{6}$		α		4
$f(x)$	20	↗	$\approx 20{,}4$	↘	0	↘	$\approx -21{,}4$

2 f est positive sur $\left[1;\frac{7}{6}\right]$. Elle est strictement décroissante sur $\left[\frac{7}{6};4\right]$ et passe continument d'une valeur positive à une valeur négative. Le théorème de la bijection assure l'existence et l'unicité d'une solution à l'équation $f(x) = 0$.
La calculatrice fournit $\alpha \approx 2{,}915$.
3 Donc $f(x) \geq 0 \Leftrightarrow 1 \leq x \leq \alpha$.

Partie II

1 On cherche B(2, 5) et on trouve 23,925, c'est-à-dire 25 925 €.
2 Pour tout x de l'intervalle [1 ; 4].

$$B'(x) = -30\,x + 15 + 35\left(1\ln x + x\frac{1}{x}\right) = -30x + 15 + 35\ln x + 35 = -30x + 50 + 15\ln x = f(x).$$

ce qu'il fallait démontrer.
3 a. D'après le signe de $f(x)$: $B'(x) \geq 0 \Leftrightarrow x \in [1, \alpha]$.
donc B est croissante sur l'intervalle $[1, \alpha]$ et décroissante sur $[\alpha, 4]$.
b. Par conséquent, le bénéfice maximal est $B(\alpha)$ et l'entreprise réalisera ce bénéfice, si elle vend 2915 (c'est-à-dire 1000α) litres de jus de fruits.

14 Partie I

1 $\lim\limits_{x \to 0^+} \ln x = -\infty \Rightarrow \lim\limits_{x \to 0^+} \frac{\ln x}{x} = -\infty$ par quotient, et donc $\lim\limits_{x \to 0^+} f(x) = -\infty$ par addition.

2 Par croissances comparées : $\lim\limits_{x \to +\infty} \frac{\ln x}{x} = 0$. Donc $\lim\limits_{x \to +\infty} f(x) = 1$ par addition.

3 Pour tout nombre réel x de $]0 ; +\infty[$, $h'(x) = 0 + \dfrac{\frac{1}{x}x - 1\,x\ln x}{x^2} = \dfrac{1-\ln x}{x^2}$.

4 Le signe de h'(x) est celui de $1 - \ln x$. Elle s'annule donc en e. On en déduit le tableau de variation suivant :

x	0		e		$+\infty$
$h'(x)$	||	+	0	−	
$h(x)$	|| $-\infty$	↗	$1+\frac{1}{e}$	↘	1

5 La fonction h est positive sur l'intervalle $[e, +\infty[$ car son minimum est 1. Sur l'intervalle $]0, e]$, h est strictement croissante et passe continument d'une valeur négative à une valeur positive. D'après le théorème de la bijection, l'équation $f(x) = 0$ a une unique solution dans cet intervalle.
$f(0{,}5) \approx -0{,}4 \Rightarrow f(0{,}5) < 0$ et $f(0{,}6) \approx 0{,}15 \Rightarrow f(0{,}5) > 0$. C'est pourquoi $0{,}5 < a < 0{,}6$.

Partie II

1 La droite d_a a pour coefficient directeur $g'(a)$, c'est-à-dire $\frac{1}{a}$.

2 La droite T_a a pour coefficient directeur $f'(a)$. Or, $f'(x) = 1\ln x + x\frac{1}{x} - 1 = \ln x$. On a donc $f'(a) = \ln(a)$ ce qu'il fallait démontrer.

CORRIGÉS

3 Dans un repère orthonormé, deux droites de coefficients directeurs respectifs m et m' sont perpendiculaires si, et seulement si, $mm' = -1$. $T_a \perp D_a \Leftrightarrow \frac{1}{a}\ln x = -1 \Leftrightarrow 1 + \frac{\ln a}{a} = 0 \Leftrightarrow h(a) = 0$. On sait d'après la partie I que cette équation a une unique solution notée α, ce qu'il fallait démontrer.

15 **1** $A \in \mathscr{C}_f \Rightarrow f(1) = 4$. De plus, $f'(1)$ est le coefficient de la tangente à la courbe en A ; donc $f'(1) = 0$.

2 Pour tout $x > 0$: $f'(x) = \dfrac{\frac{b}{x}x - (a + b\ln x)1}{x^2} = \dfrac{b - a - b\ln x}{x^2}$ ce qu'il fallait démontrer.

3 $\left.\begin{array}{l} f(1)=4 \\ f'(1)=0 \end{array}\right\} \Rightarrow \left\{\begin{array}{l} a=4 \\ b-a=0 \end{array}\right. \Rightarrow a=b=4.$

4 $\lim\limits_{x \to 0^+} \ln x = -\infty \Rightarrow \lim\limits_{x \to 0^+} 4 + 4\ln x = -\infty$ par addition. Donc $\lim\limits_{x \to 0^+} \dfrac{4 + 4\ln x}{x} = -\infty$ par division.

Pour tout $x > 0$: $f(x) = \dfrac{4}{x} + 4\dfrac{\ln x}{x}$. Or $\lim\limits_{x \to +\infty} \dfrac{\ln x}{x} = 0$ et $\lim\limits_{x \to +\infty} \dfrac{4}{x} = 0$. Donc, par addition, $\lim\limits_{x \to +\infty} f(x) = 0$.

5 On a vu à la question 2 que $f'(x) = -4\dfrac{\ln x}{x^2}$. $f'(x)$ a donc le signe opposé à celui de $\ln x$. Le tableau de variation suivant en résulte.

x	0		1		$+\infty$
$f'(x)$	‖	+	0	–	
$f(x)$	‖ $-\infty$	↗	4	↘	0

6 En dérivant $f'(x)$, on trouve, pour tout $x > 0$:

$$f''(x) = -4\,\frac{\frac{1}{x}x^2 - 2x\ln x}{x^4} = -4\,\frac{x(1 - 2\ln x)}{x^4} = -4\,\frac{1 - 2\ln x}{x^3}$$ ce qu'il fallait démontrer.

7 $f''(x) = 0 \Leftrightarrow 1 - 2\ln x = 0 \Leftrightarrow \ln x = \dfrac{1}{2} \Leftrightarrow x = e^{\frac{1}{2}} = \sqrt{e}$. S'il y a un point d'inflexion, il est unique.

De plus, f'' change de signe au passage de $\sqrt{e}$. C'est pourquoi $\mathscr{C}_f$ a un unique point d'inflexion dont les coordonnées sont $\left(\sqrt{e}, \dfrac{6}{\sqrt{e}}\right)$ car $f(\sqrt{e}) = \dfrac{4 + 4\ln\sqrt{e}}{\sqrt{e}} = \dfrac{4 + 4 \times \frac{1}{2}}{\sqrt{e}} = \dfrac{6}{\sqrt{e}}$.

Chapitre 10

1 Sachant que pour tout réel : x, $\cos^2 x + \sin^2 x = 1$:
$(\cos x + \sin x)^2 + (\cos x - \sin x)^2 = \cos^2 x + 2\cos x \sin x + \sin^2 x + \cos^2 x - 2\cos x \sin x + \sin^2 x = 2$.

2 **a.** $\sin(5\pi + x) = \sin(4\pi + \pi + x) = \sin(\pi + x) = -\sin x$.
b. $\sin(8\pi - x) = \sin(-x) = -\sin x$.
c. $\cos(3\pi - x) = \cos(2\pi + \pi - x) = \cos(\pi - x) = -\cos x$.
d. $\cos(x - 6\pi) = \cos(6\pi - x) = \cos(-x) = \cos x$.

3 **a.** $\cos\left(\frac{3\pi}{2} + x\right) = \cos\left(\pi + \frac{\pi}{2} + x\right) = -\cos\left(\frac{\pi}{2} + x\right) = -(-\sin x) = \sin x$.

b. $\sin\left(\frac{5\pi}{2} - x\right) = \sin\left(2\pi + \frac{\pi}{2} - x\right) = \sin\left(\frac{\pi}{2} - x\right) = \cos x$.

c. $\cos\left(x - \frac{7\pi}{2}\right) = \cos\left(\frac{7\pi}{2} - x\right) = \cos\left(3\pi + \frac{\pi}{2} - x\right) = -\cos\left(\frac{\pi}{2} - x\right) = -\sin x$.

d. $\sin\left(x + \frac{3\pi}{2}\right) = \sin\left(\pi + \frac{\pi}{2} + x\right) = -\sin\left(\frac{\pi}{2} + x\right) = -\cos x$.

4 $\sin(x + \pi) + \sin(x + 2\pi) + \sin(x - \pi) + \sin(x - 3\pi) = \sin(\pi + x) + \sin(2\pi + x) - \sin(\pi - x) - \sin(3\pi - x)$
$= -\sin x + \sin x - \sin x - \sin x = -2\sin x$.

5 $\cos(x + \pi) + \cos(x + 2\pi) + \cos(x - \pi) + \cos(x - 3\pi) = \cos(\pi + x) + \cos(2\pi + x) + \cos(\pi - x) + \cos(3\pi - x)$
$= -\cos x + \cos x + (-\cos x) + (-\cos x) = -2\cos x$.

6 Pout tout $x \geq 0$, $f'(x) = 1 - \cos(x) \Rightarrow f'(x) \geq 0$. La fonction f est donc croissante sur $[0, +\infty[$ et c'est pourquoi $f(0) \leq f(x) \Rightarrow 0 \leq x - \sin x \Rightarrow \sin x \leq x$, ce qu'il fallait démontrer.

7 **a.** L'équation proposée équivaut à $2x = x - \frac{2\pi}{3} + 2k\pi$ ou $2x = \pi - \left(x - \frac{2\pi}{3}\right) + 2k\pi$, c'est-à-dire

$x = -\frac{2\pi}{3} + 2k\pi$ ou $3x = \frac{5\pi}{3} + 2k\pi \Leftrightarrow x = \frac{5\pi}{9} + \frac{2k\pi}{3}$. Les images de ces points sont sur la figure 2.

b. Puisque $\sin x = \cos\left(\frac{\pi}{2} - x\right)$, l'équation proposée équivaut à $\cos\left(\frac{\pi}{2} - x\right) = \cos\left(2x - \frac{\pi}{3}\right)$.

On trouve donc $\frac{\pi}{2} - x = 2x - \frac{\pi}{3} + 2k\pi \Leftrightarrow 3x = \frac{5\pi}{6} + 2k\pi \Leftrightarrow x = \frac{5\pi}{18} + \frac{2k\pi}{3}$

ou $\frac{\pi}{2} - x = -2x + \frac{\pi}{3} + 2k\pi \Leftrightarrow x = -\frac{\pi}{6} + 2k\pi$. Les images de ces points sont sur la figure 1.

8 **a.** Le discriminant de l'équation est $(-3)^2 - 4 \times 2 \times 1 = 1$. L'équation a donc deux solutions qui sont

$\frac{3 - \sqrt{1}}{4}$ et $\frac{3 + \sqrt{1}}{4}$, c'est-à-dire $\frac{1}{2}$ et 1.

b. En posant $t = \cos x$, on obtient $\cos x = \frac{1}{2}$ ou $\cos x = 1$, c'est-à-dire $x = \frac{\pi}{3} + 2k\pi$ ou $x = -\frac{\pi}{3} + 2k\pi$ ou $x = 2k\pi$.

CORRIGÉS

9 **a.** tan(x) n'est pas définie pour les valeurs de x qui annulent cos(x), c'est-à-dire pour x de la forme $\frac{\pi}{2}+k\pi$ où k est un entier relatif. On note D_f l'ensemble de définition de tan.

b. Sachant que la fonction sinus est impaire et la fonction cosinus est paire, on a : pour tout $x \in D_f$ $\tan(-x)=\frac{\sin(-x)}{\cos(-x)}=-\frac{\sin(x)}{\cos(x)}=-\tan(x)$. La fonction tangente est donc impaire.

De plus, sachant que $\cos(x+\pi)=-\cos(x)$ et $\sin(x+\pi)=-\sin(x)$, on a :

$\tan(x+\pi)=\frac{\sin(x+\pi)}{\cos(x+\pi)}=\frac{-\sin(x)}{-\cos(x)}=\frac{\sin(x)}{\cos(x)}=\tan(x)$. La fonction tangente est donc périodique de période π.

c. La périodicité de la fonction permet de réduire son intervalle d'étude $=\left]-\frac{\pi}{2}\,;\frac{\pi}{2}\right[$. Puisqu'elle est impaire, on peut le réduire à $\left[0\,,\frac{\pi}{2}\right[$. On construit d'abord la partie de la courbe pour $x\in\left[0,\frac{\pi}{2}\right[$ puis sa symétrique par rapport à 0. On complète par translations de vecteurs $\frac{\pi}{2}\vec{i}$ et $-\frac{\pi}{2}\vec{i}$.

d. Sachant que $\sin^2x+\cos^2x=1$, on a : pour tout $x\in D_f$:

$$\tan'(x) = \frac{\cos(x)\cos(x)-\sin(x)(-\sin(x))}{\cos^2(x)} = \frac{\cos^2(x)+\sin^2(x)}{\cos^2(x)} = \frac{1}{\cos^2(x)}$$

On en déduit que la fonction tangente est strictement croissante sur l'intervalle $\left[0,\frac{\pi}{2}\right[$.

e. On sait que $\sin\left(\frac{\pi}{2}\right)=1$ et $\cos\left(\frac{\pi}{2}\right)=0$. De plus, $0<x<\frac{\pi}{2}\Rightarrow\cos(x)>0$. Donc $\lim\limits_{x\to\left(\frac{\pi}{2}\right)^-}\frac{\sin(x)}{\cos(x)}=+\infty$.

Il en résulte que la droite d'équation $x=\frac{\pi}{2}$ est une asymptote de la courbe.

f. Sur l'intervalle $\left]-\frac{\pi}{2},0\right]$, la courbe est visiblement concave. Elle est convexe sur l'intervalle $\left[0,\pi\frac{1}{2}\right[$.

En effet, sur chacun de ces intervalles : $\tan''(x)=-2\cos'(x)\cos^{-3}(x)=2\,\frac{\sin(x)}{\cos^3(x)}$ car $\frac{1}{\cos^2(x)}=\cos^{-2}(x)$.

Sur $\left]-\frac{\pi}{2},0\right]$: $\left.\begin{matrix}\sin(x)<0\\ \cos(x)>0\end{matrix}\right\}\Rightarrow\tan''(x)<0$. La fonction est donc concave sur cet intervalle.

Sur $\left[0,\frac{\pi}{2}\right[$; $\left.\begin{matrix}\sin(x)>0\\ \cos(x)>0\end{matrix}\right\}\Rightarrow\tan''(x)>0$. La fonction est donc convexe sur cet intervalle.

Chapitre 11

1 Dans la suite, k est une constante.

a. $x\mapsto ke^{3x}$.

b. $y'+y=0\Leftrightarrow y'=-y$. Les solutions sont de la forme $x\mapsto ke^{-x}$.

c. $3y'=\frac{1}{2}y\Leftrightarrow y'=\frac{1}{6}y$. Les solutions sont de la forme $x\mapsto ke^{\frac{1}{6}x}$.

d. $2y+3y'=0 \Leftrightarrow y'=-\frac{2}{3}y$. Les solutions sont de la forme $x \mapsto ke^{-\frac{2}{3}x}$.

2 **a.** Solutions générales : $x \overset{f}{\mapsto} ke^{-2x}$. $f(1)=-1 \Rightarrow ke^{-2}=-1 \Rightarrow k=-\frac{1}{e^{-2}}=-e^{2}$. Donc $f(x)=-e^{2}e^{-2x}=-e^{2-2x}$

b. $-y'+4y=0 \Leftrightarrow y'=4y$. Solutions générales : $x \overset{f}{\mapsto} ke^{4x}$. $f(0)=\frac{1}{3} \Rightarrow ke^{0}=\frac{1}{3} \Rightarrow k=\frac{1}{3}=e^{\ln\frac{1}{3}}=e^{-\ln 3}$.
Donc $f(x)=e^{-\ln 3}e^{4x}=e^{-\ln 3+4x}$.

3 **a.** $x \mapsto ke^{x}-1$.
b. $y'-6y=-7 \Leftrightarrow y'=6y-7$. Les solutions sont : $x \mapsto ke^{6x}+\frac{7}{6}$.
c. $2y-y'=-1 \Leftrightarrow y'=2y+1$. Les solutions sont : $x \mapsto ke^{2x}-\frac{1}{2}$.

4 **a.** Solutions générales : $x \overset{f}{\mapsto} ke^{-x}-2$. $f(0)=2 \Rightarrow ke^{0}-2=2 \Rightarrow k=4$. Donc $f(x)=4e^{-x}-2$.

b. $2y'+3y=2 \Leftrightarrow y'=-\frac{3}{2}y+1$. Les solutions générales sont : $x \overset{f}{\mapsto} ke^{-\frac{3}{2}x}+\frac{2}{3}$.

$f\left(\frac{1}{3}\right)=1 \Rightarrow ke^{-\frac{1}{2}}+\frac{2}{3}=1 \Rightarrow k\frac{1}{\sqrt{e}}=\frac{1}{3} \Rightarrow k=\frac{\sqrt{e}}{3}$. Donc $f(x)=\frac{\sqrt{e}}{3}e^{-\frac{3}{2}x}+\frac{2}{3}$.

5 **a.** $x \mapsto \frac{x^{3}}{3}-\frac{x^{2}}{2}+\ln x+\frac{1}{x}$. **b.** $f(x)=2x^{-\frac{1}{2}}+2\frac{1}{x} \Rightarrow F(x)=4x^{\frac{1}{2}}+2\ln x=4\sqrt{x}+\ln x$.

c. $\sqrt{e^{x}}=e^{\frac{1}{2}x} \Rightarrow F(x)=\frac{1}{\frac{1}{2}}e^{\frac{1}{2}x}=2\sqrt{e^{x}}$.

6 **a.** $f(x)=\frac{1}{2}\frac{2x}{x^{2}+3} \Rightarrow F(x)=\frac{1}{2}\ln(x^{2}+3)$. **b.** $F(x)=\ln(e^{x}+2)$.

c. On sait que $(e^{u})'=u'e^{u}$ et qu'une primitive de $\frac{v'}{v}$ est $\ln v$.

Donc : $f(x)=\frac{1}{2}\frac{2xe^{x^2}}{e^{x^2}+1} \Rightarrow F(x)=\frac{1}{2}\ln(e^{x^2}+1)=\ln\sqrt{e^{x^2}+1}$.

7 **a.** $\int_0^x \frac{t^{2}}{(t^{3}+4)^{4}}dt$ est la primitive de $t \mapsto \frac{t^{2}}{(t^{3}+4)^{4}}$ qui s'annule en 0.

On utilise une primitive de $u'u^{n}$ qui est $\frac{u^{n+1}}{n+1}$ dans le cas où $n \neq -1$

La dérivée de t^{3} étant $3t^{2}$, on a : $\frac{t^{2}}{(t^{3}+4)^{4}}=\frac{1}{3}\frac{3t^{2}}{(t^{3}+4)^{4}}$.

Donc $\int_0^x \frac{t^{2}}{(t^{3}+4)^{4}}dt=\frac{1}{3}\frac{(x^{2}+4)^{-3}}{-3}+k=-\frac{1}{9}\frac{1}{(x^{2}+4)^{3}}+k$.

Cette primitive doit s'annuler en 0 donc $k=\frac{1}{9\times 64}=\frac{1}{576}$.

La primitive cherchée est $x \mapsto \frac{1}{9}\frac{1}{(x^{2}+4)^{3}}+\frac{1}{576}$.

b. $\int_0^x \frac{t}{\sqrt{t^2+1}}dt$ est la primitive de $t \mapsto \frac{t}{\sqrt{t^2+1}}$ qui s'annule en 0. On utilise la même méthode que dans la question précédente avec $n = -\frac{1}{2}$. On a :

$$\frac{t}{\sqrt{t^2+1}} = \frac{1}{2}\frac{2t}{\sqrt{t^2+1}} \Rightarrow \int_0^x \frac{t}{\sqrt{t^2+1}}dt = \frac{1}{2}\frac{(x^2+1)^{\frac{1}{2}}}{\frac{1}{2}} + k = \sqrt{x^2+1} + k.$$

Cette primitive s'annule en 0 donc $k = -1$. La primitive cherchée est donc $x \mapsto \sqrt{x^2+1} - 1$.

c. On peut écrire $\frac{\ln t}{t} = \frac{1}{t}\ \ln t$ qui est une expression de la forme $u'u$.

Une primitive est donc de la forme $\frac{1}{2}u^2$ c'est-à-dire $\frac{(\ln x)^2}{2}$.

$\int_2^x \frac{\ln t}{t}dt$ est la primitive de $\frac{\ln t}{t}$ qui s'annule en 2. Elle est de la forme $\frac{(\ln x)^2}{2} + k$ avec $k = -\frac{(\ln 2)^2}{2}$.

La primitive cherchée est donc $x \mapsto \frac{(\ln x)^2}{2} - \frac{(\ln 2)^2}{2}$.

8 a. $\int_0^x \frac{\cos t}{2+\sin t}dt$ est la primitive de $t \mapsto \frac{\cos t}{2+\sin t}$ qui s'annule en 0. Elle est donc de la forme $x \mapsto \ln(2+\sin x) + k$ car la dérivée de $\sin t$ est $\cos t$.

Elle est donc de la forme $x \mapsto \ln(2+\sin x) + k$. On trouve $k = -\ln 2$ car $\sin 0 = 0$,
donc la primitive cherchée est $x \mapsto \ln(2+\sin x) - \ln 2$.

b. $\frac{1}{t\ln t} = \frac{\frac{1}{t}}{\ln t}$. On reconnaît une forme $\frac{u'}{u}$ dont une primitive est $\ln u$, en l'occurrence $\ln(\ln t)$).

$\int_e^x \frac{1}{t\ln t}dt$ est la primitive de $t \mapsto \frac{1}{t\ln t}$ qui s'annule en e. C'est pourquoi, $\int_e^x \frac{1}{t\ln t}dt = \ln(\ln t)) + k$ avec $k = -\ln(\ln e))$.

La primitive cherchée est donc $x \mapsto \ln(\ln x)$ car $\ln(e) = 1$ et $\ln(1) = 0$.

9 a. $f'(t) = 1\ \ln t + t\frac{1}{t}\ - 1 = \ln t$. Donc f est une primitive de la fonction ln.

b. C'est pourquoi $\frac{\ln t}{t\ln t - t}$ est de la forme $\frac{u'}{u}$ et ses primitives sont de la forme $x \mapsto \ln(x\ln x - x) + k$ sachant qu'elle s'annule en 3. Il s'agit donc de $x \mapsto \ln(x\ln x - x) - \ln(3\ln 3 - 3)$.

10 a. On trouve : $F'(x) = (-2x+4)e^{-2x+1} + (-x^2+4x+1)(-2)e^{-2x+1} = (2x^2-10x+2)e^{-2x+1}$.

b. $\int_0^x (t^2-5t+1)e^{-2t+1}dt = \frac{1}{2}\int_0^x F'(t)dt$. Une primitive de F' étant F, on a $\frac{1}{2}\int_0^x F'(t)dt = \frac{1}{2}\ (F(x)+k)$ sachant que $F(0)+k=0$ donc $k = -e$. Ainsi : $\int_0^x (t^2-5t+1)e^{-2t+1}dt = \frac{1}{2}((-x^2+4x+1)e^{-2x+1} - e)$.

CORRIGÉS

11 **1 a.** $u=\dfrac{1}{h}\Rightarrow u'=-\dfrac{h'}{h^2}$.

De plus : $h'=0{,}02h(2-h)\Leftrightarrow h'=0{,}04h-0{,}02h^2\Leftrightarrow -\dfrac{h'}{h^2}=-0{,}04\dfrac{1}{h}+0{,}02\Leftrightarrow u'=-0{,}04h+0{,}02$

ce qu'il fallait démontrer.

b. On sait que les solutions de (E_2) sont de la forme $t\mapsto ke^{-0{,}04t}+\dfrac{1}{2}$ où k est une constante.

2 a. Comme $h(t)=\dfrac{1}{u(t)}$, on en déduit que $h(t)=\dfrac{1}{ke^{-0{,}04t}+\dfrac{1}{2}}$. De plus, sachant que 10 cm = 0,1 m,

$$h(0)=0{,}1\Rightarrow\frac{1}{k+\frac{1}{2}}=\frac{1}{10}\Rightarrow k+\frac{1}{2}=10\Rightarrow k=\frac{19}{2}.\text{ Donc }h(t)=\frac{1}{\frac{19}{2}e^{-0{,}04t}+\frac{1}{2}}=\frac{2}{19e^{-0{,}04t}+1}.$$

b. On cherche la valeur minimale de t pour laquelle $h(t)\geq 1{,}5$.

$$\frac{2}{19e^{-0{,}04t}+1}\geq 1{,}5\Leftrightarrow 19e^{-0{,}04}+1\leq\frac{2}{1{,}5}\Leftrightarrow 19e^{-0{,}04t}\leq\frac{4}{3}-1$$

$$\Leftrightarrow e^{-0{,}04t}\leq\frac{1}{19\times 3}\Leftrightarrow -0{,}04t\leq\ln\left(\frac{1}{57}\right)\Leftrightarrow t\geq\frac{1}{0{,}04}\ln 57\Leftrightarrow t\geq 101.$$

Il faut donc attendre 101 jours pour que le plant mesure plus de 1,50 mètres.

c. $\lim\limits_{t\to+\infty}e^{-0{,}04t}=0\Rightarrow\lim\limits_{t\to+\infty}\dfrac{2}{19e^{-0{,}04t}+1}=2$. La taille limite du plant est donc de 2 mètres.

3 a. Dérivons h à l'aide de la formule $\left(\dfrac{1}{v}\right)'=-\dfrac{v'}{v^2}$. : $h'(t)=-2\dfrac{-0{,}76e^{-0{,}04t}}{(19e^{-0{,}04t}+1)^2}=\dfrac{1{,}52e^{-0{,}04t}}{(19e^{-0{,}04t}+1)^2}$

ce qu'il fallait démontrer.

b. $g(t)$ est maximale pour une valeur x_0. Comme $h'(t)=g(e^{-0{,}04t})$, $h'(t)$ est maximale pour une valeur t_0 telle que $x_0=e^{-0{,}04t_0}$.

c. Le maximum de la courbe est atteint pour $x_0=\dfrac{1}{19}$. La vitesse de croissance est donc maximale pour la valeur t_0 vérifiant $e^{-0{,}04t_0}=\dfrac{1}{19}$ c'est-à-dire $-0{,}04t_0=\ln\left(\dfrac{1}{19}\right)\Leftrightarrow t_0=\dfrac{\ln 19}{0{,}04}$. Comme $\dfrac{\ln 19}{0{,}04}\approx 73{,}6$ la vitesse de croissance du plant est maximale entre le 73e et le 74e jour.

12 **Partie A**

1 Les solutions de l'équation différentielle sont les fonctions de la forme $t\overset{f}{\mapsto}ke^{at}$ où k est une constante strictement positive. De plus $f(0)=N_0\Rightarrow f(t)=N_0e^{at}$.

2 Au bout du temps T : $f(T)=2N_0\Leftrightarrow N_0e^{aT}=2N_0\Leftrightarrow e^{aT}=2\Leftrightarrow aT=\ln 2\Leftrightarrow a=\dfrac{1}{T}\ln 2$, ce qu'il fallait démontrer.

Partie B

1 a. Soit g une fonction décrite dans l'énoncé. Alors : $\dfrac{1}{g}$ a pour dérivée $-\dfrac{g'}{g^2}$.

D'autre part : $\dfrac{g'(t)}{(g(t))^2}=a\dfrac{1}{g(t)}\left(1-\dfrac{g(t)}{M}\right)\Leftrightarrow -\left(\dfrac{1}{g}\right)'(t)=a\dfrac{1}{g(t)}-\dfrac{a}{M}\Leftrightarrow\left(\dfrac{1}{g}\right)'(t)+a\left(\dfrac{1}{g}\right)(t)=\dfrac{a}{M}$

ce qu'il fallait démontrer.

CORRIGÉS

b. L'équation différentielle proposée est équivalent à $y' = -ay + \frac{a}{M}$. On sait que ses solutions sont de la forme $x \longmapsto ke^{-ax} + \frac{1}{M}$ où k est un réel quelconque.

c. Si h est une fonction strictement positive et dérivable, il existe une fonction dérivable strictement positive j telle que $h = \frac{1}{j}$. Alors, h étant une solution de l'équation différentielle :

$$\left(\frac{1}{j}\right)' + a\left(\frac{1}{j}\right) = \frac{a}{M} \Leftrightarrow -\frac{j'}{j^2} = -\frac{a}{j} + \frac{a}{M} \Leftrightarrow j' = aj - \frac{aj^2}{M} \Leftrightarrow j' = aj\left(1 - \frac{j}{M}\right).$$

Autrement dit, pour tout $t \geq 0$: $\frac{1}{h(t)} = a\frac{1}{h(t)}\left(1 - \frac{1}{M}\frac{1}{h(t)}\right)$ ce qu'il fallait démontrer car $j = \frac{1}{h}$.

2 a. $a > 0 \Rightarrow -at < 0 \Rightarrow \lim\limits_{t \to +\infty} e^{-at} = 0 \Rightarrow \lim\limits_{t \to +\infty} 1 + Ce^{-at} = 1 \Rightarrow \lim\limits_{t \to +\infty} g(t) = M$.

b. Pour tout $t \geq 0$: $g'(t) = -\frac{M(-Cae^{-at})}{(1+Ce^{-at})^2} \Rightarrow g'(t) > 0$. La fonction g étant strictement croissante de $g(0)$ à M (sa limite en $+\infty$). On a, pour tout $t \geq 0$: $\frac{M}{1+C} \leq g(t) < M \Rightarrow 0 < g(t) < M$ ce qu'il fallait démontrer.

c. La fonction g est strictement croissante et passe continument de valeurs inférieures à $\frac{M}{2}$, par exemple, 0 à des valeurs supérieures à $\frac{M}{2}$, par exemple très proches de M. Le théorème de la bijection assure l'existence et l'unicité d'une solution positive à l'équation $g(t) = \frac{M}{2}$.

d. D'après la relation (E) : $g' = ag - \frac{a}{M}g^2 \Rightarrow g'' = ag' - \frac{a}{M}(2g'g) = ag'\left(1 - \frac{2}{M}g\right)$ ce qu'il fallait démontrer.

On sait que $ag'(t)$ est positif. Le signe de $g''(t)$ est donc celui de $1 - \frac{2}{M}g(t) = \frac{2}{M}\left(\frac{M}{2} - g(t)\right)$.

Comme g est croissante : $t \geq t_0 \Rightarrow g(t) \geq \frac{M}{2} \Rightarrow \frac{M}{2} - g(t) \leq 0 \Rightarrow g''(t) \leq 0$.

g'' étant négative sur $[t_0, +\infty[$, g' décroît sur cet intervalle, ce qu'il fallait démontrer.

$$g(t_0) = \frac{M}{2} \Leftrightarrow \frac{M}{1+Ce^{-at_0}} = \frac{M}{2} \Leftrightarrow 1 + Ce^{-at_0} = 2 \Leftrightarrow e^{-at_0} = \frac{1}{C} \Leftrightarrow -at_0 = \ln\left(\frac{1}{C}\right) t_0 = \frac{1}{a}\ln C.$$

13 **1 a.** Pour tout $x > 0$, $u'(x) = \frac{xe^x - e^x}{x^2} \Rightarrow u'(x) - u(x) = \frac{xe^x - e^x - xe^x}{x^2} = -\frac{e^x}{x^2}$ ce qu'il fallait démontrer.

b. Sachant que $u' - u = -\frac{e^x}{x^2}$, on a :

v est solution de (E) si, et seulement si, $v' - v = -\frac{e^x}{x^2} \Leftrightarrow v' - v = u' - u \Leftrightarrow v' - u' - (v - u) = 0 \Leftrightarrow (v-u)' = v - u$ ce qu'il fallait démontrer.

c. On sait que les solutions de l'équation différentielle $y' - y = 0$ (équivalente à $y' = y$) sont les fonctions de la forme $x \longmapsto ke^x$ où k est une constante.

Donc, d'après la question précédente, v est solution de (E) si et seulement si pour tout $x > 0$

$v(x) - u(x) = ke^x \Leftrightarrow v(x) = u(x) + ke^x \Leftrightarrow v(x) = \frac{e^x}{x} + ke^x \Leftrightarrow v(x) = \frac{(1+kx)e^x}{x}$. Ces fonctions sont donc les solutions de l'équation différentielle (E).

2 a. $\lim_{x \to 0} (kx+1) = 1$ et $x > 0 \Rightarrow \lim_{x \to 0} \dfrac{kx+1}{x} = +\infty$ par division. Comme $e^0 = 1$, $\lim_{x \to 0} f_k(x) = +\infty$ par multiplication.

On a aussi : $f_k(x) = \left(k + \dfrac{1}{x}\right)e^x$. $\lim_{x \to +\infty} \left(k + \dfrac{1}{x}\right) = k$. Donc :

- si $k < 0$ alors, $\lim_{x \to +\infty} f_k(x) = -\infty$ par multiplication car $\lim_{x \to +\infty} e^x = +\infty$;
- si $k = 0$, $f_k(x) = \dfrac{e^x}{x} \Rightarrow \lim_{x \to +\infty} f_0(x) = +\infty$ par croissances comparées.

b. On sait que $f_k'(x) = f_k(x) - \dfrac{e^x}{x^2}$ car f_k est solution de l'équation différentielle (E).

Donc $f_k'(x) = \dfrac{(kx+1)}{x}e^x - \dfrac{e^x}{x^2} = \dfrac{kx^2+x-1}{x}e^x$. Sur $]0, +\infty[$ les solutions de l'équation $f_k(x) = 0$ sont celles de $kx^2 + x - 1 = 0$.

Si $k = 0$, il y en a une seule : 1.

Si $k < 0$, le discriminant du polynôme est égal à $1 + 4k$, Le polynôme a des racines si, et seulement si, $1 + 4k$ est positif. Donc :

Si $1 + 4k > 0 \Leftrightarrow k > -\dfrac{1}{4}$ l'équation a deux solutions en général. Leur produit est égal à $-\dfrac{1}{k}\left(\dfrac{c}{a}\right)$ qui est positif, et sont donc de même signe. Leur somme est égale à $-\dfrac{1}{k}\left(-\dfrac{b}{a}\right)$ qui est positive également. C'est pourquoi l'équation a deux racines positives.

Si $1 + 4k = 0 \Leftrightarrow k = -\dfrac{1}{4}$ l'équation a une seule solution qui est $-\dfrac{1}{2k}\left(-\dfrac{b}{2a}\right)$ c'est-à-dire 2.

Si $1 + 4k > 0 \Leftrightarrow k < -\dfrac{1}{4}$ l'équation n'a pas de solution.

3 La courbe 1 est celle de f_0 car les limites en 0 et $+\infty$ sont égales à $+\infty$.

La courbe 2 est celle de $f_{-0,15}$ car sa dérivée s'annule deux fois puisqu'elle admet deux tangentes horizontales.

La courbe 3 est celle de $f_{-0,25}$ car $f_{-0,25}(4) = 0$.

La courbe 4 est celle de f_{-1} car $f_{-1}(1) = 0$.

14 Partie A

1 Par application de la dérivée d'un quotient, de la dérivée de e^x et de $\ln u$ on a, pour tout $x \in \mathbb{R}$:

$$g'(x) = \frac{e^x(1+2e^x) - e^x(2e^x)}{(1+2e^x)^2} - \frac{2e^x}{1+2e^x} = \frac{e^x + 2e^{2x} - 2e^{2x} - 2e^x - 4e^{2x}}{(1+2e^x)^2} = \frac{-e^x - 4e^{2x}}{(1+2e^x)^2}$$

Comme le dénominateur est strictement positif, le signe de $g'(x)$ est celui de son numérateur. Il est strictement négatif car une exponentielle est toujours strictement positive.

2 Quand $x \to -\infty$: $e^x \to 0 \Rightarrow \left.\begin{array}{l} \dfrac{e^x}{1+2e^x} \to 0 \\ \ln(1+2e^x) \to \ln 1 = 0 \end{array}\right\} \Rightarrow g(x) \to 0$ par soustraction.

Quand $x \to +\infty$, on a :

$\dfrac{e^x}{1+2e^x} = \dfrac{1}{\dfrac{1}{e^x}+2} = \dfrac{1}{2+e^{-x}}$. Donc $e^x \to +\infty \Rightarrow \left.\begin{array}{l} \dfrac{1}{\dfrac{1}{e^x}+2} \to \dfrac{1}{2} \\ \ln(1+2e^x) \to +\infty \end{array}\right\} = g(x) \to -\infty$ par soustraction.

CORRIGÉS

3 La dérivée de g étant strictement négative, g est strictement décroissante sur $\mathbb{R}$. Sa valeur maximale étant 0 (sa limite en $-\infty$) on a $g(x) < 0$ pour tout $x \in \mathbb{R}$.

Partie B

1 En utilisant les règles de dérivation sur le produit P on trouve, pour tout réel x :

$$f'(x) = -2e^{-2x}\ln(1+2e^{x}) + e^{-2x}\frac{2e^{x}}{1+2e^{x}} = 2e^{-2x}\left(-\ln(1+2e^{-x}) + \frac{e^{x}}{1+2e^{x}}\right)$$

ce qu'il fallait démontrer.

2 a. On sait que $\lim\limits_{x\to-\infty} e^{x} = 0$. Posons : $h = 2e^{x}$, alors $\lim\limits_{x\to-\infty}\frac{\ln(1+2e^{x})}{2e^{x}} = \lim\limits_{h\to 0}\frac{\ln(1+h)}{h} = \ln'(1) = 1$ et

$$\lim_{x\to-\infty} f(x) = \lim_{x\to-\infty} e^{2x}(2e^{x})\frac{\ln(1+2e^{x})}{2e^{x}} = \lim_{x\to-\infty} 2e^{-x}\lim_{x\to-\infty}\frac{\ln(1+2e^{x})}{2e^{x}} = +\infty$$ par mulltiplication.

b. $x \to +\infty \Rightarrow X \to +\infty$. Donc $\lim\limits_{x\to+\infty} f(x) = 4\lim\limits_{X\to+\infty}\frac{X}{(X-1)^2}\frac{\ln X}{X}$. Or $\frac{X}{(X-1)^2} = \frac{X}{X^2\left(1-\frac{1}{X}\right)^2} = \frac{1}{X\left(1-\frac{1}{X}\right)^2}$ donc

$\lim\limits_{X\to+\infty}\frac{X}{(X-1)^2} = 0$ par division. Comme $\lim\limits_{X\to+\infty}\frac{\ln X}{X} = 0$, on a : $4\lim\limits_{X\to+\infty}\frac{X}{(X-1)^2}\times\frac{\ln X}{X} = 0 = \lim\limits_{x\to+\infty} f(x)$ par multiplication.

3 a. $$e^{-x} - 2\frac{e^{-x}}{e^{-x}+2} = \frac{e^{-x}(e^{-x}+2) - 2e^{-x}}{e^{-x}+2} = \frac{e^{-2x} + 2e^{-x} - 2e^{-x}}{e^{-x}+2} = \frac{e^{-2x}}{e^{-x}(1+2e^{x})} = \frac{e^{-x}}{1+2e^{-x}}$$ ce qu'il fallait démontrer.

b. Soit F une primitive de $\frac{-e^{-x}}{1+2e^{x}}$. $F(x) = -e^{-x} + 2\ln(e^{-x}+2)$ car une primitive de e^{-x} est $-e^{-x}$ et une primitive de $\frac{-e^{-x}}{e^{-x}+2}$ est $\ln(e^{-x}+2)$ par applicaton d'une primitive de $\frac{u'}{u}$.

Les primitives de f sont donc les fonctions de la forme $x \mapsto -e^{-x} + 2\ln(e^{-x}+2) + k$ où k est une constante arbitraire.

Partie C

1 Pour tout x :

$$f'(x) + 2f(x) = 2e^{-2x}\left(\frac{e^{x}}{1+2e^{x}} - \ln(1+2e^{x})\right) + 2e^{-2x}\ln(1+2e^{x}) = 2e^{-2x}\frac{e^{x}}{1+2e^{x}} = 2\frac{e^{-x}}{1+2e^{x}}.$$

2 a. Sachant que pour tout réel x, $f'(x) + 2f(x) = \frac{2e^{-x}}{1+2e^{x}}$ une fonction h est solution de (E) si, et seulement si, pour tout réel x :

$$h'(x) + 2h(x) = \frac{2e^{-x}}{1+2e^{x}} = f'(x) + 2f(x) \Leftrightarrow h'(x) - f'(x) = -2(h(x) - f(x)) \Leftrightarrow (h-f)'(x) = -2(h(x) - f(x)).$$

ce qu'il fallait démontrer.

b. Les solutions de l'équation différentielle $y' = -2y$ sont les fonctions de la forme $x \mapsto ke^{-2x}$ où k est une constante. On a vu en a. que les fonctions h solutions de (E) sont telles que $h = f + s$ où s est une solution de l'équation différentielle $y' = -2y$.

Ce sont donc les fonctions de la forme $x \mapsto e^{-2x}\ln(1+2e^{x}) + ke^{-2x}$.

c. On cherche h telle que $h(0) = \ln 3$. Or $h(0) = e^{0}\ln(1+2e^{0}) + ke^{0} = \ln 3 + ke^{0}$. Il faut choisir $k = 0$ et la fonction cherchée est $x \mapsto e^{-2x}\ln(1+2e^{x})$, c'est-à-dire f.

Chapitre 12

1 Partie A

1 La boucle `for` qui commence à la ligne 4 ordonne d'exécuter 10 000 fois les instructions des lignes 5 à 8. Le rectangle rouge sera donc criblé de 10 000 points (n = 10 000 : ligne 3) (dont certains seulement seront retenus).

2 Au départ la variable `aire` contient 0 (ligne 3). Son contenu augmente de 1 à chaque fois que le point de coordonnées (x, y) réalise la condition $y \leq \ln(x)$ (ligne 7). À la fin du « bombardement » `aire` contient tous les points qui font partie du domaine hachuré en bleu.

3 Ici, une unité d'aire (u.a.) est un point de cordonnées (x, y). Donc $10\,000$ u.a. $= \ln(2) \Longrightarrow 1$ u.a. $= \dfrac{\ln(2)}{10000}$.

Donc $\text{aire} \times \dfrac{\ln(2)}{10000}$ donne une approximation de l'aire hachurée.

4 On sait que $\displaystyle\int_1^2 \ln(x)dx = F(2) - F(1) = 2\ln(2) - 2 - (1\ln(1) - 1) \Rightarrow \int_1^2 \ln(x)dx = 2\ln(2) - 1 \Rightarrow \int_1^2 \ln(x)dx \approx$ 0.3862943611199 (à la calculatrice). La méthode semble donc fournir une approximation au centième.

Partie B

1 On remplace `log` par `f`

```
6.          y=f(b)*random()
7.          if y<=f(x):
10.  print(aire*f(b)/n)
```

2 Il suffit de remplacer la ligne 3 par les quatre lignes :

```
4.   a=float(input(« saisir a :"))
5.   b=float(input(« saisir b :"))
6.   n=int(input(« saisir n :"))
7.   aire=0
```

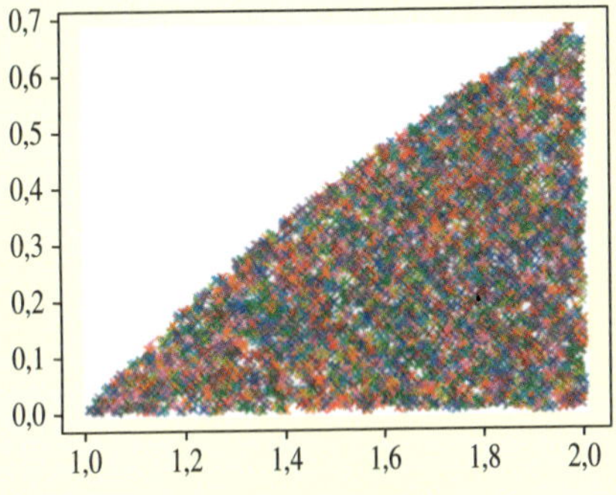

La figure ci-contre montre le résultat des 10 000 bombardements. La forme obtenue est une approximation du domaine dont on a calculé l'aire dans la partie A.

2 Partie A

1 Puisque f est positive $\displaystyle\int_k^{k+1} f$ mesure l'aire du domaine compris entre la courbe, l'axe des abscisses et les droites d'équations $x = k$ et $x = k + 1$. Cette aire est inférieure à l'aire du rectangle aux sommets rouges. Son aire est égale à $f(k)$. On a donc démontré géométriquement l'inégalité proposée.

2 D'après la relation de Chasles et l'inégalité précédente appliquée n fois :

$$\int_1^{n+1} f = \int_1^2 f + \ldots + \int_n^{n+1} f = \sum_{k=1}^{n} \int_k^{k+1} f$$

Or :

$$\sum_{k=1}^{n} \int_k^{k+1} f < \sum_{k=1}^{n} f(k) \Rightarrow \int_1^{n+1} f < h_n$$

ce qu'il fallait démontrer.

3 On sait que $\int_1^{n+1} f = \int_1^{n+1} \frac{1}{x}dx = \ln(n+1)$.

D'autre part h_n est la hauteur de l'empilement des cubes de hauteur $1, \frac{1}{2}, \ldots, \frac{1}{n}$.

Donc $\ln(n+1) < h_n$ et $\lim\limits_{n \to +\infty} \ln(n+1) = +\infty$ font que $\lim\limits_{n \to +\infty} h_n = +\infty$.

Leonhard a donc tort puisque, aussi étrange que cela paraisse, l'empilement des cubes à l'infini fera une pile de longueur infinie.

Partie B

1 Utilisons la même figure en imaginant que la courbe tracée est delle de g. L'aire du domaine compris entre la courbe, l'axe des abscisses et les droites d'équations $x = k$ et $x = k + 1$ est supérieure à l'aire du rectangle inférieur de base 1 et de hauteur $g(k + 1)$.

Donc $\int_k^{k+1} g > g(k+1)$. Par ailleurs :

$$\int_1^n g = \sum_{k=1}^{n-1} \int_k^{k+1} g \Rightarrow \int_1^n g > \sum_{k=1}^{n-1} g(k+1)$$

De plus,

$$\sum_{k=1}^{n-1} g(k+1) = \sum_{h=2}^{n} g(h) = v_n - g(1) = v_n - 1$$

(en effet $h = k + 1$ varie de 2 à n)

Donc $\int_1^n g > v_n - 1$ ce qu'il fallait démontrer.

2 $\int_1^n g = \int_1^n \frac{1}{x^3}dx = \int_1^n x^{-3}dx = \left[\frac{x^{-2}}{-2}\right]_1^n = \frac{n^{-2}}{-2} - \frac{1}{-2} = \frac{1}{2} - \frac{1}{2n^2} \Rightarrow \int_1^n g < \frac{1}{2}$

D'après la question précédente : $v_n - 1 < \int_1^n g < \frac{1}{2} \Rightarrow v_n - 1 < \frac{1}{2} \Rightarrow v_n < \frac{3}{2}$.

3 Puisque $g(k) = \frac{1}{k^3}$, $g(k)$ mesure le volume d'un cube d'arête $\frac{1}{k}$. Donc v_n est la somme des volumes des cubes d'Augustin. La suite (v_n) est évidemment croissante ; elle est majorée par $\frac{3}{2}$. Elle est donc convergente. C'est pourquoi Carl a raison : il trouvera assez d'eau pour remplir la pile (de hauteur infinie !) d'Augustin.

3 **1 a.** Au départ `a` contient 0 (ligne 4) et `b` contient $0 + \frac{1}{1000}$ (ligne 6).

b. Au départ `aInf` et `bSup` contiennent 0 (ligne 7).

2 a. À chaque passage dans la boucle `a` augmente de la valeur `pas` c'est-à-dire $\frac{1}{n}$ ici $\frac{1}{1000}$. Il en est de même pour `b` (lignes 11 et 12).

b. À chaque passage dans la boucle `aInf` augmente $\frac{1}{n}f(b)$ (ligne 9). Puisque $\frac{1}{n}$ est la largeur d'un rectangle, `aInf` contient la somme des aires des rectangles verts, donc est inférieure à l'intégrale.
De même, `aSup` contient la somme des aires des rectangles rouges, donc est supérieure à l'intégrale.

c. À la fin de son exécution, le programme renvoie un encadrement de l'aire du domaine sous la courbe entre 0 et 1.

CORRIGÉS

4 **1** $h(x) = e^x - x - 2 \Rightarrow h'(x) = e^x - 1$. Comme $e^x = 1 \Leftrightarrow x = 0$. On en déduit le tableau de variation :
$m = e^{-3} + 1 \Rightarrow m > 0$ et $M = e^2 - 4 \Rightarrow M > 0$. La fonction f étant continue, le théorème des valeurs intermédiaires montre l'existence de α et β. La calculatrice fournit : $\alpha \approx -1{,}84$ et $\beta \approx 1{,}15$.

x	-3	α	0	β	2
$h'(x)$		$-$	0	$+$	
$h(x)$	m ↘	0	↘ -1 ↗	0	↗ M

2 Selon le tableau de variation :
$h(x) \geq 0 \Leftrightarrow x \in [-3, \alpha] \cup [\beta ; 2]$.
Et $h(x) \leq 0 \Leftrightarrow x \in [\alpha, \beta]$.
3 Comme $h(x) = 0 \Leftrightarrow e^x = x + 2$, on a : $e^\alpha = \alpha + 2$ et $e^\beta = \beta + 2$
4 Comme la courbe est sous la droite, l'aire sandwich se calcule ainsi :

$$\int_\alpha^\beta (x + 2 - e^x)\,dx = \left[\frac{x^2}{2} + 2x - e^x\right]_\alpha^\beta = \frac{\beta^2}{2} + 2\beta - e^\beta - \left(\frac{\alpha^2}{2} + 2\alpha - e^\alpha\right)$$

$$= \frac{\beta^2}{2} + 2\beta - (\beta + 2) - \left(\frac{\alpha^2}{2} + 2\alpha - (\alpha + 2)\right)$$

$$= \frac{\beta^2}{2} + \beta - 2 - \frac{\alpha^2}{2} - \alpha + 2 = \frac{\beta^2}{2} + \beta - \frac{\alpha^2}{2} - \alpha$$

On trouve 1,95 environ.

Chapitre 13

1 Lecture du tableau : les nombres en rouge sont des données du problème. Les autres nombres se déduisent logiquement des autres.

Rennes / Rênes	*Mâle*	*Femelle*	*Total*
Oui	6	4	10
Non	2	38	40
Total	8	42	50

a. Il y a 10 animaux qui ont des rênes donc la probabilité cherchée est égale à $\frac{1}{5}$.

b. Il y a 40 animaux qui n'ont pas de rênes. Parmi ceux-ci, il y a 38 femelles. La probabilité cherchée est donc égale à $\frac{38}{40}$ c'est-à-dire $\frac{19}{20}$ ou 95 %.

2 **a.** On cherche $P(\ell_2 \cap V)$. On trouve $P_V(\ell_2)\,P(V)$, c'est-à-dire $0{,}3 \times 0{,}4 = 0{,}12$. La probabilité que le bidon choisi contienne du lait demi-écrémé de vache est égale à 0,12.

b. On cherche $P_{\ell_1}(C)$, c'est-à-dire $\frac{P_C(\ell_1)\,P(C)}{P(\ell_1)}$ selon la formule de Bayes.

D'autre part, d'après la formule des probabilités totales,

$$P(\ell_1) = P_V(\ell_1)\,P(V) + P_C(\ell_1)\,P(C) = 0{,}5 \times 0{,}4 + 0{,}6 \times 0{,}6 = 0{,}56.$$

Donc $P_{\ell_1}(C) = \frac{0{,}6 \times 0{,}6}{0{,}56} \approx 0{,}64$.

La probabilité qu'un bidon de lait entier contienne du lait de chèvre est donc égale à 0,64.

c. On cherche $P_C(\ell_3)$ et on trouve $\dfrac{P(C \cap \ell_3)}{P(C)}$, c'est-à-dire $\dfrac{0,25}{0,6} = \dfrac{5}{12}$.

La probabilité qu'un bidon de lait de chèvre contienne du lait écrémé est égale à $\dfrac{5}{12}$.

3 L'élève a quatre possibilités et quatre seulement. Si on note R l'événement « l'élève arrive en retard » en utilisant la formule des probabilités totales et sachant que $P(D) = 1 - (P(A) + P(B) + P(C)) = 1 - \dfrac{2}{3} = \dfrac{1}{3}$, on a donc :

$$\begin{aligned} P(R) &= P(R \cap A) + P(R \cap B) + P(R \cap C) + P(R \cap D) \\ &= P_A(R)\,P(A) + P_B(R)\,P(B) + P_C(R)\,P(C) + P_D(R)\,P(D) \\ &= \frac{1}{20} \times \frac{1}{3} + \frac{1}{10} \times \frac{1}{4} + \frac{1}{5} \times \frac{1}{12} + 1 \times \frac{1}{3} \end{aligned}$$

Donc $P(R) = \dfrac{47}{120}$. On cherche $P(\overline{R})$ qui est donc égale à $\dfrac{73}{120}$.

4 **a.** On note B l'événement « l'élève choisi est un très bon élève » et S l'événement « l'élève choisi est un sportif ».
On cherche $P_B(S)$. On trouve $\dfrac{P_S(B)\,P(S)}{P(B)} = \dfrac{0,80 \times 0,30}{0,52} = \dfrac{6}{13}$. En effet, d'après la formule des probabilités totales :

$$P(B) = P_S(B)\,P(S) + P_{\overline{S}}(B)\,P(\overline{S}) = 0,8 \times 0,3 + 0,4 \times 0,7 = 0,24 + 0,28 = 0,52$$

b. On cherche $P_{\overline{B}}(\overline{S})$ et on trouve $\dfrac{P_{\overline{S}}(\overline{B})P(\overline{S})}{P(\overline{B})}$. Or :

$$P_{\overline{S}}(\overline{B}) = 1 - P_{\overline{S}}(B) = 1 - 0,4 = 0,6$$

Donc :

$$P_{\overline{B}}(\overline{S}) = \frac{0,6 \times 0,7}{1 - 0,52} \Rightarrow P_{\overline{B}}(\overline{S}) = 0,875$$

5 **a.** Compte tenu de l'énoncé, on complète l'arbre ainsi :

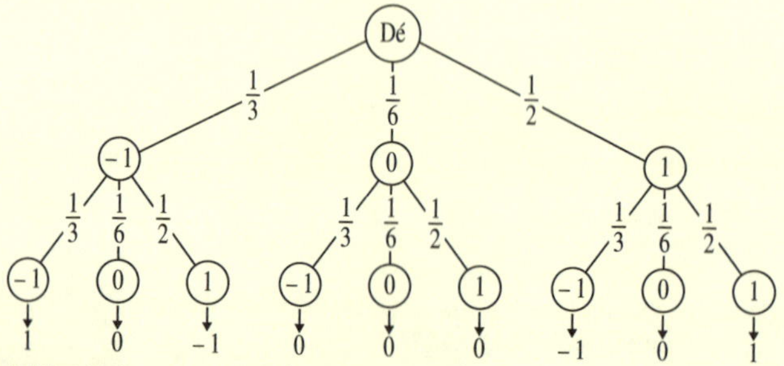

b. La loi de probabilité de X est résumée dans le tableau ci-dessous. On calcule d'abord $P(X = -1)$, puis $P(X = 1)$.

x	-1	0	1
$P(X = x)$	$\frac{1}{3} \times \frac{1}{2} + \frac{1}{2} \times \frac{1}{3} = \frac{1}{3}$	$1 - \left(\frac{1}{3} + \frac{13}{36}\right) = \frac{11}{36}$	$\left(\frac{1}{3}\right)^2 + \left(\frac{1}{2}\right)^2 = \frac{13}{36}$

c. $E(X) = -1 \times \frac{1}{3} + 0 \times \frac{11}{36} + 1 \times \frac{13}{36} = \frac{1}{36} \Rightarrow V(X) = \left(-1 - \frac{1}{36}\right)^2 \times \frac{1}{3} + \left(0 - \frac{1}{36}\right)^2 \times \frac{11}{36} + \left(1 - \frac{1}{36}\right)^2 \times \frac{13}{36}$

$= \left(-\frac{37}{36}\right)^2 \times \frac{12}{36} + \left(\frac{1}{36}\right)^2 \times \frac{11}{36} + \left(\frac{35}{36}\right)^2 \times \frac{13}{36} = \frac{1}{36^3}(37^2 \times 12 + 11 + 35^2 \times 13) = \frac{32\,364}{36^3} = \frac{899}{1\,296}.$

6 On note C (respectivement T) l'événement « l'expert choisi est compétent » (respectivement « l'expert s'est trompé »).

a. On cherche $P(\overline{T}) = 1 - P(T)$.

Or, d'après la formule des probabilités totales :

$P(T) = P_C(T)P(C) + P_{\overline{C}}(T)P(\overline{C}) = 0,15 \times 0,6 + 0,55 \times 0,4 = 0,31 \Rightarrow P(\overline{T}) = 0,69$

b. On cherche $P_T(\overline{C})$ et d'après la formule de Bayes on trouve :

$$\frac{P_{\overline{C}}(T)P(\overline{C})}{P(T)} = \frac{0,55 \times 0,4}{0,31} \Rightarrow P_T(\overline{C}) \approx 0,71$$

La probabilité que son expert soit incompétent est donc d'environ 71 %. Si elle en choisit un autre au hasard, la probabilité qu'il soit incompétent est inférieure (elle est de 40 %). Il faut lui conseiller de changer d'expert.

7 **1** À l'issue de l'expérience, l'urne U_3 contient neuf boules. On obtient l'arbre suivant :

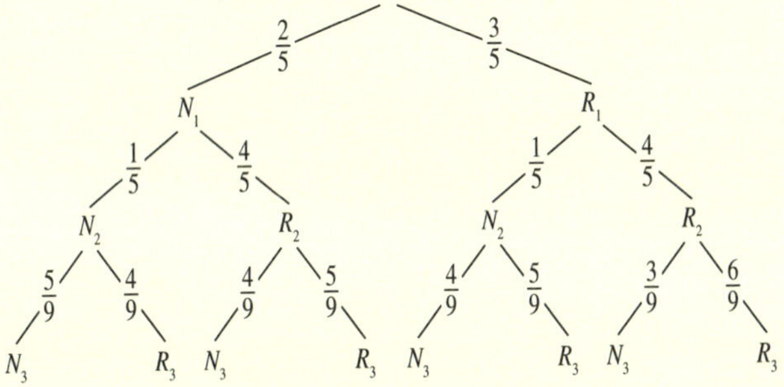

2 a. En utilisant les branches de l'arbre on obtient :

$P(N_1 \cap N_2 \cap N_3) = \frac{2}{5} \times \frac{1}{5} \times \frac{5}{9} = \frac{2}{45}$ et $P(N_1 \cap R_2 \cap N_3) = \frac{2}{5} \times \frac{4}{5} \times \frac{4}{9} = \frac{32}{225}$.

b. Les événements N_2 et R_2 forment un système complet d'événements car au deuxième tirage, la boule obtenue est soit noire soit rouge.

Par conséquent, en utilisant la formule des probabilités totales, et sachant que l'intersection est une opération commutative :

$P(N_1 \cap N_3) = P(N_1 \cap N_3 \cap N_2) + P(N_1 \cap N_3 \cap R_2) = \frac{2}{45} + \frac{32}{225} = \frac{14}{75}$.

c. De la même manière :

$$P(R_1 \cap N_3) = P(R_1 \cap N_3 \cap N_2) + P(R_1 \cap N_3 \cap R_2) = \frac{3}{5} \times \frac{4}{9} \times \frac{1}{5} + \frac{3}{5} \times \frac{3}{9} \times \frac{4}{5} = \frac{16}{75}.$$

3 En utilisant la formule des probabilités totales, sachant que les événements N_1 et R_1 forment un système complet d'événements, on obtient :

$$P(N_3) = P(N_3 \cap N_1) + P(N_3 \cap R_1) = \frac{30}{75} = \frac{2}{5}.$$

4 On a $P(N_1) \times P(N_3) = \frac{2}{5} \times \frac{2}{5} = \frac{4}{25}$. D'autre part $P(N_1 \cap N_3) = \frac{14}{75}$.

Puisque $P(N_1 \cap N_3) \neq P(N_1)\,P(N_3)$, les événements N_1 et N_3 ne sont pas indépendants.

5 On cherche $P_{N_3}(R_1)$ donc $\frac{P_1(R_1 \cap N_3)}{P(N_3)} = \frac{\frac{16}{75}}{\frac{2}{5}} = \frac{8}{15}$.

8 L'arbre ci-contre résume la situation.

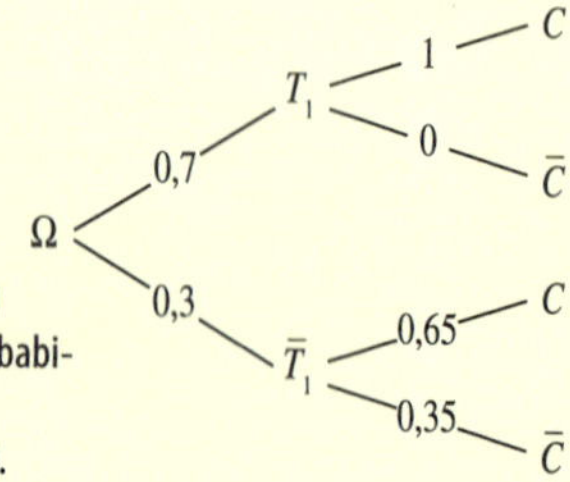

1 On voit que $P(T_1) = 0{,}7$.

Par la formule des probabilités totales :

$$P(C) = P(C \cap T_1) + P(C \cap \overline{T}_1) = 0{,}7 \times 1 + 0{,}3 \times 0{,}65 = 0{,}895.$$

2 a. Il y a trois « gains » possibles :

$a - 1\,000$, si l'écran passe le premier test avec succès (avec la probabilité 0,7)

$a - 1\,050$, si l'écran échoue au premier test et réussit le second (avec la probabilité $0{,}3 \times 0{,}65 = 0{,}195$).

$-1\,000$ si l'écran échoue aux deux tests (avec la probabilité $1 - 0{,}895 = 0{,}105$).

On a donc $X(\Omega) = \{a - 1\,000, a - 1\,050, -1\,050\}$ et le tableau suivant :

a	$a - 1\,000$	$a - 1\,050$	$-1\,050$
$P(X = a)$	0,7	0,195	0,105

b. On a donc $E(X) = 0{,}7\,(a - 1\,000) + 0{,}195\,(a - 1\,050) - 0{,}105 \times 1\,000 = 0{,}895a - 1\,015$.

c. L'entreprise peut espérer faite un bénéfice si son espérance de gain est positive, c'est-à-dire si $a \geq \frac{1015}{0{,}895}$ donc si $a \geq 1\,134{,}08$ €.

Chapitre 14

1 La variance de X est égale à $2{,}1^2 = 4{,}41$. Puisque $E(X) = np$ et $V(X) = npq$. Ainsi, on a $np = 6{,}3$ et $npq = 4{,}41$
$q = \frac{4{,}41}{6{,}3} = 0{,}7 \Rightarrow p = 1 - 0{,}7 = 0{,}3 \Rightarrow n = \frac{6{,}3}{0{,}3} = 21.$

2 a. Le nombre de bonbons au citron contenus dans un sachet définit une variable aléatoire X qui suit une loi binomiale dont les paramètres sont 15 et 0,2. En effet, compte tenu de la taille de la réserve de bonbons contenus dans la jarre, on peut assimiler le choix des 15 bonbons avec des tirages avec remise.

On a alors

$P(X \geq 3) = 1 - P(X < 3) = P(X = 0) + P(X = 1) + P(X = 2) = \binom{15}{0} 0{,}2^0\ 0{,}8^{15} + \binom{15}{1} 0{,}2^1\ 0{,}8^{14} + \binom{15}{2} 0{,}2^2\ 0{,}8^{13} \approx 0{,}602$

b. En raisonnant comme à la question précédente, la variable aléatoire Y égale au nombre de sachets contenant au moins trois bonbons au citron lors de l'achat de cinq sachets suit une loi binomiale $\mathscr{B}(5\ ; 0{,}602)$.

On cherche $P(Y \geq 4) = \binom{5}{4} 0{,}602^4\ 0{,}398^1 + \binom{5}{5} 602^5\ 0{,}398^0 \Rightarrow P(X \geq 4) \approx 0{,}34$.

3 a. Le nombre de fois, nommé N, où l'archer atteint le centre de la cible définit une variable aléatoire dont la loi est $\mathscr{B}\left(5, \frac{1}{8}\right)$.

On cherche $P(X<2)$ et on trouve :

$$P(X=0)+P(X=1)=\binom{5}{0}\left(\frac{1}{8}\right)^0\left(\frac{7}{8}\right)^5+\binom{5}{1}\left(\frac{1}{8}\right)^1\left(\frac{7}{8}\right)^4 \Rightarrow P(X<2)\approx 0{,}879$$

b. Les salves étant supposées indépendantes, on cherche $(P(X<2))^4$ et on trouve 0,6 environ, valeur arrondie au millième.

4 Soit n le nombre total de questions et c le nombre de choix de réponses possibles pour chacune d'elles. Soit X le nombre de réponses justes obtenues par un candidat répondant au hasard à toutes les questions.

La loi de X est la loi binomiale de paramètres n et $\frac{1}{c}$, puisque la probabilité d'obtenir une bonne réponse en répondant au hasard est égale à $\frac{1}{c}$. On sait alors que $E(X)=\frac{n}{c}$ et $V(X)=n\frac{1}{c}\left(1-\frac{1}{c}\right)$.

On cherche donc n et c pour que $\frac{n}{c}=8$ et $\frac{n}{c}\left(1-\frac{1}{c}\right)=6{,}4 \Rightarrow 1-\frac{1}{c}=0{,}8 \Rightarrow \frac{1}{c}=0{,}2=\frac{1}{5}$. On en déduit $n=40$.

Le concepteur devra donc rédiger 40 questions et proposer 5 choix pour chacune d'elles.

5 Partie A

1 D'après les données de l'énoncé on obtient le tableau suivant :

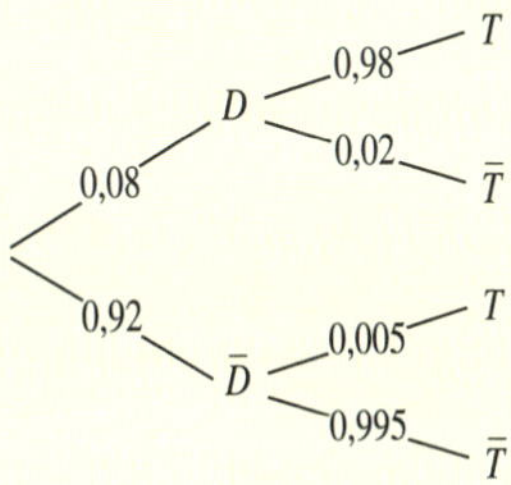

2 D'après la formule des probabilité totales, et en suivant les branches de l'arbre :

$$P(T)=P(T\cap D)+P(T\cap \bar{D})=0{,}08\times 0{,}98+0{,}92\times 0{,}005=0{,}083$$

3 a. On cherche $P_T(D)$ et on trouve $\frac{P(T\cap D)}{P(T)}=\frac{0{,}08\times 0{,}98}{0{,}083}=\frac{0{,}0784}{0{,}083}\Rightarrow P_T(D)\approx 0{,}945$.

b. On constate que $P_T(D)<0{,}95$. C'est pourquoi le test ne sera pas commercialisé.

Partie B

1 a. Si on admet que le dopage affecte les athlètes indépendamment les uns des autres, on peut dire que la loi de X est une loi binomiale de paramètres 5 (n) et 0,103 (p).

b. On sait que $E(X)=np=5\times 0{,}103=0{,}515$. Parmi les cinq athlètes, il y aura donc vraisemblablement un athlète dopé au maximum dans l'échantillon.

c. On cherche $P(X\geq 1)=1-P(X<1)=1-P(X=0)$. Or $P(X=0)=\binom{5}{0}0{,}103^0\,0{,}897^5 \Rightarrow P(X=0)\approx 0{,}581$.
On en déduit que $P(X\geq 1)\approx 0{,}419$.

2 Si on contrôle n athlètes, le nombre de dopés définit une loi binomiale Y dont les paramètres sont n et 0,103.
On cherche alors n pour que $P(Y\geq 1)\geq 0{,}75$, c'est-à-dire :

$$1-P(Y=0)\geq 0{,}75 \Leftrightarrow 0{,}25\geq \binom{n}{0}0{,}103^0\,0{,}897^n \Leftrightarrow 0{,}25\geq 0{,}897^n.$$

L'étude du tableau de valeurs de la fonction $x \overset{f}{\longmapsto} 0{,}897^x$ à la calculatrice montre que $0{,}897^{12}\approx 0{,}27$ et $0{,}897^{13}\approx 0{,}24$.

Il faut donc contrôler au minimum 13 athlètes pour que la probabilité de l'événement « au moins un athlète contrôlé présente un test positif » soit supérieure ou égale à 0,75.

6 **1** Les ensembles R et $\overline{R}$ forment une partition de l'univers des possibles.
Donc, d'après la formule des probabilités totales : $P(J) = P_R(J)\,P(R) + P_{\overline{R}}(J)\,P(\overline{R}) = 1 \times 0{,}6 + \frac{1}{3} \times 0{,}4 = \frac{11}{15}$.
En effet, si l'élève connaît la réponse à la première question, il répond certainement juste à celle-ci, et il a une chance sur 3 de répondre juste s'il ne connaît pas la réponse car alors il répond au hasard.

2 La probabilité que l'élève réponde juste à une question donnée est égale à $\frac{11}{15}$.

Les 20 questions étant indépendantes, le nombre de réponses exactes suit la loi binomiale $\mathscr{B}\left(20, \frac{11}{15}\right)$. Ainsi, pour tout $k \in \{0, 1, \ldots, 20\}$:

$$P(X=k) = \binom{20}{k}\left(\frac{11}{15}\right)^k\left(\frac{4}{15}\right)^{20-k}$$

3 On sait que $E(X) = 20 \times \frac{11}{15} = \frac{44}{3}$ et $V(X) = \frac{44}{3} \times \frac{4}{15} = \frac{176}{45}$.

4 a. Compte tenu de la règle de notation, on a : $N = X - 2(20 - X) = 3X - 40$ car il y a $20 - X$ réponses inexactes.

b. $E(N) = 3E(X) - 40 = 3\frac{44}{3} - 40 = 4$ et $V(X) = V(3X - 40) = 3^2V(X) = \frac{176}{5} = 35{,}2$.

5 a. Le raisonnement tenu à la question 1 fournit ici :

$$P(J) = P_R(J)\,P(R) + P_{\overline{R}}(J)\,P(\overline{R}) = 1 \times 0{,}6 + 0 \times 0{,}4 = 0{,}6$$

La loi de Y donc la loi binomiale $\mathscr{B}(20\ ;0{,}6)$.
b. On trouve $E(Y) = 20 \times 0{,}6 = 12$. C'est pourquoi, en moyenne, l'élève B obtient 12.
c. Soit M la note obtenue par l'élève B ; $M = Y$ car l'élève B n'est jamais pénalisé. Donc $E(M) = 12$.
C'est pourquoi, en moyenne, la meilleure stratégie pour obtenir une bonne note est celle de l'élève B.

CORRIGÉS

Chapitre 15

1 **a.** $a = -6 + 6i + 2 - 6i = -4$. **b.** $b = \frac{(1+i)(3i+1)}{(-3i+1)(3i+1)} = \frac{-2+4i}{3^2+1^2} = -\frac{1}{5} + \frac{2}{5}i$.
c. $(-1+2i)^2 = 1 - 4i + 4i^2 = -3 - 4i$.

2 **a.** $i = \cos\left(\frac{\pi}{2}\right) + i\sin\left(\frac{\pi}{2}\right)$. **b.** $-1 = \cos(\pi) + i\sin(\pi)$.

c. $i^2 = -1 \Rightarrow ii = -1 \Rightarrow \frac{1}{i} = -i = \cos\left(-\frac{\pi}{2}\right) + i\sin\left(-\frac{\pi}{2}\right)$.

3 Il est utile de calculer d'abord le module.
a. $1 + i = \sqrt{2}\left(\frac{1}{\sqrt{2}} + i\frac{1}{\sqrt{2}}\right) = \sqrt{2}\left(\cos\left(\frac{\pi}{4}\right) + i\sin\left(\frac{\pi}{4}\right)\right)$.
b. $\sqrt{3} + i = 2\left(\frac{\sqrt{3}}{2} + i\frac{1}{2}\right) = 2\left(\cos\left(\frac{\pi}{6}\right) + i\sin\left(\frac{\pi}{6}\right)\right)$.

c. $\dfrac{1}{1-i}=\dfrac{1+i}{(1-i)(1+i)}=\dfrac{1+i}{2}=\dfrac{\sqrt{2}\left(\cos\left(\dfrac{\pi}{4}\right)+i\sin\left(\dfrac{\pi}{4}\right)\right)}{2}=\dfrac{\sqrt{2}}{2}\left(\cos\left(\dfrac{\pi}{4}\right)+i\sin\left(\dfrac{\pi}{4}\right)\right).$

4 $1-i=\overline{1+i}\Rightarrow(1-i)(1+i)=2$ et $2+3i=i(3-2i)=i\overline{(3+2i)}\Rightarrow(2+3i)(3+2i)=i\overline{(3+2i)}(3+2i)=13i$
Donc $(1-i)(2+3i)(1+i)(3+2i)=26i$.

5 $(1+2i)(2-3i)(i+2)(3-2i)=i(-i+2)(i+2)(-i)(2i+3)(3-2i)=i\times 5(-i)\times 13=65.$

6 a. $1-\dfrac{1}{i}=1+i.$

b. $\dfrac{-3i+1}{2+5i}=\dfrac{(1-3i)(2-5i)}{(2+5i)(2-5i)}=\dfrac{2-6i-5i-15}{4+25}=\dfrac{-13-11i}{29}=-\dfrac{13}{29}-\dfrac{11}{29}i.$

c. $\left(\dfrac{1-i}{1+i}\right)^2=\left(\dfrac{(1-i)(1-i)}{(1+i)(1-i)}\right)^2=\left(\dfrac{1-2i+i^2}{1+1}\right)^2=\dfrac{(-2i)^2}{2^2}=\dfrac{4i^2}{4}=-1.$

7 $\overline{\left(z+\dfrac{1}{z}\right)}-\dfrac{\overline{1+z}}{\overline{z}}=\overline{z}+\dfrac{1}{\overline{z}}-\dfrac{1+\overline{z}}{\overline{z}}=\overline{z}+\dfrac{1}{\overline{z}}-\dfrac{1}{\overline{z}}-\dfrac{\overline{z}}{\overline{z}}=\overline{z}-1.$

8 a. $z+\overline{z}=2x\Rightarrow(z+\overline{z})^2=4x^2$, donc $\mathrm{Re}(Z)=4x^2$ et $\mathrm{Im}(Z)=0$.

b. $\dfrac{1}{z}=\dfrac{1}{x+iy}=\dfrac{x-iy}{(x+iy)(x-iy)}=\dfrac{x-iy}{x^2+y^2}=\dfrac{x}{x^2+y^2}-\dfrac{iy}{x^2+y^2}$ donc $\mathrm{Re}(Z)=\dfrac{x}{x^2+y^2}$
et $\mathrm{Im}(Z)=-\dfrac{y}{x^2+y^2}$.

c. $\dfrac{\overline{z}}{z}=\dfrac{x-iy}{x+iy}=\dfrac{(x-iy)(x-iy)}{(x+iy)(x-iy)}=\dfrac{x^2-2ixy+(iy)^2}{x^2+y^2}=\dfrac{(x^2-y^2)-2ixy}{x^2+y^2}=\dfrac{x^2-y^2}{x^2+y^2}-\dfrac{i(2xy)}{x^2+y^2}$
donc $\mathrm{Re}(Z)=\dfrac{x^2-y^2}{x^2+y^2}$ et $\mathrm{Im}(Z)=-\dfrac{2xy}{x^2+y^2}$.

d. $Z=\dfrac{z-2i}{iz+1-i}=\dfrac{(x+iy-2i)}{(i(x+iy)+1-i)}=\dfrac{x+i(y-2)}{ix-y+1-i}=\dfrac{x+i(y-2)}{(-y+1)+i(x-1)}.$

$$Z=\frac{[x+i(y-2)][(-y+1)-i(x-1)]}{[(-y+1)+i(x-1)][(-y+1)-i(x-1)]}$$

$$Z=\frac{x(-y+1)-ix(x-1)+i(y-2)(-y+1)-i^2(y-2)(x-1)}{(-y+1)^2+(x-1)^2}$$

$$Z=\frac{(-xy+x+yx-2x-y+2)+i(-x^2+x-y^2+y+2y-2)}{(-y+1)^2+(x-1)^2}$$

$$Z=\frac{(-x-y+2)+i(-x^2-y^2+x+3y-2)}{(-y+1)^2+(x-1)^2}$$

donc $\mathrm{Re}(Z)=\dfrac{(-x-y+2)}{(-y+1)^2+(x-1)^2}$ et $\mathrm{Im}(Z)=\dfrac{(-x^2-y^2+x+3y-2)}{(-y+1)^2+(x-1)^2}$.

9 Posons $z = x + iy$ avec x et y réels.

$z - (5+2i)\overline{z} = 2z - 5i$

$\Leftrightarrow (x+iy) - (5+2i)(x-iy) = 2(x+iy) - 5i$

$\Leftrightarrow x + iy - (5x - 5iy + 2ix + 2y) = 2x + 2iy - 5i.$

Regroupons partie réelle et imaginaire :

$$(x - 5x - 2y) + i(y + 5y - 2x) = 2x + i(2y - 5) \quad (E)$$

$$(E)\begin{cases} -4x - 2y = 2x \\ -2x + 6y = 2y - 5 \end{cases} \Leftrightarrow \begin{cases} -6x - 2y = 0 \\ -2x + 4y = -5 \end{cases} \Leftrightarrow \begin{cases} y = -3x \\ -2x - 12x = -5 \end{cases} \Leftrightarrow \begin{cases} x = \dfrac{5}{14} \\ y = -\dfrac{15}{14} \end{cases}$$

La solution de l'équation proposée est donc le nombre complexe $\dfrac{5}{14} - \dfrac{15}{14}i$.

10 **a.** $i^2 = -1,\ i^3 = ii^2 = -i,\ i^4 = (i^2)^2 = 1$

b. On en déduit, pour tout entier naturel k :

$$i^{4k} = (i^4)^k = 1$$
$$i^{4k+1} = i^{4k}i = i$$
$$i^{4k+2} = i^{4k}i^2 = i^2 = -1$$
$$i^{4k+3} = i^{4k}i^3 = i^3 = -i$$

c. Si $n \in \mathbb{Z}$ alors, k étant un entier naturel :

$$i^{-4k} = (i^4)^{-k} = 1$$
$$i^{-4k-1} = (i^4)^{-k}i^{-1} = -i$$
$$i^{-4k-2} = (i^4)^{-k}i^{-2} = i^{-2} = (i^2)^{-1} = -1$$
$$i^{-4k-3} = (i^4)^{-k}i^{-3} = i^{-3} = i^{-2}i^{-1} = i$$

11 On trouve $\dfrac{z_B - z_A}{z_C - z_A} = \dfrac{-3+i}{-1-3i} = \dfrac{3i^2+i}{-1-3i} = \dfrac{i(3i+1)}{(-1)(1+3i)} = -i$. Alors $\dfrac{AB}{AC} = 1$ et $(\overrightarrow{AC}\,;\,\overrightarrow{AB}) = -\dfrac{\pi}{2}$.

Donc $AB = AC$ et $\widehat{BAC} = 90°$ ce qu'il fallait démontrer.

12 $\dfrac{1}{2} + i\dfrac{\sqrt{3}}{2} = \cos\dfrac{\pi}{3} + i\sin\dfrac{\pi}{3} \Rightarrow z = e^{\frac{i\pi}{3}}$.

Donc $z^{2024} = \left(e^{\frac{i\pi}{3}}\right)^{2024} = e^{\frac{i\,2024\pi}{3}} = e^{i674\pi + i\frac{2\pi}{3}} = e^{i(2\times 337\pi)}e^{i\frac{2\pi}{3}} = e^{i\frac{2\pi}{3}} = \cos\left(\dfrac{2\pi}{3}\right) + i\sin\left(\dfrac{2\pi}{3}\right) = -\dfrac{1}{2} + i\dfrac{\sqrt{3}}{2}$.

Conclusion : $\left(\dfrac{1}{2} + \dfrac{i\sqrt{3}}{2}\right)^{2024} = -\dfrac{1}{2} + i\dfrac{\sqrt{3}}{2}$.

13 **a.** $Z = \dfrac{x+iy+1}{x+iy-i} = \dfrac{(x+1)+iy}{x+i(y-1)} = \dfrac{[(x+1)+iy]\,[x-i(y-1)]}{[x+i(y-1)]\,[x-i(y-1)]}$

$$= \frac{(x(x+1) + y(y-1)) + i(yx - (x+1)(y-1))}{x^2 + (y-1)^2}$$

$$= \frac{(x^2 + y^2 + x - y) + i(x - y + 1)}{x^2 + (y-1)^2}.$$

Donc : $\text{Re}(Z) = \dfrac{x^2 + y^2 + x - y}{x^2 + (y-1)^2}$ et $\text{Im}(Z) = \dfrac{x - y + 1}{x^2 + (y-1)^2}$.

CORRIGÉS

b. $Z \in \mathbb{R} \Leftrightarrow Im(Z) = 0 \Leftrightarrow x - y + 1 = 0$ et $(x, y) \neq (0, 1)$ car on doit avoir $z \neq i$.
L'ensemble des points $M(x, y)$ vérifiant $x - y + 1 = 0$ et $(x, y) \neq (0,1)$ est la droite d d'équation $y = x + 1$ privée du point A.
c. $Z \in i\,\mathbb{R} \Leftrightarrow Re(Z) = 0 \Leftrightarrow x^2 + y^2 + x - y = 0$ et $x \neq 0$ et $y \neq 1$.

Or $x^2 + y^2 + x - y = \left(x + \frac{1}{2}\right)^2 - \frac{1}{4} + \left(y - \frac{1}{2}\right)^2 - \frac{1}{4} = \left(x + \frac{1}{2}\right)^2 + \left(y - \frac{1}{2}\right)^2 - \frac{1}{2}$.

Donc $Z \in i\,\mathbb{R} \Leftrightarrow \left(x + \frac{1}{2}\right)^2 + \left(y - \frac{1}{2}\right)^2 = \frac{1}{2} \Leftrightarrow IM^2 = \frac{1}{2} \Leftrightarrow IM = \frac{1}{\sqrt{2}}$ où I est le point de coordonnées $\left(-\frac{1}{2}, \frac{1}{2}\right)$. M appartient donc au cercle de centre I et de rayon $\frac{1}{\sqrt{2}}$, privé du point A.

14 **a.** On calcule $\Delta = 6^2 - 4 \times (-2) \times (-5) = 36 - 40 = -4$.
$\Delta < 0$ donc l'équation admet donc deux racines complexes conjuguées :

$$z_1 = \frac{-b - i\sqrt{-\Delta}}{2a} = \frac{-6 - 2i}{-4} = \frac{3}{2} + \frac{1}{2}i \text{ et } z_2 = \overline{z_1} = \frac{3}{2} - \frac{1}{2}i.$$

b. $(z^2 + 16)(z^2 - 6z + 9) = 0 \Leftrightarrow z^2 + 16 = 0$ ou $z^2 - 6z + 9 = 0$
$z^2 + 16 = 0 \Leftrightarrow z^2 = -16 \Leftrightarrow z^2 = 16i^2 \Leftrightarrow z = 4i$ ou $z = -4i$
$z^2 - 6z + 9 = 0 \Leftrightarrow (z - 3)^2 = 0 \Leftrightarrow z = 3$.
Finalement, l'équation admet trois racines $4i$, $-4i$ et 3.
c. $z^3 + 6z^2 + 13z = 0 \Leftrightarrow z(z^2 + 6z + 13) = 0 \Leftrightarrow z = 0$ ou $(z^2 + 6z + 13) = 0$.
La résolution de la seconde équation conduit à $\Delta = 6^2 - 4 \times 1 \times 13 = 36 - 52 = -16$.
$\Delta < 0$, l'équation admet donc deux racines complexes conjuguées :

$z_1 = \frac{-6 - 4i}{2} = -3 - 2i$ et $z_2 = \overline{z_1} = -3 + 2i$. Les solutions de l'équation sont donc $0, -3 - 2i, -3 + 2i$.

15 **a.** $z^3 - 1 = (z - 1)(z^2 + az + b) \Leftrightarrow z^3 - 1 = z^3 + az^2 + bz - z^2 - az - b$
En regroupant les termes et en procédant par identification :

$$z^3 - 1 = \underbrace{z^3}_{1z^3} + \underbrace{(a-1)\,z^2}_{0z^2} + \underbrace{(b-a)\,z}_{0z} - \underbrace{b}_{1} \Leftrightarrow \begin{cases} a - 1 = 0 \\ b - a = 0 \\ b = 1 \end{cases} \Leftrightarrow \begin{cases} b = 1 \\ a = 1 \end{cases}$$

Par conséquent, $z^3 - 1 = (z - 1)\,(z^2 + z + 1)$.
b. $z^3 = 1 \Leftrightarrow z^3 - 1 = 0 \Leftrightarrow (z - 1)(z^2 + z + 1) = 0 \Leftrightarrow z - 1 = 0$ ou $z^2 + z + 1 = 0$.
Résolvons $z^2 + z + 1 = 0$. $\Delta = 1 - 4 = -3$. $\Delta < 0$, l'équation admet donc deux racines complexes conjuguées :

$z_1 = \frac{-1 - i\sqrt{3}}{2}$ et $z_2 = \frac{-1 + i\sqrt{3}}{2}$.

L'équation initiale a donc trois solutions 1, $z_1 = -\frac{1}{2} - \frac{\sqrt{3}}{2}i$ et $z_2 = -\frac{1}{2} + \frac{\sqrt{3}}{2}i$.

c. On pose donc $j = -\frac{1}{2} + \frac{\sqrt{3}}{2}i$.

j est solution de $z^2 + z + 1 = 0$, donc $j^2 + j + 1 = 0 \Leftrightarrow j^2 = -1 - j = -\frac{1}{2} - \frac{\sqrt{3}}{2}i$.

d. D'après le calcul précédent, on voit déjà que $j^2 = \overline{j}$.

De plus, $|j| = \left(\frac{1}{2}\right)^2 + \left(\frac{\sqrt{3}}{2}\right)^2 = 1 \Rightarrow i\,\overline{j} = 1 \Rightarrow \overline{j} = \frac{1}{j}$, ce qu'il fallait démontrer.

e. D'après les résultats précédents : $z_A = 1, z_B = j, z_C = \overline{j}$.

f. On a $j = \cos\left(\frac{2\pi}{3}\right) + i\sin\left(\frac{2\pi}{3}\right) \Rightarrow j^n = \cos\left(\frac{2n\pi}{3}\right) + i\sin\left(\frac{2n\pi}{3}\right)$ d'après la formule de Moivre.

Donc pour tout $k \in \mathbb{N} : j^{3k} = 1, j^{3k+1} = j^{3k}j = j, j^{3k+2} = j^{3k}j^2 = j^2 = \frac{1}{j}$.

16 **a.** $z = \frac{\sqrt{2} + i\sqrt{6}}{2 - 2i} = \frac{(\sqrt{2} + i\sqrt{6})(2 + 2i)}{(2 - 2i)(2 + 2i)} = \frac{2\sqrt{2} + 2i\sqrt{2} + 2i\sqrt{6} - 2\sqrt{6}}{4 + 4}$

$= \frac{2\sqrt{2} - 2\sqrt{6}}{8} + i\frac{2\sqrt{2} + 2\sqrt{6}}{8}$

On a donc $z = \frac{\sqrt{2} - \sqrt{6}}{4} + i\frac{\sqrt{2} + \sqrt{6}}{4}$.

b. $|z_1| = \sqrt{2 + 6} = \sqrt{8} = 2\sqrt{2}$. Soit θ_1 un argument de z_1, on a $\cos\theta_1 = \frac{\sqrt{2}}{2\sqrt{2}} = \frac{1}{2}$ et $\sin\theta_1 = \frac{\sqrt{6}}{2\sqrt{2}} = \frac{\sqrt{3}}{2}$ et on en déduit que $\theta_1 = \frac{\pi}{3}$.

$|z_2| = \sqrt{4 + 4} = \sqrt{8} = 2\sqrt{2}$. Soit θ_2 un argument de z_2 on a $\cos\theta_2 = \frac{2}{2\sqrt{2}} = \frac{1}{\sqrt{2}} = \frac{\sqrt{2}}{2}$

et $\sin\theta_2 = -\frac{2}{2\sqrt{2}} = -\frac{1}{\sqrt{2}} = \frac{-\sqrt{2}}{2}$ donc $\theta_2 = -\frac{\pi}{4}$.

c. $|z| = \frac{|z_1|}{|z_2|} = \frac{2\sqrt{2}}{2\sqrt{2}} = 1$ et $\arg(z) = \arg(z_1) - \arg(z_2) = \frac{\pi}{3} + \frac{\pi}{4} = \frac{7\pi}{12}$.

d. $z = 1\left(\cos\frac{7\pi}{12} + i\sin\frac{7\pi}{12}\right) = \cos\frac{7\pi}{12} + i\sin\frac{7\pi}{12}$.

e. En comparant les deux écritures de z on trouve :

$$\cos\frac{7\pi}{12} = \frac{\sqrt{2} - \sqrt{6}}{4} \quad \text{et} \quad \sin\frac{7\pi}{12} = \frac{\sqrt{2} + \sqrt{6}}{4}$$

17 **1 a.** $z_A = 8 = 8e^{2i\pi}$ et $z_B = 8i = 8e^{\frac{i\pi}{2}}$.

b. $|z_C| = |z_A e^{-i\pi/3}| = |z_A| \times |e^{-i\pi/3}| = |z_A| = 8$

de même $|z_D| = \left|z_B e^{\frac{2i\pi}{3}}\right| = |z_B| \times \left|e^{\frac{2i\pi}{3}}\right| = |z_B| = 8$.

c. $z_C = z_A e^{-i\pi/3} = 8\left(\cos\left(-\frac{\pi}{3}\right) + i\sin\left(-\frac{\pi}{3}\right)\right) = 8\left(\frac{1}{2} + i\frac{-\sqrt{3}}{2}\right) = 4 - 4i\sqrt{3}$

$z_D = z_B e^{\frac{2i\pi}{3}} = 8i\left(\cos\left(\frac{2\pi}{3}\right) + i\sin\left(\frac{2\pi}{3}\right)\right) = 8i\left(-\frac{1}{2} + i\frac{\sqrt{3}}{2}\right) = -4i - 4\sqrt{3}$.

2 Comme z_A, z_B, z_C et z_D ont le même module, alors les points A, B, C, D sont sur le cercle de centre O de rayon 8.

3 a. $z_1 = z_C - z_A = z_A e^{-\frac{i\pi}{3}} - z_A = 4 - 4i\sqrt{3} - 8 = -4 - 4i\sqrt{3}$.

$z_2 = z_D - z_B = z_B e^{\frac{2i\pi}{3}} - 8i = -4i - 4\sqrt{3} - 8i = -4\sqrt{3} - 12i$

$= \sqrt{3}(-4 - 4i\sqrt{3}) = z_1\sqrt{3}$ ce qu'il fallait démontrer.

CORRIGÉS

b. $z_3 = z_B - z_A = 8i - 8$ et $z_4 = z_C - z_D = 4 - 4i\sqrt{3} - (-4i - 4\sqrt{3}) = (4 + 4\sqrt{3}) + i(-4\sqrt{3} + 4)$

$|z_3| = \sqrt{64 + 64} = 8\sqrt{2}$

$|z_4| = \sqrt{(4 + 4\sqrt{3})^2 + (-4\sqrt{3} + 4)^2} = \sqrt{16 + 32\sqrt{3} + 48 + 48 - 32\sqrt{3} + 16} = \sqrt{128} = 8\sqrt{2}$

On a donc $|z_3| = |z_4|$.

c. D'après la question 3. a., $z_D - z_B = \sqrt{3}(z_C - e_A) \Rightarrow z_{\overrightarrow{BD}} = \sqrt{3} z_{\overrightarrow{AC}}$.

On en déduit que les vecteurs $\overrightarrow{BD}$ et $\overrightarrow{AC}$ sont colinéaires, donc que les droites (BD) et (AC) sont parallèles.

De plus, $|z_3| = |z_{\overrightarrow{AB}}| = |z_4| = |z_{\overrightarrow{DC}}|$. Puisque $|z_{\overrightarrow{AB}}| = AB$ et $|z_{\overrightarrow{DC}}| = DC$, les côtés [AB] et [DC] ont la même longueur.

Ce qu'il fallait démontrer.

Chapitre 16

1 Si n est pair, $n + 1$ est impair et vice-versa. C'est pourquoi le produit $n(n + 1)$ contient un nombre pair et est donc de la forme $2k$ où k est un entier ; ce qu'il fallait démontrer.

2 $-355 = 17 \times (-21) + 2$. Comme $0 \leq 2 < 17$, on a $q = -21$ et $r = 2$.

3 D'après le critère de divisibilité par 11, la différence $(5 + x + 8) - (4 + y)$ doit être elle-même divisible par 11. On doit donc avoir $9 + x - y \equiv 0[11] \Leftrightarrow y - x \equiv 9[11] \Leftrightarrow y - x \equiv -2[11]$}. On obtient ainsi $y = 9$ et $x = 0$ ou les couples (x, y) suivants : (2,0), (3,1), (4,2), (5,3), (6,4), (7,5), (8,6), (9,7).

4 Soit n et $n + 1$ les deux entiers consécutifs. On a $1 \times (n + 1) + (-1) \times n = 1$. D'après le théorème de Bézout ces deux entiers sont premiers entre eux.

5 Soit d un diviseur commun à deux entiers impairs consécutifs, d divise leur différence c'est-à-dire 2. Comme d ne peut être 2, il est nécessairement égal à 1, ce qu'il fallait démontrer.

6 Les deux entiers impairs consécutifs s'écrivent sous la dorme $2n + 1$ et $3n + 3$, où n est un entier. Leur somme vaut $4n + 4 = 4(n + 1)$ ce qu'il fallait démontrer.

7 **a.**

x	1	2	3	4
1	1	2	3	4
2	2	4	1	3
3	3	1	4	2
4	4	3	2	1

b. $9x \equiv 2[5] \Leftrightarrow 4x \equiv 2[5] \Leftrightarrow x \equiv 3[5]$. En effet $9 \equiv 4[5]$ et la ligne 4 du tableau permet de trouver x. Les entiers relatifs, solutions de l'équation donnée, sont donc de la forme $5k + 3$ où k est un entier relatif quelconque.

8 **a.** Si l'un des deux est un multiple de 3, ab, donc n, l'est aussi.
b. On observe que $n = ab(a - b)(a + b)$. Si $a \equiv b[3]$ alors $a - b \equiv 0[3] \Rightarrow n \equiv 0[3]$, donc n est un multiple de 3.
c. Il reste à examiner le cas où $a \equiv 1[3]$ et $b \equiv 2[3]$. Alors $a + b \equiv 0[3] \Rightarrow n \equiv 0[3]$. Tous les cas ayant été passés en revue, n est divisible par 3 quels que soient les entiers a et b.

9 On sait que $3^{2n} = (3^2)^n = 9^n$. D'autre part $9 \equiv 2[7] \Rightarrow 3^{2n} \equiv 2^n[7]$ ce qu'il fallait démontrer.

10 Soit n un entier. Modulo 5 on a : $n \equiv 0 \Rightarrow n^2 \equiv 0$, $n \equiv 1 \Rightarrow n^2 \equiv 1$, $n \equiv 2 \Rightarrow n^2 \equiv 4$, $n \equiv 3 \Rightarrow n^2 \equiv 9 \Rightarrow n^2 \equiv 4$, $n \equiv 4 \Rightarrow n^2 \equiv 16 \Rightarrow n^2 \equiv 1$.
Les résidus modulo 5 des carrés des entiers sont donc 0, 1, 4.

11 On cherche n tel que $n + 8 \equiv 0[n]$. Or $n + 8 \equiv 8[n]$. On doit donc avoir $8 \equiv 0[n]$. Autrement dit n doit être un diviseur de 8. C'est pourquoi les valeurs cherchées de n sont 1, 2, 4, 8.

12 **a.**

x	0	1	2	3	4	5	6
x^2	0	1	4	2	2	4	1

b. Modulo 7 : $x^2 - x + 1 \equiv 0 \Leftrightarrow x^2 \equiv x - 1$. En observant le tableau, on constate que les seules valeurs possibles de x sont 3 et 5.
Les solutions de la congruence sont donc les entiers relatifs congrus à 3 ou 5 modulo 7.

13 On utilise la décomposition de 198 en facteurs premiers : $198 = 2 \times 99 = 2 \times 9 \times 11 \Rightarrow 198 = 2 \times 3^2 \times 11$.
Tout diviseur de 198 s'écrit donc sous la forme $2^{b_1} \times 3^{b_2} \times 11^{b_3}$ avec $0 \leq b_1 \leq 1$, $0 \leq b_2 \leq 2$ et $0 \leq b_3 \leq 1$.
Il y a donc deux choix pour b_1, trois pour b_2 et deux pour b_3, soit $2 \times 3 \times 2$, c'est-à-dire 12 choix en tout, donc 12 diviseurs qui sont : 1 et 198, 2 et 99, 3 et 66, 6 et 33, 9 et 22, 11 et 18.

14 **a.** $(a + b)^3 = a^3 + 3a^2b + 3ab^2 + b^3 = a^3 + b^3 + 3ab(a + b)$.
b. Donc $(a + b)^3 \equiv a^3 + b^3[3]$ ce qu'il fallait démontrer.

15 $n - 1 \equiv 0[n - 1] \Rightarrow n \equiv 1[n - 1] \Rightarrow n + 11 \equiv 12[n - 1]$. On doit donc avoir $12 \equiv 0[n - 1]$, c'est-à-dire $n - 1$ diviseur de 12. C'est pourquoi $n - 1 \in \{1, 2, 3, 4, 6, 12\}$ donc $n \in \{2, 3, 4, 5, 7, 13\}$.

16 Comme $3^3 = 27 \Rightarrow 3^3 \equiv 5[11]$ $(27 = 2 \times 11 + 5)$ et $4^2 = 16 \Rightarrow 4^2 \equiv 5|11]$, on a modulo 11 :
$3^{n+3} = 3^n \times 3^3 \Rightarrow 3^{n+3} \equiv 5 \times 3^n$.
De plus, $4^{4n+2} = 4^{4n} \times 4^2 \Leftrightarrow 4^{4n+2} \equiv 5 \times 4^{4n}$
D'autre part $4^{4n+2} = 4^2 \times 4^{4n} = 4^2(4^4)^n = 4^2((4^2)^2)^n \Rightarrow 4^{4n+2} \equiv 5 \times (5^2)^n \equiv 5 \times 3^n$ car $5^2 = 22 + 3 \Rightarrow 5^2 \equiv 3$.
Ce qu'il fallait démontrer.

17 Initialisation : la congruence est vérifiée si $n = 0$ car $4^0 + 6 \times 0 = 1$.
Hérédité : supposons que la congruence soit vraie pour un entier naturel n donné et montrons qu'elle reste vraie pour son successeur $n + 1$.

$$4^{n+1} + 6(n + 1) = 4 \times 4^n + 6n + 6 \Rightarrow 4^{n+1} + 6(n + 1) \equiv 4 \times (1 - 6n) + 6n + 6[9]$$

Or $4(1 - 6n) + 6n + 6 = 10 - 18n \Rightarrow 4(1 - 6n) + 6n + 6 \equiv 10[9]$, car $18n \equiv 0[9]$.
Comme $10 \equiv 1[9]$, l'hérédité est démontrée, ce qui achève la récurrence.

18 On a $\begin{cases} 17x - 5y = 7 \\ 17 \times 1 - 5 \times 2 = 7 \end{cases}$.
Par soustraction : $17(x - 1) - 5(y - 2) = 0 \Rightarrow 17(x - 1) = 5(y - 2)$.
5 et 17 sont premiers entre eux ; 5 divise $17(x - 1)$, donc 5 divise $x - 1$ d'après le théorème de Gauss.
C'est pourquoi il existe un entier k tel que $x - 1 = 5k$, donc $x = 1 + 5k$.
Il en résulte que $17 \times 5k = 5(y - 2) \Rightarrow y = 17k + 2$.
Les solutions de l'équation sont donc les nombres x et y respectivement de la forme $1 + 5k$ et $2 + 17k$, k étant un entier relatif quelconque.

19 **a.** On a successivement, modulo 5 : $2^0 \equiv 1$, $2^1 \equiv 2$, $2^2 \equiv 4$, $2^3 \equiv 3$, $2^4 \equiv 1$ etc. Donc, pour tout entier naturel k :
$2^{4k} \equiv (2^4)^k \Rightarrow 2^{4k} \equiv 1$, $2^{4k+1} = 2^{4k} \times 2 \Rightarrow 2^{4k+1} \equiv 2$, $2^{4k+2} = 2^{4k} \times 2^2 \Rightarrow 2^{4k+2} \equiv 4$, $2^{4k+3} = 2^{4k} \times 2^3 \Rightarrow 2^{4k+3} \equiv 3$.
De même : $3^{4k} \equiv (3^4)^k \Rightarrow 3^{4k} \equiv 1$, $3^{4k+1} = 3^{4k} \times 3 \Rightarrow 3^{4k+1} \equiv 3$, $3^{4k+2} = 3^{4k} \times 3^2 \Rightarrow 3^{4k+2} \equiv 4$, $3^{4k+3} = 3^{4k} \times 3^3$ $\Rightarrow 3^{4k+3} \equiv 2$.

b. Modulo 5 : $2\,023 \equiv 3$ et $2\,022 \equiv 2$. Donc $2\,022^n + 2023^n \equiv 2^n + 3^n$. Donc

$$2022^{4k} + 2023^{4k} \equiv 2,\ 2022^{4k+1} + 2023^{4k+1} \equiv 0,\ 2022^{4k+2} + 2023^{4k+2} \equiv 3,\ 2022^{4k+3} + 2023^{4k+3} \equiv 0.$$

20 **a.** La boucle `for` teste les entiers de l'intervalle $[1\,;\,\text{floor}(\sqrt{n})]$.
Si k est un diviseur de n, c'est-à-dire si le reste de la division euclidienne de n par k est nul alors k est un diviseur de n et donc $\frac{n}{k}$ est son diviseur associé. Par conséquent on affiche ces deux nombres (ligne 6). Sinon la boucle se poursuit.

b. Si $n = ab$ et $a \le b$ alors $a^2 \le ab \Rightarrow a \le \sqrt{n}$ et $ab \le b^2 \Rightarrow \sqrt{n} \le b$
Si on teste les entiers naturels diviseurs de n jusqu'à la partie entière de $\sqrt{n}$ alors on obtient des diviseurs associés dont l'un est inférieur ou égal à $\sqrt{n}$ et l'autre supérieur ou égal à $\sqrt{n}$. Il est donc inutile de tester ceux qui sont $\ge \sqrt{n}$.
Voici le résultat pour $n = 5440$.

```
n = 5440
1 5440.0
2 2720.0
4 1360.0
5 1088.0
8 680.0
10 544.0
16 340.0
17 320.0
20 272.0
32 170.0
34 160.0
40 136.0
64 85.0
68 80.0
```

21 Partie A

1 a. Il suffit de choisir $a = 1$ et $b = -3$.
b. On peut alors choisir $u = 249$ et $v = -3 \times 249$.
c. Les entiers naturels x et y sont solutions du système. $\begin{cases} 13x + 4y = 249 \\ 13 \times 249 - 4 \times 3 \times 249 = 249 \end{cases}$.
Par soustraction : $13(x - 249) + 4(y + 747) = 0$.
Donc $13(249 - x) = 4(y + 747)$. Il en résulte que 4 divise le produit $13(249 - x)$. Comme il est premier avec 13, le théorème de Gauss permet d'affirmer que 4 divise $249 - x$.
C'est pourquoi il existe un entier relatif k tel que $249 - x = 4k \Leftrightarrow x = 249 - 4k$.
Alors $4y = 249 - 13x \Rightarrow 4y = 249 - 13(249 - 4k) \Rightarrow 4y = 249 - 13 \times 249 + 13 \times 4k \Rightarrow 4y = -12 \times 249 + 4 \times 13k$
$= 4(-3 \times 249 + 13k)$
Donc $y = -747 + 13k$.

Partie B

1 On a $26x + 17y + 13z = 613 \Leftrightarrow 13(x + y + z) + 13x + 4y = 613 \Leftrightarrow 13x + 4y = 613 - 13 \times 28 \Leftrightarrow 13x + 4y = 249$
2 D'après les questions précédentes, on a $x = 249 - 4k$ et $y = -747 + 13k$. Après essais et erreurs autour de $k = 60$ (car $4 \times 60 = 240$), on trouve que pour $k = 58$ on a $x = 17$ et $y = 7$. Alors $z = 4$ ce qui achève la résolution.

22 **1 a.** 11 étant premier et 24 n'en étant pas un multiple, ces deux entiers sont premiers entre eux. Le théorème de Bézout assure l'existence d'au moins un couple (n, m).
b. $11 \times 11 - 24m = 1 \Rightarrow 24m = 121 - 1 \Rightarrow m = 5$.
2 a. Pour tout entier naturel x, on a, modulo 9 : $10 \equiv 1 \Rightarrow 10^x \equiv 1 \Rightarrow 10^x - 1 \equiv 0$, ce qu'il fallait démontrer.
b. $(10^{11n} - 1) - 10\,(10^{24m} - 1) = 10^{11n} - 1 - 10^{24m+1} + 10 = 10^{11n} - 10^{11n} + 9 = 9$ car $1 + 24m = 11n$

CORRIGÉS

c. $10^{11n}-1=(10^{11})^n-1 \Rightarrow 10^{11n}-1=(10^{11}-1)(10^{11(n-1)}+10^{11(n-2)}+\ldots+1)$.
De même, $10^{24n}-1=(10^{24}-1)(10^{24(n-1)}+10^{24(n-2)}+\ldots+1$
Posons $N=10^{11(n-1)}+10^{11(n-2)}+\ldots+1$ et $M'=10^{24(n-1)}+10^{24(n-2)}+\ldots+1$.
D'après l'égalité de la question 2b, on a : $(10^{11}-1)N-10(10^{24}-1)M'=9$ ce qui prouve l'égalité demandée en posant $M=10M'$.
d. Tout diviseur commun à $10^{24}-1$ et $10^{11}-1$ divise une combinaison linéaire de ces deux nombres, donc $(10^{11}-1)N-(10^{24}-1)M$, c'est-à-dire 9. Ce qu'il fallait démontrer.
3 Les diviseurs communs à $10^{24}-1$ et $10^{11}-1$ sont donc 1, 3, 9 ce qui fait que leur PGCD est 9.

23 **1** On a : $5(14n+3)-14(5n+1)=70n+15-70n-14=1$. Le théorème de Bézout permet de prouver que $14n+3$ et $5n+1$ sont premiers entre eux.
2 a. $87=14\times 6+3$ et $31=5\times 6+1$ donc, d'après la question 1, 87 et 31 sont premiers entre eux.
b. D'après la question 1 : $5\times 87-14\times 31=1$. On peut donc choisir $x=5$ et $y=-14$.

3 $5\times 87-14\times 31=1 \Rightarrow 10\times 87-28\times 31=2$. On a donc $\begin{cases} 87x+31y=2 \\ 87\times 10-31\times 28=2 \end{cases}$
Par soustraction : $87(x-10)+31(y+28)=0$
Donc : $31(y+28)=87(10-x)$. Il en résulte que 31 divise le produit $87(10-x)$. 31 et 87 étant premiers entre eux, le théorème de Gauss permet d'affirmer que 31 divise $10-x$. C'est pourquoi il existe un entier relatif k tel que $10-x=31k$, c'est-à-dire $x=10-31k$.
De plus $87x+31y=2 \Rightarrow 31y=2-87(10-31k)=-868+87\times 31k=-31\times 28+87\times 31k=31(-28+87k)$.
Donc $y=-28+87k$.
4 $87x+31y-2=0 \Leftrightarrow 87x+31y=2$.
On cherche donc des entiers x et y solutions de (E) tels que $0\leq x\leq 100$ c'est-à-dire $0\leq 10-31k\leq 100$, donc $-90\leq 31k\leq 10$. Il suffit de choisir $k=-2$, $k=-1$, $k=0$.
On trouve alors les couples (x, y) suivants : $(72, -202)$, $(41, -115)$, $(10, -28)$.

Chapitre 17

1 $(N^{-1}M^{-1})MN=N^{-1}\underbrace{M^{-1}M}_{I_n}N=N^{-1}\underbrace{I_nN}_{N}=N^{-1}N=I_n$. On aurait de même $MN(N^{-1}M^{-1})=I_n$.
Ce qu'il fallait démontrer.

2 **a.** $AB=\begin{pmatrix}2 & 0\\ 1 & -1\end{pmatrix}\begin{pmatrix}-3 & -2\\ 0 & 1\end{pmatrix}=\begin{pmatrix}-6 & -4\\ -3 & -3\end{pmatrix}$ et $BA=\begin{pmatrix}-3 & -2\\ 0 & 1\end{pmatrix}\begin{pmatrix}2 & 0\\ 1 & -1\end{pmatrix}=\begin{pmatrix}-8 & 2\\ 1 & -1\end{pmatrix}$
b. On en déduit que la multiplication des matrices n'est pas commutative car $AB\neq BA$.

3 $BA=(2)$, mais on ne peut pas calculer AB.

4 **a.** $AB=\begin{pmatrix}1 & 0\\ 0 & 0\end{pmatrix}\begin{pmatrix}0 & 0\\ 0 & 1\end{pmatrix}=\begin{pmatrix}0 & 0\\ 0 & 0\end{pmatrix}=BA$.
b. On a $AB=0$, avec $A\neq 0$ et $B\neq 0$.

5 **a.** Initialisation : l'égalité est vraie si $n=0$ car $A^0=I_3=\begin{pmatrix}a^0 & 0 & 0\\ 0 & b^0 & 0\\ 0 & 0 & c^0\end{pmatrix}$.
Hérédité : supposons que l'égalité soit vraie pour un entier naturel n et démontrons qu'elle reste vraie pour son successeur $n+1$.

$$A^{n+1}=A^nA=\begin{pmatrix}a^n & 0 & 0\\ 0 & b^n & 0\\ 0 & 0 & c^n\end{pmatrix}\begin{pmatrix}a & 0 & 0\\ 0 & b & 0\\ 0 & 0 & c\end{pmatrix}=\begin{pmatrix}a^{n+1} & 0 & 0\\ 0 & b^{n+1} & 0\\ 0 & 0 & c^{n+1}\end{pmatrix}.$$

CORRIGÉS

Ce qu'il fallait démontrer.
On en déduit que l'égalité est vraie pour tout entier naturel n.
b. Initialisation : l'égalité est vraie si $n = 0$ car d'une part $A^0 = I_n$ et d'autre part $BC^0B^{-1} = BI_nB^{-1} = BB^{-1} = I_n$.
Hérédité : supposons l'égalité vraie pour un entier naturel n et démontrons qu'elle reste vraie pour son successeur $n+1$.
$A^{n+1} = AA^n = (BCB^{-1})(BC^nB^{-1}) = (BC)(B^{-1}B)(C^nB^{-1}) = (BC)\,I_n(C^nB^{-1}) = (BC)C^nB^{-1} = B(CC^n)B^{-1} = BC^{n+1}B^{-1}$
Ce qu'il fallait démontrer.
On en déduit que l'égalité est vraie pour tout entier naturel n.

6 Un graphe complet étant simple, il n'a pas de boucle. De plus, deux sommets quelconques doivent être reliés par une arête et une seule. il y a donc autant d'arêtes que de choix de deux sommets parmi n. C'est pourquoi il y en a $\binom{n}{2} = \dfrac{n(n-1)}{2}$.

7 Les degrés de chacun des quatre sommets sont impairs car ils sont égaux à 3 ou 5. Le graphe a donc plus de deux sommets de degré impair. C'est pourquoi il n'admet pas de chaîne eulérienne.

8 En procédant méthodiquement, on constate que le trajet $ACEFG$ répond à la question. On y rencontre 7 feux tricolores.

9 **1** Avec les données de l'énoncé on obtient le graphe probabiliste suivant, sachant que la somme des poids des arêtes de même origine est égale à 1.

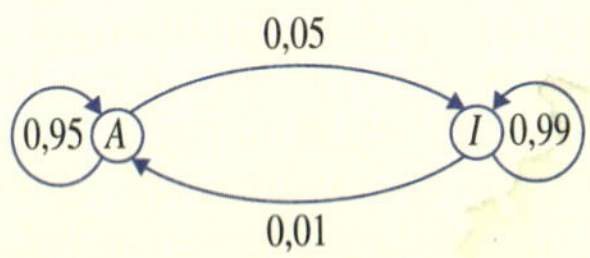

2 Comme en 2022, 98 % des clients sont des clients d'agence et 8 % sont des clients Internet, on a : $P_0 = (0{,}92\ 0{,}08)$.

3 Compte tenu de la relation $P_{n+1} = P_nM$, on a : $M = \begin{pmatrix} 0{,}95 & 0{,}05 \\ 0{,}01 & 0{,}99 \end{pmatrix}$.

4 a. $P_1 = P_0M = (0{,}92 \quad 0{,}08)\begin{pmatrix} 0{,}95 & 0{,}05 \\ 0{,}01 & 0{,}99 \end{pmatrix} = (0{,}8748 \quad 0{,}1252)$.
En arrondissant au centième : $P_1 = (0{,}87 \quad 0{,}13)$.
b. On cherche P_5 : $P_5 = P_0M^5 \Longrightarrow P_5 \approx (0{,}72 \quad 0{,}28)$.
En 2027, il y a aura donc 72 % de clients d'agence et 28 % de clients Internet.
5 On cherche une matrice $S = (a \quad i)$ telle que $S = SM$ et $a + i = 1$.
Comme $(a \quad i)\begin{pmatrix} 0{,}95 & 0{,}05 \\ 0{,}01 & 0{,}99 \end{pmatrix} = (0{,}95a + 0{,}01i \quad 0{,}05a + 0{,}99i)$ les nombres a et i sont les solutions du système.

$$\begin{cases} a = 0{,}95a + 0{,}01i \\ i = 0{,}05a + 0{,}99i \\ a + i = 1 \end{cases} \Leftrightarrow \begin{cases} 0{,}05a - 0{,}01i = 0 \\ -0{,}05a + 0{,}01i = 0 \\ a + i = 1 \end{cases} \Leftrightarrow \begin{cases} 5a - i = 0 \\ a + i = 1 \end{cases} \Leftrightarrow \begin{cases} 6a = 1 \text{ (par addition)} \\ a + i = 1 \end{cases}$$

Finalement $a = \dfrac{1}{6}$ et $i = \dfrac{1}{6}$, donc $S = \begin{pmatrix} \dfrac{5}{6} & \dfrac{1}{6} \end{pmatrix}$.
Au bout d'un certain temps, la proportion de clients d'agence sera de $\dfrac{5}{6}$ et celle de clients Internet sera de $\dfrac{1}{6}$.

10 **1** Le graphe est connexe car il n'y a aucun sommet isolé. Les sommets B et D sont de degré 3 et ce sont les seuls à être de degré impair. D'après le théorème d'Euler, il existe une chaîne eulérienne dont ils sont les extrémités. C'est pourquoi il est possible de parcourir toutes les allées de ce parc sans passer deux fois par la même allée ; par exemple en effectuant le parcours $B-A-E-D-C-B-D$.

2 Si on suit l'ordre alphabétique, on trouve $M = \begin{pmatrix} 0 & 1 & 0 & 0 & 1 \\ 0 & 0 & 1 & 1 & 0 \\ 0 & 1 & 0 & 1 & 0 \\ 0 & 0 & 1 & 0 & 1 \\ 1 & 0 & 0 & 1 & 0 \end{pmatrix}$

3 Le nombre de chemins de longueur 5 permettant de se rendre du sommet D au sommet B est le terme m_{52} de la matrice M^5. Il y en a donc 5 :

- $D-C-B-D-C-B$;
- $D-C-D-E-A-B$;
- $D-E-D-E-A-B$;
- $D-E-A-E-A-B$;
- $D-E-A-B-C-B$.

4 a. Le terme m_{11} de la matrice M^5 étant égal à 1, il existe un seul chemin de longueur 5 d'origine A et d'extrémité A. Il s'agit donc d'un cycle de longueur 5 d'origine A.

b. Il s'agit du cycle $A-B-C-D-E-A$.

c. Comme le terme m_{ii} de la matrice M^5 est différent de 1 pour tout $i \neq 1$, alors A est le seul sommet qui soit le point de départ et d'arrivée d'un unique cycle d'ordre 5.

Crédits iconographiques :
p. 9, p. 14, p. 23, p. 37, p. 51, p. 69, p. 85, p. 103, p. 119, p. 129, p. 145, p. 159, p. 173, p. 185, p. 199, p. 217, p. 231, p. 245 : Adobestock.com

Édition : Béatrix Lot ; Création graphique : Yannick Le Bourg ; Mise en pages : Nord Compo

Achevé d'imprimer en mai 2022 par Bona SpA en Italie
Dépôt légal : juillet 2022 – N° éditeur : MAGSI20210377

PEFC/18-31-407